NF

戦場の掟

スティーヴ・ファイナル
伏見威蕃訳

早川書房

7648

BIG BOY RULES

America's Mercenaries Fighting in Iraq

by

Steve Fainaru

（上）米陸軍空挺部隊員だったジョン・コーテは、民間人としての生活の問題から逃れ、大学の学費を稼ぐ機会を民間警備会社だけがあたえてくれたと語る。「国のために働いたんだから、こんどはここで自分のために金を稼ぐんだ」（コーテ家提供）
（下）第82空挺師団に所属してアフガニスタン出征中のジョン・コーテ。コーテは9・11同時多発テロの２カ月前に陸軍に入営した。３年で三等軍曹に昇級し、2005年に名誉（無事故）除隊した。２度の戦争の帰還兵で、叙勲も受けている。（コーテ家提供）

ポール・ルーベンは、ミネアポリス郊外の警察の警察官で、クレセントでは衛生担当だったが、止血器やモルヒネのような基本的な医療用品が会社にないと苦情をいっていた。（著者所蔵）

ジョン・ヤングは、クレセントのチーム・リーダーで、米軍のパナマ侵攻に空挺偵察部隊の一員として参加したことがある。30代の終わりに再入隊しようとしたが、怪我のために果たせず、イラク戦争開始後に民間警備会社に就職した。（著者所蔵）

マイク・アリーギは、ヴァージニア州リッチモンドの殺人課刑事だった。2004年から2007年にかけて数社で警備の仕事をした。民間警備産業に対する米軍の監視はほとんどないと警告した。「ラインダンスの踊り子を雇って銃を渡しても、ばれないだろう」（マイク・アリーギ提供）

バグダッド南部での小事件のあと、トリプル・キャノピー・チームのリーダー、ジェイク・ウォッシュボーンが火をつけたシボレー・サバーバンの残骸。ウォッシュボーンのチームの数人は、反政府勢力に襲撃されたように見せかけるために、ウォッシュボーンが弾痕をつけたと断言している。（マイク・アリーギ提供）

トリプル・キャノピーの武装警備員《オペレーター》〝J - ダブ〞ことジェイク・ウォッシュボーン。ウォッシュボーンはバグダッドの空港道路でタクシーのフロントウィンドウに発砲した。面白半分だったと、同僚3人が証言している。（イシレリ・ナウカキディ提供）

イシレリ・ナウカキディ、カバ栽培農夫で元フィジー陸軍兵士。〝イシ〞と呼ばれていた。チーム・リーダーのウォッシュボーンが関係した不審な銃撃事件を最初に報告した。（イシレリ・ナウカキディ提供）

シェイン・シュミット別名〝ハッピー〟（左）と、チャック・シェパード別名〝シュレック〟（上）は、バグダッドでトリプル・キャノピーのミルウォーキー・チームのメンバーだった。挑発もなかったのにリーダーのウォッシュボーンがタクシーに発砲したことを報告するのを両名は、２日遅らせた。トリプル・キャノピーに解雇されると、ふたりは同社を訴えた。（シェイン・シュミットとチャック・シェパード提供）

アイダホ州サン・バレーでくつろいでいる著者の父ボブ・ファイナル。バリー・ボンズの大陪審での証言をリークした情報源を明かすのを拒否したために、末息子のマーク・ファイナル‐ワダが18カ月の刑を宣告される前のこと。（著者所蔵）

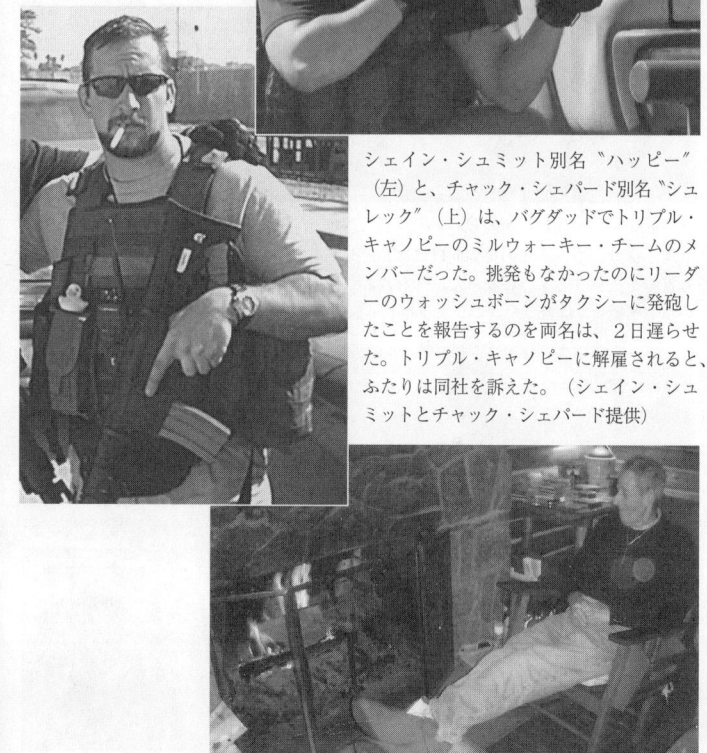

クレセントのオーナーのフランコ・ピッコ（右）とイタリア軍兵士。ピッコは補給物資を運ぶ自分のコンボイの警備向けにクレセントを創業、業務を拡大して連合軍部隊にも警備を提供するようになった。「われわれは軍を護っている。まったく信じられないね」とピッコは言った。(© ジェラルド・シューメイカー・スペクトラムクエスト)

クレセントは、チームの補充としてイラク人を雇った。アメリカ人同僚よりもずっと報酬がすくなく、ＰＫ機関銃を担当するよう要求されて、風と敵の攻撃にさらされた。不平等が社内での緊張を煽った。（© ジェラルド・シューメイカー・スペクトラムクエスト）

スコット・シュナイダーは、家庭内暴力で有罪判決を受け、アメリカ国内で武器を所持することを禁止され、米軍によりおなじ禁止措置が適用されていたが、クレセントの警備部長になった。（© ジェラルド・シューメイカー・スペクトラムクエスト）

クレセント・セキュリティ・グループのスコット・シュナイダー（左）とウォルフ・ワイスが、道路脇で爆弾が爆発した現場を離れるところ。同社はこの事件に巻き込まれていない。〝ヘビメタ傭兵〟のワイスが友軍の誤射で死んだあと、シュナイダーが警備部長を引き継いだ。（クレセント・セキュリティ・グループ提供）

ジョン・コーテ（上）とポール・ルーベン。イラクで休憩中に。
（コーテ家提供）

ジョン・ヤングが、バグダッドで襲撃に遭ったときに、銃弾に襟を引き裂かれながらも命を救ってくれた抗弾ベストを持っている。
（著者所蔵）

イラクで海兵隊狙撃小隊の一員として戦ったジョシュ・マンズ。カリフォルニア州レディングでプールの建設作業をやっていたが、退屈になってイラクに戻った。クレセントの警備部長を知っていた母親のつてで、クレセントに就職した。（マーク・マンズ提供）

ウィッサム・ヒシャム。〝ジョン・ベルーシ〟という綽名のイラク人通訳。現場に残されたオペレーターふたりによれば、主要補給ルート・タンパでの誘拐事件中に、クレセントの同僚を裏切ったという。「ベルーシのやつだ。やつがおれたちをはめたんだ」とひとりがいっている。（ハイメ・サルガド提供）

イラク人で元重量挙げ[illegible]クレセントのオペレーターたちは〝モンゴ〟と呼んでいた。拉致事件に関与したクレセントの元オペレーターのひとりだと確認されている。（ハイメ・サルガド提供）

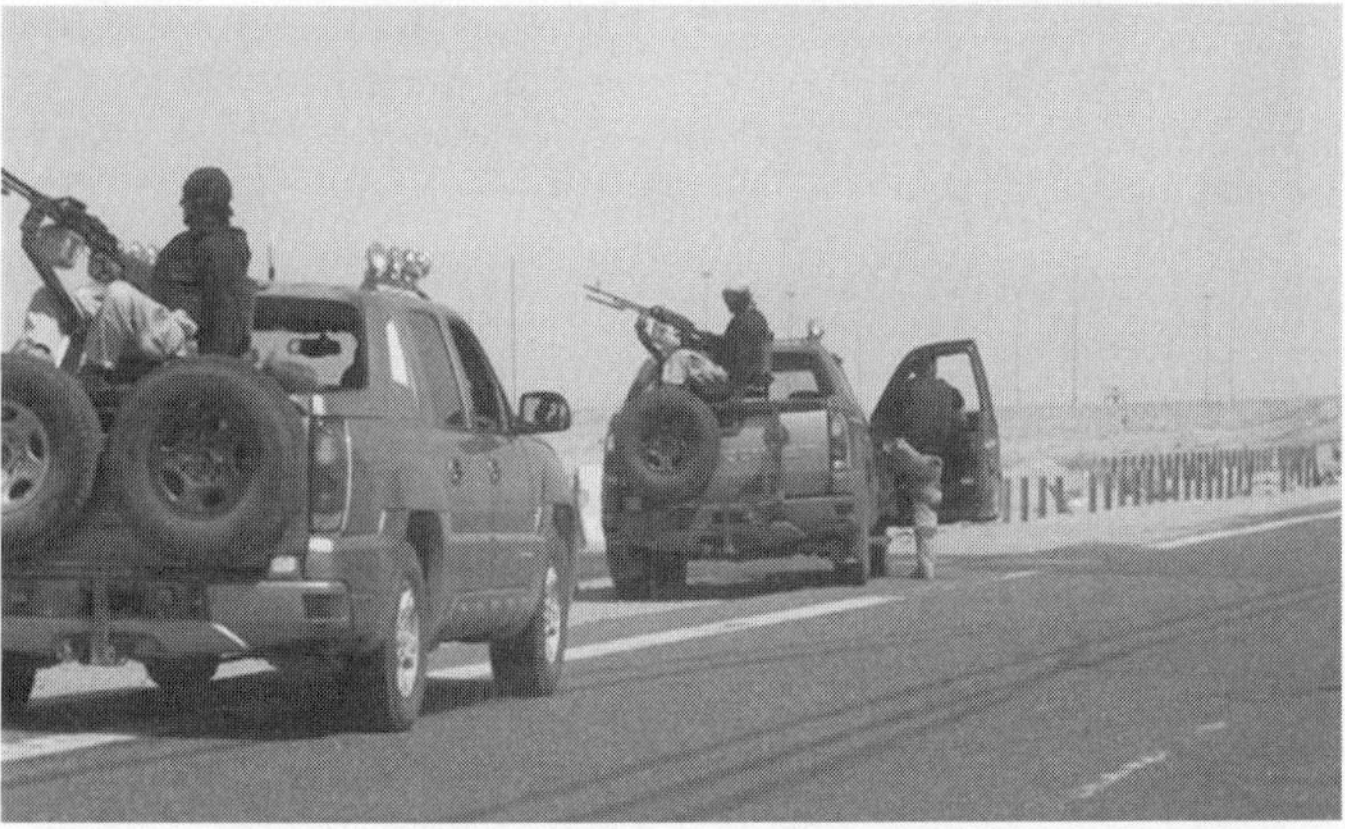

主要補給ルート・タンパを走る車輌では、イラク人が後部荷台で銃手をつとめた。クレセントは武器や個人装備を盗んだ疑いでイラク人数人を解雇した。アメリカ人による銃撃や、報酬の格差に対する恨みが拉致事件を引き起こしたと見られている。（© ジェラルド・シューメイカー・スペクトラムクエスト）

ラウル・コリア（左）、作家で元空挺部隊兵士。拉致事件後、人手不足になったクレセントに入社。「あのろくでもない会社にいたら、いつかは死ぬと本気で思った」とのちに語っている。ジョン・コーテを雇ったマイク・スコーラは、友人のコーテが発見されるまでクレセントに残ると誓った。（ラウル・コリア提供）

イギリスの民間警備会社アーマーグループ・インターナショナルが購入した約2000万円の〝ロック〟車輛。武力衝突が激化し、爆弾が強力になると、民間警備会社も軍とおなじように増員し、高額な装甲車を増やした。（著者所蔵）

イラクの民間警備会社社員ならだれでも知っている画像。ある傭兵によれば、ブラックウォーターは傲慢で部外者を馬鹿にしているため、〝万人に忌み嫌われている〟。（著者所蔵）

ジャック・ホリー、イラク駐留米陸軍工兵隊兵站部長。復興資材を警備するために民間警備会社５、６社の小規模な軍隊を組織した。国務省と契約しているブラックウォーター・ワールドワイドの攻撃的な戦術が、イラクにおけるアメリカの使命を蝕んでいると、早くから警告していたひとり。（ヴィクトリア・ウェイン提供）

イラク情報本部部長フセイン・カマル少将（左）とイラク内務省のためのアメリカ側の上級情報顧問マシュー・デイン。カマルとデインは、米軍の指揮系統に何度も内部文書を送り、ブラックウォーターが制御を失っていてアメリカとイラクの関係を損ねていると警告した。（マシュー・デイン提供）

ブラックウォーターは、米大使その他の重要な外交関係者を国務省との契約で警護して、イラクで最大手の警備会社になった。バグダッドの交差点でイラク人17人が死亡したものも含めて、何度も銃撃事件を引き起こし、国務省のブラックウォーターの監督状況が厳しく吟味された。（© スコット・ピーターソン、ゲッティ・イメージズ）

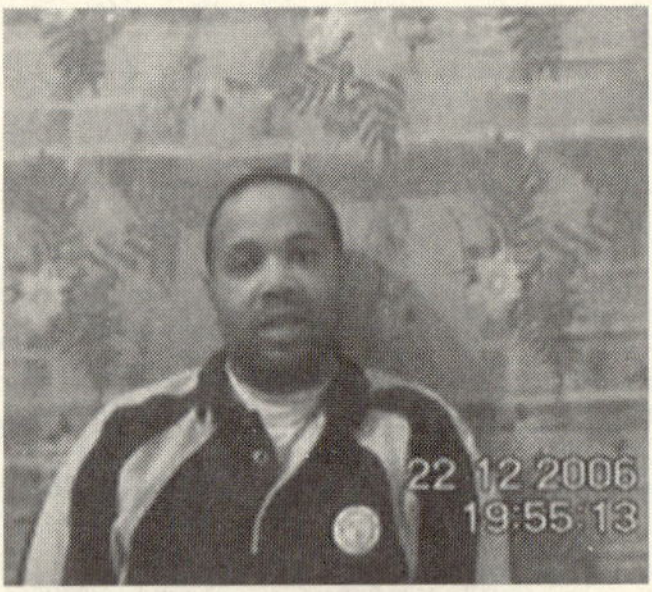

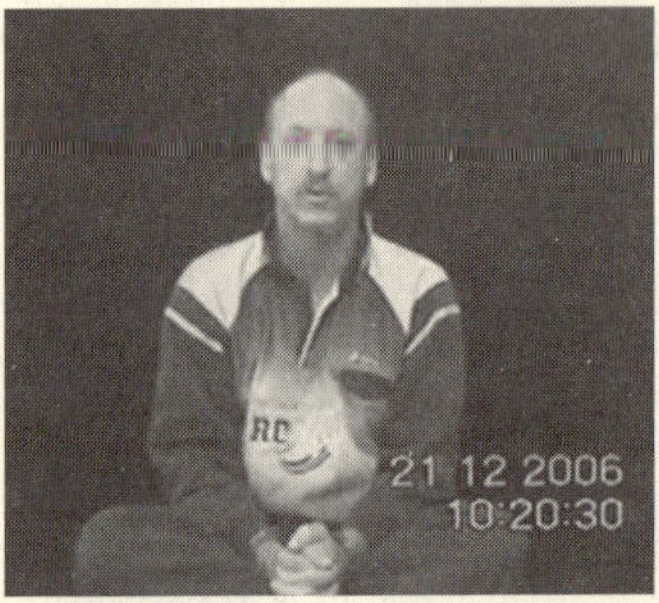

拉致されたクレセントの警備員。ＡＰ通信に届けられたビデオ映像より。上から右へ、ジョン・コーテ、ポール・ルーベン、ジョン・ヤング、ジョシュ・マンズ、バート・ヌスバウマー。（ＡＰ通信）

ポール・ルーベンの双子の兄パトリックは、ミネアポリスの警察官。ポールの娘ブリー（中央）とケイシーも双子。悲惨な爆弾事件のあと、ブリーとケイシーは父親に帰ってきてほしいと訴えた。（ベン・ガーヴィン提供）

ジョン・コーテと母親ローリ・シルヴェリ。フロリダ州ハリウッドで。（コーテ家提供）

年に一度、バッファローのペプシ・センターでコーテ一家は家族ホッケーを楽しんでいた。左から右へ、ナンシー・コーテ（義母）、クリストファー・コーテ、マックス・シュロイヤー（義弟）、フランシス・コーテ、サマンサ・シュロイヤー（義妹）、ジョン・コーテ。（コーテ家提供）

父とウィルに捧げる

おれはいっしょに逃げる相手じゃないぜ
おまえをふり切って
叩きのめしてぶっ殺す
いつ何時《なんどき》でも

――ザ・ホリーズ『キング・マイダス』

目次

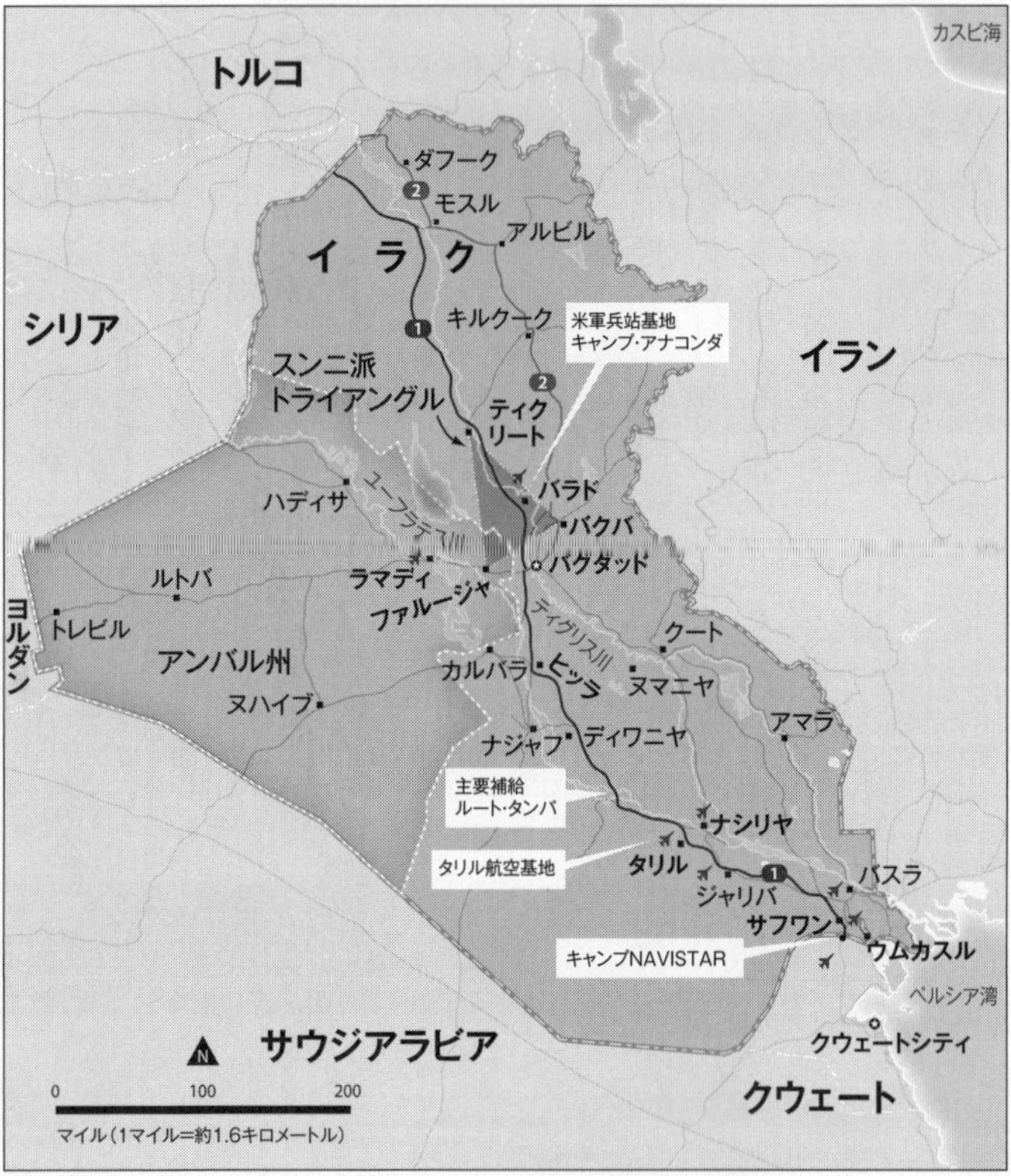
カスピ海
トルコ
ダフーク
モスル
アルビル
イ　ラ　ク
シリア
キルクーク
米軍兵站基地
キャンプ・アナコンダ
イラン
スンニ派
トライアングル
ティク
リート
ハディサ
ユーフラテス川
バラド
バクバ
ラマディ
バグダッド
ルトバ
ファルージャ
ヨルダン
トレビル
ティグリス川
クート
アンバル州
カルバラ
ヒッラ
ヌマニヤ
ヌハイブ
アマラ
ナジャフ
ディワニヤ
主要補給
ルート・タンパ
ナシリヤ
タリル航空基地
タリル
ジャリバ
バスラ
サフワン
キャンプNAVISTAR
ウムカスル
ペルシア湾
サウジアラビア
クウェートシティ
0
100
200
マイル（1マイル＝約1.6キロメートル）
クウェート

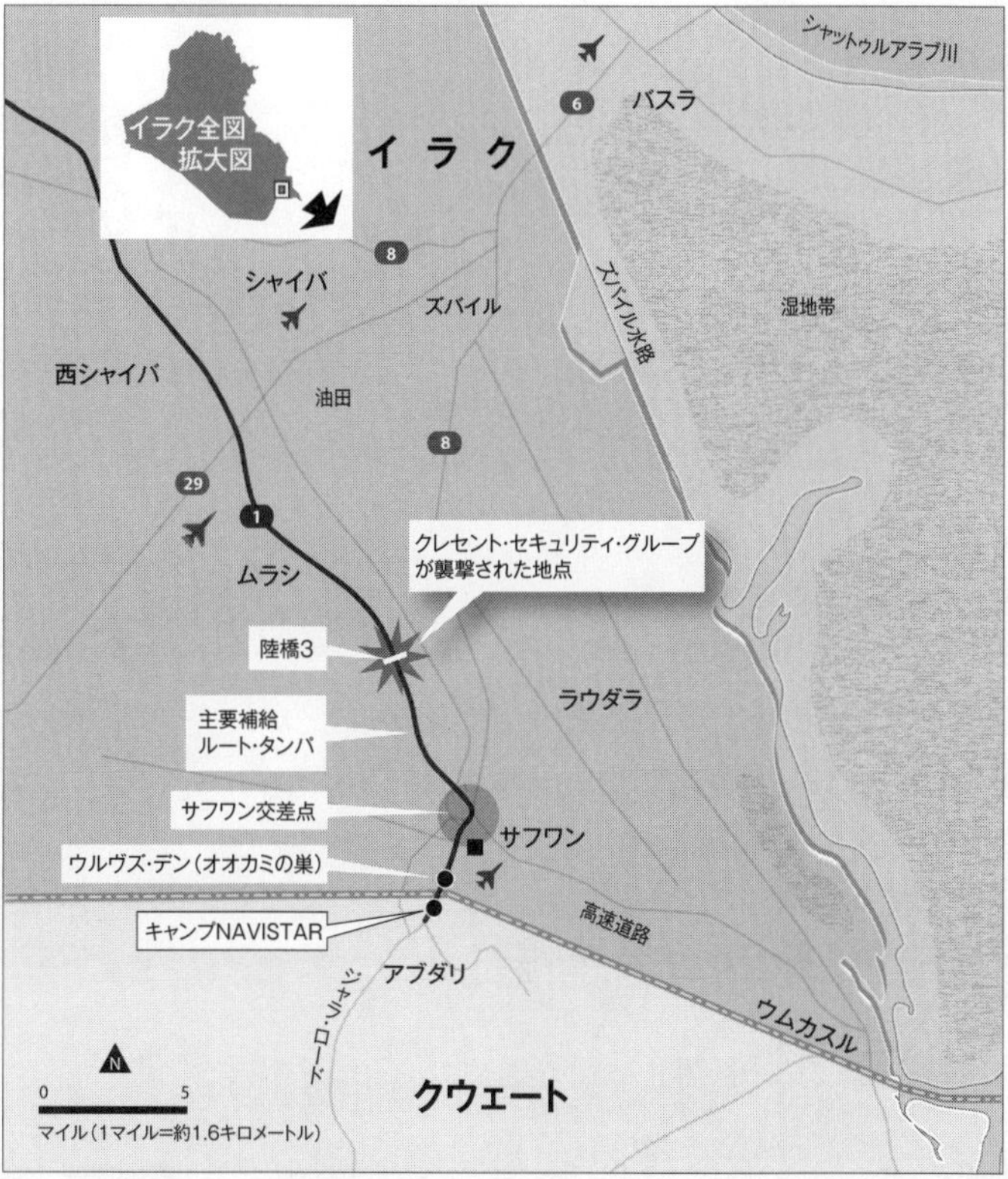

シャットゥルアラブ川
バスラ
6
イラク全図
拡大図
イ ラ ク
8
シャイバ
ズバイル
ズバイル水路
湿地帯
西シャイバ
油田
8
29
1
クレセント・セキュリティ・グループ
が襲撃された地点
ムラシ
陸橋3
ラウダラ
主要補給
ルート・タンパ
サフワン交差点
サフワン
ウルヴズ・デン（オオカミの巣）
キャンプNAVISTAR
高速道路
アブダリ
ジャラ・ロード
ウムカスル
N
0
5
マイル（1マイル=約1.6キロメートル）
クウェート

戦場の掟

プロローグ　国境にて

これは原罪にまつわる本である。

イラク戦争初期、兵力が不足していた。戦況が悪化するにつれて、正規軍ではないが軍隊に類するものが、この戦争の辺縁《へんえん》で生まれた。何万人もの武装した男たちが、兵力不足のために正規軍が遂行できない任務を、目につかないように行ないはじめた。色も型もまちまちのピックアップトラックに装甲をほどこし、ベルト給弾式機関銃、手榴弾《しゅりゅうだん》、特殊音響閃光弾《せんこうだん》、発煙弾、歩兵携行式ミサイルまで積み込んで、車輌縦隊《コンボイ》で移動する。ほとんどの場合、会社のロゴ入りのポロシャツとチノパンが軍服代わりで、その上に抗弾ベストを着込み、体のあちこちに刺青《いれずみ》を彫っている。バグダッドのグリーン・ゾーンに向かうアメリカ大使、米軍将官、〈フラペチーノ〉など、あらゆる人間や物資を警護する。シュレック、クラフツマン、テキーラ、ゴートといったコールサインでおたがいを呼び、相手の本名を知るのは避ける。

この武装した男たちはイラク人を殺し、イラク人も彼らを殺すようになった。

米政府の政策がその流れをつくった。

「だって、やつらがおれの首を斬《き》るところをインターネットで流されるなんて、まっぴらごめんだぜ」ジョシュ・マンズがいった。

マンズは二三歳、くすんだブロンドの髪をピンクの頭皮が剝《む》き出すほど短く刈り込んでいるところなど、いまだに現役の海兵隊員そのものだ。左前腕に渦巻いている刺青は、〈ホールマーク〉のカードみたいに流麗な筆記体で、〝役立たずが恩知らずのためによからぬことをやる〟と読める。私たちは国境付近で、黒のシボレー・アバランチに乗っていた。エアコンを最強にして、私は傭兵たちとともにイラクへ入国する順番を待っていた。自分たちが定めた死の盟約を、この二人組が話してくれた。盟約といっても、しごく単純なものだ。ふたりが拉致《らち》されそうになった場合、もうひとりの傭兵——名前はジョン（ジョナサン）・コーテ——が、マンズの頭をグロック・セミオートマティック・ピストルで撃ってから、自分も自殺することになっている。

「賢明だな」私はいった。じっさい、そうだったのだ。

元陸軍空挺部隊員のコーテは、除隊後は柄《がら》にもなくフロリダ大学で会計学を学んでいたのだが、大学を完全にドロップアウトしたわけではない。大金を稼《かせ》ぐために長期休学しているとでもいうところだった。春には復学して、こんどは生理学を学ぶつもりだという。体格がよく、自分のいいたいことをはっきりといえる爽《さわ》やかな青年で、どこまでも明るい。男の子が口のまわりをミルクで白くしている広告があるが、あんな感じだと思えばいい。「自分は、なにをやっても楽しくてたまらないんですよ」と、コーテはいう。アメリカ人の多くが車の床に伏せていたくなるようなバグダッドを走りまわるのも、コーテの楽しみのひとつだった。窓をあけて、レッド・ツェッペリンやノートリアス・B.I.G.を大音量でかけ、手をひろげて体を揺する。コーテは健康フリークでもある。フロントシートには、いつでも撃てるようにしてあるカラシニコフAK-47アサルトライフルとぼろぼろになった『筋肉と力をつける方法／マル秘情報事典』にくわえて、桃の缶詰とミックスナッツが置いてある。名前の正確な発音は〝コォティイ〟で、みんなが苗字のほうで呼ぶ。「オォケー、コォティイ」といった具合に。

相棒のジョシュ（ジョシュア）・マンズは、この仕事にのめり込んでいる。二〇〇四年には、海兵隊の狙撃小隊の一員としてファルージャに向けて進軍した。その一年後、カリフォルニア州レディングでプールの建設作業をやっているときに、死にそうなくらい退屈している自分に気づいた。「全身全霊にショックをあたえて、まだ自分が生きているんだと実感する必要があった」と、マンズは説明する。それがイラクに戻ってきた理由のひとつだった。もうひとつの理由は、三階建ての老朽化した家をフィアンセといっしょにレディングで買おうとしていたからだった。フィアンセの名前はジャッキー。マンズの母親とおなじだった。マンズはひと月に一度、給料――七〇〇〇ドルに相当する額を、クウェートの通貨ディナールで白い封筒に入れて渡される――をクウェートシティの両替商に持っていって、カリフォルニアの銀行口座に送金している。

二〇〇六年一一月初旬の午前九時三〇分だった。あたりのものはすべて、熱気のなかで陽炎《かげろう》のように揺れている。国境地帯は、太陽に灼《や》かれた地面と岩ばかりで、月面みたいな地形だった。北へ向かう大型トラックの吐き出すディーゼルの排気と土埃《つちぼこり》のせいで、太陽がぼやけて見える。私たちの目的地はバスラだった。かつては静謐《せいひつ》な街だったが、いまはラマディや〝死の三角地帯〟をはじめとするイラクの悪名高い殺戮《さつりく》の場とおなじように、陰惨なイメージしか浮かばない。三人とも行きたくはなかった。その前日、反政府勢力が、他の会社の傭兵三人を拉致《らち》していた。米軍は死傷者を三〇種類以上の原因によって分類しているが、傭兵は死者には含まれない。この襲撃事件も、ニュースにすらなっていない――まるで何事もなかったかのように無視されるのは、いつものことだ。だが、ひとの口にはのぼり、勝ち負けの確率が計算される。「あそこは大嫌いだ」傭兵のひとりがしきりにいう。「あんなところは嫌だね」

私たちのチーム・リーダーのジョン・ヤングは四四歳、ミズーリ州リーズサミット出身で、元の仕事は大工、陸軍にいたこともある。身長は一七〇センチぐらいと小柄だし痩《や》せているが、強靭《きょうじん》な体つきだ。禿《は》げてはいないのだが、頭を剃《そ》りあげ、そのせいでスカイブルーの目がひどく落ち窪《くぼ》んで見える。ヤングはもう二年近くイラクにいる。襟《えり》がほつれている黒い抗弾ベストが、自慢の持ち物のひとつだ。ある午後、どこからともなく飛んできた一発の銃弾がそこに命中し、ヤングはハンドルに顔を叩《たた》きつけられた。きわどいところで首を射抜かれずにすんだ。会社は襟がちぎれかけた抗弾ベストを、ソフトボール・チームが勝ち取ったトロフィーでもあるかのように、本社ロビーのカード・テーブルに飾った。ヤングは、自分がかなり変わっているというのを承知しているが、それとうまく折り合いをつけている。「おれはいかれてるかもしれないが、そう自分でいうんだから、いかれてるのを知ってるわけだ。だったら、いかれてても、ぜんぜんかまわないじゃないか」イラクを離れることはできないという。「それがおれだ」ヤングはきっぱりという。「それがおれなんだ」

コーテが、ウィンドウをあけた。

「おい」ヤングがいった。「おまえたち、道はわかるか？」

メソポタミアの太陽みたいに膨《ふく》れた意味深長な沈黙が流れる。コーテとジョシュが目配せを交わす。

「わからない」コーテの声が大きくなった。「そっちは？」

ヤングが、〝ハリーのルート〟〝行けばわかる〟〝マップクエスト（オンラインの地図情報サービス会社）〟〝おまえたちがわかると思ってた〟などと、たどたどしくいう。

聞きちがいではないかと思った。マップクエスト？

「その話はあとにしよう」ヤングがついにそういって背を向け、離れていった。

マンズはぷんぷん怒っていた。

「どうしておれが先頭をつとめなきゃいけないんだ？」コーテにとげとげしくいう。「どっちへ行けばいいかもわからないのに」

コーテが、くすくす笑った。

「撃たれるのが怖いわけじゃないんだ」マンズがいう。「道に迷って橋から落っこちそうになるのが心配なんだよ」


原罪。

ある国の政府が、根拠のない作り話に基づいて先制的な戦争をはじめる。反政府勢力が勃《ぼっ》興《こう》して、占領軍と対決する。政治的な強い意志はもとより、戦闘部隊の兵力が足りないために、その政府は私兵を雇《やと》い、その数が徐々に増えてゆく。大雨のあとのキノコのごとく、数百の軍事会社があっというまに生まれる。ガラス張りの瀟洒《しょうしゃ》なオフィスと取締役会のある大企業もあれば、武装した荒くれ集団にすぎない会社もある。そういった会社が、膨大にいる退役軍人、元警官、スリルを求める輩《やから》、競争社会からの脱落者、愛国者、破産者、金に目がくらんだ人間、どうしようもなく退屈した連中などの膨大な求職人口から雇い入れる。アメリカ人、イギリス人、南アフリカ人、オーストラリア人、フィジー人、グルカ兵、左翼ゲリラ組織センデロ・ルミノソと戦った経験のあるペルー人など、顔ぶれは多彩だ。麻薬戦争から脱け出したばかりのコロンビア人もいる。会社はそういった連中に武器を渡し（自分の武器を持っている者も多い）、カリフォルニアほどの広さの乾ききった戦場に解き放つ。そこにはルールも法律もなく、それぞれの分別を除けば、なんの指針もない。

それがたちまち一〇〇〇億ドル産業になった。組合やロビイストの後押しを受けた武器産業が生まれて、こじつけの名称で呼ばれるようになる。どの軍事会社も、新聞や品のいい会話では、〝民間警備会社〟と呼ばれる。

「この戦争はほんとうにありがたい」そういった会社の幹部が、ある晩、私にいった。

ずんぐりした元海兵隊員で、除隊して住宅ローンのブローカーになったが、その後、全財産をサンドボックス社に注ぎ込んだ。イラクに三カ月いて、ラスベガスでR&R（保養休暇）をとり、一手五〇〇ドルのブラックジャックをやって、戻れば五〇〇〇ドルもする〈パネライ〉の腕時計をはめて戦争にいそしむ。

道徳的にどうかと思うような話だったので、私は確認した。

「ほんとうだよ」元海兵隊員がいった。「ただ金のためにイラクに来るんだ。二年前は、こんな仕事がやれるなんて知らなかった。自分も利用できるということを知らなかった」

金のためにアメリカの戦争をやっているのだから、むろん彼らは傭兵である。月日がたつにつれて、イラク関連の他の言葉――〝任務は達成された〟や〝大量破壊兵器〟など――とおなじように、傭兵という言葉も政治的な解釈によってねじ曲げられてきた。このやりかたを擁護する軍事会社やその仕事を代行する者は、銃を持つ語源学者よろしく、傭兵という言葉の語義をどこまでも押しひろげていった。批判勢力は傭兵という言葉を集束爆弾《クラスター》よろしく投下する。だが、政治を抜きにすれば、傭兵という言葉は基本的に的を射ている。自分の値段を気にしない人間には、お目にかかったことがない。イラク国民の運命を定め、アメリカ大統領の威信をその後左右することになる歴史的な政治決断も、彼らにとっては、リスクと報酬を天秤《てんびん》にかけるたんなるビジネスにすぎないのである。うだるような暑い午後、私はグリーン・ゾーンの〈バーガーキング〉で、知り合いの南アフリカ人傭兵と米軍撤収後の予想について話し合った。その傭兵はずばりといった。「米軍が撤収した場合、ひと月三万五〇〇〇ドル以下の報酬だったら、イラク行きの航空券には手も触れないね。そうなったら、二カ月生き延びられればいいほうだと思う」

だが、私は傭兵たちのひとつの金言を、イラク各地でいろいろな変形も含めて耳にしている。〝金のためにやってきて、生活のために居残る〟――自分でもはっきりわからないものや、認めたくないものも含めて、理由は無数にあるが、イラクに来たわけ、また舞い戻ってくるわけを、その言葉はわかりやすくまとめている。同志愛や中毒になるスリルといった、わかりやすい理由もある。イラクを非現実的な概念ではなく、現実として捉《とら》える。自分はイラク戦争に参加する。イラク戦争は歴史の一部だから、自分はたとえ死んでも歴史の一部になる。だが、たいがいもっと深い理由があって、それはひとそれぞれの場合が多い。それぞれの身の上話《ストーリー》がどういうものであろうと、それがイラクに来た理由になる。ストーリーがほんとうかどうかはどうでもいいし、自分ひとりの胸に収めているかどうかもどうでもいい。毎日、毎時、ストーリーが変わっていってもおなじことだ。

もちろん、私にも自分なりのストーリーがある。みんなそうだ――出征兵士とかかわいそうなイラク国民を除けば、だれひとりとしてイラクにいる必要はない。いろいろな面からして、本書はそれを描き出そうとする本でもある。自分たちの生と死、そのあいだのあらゆる物事を説明するために、私たちがおたがいや自分自身に語るストーリーが、本書にはちりばめられている。

「心配するな。まったく安全だから」コーテがいう。

コーテが抗弾ベストとヘルメットをアバランチのリアシートにほうり、MP3プレイヤーのボリュームをあげ、AK－47をガンラックに立てかけて、主要補給ルート・タンパを目指した。日没後で、気温が急に下がっていた。ヘッドライトに照らされた路面が疾《はや》く流れ過ぎる。砂漠に出ると、焚火《たきび》が輝いていて、怪しげな影や、電球がひとつだけ灯っているブロック造りの家が見える。私は暗いなかでメモをとろうとしたが、字が見えない。コーテがルームランプを点《つ》けてくれた。

「いや、消してくれ」

あとで考えると、ちゃちな装甲のピックアップに乗り、私が会ったなかでもっとも若い運命論者とふたりしてイラクを車で走るなど、軽はずみにもほどがあった。だが、そのときはそう思わなかった。コーテは私よりも二一若かった――誕生日はおなじ二月一一日――が、幻想とはいえ、なんの危険もないという雰囲気をみなぎらせていた。私は軍の任務に何度となく同行したことがある。重量五トンの黒いHMMWV《ハンヴィー》（高機動多目的装輪車）に収まって、おなじところをぐるぐるまわり、吹っ飛ばされるのを待つ。バラドで、目的がいったいなんなのか、わからないことがままあった。だれしもおなじだった。自分の小隊が壊滅状態になった少尉に、われわれは戦争に勝っていると思うかとたずねたことがあった。少尉は私の顔を見て笑った。「なにいってんだよ、戦争に勝つっていうのがどういうことなのかも知らないよ」コーテも軍務に服した経験がある――アフガニスタンとイラクで、それぞれ一度の出征期間をこなしているから、どういう魅力があるかは心得ている。イラクには命令もルールもない。〝イラクで戦うのはアメリカ本土で戦わなくてすむようにするためだ〟などという、まやかしの正当化事由もない。〝イラクの状況を好転させる〟などという空手形《からてがた》もない。いかす車と現ナマがいっぱい詰まった封筒があるだけだ。陸軍を辞《や》めた時点で、コーテは軍曹として一九六七ドル七〇セントの月給をもらっていた。二年後にイラクにふたたびやってきたときには、七〇〇〇ドルの報酬をもらっていた。准将の月給に値する。それでも、この産業の水準からすれば安いほうだ。

闇《やみ》のなかを私たちは何時間も走った。コーテがMP3プレイヤーをシャッフル選曲にして、ボリュームを落とした。ほかには、ハイウェイを滑《すべ》るように転がるタイヤの甲高《かんだか》いうなりと、他の傭兵との絶えざる連絡手段であるモトローラの無線機の空電雑音、コーテの絶え間ない陽気なおしゃべりが聞こえるばかりだった。コーテの話は延々とつづく――両親の離婚、自分のスラム街の不良の〝団〟、いっぱいいた恋人、大学の専攻を変えたこと。月明かりが射し込むなかで、話をしているコーテの横顔を見ていると、こんなイケメンの身になにかが起こるはずはない、だからこっちも心配ない、と思えてくるのだった。私はヘルメットを脱いでリアシートにほうり、安全だという幻想にひたった。

コーテは、自分の人生を一冊の本のように考えている、という話をしていた。「たった二三ページの本なら……」自分が二三歳だということになぞらえていた。「二三ページぜんぶがおもしろいほうがいい」

その一週間後、死の盟約は果たされず、コーテは杳《よう》として消息が知れなくなった。イラクではどんな恐ろしい運命が待ち受けているかわからないのだが、行方がわからなくなるのはなによりも恐ろしい出来事だと私は思う。コーテの人生が、短くて痛快で楽しい本のようだったとは、とうてい考えられない。

1　社会勉強《ソーシャル・スタディ》株式会社

バグダッド国際空港の南にひろがる農地や椰子《やし》林を抜ける道路を、HMMWV《ハンヴィー》（高機動多目的装輪車）がゆっくりと走っていた。夕暮れ時を過ぎており、寒く、空は濃い紫だった。あたりの光景が異様な緑色に輝いて見える暗視ゴーグルをかけている兵士もいる。ManPads（携行型地対空ミサイル）制圧と呼ばれる任務の最中だった。夜間、車輛に乗った兵士たちが何時間も走りまわって、肩に担《かつ》ぐSAM（地対空ミサイル）で航空機を狙い撃とうとする反政府勢力を捜索する。

車輛縦隊《コンボイ》がカーブをまわって、交差点に差しかかったとき、突然停止した一台のワゴン車に出くわした。ワゴン車のスライドドアがあき、AK-47を持った数人が出てきた。それにくわえ、ベルト給弾式の機関銃が、すくなくとも一挺《ちょう》はあった。その連中が、ハンヴィーに向けて発砲した。

米兵の大多数にとってははじめての実戦で、闇のなかで倒れる人影、赤い流星みたいに目の前を通過する曳光弾《えいこうだん》、自分たちの銃の削岩機《さくがんき》みたいな轟音《ごうおん》のなかで、体がふわふわするような酩酊《めいてい》状態を味わっていた。一瞬、麻薬でラリったみたいに、肉体や自分の出自から遊離して、感じたり聞いたりできるのは自分の息遣いだけになる。待ち伏せ攻撃のまっただなかに車輛で突っ込んだジョン・コーテは、ことにそういう状態になっていた。

基地に帰るとコーテは、「赤く輝く銃弾の流れがわれわれの目の前を通る」ありさまを激怒して書き綴《つづ》った電子メールを家族や友人に送った。それを除《よ》ける方法はなく、脱け出すには突っ切るしかないということしか頭になかった。だから、息を詰めてハンヴィーのギアをローに入れ、アクセルを踏みつけて、セカンドに切り替えた。後部の連中と声をそろえて「くそったれーッ」とわめきながら、十字砲火のなかを通過した。

「あんなすげえことは、生まれてはじめて経験した」コーテは断言する。「イラクではそんなことばかりが起きてるんだ」

砂漠用迷彩の戦闘服を着たコーテは、美男子で自信にあふれ、新兵募集のポスターのモデルみたいだ。電子メールのアドレスはarmyboycote@hotmail.comだった。9・11同時多発テロの二カ月前に第八二空挺師団に入隊したとき、適性検査の点数がきわめて高かったので、軍では士官学校に願書を出すよう勧めた。コーテは応じなかった。高さ二〇メートルの壁を懸垂下降《けんすいかこう》し、小銃格闘戦訓練棒（訓練の際に銃剣の代わりにライフルに付けるもの）で闘い、航空機から降下する――といったことに惑溺《わくでき》しており、前線から離れたくなかったからだ。アフガニスタンとイラクでアメリカの戦争に参加するのが、コーテの究極の目標だった。

「歩兵と呼ばれる仕事に、おれは人生の意味を見出すようになっている」と、コーテはバッファローの友人に書き送っている。

　イラクでは刺激が絶えることがない。兵士たちは、濃厚な香りの山野をハンヴィーで走りまわり、トラブルを探し求める。白壁の家がならぶ村を通ると、村人が手をふったり怒りをあらわにしたりする。ときにはその両方が見られることもある。兵士たちは繊細な感覚で、道路に埋められている爆発物を察知する。鉄条網に囲まれた基地を出たとたんに、ずっと刺激を味わいつづける。薬室に弾薬を送り込んだ銃をガンラックに立てかけて、ゲートを出たとたんに、興奮の連続になる。

　ある夕方、ハンヴィーのコンボイが角を曲がった。日干し煉瓦《れんが》の家が二十数軒、道路から引っ込んで建っている村を通過するとき、聞き慣れたタタ・タタ・タタという音が響いた。米兵は銃弾が飛んでくるとおぼしい方向に射撃を集中した。危険地帯を突破して村を離れるまで、コーテはふたたびアクセルを全開にし、兵士たちは全員興奮しきったが、怪我《けが》はなかった。

　その銃声は祝いのためであったことが、あとで判明した――結婚式の最中に、何人かのイラク人が空に向けて発砲したのだ――米兵が銃撃した相手は一般市民で、数人が死亡した。愕然《がくぜん》とした米兵たちは、小隊の軍医を乗せて、村に引き返した。撃たれたなかには女性が何人もいて、九歳の女の子ひとりが五・五六ミリ弾一発を肩に受けて裂傷を負っていた。軍医が家のなかにはいって手当てするあいだ、コーテほか数名が衝撃の醒《さ》めないまま、表で待っていた。9・11後に軍隊にはいった者が多かった。こんなことのために入営したつもりはなかった——女性や九歳の女の子を撃つことになろうとは。家のなかから女の子の悲鳴がずっと聞こえていて、それが兵士たちの胸に焼きついた。

そのあとは、なにもかもがおかしくなった。三月、基本訓練のときからコーテが知っていた二〇歳の中隊旗手が、任務から帰ってきたあと、みんなが眠っているあいだにM4カービンで頭を撃って自殺した。兵舎の床に倒れて痙攣《けいれん》しながら死んでゆくとき、中隊の兵士たちがまわりに集まってきた。

交替の時期が来て、二〇〇四年四月に部隊がアメリカ本土に戻ったときには、歩兵であることはもはやコーテの使命ではなくなっていた。ふたつの戦争に参加して叙勲《じょくん》されているコーテは、さまざまな意味でやはり兵士の鑑《かがみ》だった。陸軍称揚章《しょうようしょう》二度にくわえ、達成章と善行章を一度ずつ叙勲され、歩兵特級射手徽章《きしょう》と、実戦に参加して生き延びたあかしである戦闘歩兵徽章を持っている。二度目に称揚章を受けたときの推薦の言葉は、「コーテ特技兵(給与区分は伍長とおなじだが、下士官とは見なされない)のプロフェッショナリズム、無私の勤務と任務への精勤は、米陸軍パラシュート歩兵の崇高なる伝統に則《のっと》ったものであり、同特技兵およびその所属する米陸軍第五〇五パラシュート歩兵連隊第二大隊への信頼を大いに高めた」というものだった。コーテは三年にして三等軍曹に昇級した。

だが、一刻も早く除隊したくてうずうずしていた。

コーテはウェブサイトで、大学を選んだ。アメリカの戦争に従事していたこともあって、性について厳格なイスラム教の国々で四年間、男にとってのキャンパスライフという面から理想的に思えた。ゲインズヴィルのフロリダ大学は全米で三番目に大きい大学で、学生の数は五万人を超える。学業のある季節の平均気温は、摂氏二七度前後である。白いサルオガセモドキが垂れ下がるオークがキャンパスの至るところにあって、すごい美女が裸同然の格好をしている。夜には学生たちがユニバーシティ・アベニューのバーに繰り出し、女性はほとんどただで飲める。

コーテには、軍隊で稼いだ金、戦士としての評判、そしてカリスマ性という武器があった。できるだけ軍隊生活とはほど遠い暮らしをしようとした。友愛会《フラタニティ》の序列のなかでは最低だがパーティに関しては定評のあるシグマ・ファイ・イプシロンに入会し、オクスフォード・テラスというさえないアパートメントに越して、会計学を専攻した。フロリダに移って二週間後に、やはりシグマ・ファイ・イプシロンの会員のジョーイ・ダル・サントと、オクスフォード・テラスの階段で出会った。一八歳で経営学専攻のダル・サントがたまたま上の階に住んでいることがわかり、コーテは一杯飲もうと誘った。それからふたりは、〝ごちゃごちゃパーティ〟と称するシグマ・ファイ・イプシロンの入会式に出かけていった。

ダル・サントは、シカゴ出身の天真爛漫《らんまん》な新入生で、入学したての学生らしく男性ホルモンをみなぎらせていた。おなじ一年生なのに二二歳で、二度の戦争を経験しているコーテが客のあいだで顔が広いので、ダル・サントはびっくり仰天した。上級生や女子学生クラブの学生やフロリダ大学のフットボール選手が、コーテと拳《こぶし》を打ち合わせて挨拶《あいさつ》をしたり、大声で名前を呼んだり、抱き合ったりした。

「ジョン、ああいうひとたちとどうやって知り合ったんだ?」やかましいパーティ会場で、ダル・サントが大声を出した。

「ああ、ちょっと早めにゲインズヴィルに来て、何人かと会っただけだよ」と、コーテは答えた。

すごい美女ふたりがにじり寄ってきた。ひとりは二一歳のブロンドのボスニア人アンジャ・マガジンだった。その友だちのシヴァ・ハフェジは一八歳、テヘランの出身で、化学工学を専攻している。アンジャがいちゃいちゃしてきたので、コーテは自分は二二歳だといったが、信じてもらえなかった。コーテは若く見えるほうで、エネルギーを波のように発し、じっとしていられない愛想のいい若者というふぜいだった。「身分証明書を見せてくれなくちゃ」とアンジャがいうので、コーテはニューヨーク州の運転免許証を出して、ほんとうだというのをわかってもらった。

それからすぐに、アンジャとシヴァは、キャンパスのジムでコーテとばったり出会った。言葉の嵐に突入したみたいな感じだった。コーテはTシャツとジム用のショーツという格好でランニングをしながら、友愛会《フラタニティ》のことやパーティのことをしゃべって、ふたりを熱心に誘った。「きみたちもぜひおいでよ……おれたちは料理もするんだ……ジャンバラヤを食べよう……会わせたい友だちもいる……隣に住んでる女の子だけど、きっと好きになるよ……ぜ

った いに来なくちゃ……」

じきにアンジャとシヴァは、オクスフォード・テラスの常連になり、コーテは多国籍の友人グループの中心になった。みんな仲良しで美男美女ぞろいだったので、まるでシチュエーション・コメディから抜け出てきたみたいだった。ダル・サント、アンジャ、シヴァ、コーテの隣に住んでいる大きな夢を抱いたブラジルの女優フェルナンダ・アンドラーデ、そのルームメイトでブロンドのローレン・パーミュイ。ココア・ビーチでサーフィンをして、大晦日《おおみそか》はハーバー・アイランドで過ごし、春休みにはバハマ諸島まで酒を飲みながらクルージングした。日曜日はたいがい、コーテが自分のキッチンでこしらえるジャンバラヤとチョコレート・マティーニでパーティをひらいた。

コーテのアパートメントは、まさにそこでの新生活の象徴だった。教科書よりもバーテンダー向けのガイドブックのほうがそろっている。狭い寝室には二〇〇〇ドルもするキングサイズの〈プリンセス・ラテックス〉のマットレス、スピーカー付きの巨大なテレビ、大きなアメリカ国旗と第八二空挺師団の師団旗、起動したままのノートパソコンを置いた小さなデスクがあった。コーテの勉強への取り組みは、「私が図書館で勉強しているところに〈キットカット〉のチョコバーを持ってくる」というようなものだったと、シヴァはいう。コーテは単位をとっていたが、それはどうでもよかったのだ。口にはしなかったが、大学にはいったのは〝束縛からの自由〟が目的だった。

「ラムばかり飲んで、女の子を追いかけている、底の浅いフラタニティの男子学生というのが、コーテの第一印象だった」と、ローレンはいう。「社交的で見栄《みば》えもいい男で、気の利《き》いたことをいうのに、極端なくらい自信を持っているように見えた」コーテとしばらくつきあううちに、もっと複雑な内面が見えてきた。フラタニティの仲間や飲み仲間に対しては、コーテはパーティそのものだった。合コンでは、サンドレスを着た女子学生クラブ《ソロリティ》の女の子たちが、街灯にたかる蛾《が》みたいに群がった。「それを見ながら、〃ぼくもあんなふうにもてたい〃と思った」と、フラタニティの新入会員のデイヴィッド・ハンキンズはいう。コーテはそういう女の子たちをいつも相手にしなかった。「だって、ああいう若い子はなんにも知らないし、やかましいだけだ」と友人たちにいった。〈ルー・バー〉や〈ウィスキー・ルーム〉のような混んでいるクラブでは、ジーンズと〃パーティの花形〃とか〃おれは大物〃などと描いてあるパステルカラーのぴっちりしたTシャツで、片手を鮫《さめ》の鰭《ひれ》よろしく額《ひたい》に立て、そこにいるいちばんセクシーな女の子を追いかける。「バーでどんな女の子にでも近づいて、自信満々で自己紹介するっていうタイプの男だった。そういうところが好かれていたんだ」その年度のシグマ・ファイ・イプシロンの新入会員の会長だったマット・スローンは、そう評している。「そういうやつだったよ」コーテはようやくひとりの恋人に落ち着いた。フロリダのバスケットボールの試合で元気いっぱいのダンスを踊るチームのひとりで、文字どおりまぶしいぐらいの美女だった。

コーテといっしょにいると、物事が単純明快に思える。だから、いっしょにいて、コーテがなにをするかを見て、生き生きした気分を味わうのが楽しかった。ある晩、ちょっとした思いつきで、コーテはダル・サントを誘ってジャクソンヴィルへ行き、フロリダ大学対ジョージア大学が毎年やっているフットボールの対抗試合のパーティを楽しんだ。午前三時になり、すこし酔ってへとへとになったが、泊まるところがなかった。コーテの栗色のピックアップトラック――フォードF－150――で眠るか、ゲインズヴィルまで一時間半車を走らせるしかない。運転すると、コーテはいった。

「居眠り運転はごめんだよ」ダル・サントがいった。

「心配するな。だいじょうぶだ」コーテは請け合った。

ルート301は真っ暗で、コーテは時速一一〇キロメートルで走らせながら、ダル・サントのほうを向いた。「ちょっとハンドルを持っててくれ」シートベルトを直すのか、ガムを口に入れるか水を飲むのだろうと、ダル・サントは思った。ところが、コーテはクルーズ・コントロールをセットして、運転席のウィンドウをくぐると、すばやい動きで荷台に出た。立ちあがって激しい風で顔を叩かれながら、タイタニック号の船首から身を乗り出したレオナルド・ディカプリオみたいな格好で、体を突き出した。フォードがそうやって闇を突っ走るあいだ、ダル・サントは度肝を抜かれてハンドルを握っていた。

「ジョン、なにやってるんだ」ダル・サントは悲鳴のような声をあげながら、体をずらして運転席に移動した。コーテは笑っただけだった。ダル・サントがフォードの運転を代わると、コーテは荷台を歩いて助手席側にまわり、そこに飛びおりて座った。

ほとんどの学生の目に映るコーテは、そんなふうだった。しかし、とんでもない変身ぶりを、友人たちはたまに目にした。コーテはまじめになり、内省して、暗い顔をすることがあった。この世や自分自身について、深遠な質問を投げかけた。ローレン・パーミュイが最初に思ったような気の利いたことをいう酒好きは、じつは「どこのだれよりも楽しいことが好きで、繊細で、面倒見のいいひと」だった。コーテは自分がいま満喫しているような生活を見下《みくだ》すこともあった。大学は〝見え透《す》いた茶番〟だといい、周囲の甘やかされた学生たちの二倍の人生を送ってきたような気がするといった。何時間も、ときには何日も姿を消して、またふっと現われ、なんの説明もしないこともあった。ある晩、ダル・サントはどうしてもコーテを見つけられなかった。ドアは鍵がかかっているし、フォードはない。携帯電話にかけても出ない。ダル・サントは、ゲインズヴィルじゅうを車でまわって、バーやフラタニティの部室を探して、だれか見かけていないかとたずねた。翌日、自分のアパートメントの床でのびているコーテが見つかった。

「ジョン、留置されているんじゃないかと思ったよ。どうして電話に出ないんだ?」ダル・サントはきいた。

「ジョーイ、留置されていてもきみにはなにもできないだろうが。ほうっておけよ」と、コーテは答えた。

だれも触れることのできないそこはかとない悲しみが、コーテの心の芯《しん》にあるようだった。夜が更《ふ》けて、自分が中心のパーティに出たあと、コーテはキッチンの床に転がって、飲みつづけ、自分でもわからない理由から泣いた。バッファローに住んでいる兄のクリスに電話して、フロリダに越してきてほしいと頼むこともあった。クリスはヤマハのディーラーのパーツ担当マネジャーだった。三六一日年上で、ずっと思慮深く、責任感が強い。自分の生活をひょいと持ちあげて動かすようなことはできないと、クリスは弟に告げた。

「おれのどこがいけないんだ？」そんなとき、コーテは兄にきいた。

ある夜、友人のシヴァ・ハフェジのところに、コーテの携帯電話から電話がかかってきた。シヴァが出ると、女性の声が聞こえた。

「あなたのお友だちを見つけたのよ」その女性がいった。「道ばたにいるの。気分がよくないみたい」

コーテは、〈ルー・バー〉近くの路地で気を失っていた。シヴァがアパートメントに行ってみると、ベッドで丸まって泣いていた。シヴァはそばに寝て髪をなでてやった。「どうしたのってきいても、いえないっていうのよ。いろいろな話をしてみたの。学校のこと？　家族のこと？　女の友だちのこと？　ジョンは、〝ちがう、ちがう、ちがう〟っていうばかりだった」

眠りなさい、あしたになれば気分がよくなるから、とシヴァはいった。だめなんだ、とコーテが答えた。悪夢を見る、と。

「どんな夢なの、ジョン？」シヴァはきいた。

「ひどいことだよ」

「戦争のことね。陸軍にいたときのことでしょう？」

コーテが身をふるわせ、言葉がほとばしった。「シヴァ、おれは人が見てはいけないようなものを見ていた。友だちが死んで、独りぼっちなんだ。どうやってこの映像を頭から追い出せばいいのかわからない。どうすればいいんだ」

「眠り込むまでずっと泣いてた。ひと晩中泣いてた」シヴァはいう。「私にはどうすることもできなかったの」

翌朝、シヴァは自分の部屋に戻った。すぐに電話がかかってきた。コーテからだった。いそいでコーテのアパートメントへ行き、ベッドに潜り込んで抱きしめた。「その話をしようとしたの。ジョンがしらふだったら、話をして落ち着かせることができたかもしれない。でも、壁があった。大きな壁が。結局、彼はみんなが思っているような幸せな男ではなかったのよ。それがいちばんつらかったんでしょうね。自分はなにもかも無意味だと思っているのに、だれも知らない。みんなにパーティの花形だと思われていた」

シヴァは困り果てた。シヴァはイラン系移民の娘で、家族は彼女の教育のためにすべてを犠牲にしていた。シヴァは現代ペルシア語も流暢《りゅうちょう》にしゃべれる知的な女性で、その後エクソンモービルのセールスマネジャーとして雇われるがんばり屋だった。その仕事を、自分のビジネスの出発点にするつもりだった。

でも、当時は、人間のことも世の中のことも知らないと感じていた。コーテが自信をあたえてくれ、自分の美しさを認識することができた。人間や世の中のことを、コーテは教えてくれた。兄のような存在だった。それにどう恩返しすればいいのだろうと思った。

ある晩、シヴァは恋愛がうまくいかなくなって、土砂降りのなか、キャンパスを歩いていた。「心が砕《くだ》けて九〇もの破片になってしまったように思っていた」コーテに電話した。もちろん、コーテは女の子といっしょだった。

「そこにいて」コーテはいった。「すぐに行くから」

「なにも心配はいらないという気持ちにしてくれるとわかっていたの」シヴァはいう。「顔を見たとたんに、胸に飛び込んだわ。泣きに泣いたの。自分の心の奥を見つめてくれて、きみは愛されている、気にかけてくれるひとがいる、きみはきれいだといってくれるひとがいるというのは、すばらしいことだわ」

コーテはシヴァを車に乗せて送り届けた。部屋にはいると、体を抱きあげてキッチンのカウンターに座らせた。手で顔を拭《ふ》いてやった。「私を見て、ジョンはいったの。〝シヴァ、きみはすごくきれいだ。二度と裏切られたりするんじゃないよ〟」

その晩、前にシヴァがそうしたように、コーテはいっしょに眠った。ただの友人としてそうした。安物のマットレスがベッドからずり落ちて、翌朝シヴァが目覚めると、コーテは上半身が床に落ちたまま眠っていた。

それからというもの、シヴァが落ち込んだときには、コーテが彼女の部屋のあちこちにメモを置いておくようになった。

シヴァ、自分がきれいだというのを忘れてはいけない。

シヴァ、きみは強い女の子だ。自分に自信を持つように。

シヴァ、人生のいいことはこれからだというのを忘れないように。

「すばらしいひとだった」シヴァはいう。「本人よりも世界がそのことを知っていた。見知らぬ人間も、本人よりもそのことを知っていた。彼の心にはこの世の名言がいっぱい詰まっていたの。どうして自分自身の忠告に耳を傾けなかったのかしら?」

大学に入学してからしばらくして、コーテはインターネット取り引きの〈eBay《イーベイ》〉でバイクを買った。

そのバイクは、さまざまな意味で、スピード狂の持ち主の体の一部のようなものだった。ヤマハR1で、最高速度は時速二九〇キロメートルだった。ゼロから時速一六〇キロメートルまでの加速に五秒しかかからない。デイトナのレースに出場できるように改造された型だった。コーテのR1は真紅で、黒いトリミングがあり、シルバーのデュアルマフラーがリアシートの左右にアヒルの尻尾《しっぽ》よろしく突き出している。つねに理性的なクリスが、黒と赤と白で炎が描かれている五〇〇ドルのアライのヘルメットを送ってきた。コーテはめったにそのヘルメットをかぶらなかった。クリスも納得した。「コンバーチブルに乗ったいい女と信号待ちでならんだときに、すごいバイクに乗っているこの男はすてきかしらと迷われたくないからだ」

このバイクは、コーテは最近なにをしてる？　という噂の種をこしらえた。買った最初の週に、コーテは制限速度違反の切符を切られた。フラタニティの前でウィリーをやった。ある午後、シグマ・ファイ・イプシロンが、ゲインズヴィル郊外でイベントをひらいた。コーテはフラタニティの仲間のために、州間高速道路《インターステート》で曲乗りをやってみせた。みんなが時速一一〇キロメートルで走っているときに、時速一五〇か一六〇キロメートルで走り、足をハンドルバーに載せた。そしてさらにべつの曲乗りをやる――長いウィリー走行や、横座りでの蛇行《だこう》。医学コース予科のデイヴィッド・ハンキンズが車で走っていたとき、コーテがすぐ横にいて、コツコツとサイドウィンドウを叩き、あっというまに走り去るということもあった。

最初のころは愉快で、バイクは膨《ふく》れ上がるコーテ伝説に欠かせないものになった。しかし、そのうちに友人たちは、コーテがそれを自滅の道具として手に入れたのかもしれないと心配しはじめる。その年、コーテの気分の変化がしだいに頻繁になり、激しくなるのを、友人たちは目の当《ま》たりにした。酒量が増え、どんちゃん騒ぎが多くなっていた。会計学はわけがわからず〝無意味だ〟と見なし――それはコーテ以外はだれでも気づいていたことなのだが――学業をなおざりにしていた。権威を敬《うやま》う気持ちは元から強くなかったのだが、いっさいなくなっていた。ある午後、キャンパスの警官が、方向指示器を出さなかったとしてコーテに停止を命じた。コーテは、それ以前から、ゲインズヴィルの警察に目の敵《かたき》にされていると思い込んでいた。口応えをして、気づいたときには手錠をかけられてパトカーに乗せられていた。ヤマハのバイクとフォードのピックアップや、たてつづけのパーティに金を注ぎ込んで、そのころにはほとんど文無しになっていた。秋の学費を払うあてもなかった。

その夏、コーテはゲインズヴィルのオックスフォード・テラスにずっといた。夏期講習を選択し、夜はシグマ・ファイ・イプシロンが資金を出している地元のビジネス、ソーシャル・スタディの応援係として働いた。美男美女の学生があちこちのクラブの外に立って、美男美女の客を勧誘するという仕事だった。報酬は安かったが、なかなか楽しい仕事だった。コーテは、女を口説くという大好きなことをやりながら、ひと晩に四〇ドル稼いだ。

仕事仲間におなじフラタニティの会員のマット・スローンがいた。サラソタ出身で心理学を専攻しているスローンは一八歳で、いろいろな面でコーテとは正反対だった。まじめで物事に集中するたちだった。フロリダ大学に入学したときには、自分の人生の目的がはっきりとわかっていた。卒業したら、ＭＢＡと法曹資格をとり、スポーツ関係のエージェントになる。新入生クラスの会長（その後フラタニティ全体の会長）で、生徒会やゲイター・グロウルという宗教グループでもリーダーだった。

だが、スローンはコーテに借りがあると感じていた。その年のもっと前の時期に、スローンはあまり多くの活動をしているために大学生活がおもしろくなくなった。スローンはコーテにさとされた。「こういわれた。〝楽しまなきゃだめだ。大学生活は一生に一度なんだから〟。自分の軍隊経験を引き合いに出して、〝おれは大学生活を満喫しようと思って入学した。人生のなにがモチベーションになるかを知るために〟。その激励の言葉が、ずっと頭に鳴り響いている」

いまはコーテのほうが助けを必要としていた。スローンの見るところ、コーテはリスクをどんどん高めて、とてつもなく大きな高揚を求めていた。死にそうになったという話が毎日のように伝わってきた。コーテがどこかで正体をなくして転がっていたということも聞かされた。「ジョンは大酒を飲んでいた——それこそ浴びるように」スローンはいう。「その下に鬱《うつ》が潜んでいたのか、それともただ人生の意味を探していたのかはわからない。気分の高揚が得られなくなっていたんだ。アメリカの主流の社会では、もう楽しめなくなっていた。心的外傷後ストレス障害（PTSD）の症状ではないかと心配になった。すべてあの夏のあいだに集中していた。自分で自分に問いかけ、たくさんの知り合いにもきかれたはずだ。〝こんな危なっかしい生活をつづけるのか？　それともこれから落ち着くのか？〟と」

「きみはいったいなにをやっているんだ？」〈ウィスキー・ルーム〉の外に立っているときに、スローンはコーテにきいた。

「ここはおれのいる場所じゃない」とコーテは答えた。

ここのところ、陸軍の昔の仲間と話をしているんだが、そいつらはおれの抱えている問題がすべて消え去ってしまうような仕事について知っている、とコーテは語った。夢にも思わないような大金が稼げる。学費もまかなえるし、ゲインズヴィルでの〝どこまでも作り物の〝生活にも意味が持てるようになる。その仕事について、コーテはスローンに説明しようとしたが、会社の名前――プライベート・セキュリティ・コントラクター――さえよく憶えていなかった。ただ、はっきりしているのはイラクにふたたび行くということだったが、コーテはリスクを軽く見せようとしていた。

コーテが説明するうちに、スローンには異常ではあるが筋が通っているように思えてきた。

「だって、フロリダ大学というのは一種のユートピアだ。天気はいい、いくらでも遊びがあるし、勉強もできるし、きれいな女の子もいる。ジョンにはそれがわかっていた。これこそがエクスペリエンス（またとない新奇で楽しい事柄や品物。ｉＰｏｄのような商品が一例）だと知っていた。ここで楽しめないとわかったとき、アメリカのどこにも楽しいことなどないと気づいたんだ」

コーテが交差点《クロスロード》に立っていることを、スローンは察していた。ゲインズヴィルとイラクのどちらを選ぶかが問題だった。「〝こういう常軌を逸《いっ》したことをつづけて、ただスリルを味わうだけのために血圧を上げる方法を探しつづけるか、それとも戻りたいか〟というような、二者択一だった」

コーテはよく〈ウィスキー・ルーム〉の正面にバイクをとめていた。店を午前一時に閉めたときも、バイクはそこにあった。

コーテは夜通し飲んでいた。バッファローの兄に電話して、状況を説明した。ビールをがんがん飲んでいた。友人たちが迎えにきてパーティへ行くつもりだったが、待つのが嫌になった。バイクで行きたい。

「ジョン、それはぜったいにだめだ」クリスがいった。「やめてほしい」

　家族のいつもの役割をふたりは演じていた。クリスが理性的に注意深く行動するよう促《うなが》し、コーテがだだをこねる。

「どのみちバイクに乗るだろうとは思っていた」クリスはいう。「せめて制限速度を守って、馬鹿なまねはするなといった」

　コーテはバイクに乗った。〈プーマ〉の白いぶかぶかのジーンズにピンクのTシャツという格好だった。ゴーグルをつけていなかったが、フロリダではそれが法律違反になる。もちろんクリスがあげたヘルメットもかぶっていなかった。ユニバーシティ・アベニューを疾走し、フットボール・スタジアムの近くの信号でとまってから、爆走した。ゲインズヴィルの目抜き通りで前輪を持ちあげて完璧なウィリーをやった。バーが閉店する時間の直後だった。フロリダ大学警察隊のエリック・L・ハッチンソン巡査が、通りの向かいにあるマーフリー・ホールの駐車場の警備点検を行なっていた。コーテはユニバーシティ・アベニューを数百メートル轟然《ごうぜん》と走ってからUターンし、こんどは交通整理をしていたラゲイン・T・ハワード巡査の目の前でウィリーをやった。ユニバーシティ・アベニュー東行きで無謀運転しているバイクがいて、ゴーグルをかけていないピンクのTシャツの男が乗っていることを、ハワードが無線連絡した。

　ハッチンソンが、コーテのバイクに停止を命じた。午前一時五三分のことだった。

コーテは、寄宿舎の駐車場にバイクを入れた。ハッチンソンのパトカーのビデオカメラが、そのときの模様を捉《とら》えている。半ズボンの制服姿のがっしりした警官が近づくと、コーテがバイクをおりてキックスタンドをかける。パトカーの回転灯の光がふたりを照らしている。やかましいナイトクラブで熱心に話し込んでいるように見えなくもない。

コーテが業《ごう》を煮やして両手をあげ、頼み込もうとする。ハッチンソンが離れてゆく。コーテがバイクにもたれて、ポケットから携帯電話を出し、一〇秒ほどしゃべってからジーンズのポケットに戻す。

ハッチンソンが戻ってきて、パトカーのボンネットのところへコーテを連れてゆく。両腕をうしろにまわさせて、手錠をかける。

署に連行されたコーテは、呼気アルコール濃度テストを受けた。血中アルコール濃度は〇・一〇。フロリダ州では〇・〇八が限度とされている。二度目のテストで、コーテはごましをやろうとした。

「二度目のテストで、コーテはきちんと息を吐かず、口の脇から空気が漏れるようにした」立ち会ったティモシー・L・ペック巡査が述べている。

コーテはあきらめて腰をおろした。免許停止になり、数千ドルの罰金をくらうことがわかっていた。

だが、それを避ける方法を、すでに考えてあった。

「アメリカを一年離れるから免許停止など平気だといった」と、ペックが報告書に記している。

パーティに行ったコーテは、電子メールをシヴァに見せた。第八二空挺師団でいっしょだったマイク・スコーラからのメールだった。クウェートから書いた手紙だった。

急なことだったがだいじょうぶだ。忘れ物があってもここでそろう。必要なものはつぎのとおり。

——手袋、ノーメックス（難燃素材）製で色は黒かタン。
——ちゃんとしたサングラス。
——カーキ色のカーゴパンツ。なければここで用意する。
——洗面用具。

おれといっしょに護衛任務をやってもらう。おなじチームに来てほしい。いい仕事がいっぱいある。おれはバグダッドのチームにいる。週に二度バグダッドの近くへ行ってトラック一〇台の荷物をおろす。六日勤務一日休みだが、六日のうち三日は陸軍基地でほとんどぶらぶらしている。任務の最初の週はおれと運転を交替でやるが、そのあとはひとりで運転してもらう。月給は七〇〇〇ドル、月に一度現金払いだ。給料日は月末。

すごいやつばかりで、ほんとうの変質者も何人かいる。どうしてこんなところにと思うようなやつもいる。ＡＫ‐47は陸軍で使ったことがないから、扱いをよく知らないと思うが、すぐに慣れる。バグダッドへの輸送はいい仕事だ。中程度のリスクだが、あまり心配はないと思う。

スコーラのメールが来たのは、酒酔い運転で捕まってから四日後だった。その日の午後に、コーテは大学の教務課に退学届を出した。メールを読んだシヴァの目に、いくつかの言葉が飛び込んできた――バグダッド、ＡＫ‐47、変質者、中程度のリスク――どういう意味なの？　シヴァはコーテを表にひっぱっていった。

「ジョン、なにをするつもり？　お願い。こんなことはやめて」

もう決まったことだと、コーテはいった。不平をならべ立てた。金がない、人生がむなしい、会計学なんてお笑いだ、おれはみんなよりも年を食ってる。

「ジョン、戻ってきたばかりでしょう。どうして自分から志願して行ったりするのよ？」シヴァはいった。

「シヴァ、だいじょうぶだよ。楽しいんだから。いまのおれにはそれが必要なんだ」コーテは答えた。

アパートメントの部屋を整理して、荷物を車に積んでサウス・メインの〈アフォルダブル・ストレージ・センター〉に預けに行った。バイクには黒い防水布をかけて、キーをイグニッションに差したままにした。革のバイクジャケットは透明なポリ袋で二重にくるみ、クリスに買ってもらったアライのヘルメットは箱にしまった。

出発する前の晩に、オクスフォード・テラスで友人たちのためにジャンバラヤをつくった。部屋の壁に、シヴァ、アンジャ、ローレン、フェルナンダが伝言を書くための黒板があった。コーテはチョークを取って、シヴァのために四つの心得を書いた。


きみがきれいだというのを忘れるな。

強くあることを忘れるな。

広い心があるのを忘れるな。

きみのあそこはふくよかで、おれはいつだって大好きだというのを忘れるな。


コーテは、シヴァがよく部屋でかぶっていたお気に入りのグリーンの陸軍の帽子を、シヴァの頭にかぶせてあげた。最後のバッグを持ち、ドアを出ていった。シヴァは階段をおりるあいだ泣きながらついていった。

「ついてくるな」コーテはいった。

だが、シヴァはついていった。コーテはフォードにバッグを積んで、駐車場でお別れのハグをした。人生を立て直すためにイラクに向かうコーテの車が走ってゆき、ユートピアから遠ざかるあいだ、シヴァは陸軍の帽子をかぶったままずっとそこに立っていた。

2　きょうはだれかを殺したい

ジェイク・ウォッシュボーンは、ルート・タンパのまんなかに立っていた。青く剃《そ》りあげた頭が、焼けつく陽光をまともに浴びている。左腕は袖《そで》の長さの刺青《いれずみ》に覆《おお》われて、インクに浸《ひた》したみたいに見える。手袋をはめた左手で、M4カービンの銃身を握っている。ウォッシュボーンは、もはや走れなくなったグレーのシボレー・サバーバンのそばに立っていた。さきほど時速一六〇キロメートルで分離帯に突っ込み、車軸が折れ、タイヤ三本がパンクしてしまったのだ。重量二トンの大型SUVは、いまでは倒れた野獣よろしくハイウェイのまんなかに立ち往生している。

チーム・リーダーのウォッシュボーンは、一五万ドルのサバーバンを管理する責任がある。男の子が何人かいる中流白人の母親がよく乗っているSUVだが、装甲と防弾ガラスを装備し、うしろからの攻撃に気づきやすいように後部座席をうしろ向きにするなど、市街戦用車輌に改造されている。ウォッシュボーンは、壊れたSUVのまわりに集まっている十数名の武装した男たちにも責任があった。イフク中部のヒッラという町の近くで、チームは目につく無防備な状態に陥っていた。

ブルーのトラックが、突然カーブをまわって現われた。運転手が気づいていないのか、殺意があるのか、まっすぐこっちに向かってくる。イラクではよくあるジレンマが生じた。ひょっとして自動車爆弾かもしれないし、武装した男たちに出くわしたイラク人がパニックを起こしているだけかもしれない。ウォッシュボーンのそばに、アサルトライフルを持ったイシレリ（イシ）・ナウカキディという、がっしりした熟練の元フィジー陸軍兵士がいた。イシも、一〇〇メートルほどに迫っているトラックに目を向けていた。脅威ではないと判断したらしく、ライフルは脇に垂らしたままだ。ウォッシュボーンはちがう結論を下し、M4を構えて、タイヤがパンクしてトラックがとまるまで十数発以上を発射した。

運転手が被弾したのが見てとれた。大きくのけぞっているし、血が座席と床にたまっている。爆弾を持っていたのだとしても、だれにも予測はできない。道ばたにイラク人が集まってきて、トラックのほうを指差していた。怪我《けが》した運転手を助けに行きたいのだが、撃たれたくないのだ。ウォッシュボーンは引き金の横に指をかけて、手をふり、行ってもいいと合図した。太腿《ふともも》から血を流している運転手が、ブルーのトラックから助け出され、運ばれていった。

ウォッシュボーンは、めちゃめちゃになったサバーバンに視線を戻した。

「よし」チームの者たちに命じた。「こいつを焼いちまえ」

いっしょに仕事をしている荒くれたちですら、ジェイク・ウォッシュボーンには用心していた。イニシャルのJ・Wから、無線のコールサインでは〝J‐ダブ〟と呼ばれている。オクラホマ州ブロークンアロー出身の元海兵隊員で、身長一九〇センチ、彫りの深い顔をしている。ウォッシュボーンは、バージニア州ハーンドンに本社のあるトリプル・キャノピーという会社に雇われている。イラクで活動しているなかでは最大の民間警備会社で、規律の行き届いている元特殊部隊員を雇うことで定評がある。しかし、J‐ダブは、その枠をはみ出していた。勤務時間後にポーチや〈ジェム〉という社用のバーで飲んだくれ、飲酒が仕事にも影響していると見ている同僚も多かった。部下を率いてイラクの無法地帯の道路を走る前に、J‐ダブは安全に関する要旨説明会《ブリーフィング》を行なわなければならないことになっていた。ブリーフィングでは、脅威を分析した最新情報や、最近の襲撃の位置などが伝えられる。だが、J‐ダブは自分のブリーフィングにもほとんど出ない。部下が捜すと、前の晩に飲みまくったために部屋で寝ているということがままあった。

「ふつうだと、そういう不始末が重なるやつは長続きしない」J‐ダブを叩き起こさなければならなかった部下のひとりはいう。「なにしろ、〝知ったことか〟という態度だからね」

J‐ダブが馘《くび》にならないのは、直属の上司であるライアン・トマソンが親友でもあるからだと思っている者は多い。元陸軍レインジャー部隊員で仲間には〝ライノー（犀《さい》）〟と呼ばれているトマソンは、体重一一八キロ、ベンチプレスで一八〇キロ以上を挙げる。大学のフットボール選手みたいに見えるが、戦争に行く前はたぶんそうだったのだろう。声がでかくて頭がよく、おもしろい男であることは否《いな》めない。自分では知識人と戦士の両方の部分があると思っている。修士号を持っているのにイラクに来ているのを自慢する。〝キリスト教徒十字軍戦士〟という刺青《いれずみ》をアラビア語で猪首《いくび》に彫っている。恐ろしげな風貌《ふうぼう》のくせに道化《どうけ》恐怖症で、ピエロを異常に恐れている。それで傭兵たちはときどきドアの裏にピエロの写真を貼《は》り、トマソンを激怒させる。「大男のバイキングみたいだ」と元同僚はいう。「葉巻をくわえて、メガホンを使っているみたいな大声でしゃべる。みんなに好かれる。ほんとうに偉い男だ。だが、指揮官になってほしくはない。〝戦争が起きたらガラスを割ること〟と書いた非常用の箱に入れておいたほうがいい男だ」

ところが、ライノー・トマソンは、アシスタント・プロジェクト・マネジャーというナンバー2の地位にある。

プロジェクトの名称は〝ミルウォーキー〟。簡単にいうと戦域のタクシーで、トリプル・キャノピーがイラク各地で行なっている警備作戦の一環だった。この会社はイラク戦争がはじまるとともに、米陸軍の極秘特殊作戦部隊デルタ・フォースの元将校たちが資金を出して設立された。CEOのリー・ヴァン・アースデイルは元デルタ戦闘中隊長で、モガディシュのブラックホーク・ダウン事件（武装組織の幹部を捕獲する作戦の最中にヘリコプターが撃墜されて米軍に甚大な被害が出た事件）での殊勲によって銀星章を授与されている。二〇〇六年、トリプル・キャノピーは、実入りのいい国務省の在外勤務者保護サービス（WPPS）を含めて、政府から二億五〇〇〇万ドル以上の発注を受けている。国務省のこの仕事は、民間軍事会社のブラックウォーターやダインコーと分けあっている。ミルウォーキー・プロジェクトでは、トリプル・キャノピーは多国籍企業ハリバートンの子会社KBRの下請けをしている。KBRはラグーナ建設の下請けだし、ラグーナは国防総省と契約している。トリプル・キャノピーの傭兵十数人が、KBRやラグーナの幹部を武装コンボイでイラク各地へ運ぶ。クライアントの乗る車輌は、リムジンすなわち〝リモー〟と呼ばれる。

チーム・リーダーのJ・ダブは、日給六〇〇ドルで、月二万ドル近くを稼いでいる勘定になる。他の〝エキスパート〟――たいがいアメリカ人かオーストラリア人――は、一日五〇〇ドルである。あとはイシのような元フィジー軍兵士だった。オバラウ島のカバ栽培農夫のイシは、一日七〇ドルでおなじ危険な仕事をやっている。

傭兵たちが携帯するのはM4カービンと九ミリ口径のグロック・セミオートマティック・ピストルで、いずれも米軍のライフルおよびセミオートマティック・ピストルとおなじ弾薬を使用する。戦闘区域もおなじで、爆弾を仕掛けたおなじ道路を走る。だが、米軍兵士は一七七五年の第二回大陸会議以来という統一軍事裁判法の下で活動しているが、傭兵はそういう規制をいっさい受けていない。イラクの法律、アメリカの法律、統一軍事裁判法、イスラム法、ジュネーブ条約など、世界で通用している法律が、彼らには適用されない。元レインジャー隊員のチャック（チャールズ）・シェパードは、トリプル・キャノピーに雇われた直後に、自分が人を撃ったらどうなるのだろうと考えはじめた。解釈のちがいが生じたら？　イラク人が訴えたら？　トリプル・キャノピーの幹部が安心させるために説明したと、シェパードは述べている。「最初から何度もいわれていた。なにかの理由で具合が悪いことが起きて、イラクの法律で裁判にかけられそうになったら、車に乗せて真夜中にこっそり出国させる、と。気休めにはなったが、書類上の約束はなにもなかった」

傭兵たちは、自分たちの不文律で自分たちを管理していた。それを〝強《ビッグ・ボーイ》者のルール〟と呼んでいた。米軍兵士はイラクでは飲酒できない。ビール一杯飲むにも国外に出る必要がある。トリプル・キャノピーは、バグダッドのグリーン・ゾーンの爆弾除《よ》けの防壁の内側に〝男キャンプ〟を設置していて、そこに社用バー〈ジェム〉がある。〈ジェム〉にはL字形のカウンターがあって、大型画面のテレビが据《す》え付けられ、MP3プレイヤーの音楽をスピーカーで聞ける。大型の水槽によく冷えたビールが入れてある。週末の〈ジェム〉は刺青をした軍事会社の社員やアメリカ大使館のパーティ好きの連中で混み合い、数少ない女たちが獲物を探している。平日の仕事が終わる時間には、傭兵たちが集まって殺戮《さつりく》の話をすることもある。経験豊富な兵士のなかには、それに不安をおぼえる者もいる。「人を殺すことをロマンティックに表現して、それが自分たちのやりたいことだと極論している」トリプル・キャノピーの元狙撃手はいう。「そういう話をして、おもしろいとか、通過儀礼だとかいってはならない。人を殺すことで男らしさが証明できるわけではない。人を殺していなかったらほんものの男じゃない、などというのはまちがっている」

「何度撃ったかでチンポコの大きさを決めようとする連中が、かならずいるものだ」べつの〈ジェム〉の常連もいう。

刺青とピアスに全身を覆《おお》われたJ－ダブは、よくバーテンダーをつとめた。その異常な性格は、ふだんの生活でも発揮された。理解しがたいことだった。トリプル・キャノピーは、米軍が生んだもっとも優秀な兵士たちによって設立され、経営されている。ところが、イラクで活動している企業の多くとおなじように、急速に成長した。成長に会社そのものが追いつけなかったといえる。そのために、現代の傭兵のゆがんだ典型を昇進させて、イラクで野放しにした。「あの男をひと目見ただけで、こっちの繊細な五感がうずきはじめたよ」バージニア州リッチモンドの殺人課刑事だったマイク・アリーギはいう。アリーギは、ラグーナの保安部長としてミルウォーキー・チームといっしょに移動することが多かった。「あいつは唇の下にまで刺青やピアスがあった。いっしょにいてあんまり気分がいいとはいえない。わかるだろう。あの会社には優秀な人間もいるんだが、ああいうコミックにでも出てきそうなやつもいる。会社としての規範がどうなっているのか理解できない。あれではめちゃめちゃだ」

ミルウォーキー・チームの傭兵たちには、ラスベガスの宣伝をもじった名文句がある。

「イラクで起きることは、イラクだけのことさ」

ルート・タンパのどまんなかに立ちはだかったＪ－ダブは、壊れたサバーバンから機密に属するものを運び出すようチームに命じた。傭兵たちは、通信機器、ばらの弾薬、書類など、価値のあるものすべてを出した。Ｊ－ダブはつぎに焼夷《しょうい》手榴弾を投げ込んだ。サバーバンが煙をあげはじめた。もう一発投げ込むと、炎が噴き出した。Ｊ－ダブはＡＫ－47――反政府勢力が使っている銃——を持ち、燃えているSUVに銃弾を浴びせた。

「完全に焼けてしまうまで、三〇分はたっていた」と、イシはいう。

現場にいたチームの面々によれば、そのあとでJ-ダブは傭兵たちに、なにがあったかをきかれた場合にどう答えるかをいい含めたという。コンボイが小火器と道路脇の爆弾によって攻撃された、というのがJ-ダブの作り話だった。車が突っ込んできたせいでサバーバンは分離帯に乗り上げ、修理不可能になった。敵地で防御が難しい状態でいるところに、突然ブルーのトラックが脅威と見なされるやりかたで突進してきたので、J-ダブが狙いすまして撃ち、運転手を無力化した。そして、敵の手に落ちるのを防ぐために、サバーバンを破壊した。

助けにきた米陸軍関係者は怪しむ様子だったが、J-ダブはこの作り話をした。近くの基地に傭兵たちを集めて事情を聞いた国務省の調査官にもおなじ話をした。数カ月後にオクラホマにいるのを私が見つけたときも、やはりおなじ話をした。

「通りかかったとき、分離帯で小さな爆発が起きて、おれたちは車から投げ出された」と、J-ダブは私に語った。「縁石にぶつかって、車体が宙に浮いた。車軸とパワートレーンが壊れて、トランスミッションが落ち、タイヤ三本がパンクした。完全に動けなくなった」

だが、たいがいの人間は信用していない。〝リモー〟を運転していたアリーギはあとで「芝居だよ」といわれたという。イシは、「まったくのドジだ。不注意な運転のせいだ」といっている。

それでも、命令には従い、国務省に供述書を出せといわれたときには、作り話をそのまま書いている。理由をきくと、イシは笑った。

「まだ会社の仕事をつづけたかったから」

この一日の仕事で、Jーダブは会社の資産一五万ドルを損失させ、イラクの一般市民ひとりに怪我を負わせた。傭兵たちはへとへとになってバグダッドに戻った。プロジェクト・マネジャーが留守のため代理をつとめていたライノー・トマソンが出迎えた。事件の話はだれにもするなと、傭兵たちを口止めした。秘密保全のためだった、とトマソンの弁護士は私に説明した。

イシによれば、トマソンはチームにひとことといったという。

「イラクで起きたことは、イラクだけのことだ。よくやった、諸君」

イラクの傭兵の数は、はっきりわかっていない。国際平和活動協会やイラク民間警備会社協会（PSCAI）のような連合組織や同業者組織ができても、変わりはなかった。こういった組織の幹部やロビイストたちは、結局は金のために戦争をやる傭兵だろうと指摘されると、青筋を立てて怒る。推定数は二万五〇〇〇人ないし七万五〇〇〇人もしくはそれ以上というように、かなり幅がある。国防総省は二万五〇〇〇人と推定している。金で雇われ武装してイラク各地で活動している人間が、一個師団分いることになる。会計検査院の推定はその倍近い四万八〇〇〇人である。国際民間警備員協会という連合組織をつくった南アフリカ人傭兵に、バグダッドで会ったことがある。ジャコ・ボテスというその傭兵が語ったところによれば、〝戦争という概念そのものを変えている〟産業に規制を持ち込むのが、組織の目的だという。ボテスは金髪で色白の痩《や》せた男で、イラクに三年いて一九回の襲撃を受けたにしては、異様なまでに落ち着き払っている。その話はあまりしたがらないのだが、こういうことをいった。「知り合った相手が……そのうちに、そんなふうに……無一物になっている」声がとぎれた。「それが腹立たしい」だが、自分は傭兵ではないと断言する。現金輸送を警備するブリンクス社の警備員のようなものだという。イラクにはそういった人間が三万人ないし五万人いると、ボテスは推定している。

　最初は小規模で、兵力不足、反政府活動の軽視、早すぎた復興事業といった戦争初期の政策のあやまりの副産物だった。それが至るところに存在するようになった。外交官や将軍の警護、小さな街ほどもある軍事基地の警備、武器弾薬や食糧を満載した補給物資輸送コンボイの護衛。それがないと、人間も物もイラク国内を移動できなくなった。一部の人権保護団体も傭兵を使っている。マスコミも使っている。ジョン・マケインが代表をつとめる共和党国際研究所も、マデレーン・オルブライトが代表をつとめる民主党国際研究所も、民主主義をひろめるために傭兵を使っている。イラクの政治家はフルタイムで雇っているし、アメリカの政治家は戦況を視察するために代表団が来るときに雇う。この傭兵市場は大盛況で、〝イラク・バブル〟とまで呼ばれている。安全を求める需要は尽きることがなく、したがって供給もまた尽きることがない。陸軍、海軍、空軍、海兵隊、小さな町の警察、ロサンゼルス市警などにいた人間が傭兵になる。イギリスのSAS（陸軍特殊部隊）やオーストラリア国防軍、ネパールのグルカ兵といった外国の兵士もくわわっている。私が会ったペルー人は、一九八〇年代から九〇年代はじめにかけて何千人もの農民を虐殺した左翼ゲリラ組織センデロ・ルミノソの元メンバーがイラクにいると断言した。テロリストがテロリストと戦っていることになる。

　非難すべきだと私が思う人間はそう多くはないが、〝傭兵〟という言葉よりもっとひどい表現で呼び、彼らを悪魔のように見なしているひとびともいる。ベトナムでの教訓から、政府がイラクで引き起こした惨事が将兵のせいにされることはない。しかし、傭兵は格好の攻撃の的になる。最大手の民間軍事会社ブラックウォーターUSA（その後、ブラックウォーター・ワールドワイドに社名変更）に雇われてバグダッド空港道路を二年間走ったロサンゼルスの元警官に話を聞いたことがある。ごま塩頭で小柄な人好きのする男だった。映画『ベスト・キッド』でパット・モリタが演じている人物に似ているところから、コールサインは〝ミヤギ〟。イラクでもっとも危険な道路を往復するという、想像を絶する厳しい仕事をこなしていた。ある日、爆弾がそばで爆発した。弾子が太腿《ふともも》を貫通し、ペニスを切り落としそうになった。ちぎれてしまわないように三針縫《ぬ》わなければならなかった。（あとで医師がいった。「ところで、ムスコはこれからもだいじょうぶだよ」。そこで彼は答えた。「どうせそこを手入れするんなら、もっと立派にしてもらえませんかね？」）私が会ったとき、〝ミヤギ〟は文無しで、結婚生活が壊れ、サンタバーバラのビーチ近くで仕事を探していた。職はなかなか見つからない。「変な目で見られるんだ」ちょっとまごついたように説明する。「熟練の殺し屋でも見るように」しかし、熟練の殺し屋を必要とする場所があるとすれば、それはイラクだろう。じっさいは経済の基本原則が働いただけなのだ。兵士や警官や消防士は、いつでも絶対的に給料が安い。だから、傭兵はおいしい仕事だった。イラクの小学校の教師になるのに二万ドルの月給を提示したら、何千人もの教師ができあがっていただろう。ただ、たいがいの連中にはひとつの技倆《ぎりょう》しかなかった。仕事の機会があって、殺しの技倆を高く買うことを米政府が全面的に承認している。その仕事ではペニスを吹っ飛ばされるか、もっとひどい目に遭《あ》うおそれがある。

いずれにせよ、イラクは軍事会社の戦争だった。傭兵ばかりではなく、管理人、コック、トラック運転手、爆弾処理の専門家もいた。二〇〇八年には、ありとあらゆる職種の軍事会社社員を含めると、一九万人がイラクにいたと推定される。米軍の三万人という兵力をはるかに超えている。イラク戦争開始以来、こうした民間企業の政府との契約は総計八五〇億ドルに及ぶ。これは米政府の戦費の五分の一にあたる。アメリカが関与した大規模な紛争や戦争で最大の私兵の使用である。

軍事会社がイラク戦争を切り盛りしていたのだから、戦いの場面にも当然ながら登場していたはずだ。しかし、政府は非礼にも傭兵を勘定に入れていない。勘定に入れてしまうと、国防総省が戦況の基本的指標としている兵力、敵の攻撃の回数と頻度、そしてとりわけ死傷者が、埒《らち》を越えてしまうからかもしれない。とにかく傭兵の存在を示すような統計はどこにもない。統計を見るかぎりでは、傭兵は死傷したり、戦闘に参加したりしていない。どこにでもいるがどこにもいない。米陸軍工兵隊は、六社以上——数千人の武装傭兵——と契約し、五八〇億ドルをかけて復興しているイラクの工事現場の警備に派遣している。きわめて危険で死傷率の高い作業である。だが、工兵隊装備本部が死傷者数を指揮系統を通じて報告するとき、軍はその数字を抹消《まっしょう》すると、二〇〇六年まで装備本部次長だったヴィクトリア・ウェインはいう。「そこでも大きな戦争をやっているのに、それを知っているのは私たちだけだという按配《あんばい》でした」ウェインは私にそう語った。ウェインと装備本部長のジャック・ホリー(退役海兵隊大佐)の抗議によって、死傷者数——傭兵その他の民間警備員が数百人死亡または負傷していた——はようやく陸軍工兵隊の報告に含められるようになった。しかし、それは氷山の一角にすぎず——工兵隊関係だけである——それですら公式発表の戦死者からは除外される。ウェインは、民間警備員を(ウェインもホリーも、〝傭兵〟という言葉はぜったいに使わない)〝賛美されることのない戦争の英雄〟と呼んでいる。

傭兵の存在が拡大してゆくあいだ、それにまつわるすべての問題を、だれもが見て見ぬふりをしていた。うまくいっていない戦争を遂行するのに、米政府はどうしても傭兵が必要だが、それが何者でなにをしていて、その行動にだれが責任を負っているかということはできるだけ知りたくない、という感じだった。

二〇〇五年春、米軍歩兵部隊のボブ・ベイトマン少佐が、標章のない乗用車のリアシートに座っていた。混雑した交差点に差しかかったとき、ブラックウォーターのコンボイが強引に交差点を突破した。装甲をほどこしたサバーバンやエクスペディションに押しのけられた車が歩道に乗り上げた。ブラックウォーターの傭兵ひとりもしくは複数が発砲した。ベイトマンはのちにこう書いている。「われわれに向けて発砲したのか、それとも空に向けて威嚇《いかく》射撃で撃ったのかはわからない。ひとつだけわかっていることがある。ものすごく腹立たしかったということだ……だいいち、ブラックウォーターは、曲がりなりにもわれわれの味方ではないか」

ブラックウォーターは、そのころはまだそれほど悪名高くはなかった。だが、この事件は、ブラックウォーターが蛮行《ばんこう》を無頓着《むとんちゃく》に行なっていたことと、やがて表面に出るそういう正体に米政府上層部がまったく気づいていなかったことを示している。

実戦を経た戦士・歴史家・ブロガーであるベイトマンは、朝鮮戦争やデジタル時代の戦争について何冊も著書がある。その夫人であるケイトはメイン州出身のリベラルな民主党員で、ヒンドゥー語とウルドゥー語を話すことができ、当時はジョンズ・ホプキンス大学のポール・H・ニッツ高等国際問題研究大学院（SAIS）のクラス副委員長だった。夫に向けて発砲した男たちについて、ケイトは的を絞った質問を開始した。事件の数カ月後、ドナルド・H・ラムズフェルド国防長官が、講演のためにジョンズ・ホプキンス大学を訪れた。質疑の時間になると、ケイトは待ってましたとばかりに質問をした。

「私はこの大学院の一年生なのですが」ケイトは切り出した。「現在、イラクには政府と契約している民間軍事会社の社員が何千人もいますね……こういった社員は統一軍事裁判法の範囲外で活動しているわけですが、こういったひとたちの行動を規制する法律や交戦規則にはどのようなものがありますか？」

　ラムズフェルドは、傭兵にはイラクの法律が適用されると、しどろもどろに答えた。「イラクは独立国ですからね」曖昧《あいまい》にいった。

　二カ月後、全米軍の最高司令官であるジョージ・W・ブッシュ大統領が大学にやってくると、ケイトはまたもや質問した。「民間軍事会社についての質問です」と、ブッシュに告げた。

　ケイトが質問を述べているあいだ、ブッシュは左腕を演壇に置いて、首をかしげ、困惑をあらわにしていた。

「二カ月前に私は国防長官に、軍事会社社員の行動をどのような法律が規制しているのかと質問しました」ケイトはいった。

　ブッシュがさえぎった。「それじゃ私も彼にきこう」

　聴衆が大笑いし、ブッシュはそこでふざけて「助けて！」といった。

「大統領のほうがもっと具体的に答えてくださると期待していたんですが」ケイトはそ知らぬ顔で質問をつづけた。聴衆は、こんどはブッシュに嘲笑《ちょうしょう》を浴びせた。

　ケイトは用心深く質問を進めた。「ラムズフェルド国防長官は、イラクには国内法があって、民間軍事会社の契約社員にはそれが適用されると思う、とお答えになりました。しかし、イラクは現在、法を執行できるような状態にはなく、私たちの軍事会社の社員に対してもそれは不可能です」

「うーむ」ブッシュはうなった。

「大統領、民間軍事会社の社員を法体系の枠に収めるのに、どのような方策を提案なさいますか？」

「ああ、それはよくわかっているよ」ブッシュは答えた。「さっきのはジョークじゃないんだ。ほんとうに電話をかけて、〝ラムズフェルド長官、ちょっと知りたいことがあるんだがね〟ときくつもりだった。部下に権限をあたえるというのは、そういうことじゃないか。質問をそらすつもりはないんだが、今回はまあそのほうが好都合かな〔聴衆がまた笑う〕。でも、そうするよ。国防長官に電話して、ちゃんとした返答をあなたに示すようにする。どういうふうに解決するかを。これが私の流儀なんだ」

だが、むろん返答などないというのが、ブッシュの返答だった。現実には、ビッグ・ボーイ・ルールがまかりとおっている。

軍事会社産業が拡大するうちに、実体のよくわからない雑多な労働者集団がイラクに流れ込んだ。軍事会社に雇われる何千人もの社員は、玉石混淆《こんこう》だった。「マッド・マックス組合本部といったところだね」イラクで二〇〇四年に民間警備会社で働くようになったアリーギはいう。

米政府は、まったくといっていいほど関与しなかった。「ラインダンスの踊り子を雇って銃を渡しても、ばれないだろう」とアリーギは私に語った。

J‐ダブはご機嫌だった。ヒッラでの失態——SUVを燃やし、イラク人に怪我を負わせた——は、揉《も》み消されて忘れ去られた。

五週間後、J‐ダブは休暇の直前で、数時間後にはオクラホマに帰る飛行機に乗る予定だった。サバーバンのそばで、抗弾ベスト、射撃用サングラス、手袋などの装備を身につけていた。M4カービンの薬室に、一発を送り込んだ。

「きょうはだれかを殺したい」J‐ダブはいった。

J‐ダブといっしょに車に乗る傭兵三人は、何気《なにげ》なく軽口を叩いただけだと思った、とあとで述べている。フィジー人のイシは私に、出発前にJ‐ダブはよくそんなことを口走るのだと説明した。「おれにいわせれば、あいつは問題があった。毎日のようにだれかを殺したいというんだ」イシはそういった。

「なぜだ?」出発前に、イシはJ‐ダブにきいた。

「あしたから休みになるからだよ」J‐ダブが答えた。「しばらくいなくなるからな」

J‐ダブ本人は、人を殺したいなどといったことはない、と否定している。

ミルウォーキー・チームは、バグダッド空港に通じている悪名高いルート・アイリッシュを走った。J‐ダブは三台から成るコンボイの〝最後尾《フォロー》〟サバーバンの助手席に陣取った。

運転手は長身の元レインジャー隊員チャック・シェパードだった。アニメのモンスターにどことなく似ているので、コールサインは〝シュレック〟。有能で正直だという評判の男だった。翌日、トリプル・キャノピーは、シェパードをチーム・リーダーに昇格させている。

うしろ向きのリアシートには、イシと元海兵隊狙撃手のシェイン・シュミットが乗った。アフガニスタンに二度出征してた海兵隊を二〇〇三年に辞《や》めたときは二九歳で、郵便局で働いたり、ウィスコンシンの名付け親の鉄工所につとめたりして、落ち着きがなかった。〝忠誠がへたなジョークのオチでしかない〟民間人の生活には幻滅した、とシュミットはいう。知り合いの元デルタ隊員を通じて、イラクでの仕事を得た。抗弾ベストの上に、娘にもらった小さな黄色いアヒルをつけることがある。コールサインは〝ハッピー〟。結婚生活がだめになりかかっていることもあって、暗い顔ばかりしているのを皮肉っている。

J－ダブのチームにとっては、それがその日二度目の護衛任務だった。午前中の任務は、グリーン・ゾーンにはいろうとして待っているコンボイに、じわじわと近づいてきた怪しげな乗用車のフロントグリルをシュミットが撃ったところで終わった。そのあとは何事もなく、その車はとまったのだが、J－ダブがそれを妬《ねた》んだのだと、シュミットはいう。おなじように撃つ機会もないままイラクをあとにするのは不愉快だと、J－ダブは思ったようだった。

「ちくしょう、おまえはきょう撃ったのに、おれは撃ってない」と、J－ダブはシュミットにいった。だが、午後になって、べつのクライアント――KBRの幹部を空港に迎えに行くために、チームは派遣された。

コンボイは空港に向けて時速一五〇キロメートル弱で走っていた。例によってJ－ダブは〝デスメタル〟を大音響でかけていたと、シュミットとシェパードはいう。ルート・アイリッシュは別名〝ＩＥＤ横丁《アレー》〟や〝死の通り《デス・ストリート》〟とも呼ばれている。ＩＥＤ（簡易爆破装置）は、道路脇や分離帯に仕掛けられることが多い。爆弾や狙撃を避けるために、全長八キロメートルの道路を、だれもができるだけ速く突っ走ろうとする。ミルウォーキー・チームは数分にしてチェックポイント１——空港の外周にある最初の防御陣地——に無事到達した。

チェックポイント１は、コンクリートのバリケードや爆発物探知犬や武装した警備員がいるものの、いつも防御が不完全だった。吹っ飛ばされた車の残骸《ざんがい》のそばを、怪しげな連中がうろついている。翼のある男の黒い像がチェックポイントを見下ろすように立っていて、チェックポイントを通るために待っている車めがけて反政府武装勢力が迫撃砲やロケット弾を発射するときには、それが格好の目印になる。ならんでいる車が爆発して、周囲のあらゆるものを炎上させることもあった。

先頭車輛と〝リモー〟が入場許可を待つあいだ、シェパードはサバーバンを阻止陣地代わりになるようにとめた。待っているときに、白い〝ボンゴ〟・トラック——バンとピックアップをかけあわせたようなトラック——が、一五〇メートルほど後方からゆっくりと近づいてくるのが目に留まった。つぎの瞬間に起きたことについては、証言が食いちがっている。その後、四人が三様の供述書を提出した。民間のトラックにトリプル・キャノピーの射手ひとりが発砲したという点では、三つとも一致している。

シュミットとシェパードによれば、だれかを殺したいと宣言したばかりだったＪ－ダブがドアをあけて、サバーバンからおりると、Ｍ４カービンの望遠照準器を覗《のぞ》き込み、なんの挑発行為もなかったのにボンゴ・トラックのフロントウィンドウめがけて数発を放った。「フロントウィンドウが砕け散るのが見えた。J－ダブはフロントグリルとフロントウィンドウの両方を撃った」シュミットは私にそういった。「殺すためだ。高性能ライフルでフロントウィンドウを撃つのは、威嚇《いかく》じゃない。殺す意図があるからだ」

事情聴取や報告書でシュミットもシェパードも、J－ダブがサバーバンに戻ってきて、「なかったことにしろ、いいな？」といったと述べている。

脅威と見なされるようなやりかたでトラックが進んできたのでフロントグリルを撃った、と後日J－ダブは私に語った。「やつらはものすごく強引なんだ」やつらというのはイラク人のことだ。「おれは徐々に攻撃の手を強めるというやりかたで、フロントグリルに二発を撃ち込んだ。グリルとフロントウィンドウに六発、七発、八発撃ったなんていうことはなかった。それに、〝なかったことにしろ、いいな？〟なんていっていない」

イシは、ボンゴ・トラックは脅威でもなんでもなかったという。だが、無差別射撃を行なったのがJ－ダブとシュミットのどちらだったかはわからないという。最初の供述書や、私との話し合いでは、撃ったのは〝ハッピー〟（シュミット）だとしている。トリプル・キャノピーの事情聴取では、最初はJ－ダブだといい、あとでシュミットだったと発言を翻《ひるがえ》している。

弾丸がどこに当たったかは見届けていない、とイシはいう。しかし、トラックが即座にとまったことは、全員が認めている。

ミルウォーキー・チームは、KBR幹部を出迎えるために、そのまま空港へ向かった。そして、ルート・アイリッシュを引き返し、グリーン・ゾーンを目指した。

時速一三〇キロメートルでコンボイが走っているとき、オレンジと白のタクシーが走行車線をのろのろ走っていた。最初の二台――先頭車輌とリモート――は、何事もなくタクシーを追い抜いた。つぎが〝最後尾《フォロー》〟車輌だった。

そこで起きたことについても、証言は食いちがっている。ただし、J‐ダブが遊び半分でなんの罪もない市民に銃を向けたという点では、目撃者三人――シュミット、シェパード、イシー――の宣誓証言は一致している。

「あのな、おれはまだ拳銃で人を撃ったことがないんだ」タクシーに近づくとJ‐ダブがそういったと、シュミットとシェパードは証言している。

タクシーの左側をサバーバンが通過するとき、グロック・セミオートマティック・ピストルを持ったJ‐ダブがドアをあけて身を乗り出し、タクシーのフロントウィンドウに「七発か八発撃ち込んだ」とふたりはいう。

J‐ダブは〝笑いながら〟撃っていたと、シュミットは私に話した。午後にトリプル・キャノピーに提出した報告書に、シュミットは書いている。「フロントウィンドウに弾丸が当たったのは私の位置から見えた。高速で走っていたのと、ガラスが蜘蛛《くも》の巣状になったために、運転手が被弾したかどうかはわからなかった。ぎくしゃくした動きでタクシーは道をそれた」

イシは事件についてややちがう表現で私に語った。サバーバンがタクシーに近づくと、J‐ダブがシェパードに「割り込めー割り込め！」と叫んだというのだ。シェパードはいわれたとおりにタクシーの前をジグザグ運転して、J‐ダブが撃ちやすいようにした、とイシはいう。それからJ‐ダブがドアをあけて、タクシーのフロントウィンドウを何度も撃った――グロックではなく、M4で。イシはうしろ向きに座っていたので、タクシー運転手が六〇～七〇歳の年寄りだとわかった。フロントウィンドウに穴がひとつあくのが見えたが、運転手に当たったかどうかはわからなかった。「おれの意見では、あの年寄りはぜんぜん怪しくなかった。制限速度でわれわれの前方を走っていたんだから。われわれにとって脅威であるはずがない」

サバーバンが速度をあげて遠ざかるとき、ほかの三人は大笑いしていた、とイシはいう。シュミットが身を乗り出して、J‐ダブの肩を叩いた。

「ハッピーは、〝イヤッ、ホー！　みごとな射撃だぜ、相棒。すごい！　すごい！〟と叫んでいた」とイシはいう。

だが、シュミットとシェパードはそれを否定して、深く後悔しただけだという。シュミットは私にいった。「いや、なんの罪もない人間を殺してよろこぶものか。穴があったらはいりたいぐらいだった」

J‐ダブ本人は、三人の証言を「まったくの作り話だ。でたらめだ」という。

「そんな銃撃はなかった」Jーダブは私にいった。「おれはそんなことはしない。馬鹿げてる。イラク人は世界一感じのいい連中とはいえないかもしれないが、ドアから拳銃を突き出してだれかれなく撃つなんて、どんな理由があっても許されない。そんなことには憤慨するばかりだよ。

だいいち、拳銃ではだれも撃ったことがないとおれがいったという部分は、嘘っぱちだ。そんなことは一度もいってない。

おれはそんなに頭がよくないし、気も利かない。そんなことをいうわけがない。気の利いた台詞《せりふ》なんていえないんだ。それに、病的でもサディスティックでもない」

チームが基地に戻ったとき、サバーバンの車内には九ミリ口径弾の空薬莢《からやっきょう》が残されていた。

ビッグ・ボーイ・ルール。

その晩、傭兵たちはJーダブをはじめとする帰国する連中のために、〈ジェム〉でお別れ会をひらいた。トリプル・キャノピーの男キャンプに〝悪質な発砲〟の噂がひろまっていたにもかかわらず、Jーダブは休暇のために帰国した。

フィジー人はたいがい一日の終わりに仲間同士でトレイラーハウスに集まって、カワカワというちょっと麻薬っぽい苦い酒をちびちび飲む。彼らには元フィジー陸軍兵士のジョナ・マシレワという専属の監督者がいた。マシレワが選ばれたのは、英語に堪能だからだった。発砲事件があった夜、イシがマシレワに話すと、報告書を書くようにいわれた。だが、自分たちが当事国の人間ではなく低い身分であるため、会社に報告するのが怖かった。「自分たちは途上国の人間で、相手は出稼《エクスパット》ぎ組の欧米人なので、報告するのは難しかった」とイシは私に語った。「向こうはチーム・リーダーで、指揮をとり、こっちの勤務評定をする。それに、チーム・リーダーはいつもいっていた。〝きょう起きたことはきょういえ〟。ああいうことが起きたときには、チーム・リーダーはおたがいにかばいあってごまかしてしまう」

シュミットとシェパードは、どうしていいものかと困った。〈ジェム〉でのお別れパーティにはちょっと顔を出したが、「その日に起きたことを思うと飲めなかった」と、シュミットはその後書いている。ばらしたら「頭に銃弾を一発撃ち込まれる」のではないかと恐れた。シェパードは恐ろしくてたまらず、その晩はグリーン・ゾーンのべつの場所にいた。J－ダブは親友のライノーに護《まも》られるはずだから、自分たちの生命と職のほうが危ないと、ふたりとも考えていた。傭兵たちのなかには、腹を立てる者もいた。シュミットとシェパードは、残虐行為を隠蔽《いんぺい》するために、それを口実にしていると考えたからだ。ひとりはシュミットに、〝男らしく立ちあがって〟監督者に報告しろといった。

事件の二日後にシュミットとシェパードが報告したときには、ふたりの供述は一致していた。トリプル・キャノピーが調査をはじめると、J－ダブの四人から成るチームは、一日に三件の発砲事件を起こしており、いずれも報告されていないという事実が、たちまち明らかになった。

J－ダブがタルサのピザ店で妻や友人たちと休暇を楽しんでいるところに、トリプル・キャノピーのイラク担当マネジャー、バグダッド駐在のケルヴィン・カイから、携帯電話に電話がかかってきた。「たしか、申し立てがあってたいへんな一日になっている、というようなことで電話してきたんだったと思う。発砲やらで大混乱だとか」Jーダブは私に語った。

会社の調査には二日かかった。目撃者とおぼしい三〇人から供述をとり、イラク警察と米軍に問い合わせたが、いずれにも空港道路での発砲事件の報告はなかった。ミルウォーキー・プロジェクトのマネジャーであるマーク・アリグザンダーは、七ページの報告書を提出して、「数発が発射された事件が三件あり、その後報告がなされていないことは明白である」という結論を記した。さらに、「シュミットとシェパードが当初事件について報告しなかったのは、ウォッシュボーンによってただの目撃者ではなく、事件に深く関係しているように見せかけられるのを恐れたからだと思われる」と述べている。

アリグザンダーは、〝Jーダブ〟とウォッシュボーンを解雇し、社の〝再雇用不可〟リストにくわえるべきだと進言した。シュミットとシェパードは、ミルウォーキー・プロジェクトからはずし、「事件から教訓を学んだという態度を示すようであれば」べつの場所に配置するよう求めた。「情報の報告を怠《おこた》った」ことで、イシとマシレワには譴責《けんせき》処分を行なうよう進言している。

ところが、トリプル・キャノピーは、Jーダブとシュミットとシェパードを同列に扱い、三人とも解雇した。社則と米軍の規定に従ってただちに報告すべきところを怠ったというのが理由である。イシの場合は、マシレワがすぐには上に伝えなかったものの、報告していたことはたしかだったので処分を免《まぬが》れた。

シュミットとシェパードは、殺人未遂を報告したためにトリプル・キャノピーによって解雇されたとして、バージニア州フェアファックス郡で訴訟を起こした。

この事件が公《おおやけ》になったのは、そのためである。この訴訟がなかったら、おそらく明るみに出なかっただろう。訴状が提出された直後に、私は弁護人のパトリシア・スミスにも同席してもらって、バージニア州の郊外のあるレストランでシュミットとシェパードに話を聞いた。ふたりが語った暴力行為よりも、無法があたりまえの企業風土《カルチャー》に、私は愕然《がくぜん》とした。イラク戦争は私も取材していたが、ふたりの話はそれとはまったく異なる部分のものだった。軍はたしかに杓子定規《しゃくしじょうぎ》なところはあるが、規則を守り説明責任を果たすというカルチャーがある。こちらには、そういうものがまったくなかった。シェパードの説明によれば、民間警備会社には、「軍隊のもっともすぐれた部分がある――仲間意識、団結精神、敵を撃ち、吹っ飛ばす勇猛さ――それ以外の馬鹿げたことはいっさいない」という。シュミットによれば、発砲を正当化する基盤の交戦規則などまったくないという。「交戦規則の説明を受けたことは一度もない。社の作戦規定の説明もなかった。社の説明からすると、〝脅威だと思ったら撃て〟というのが交戦規則みたいだった」

その数週間後、私はオクラホマへ行って、J－ダブに会った。話をしたくないかもしれないので、事前に知らせることはしなかった。天気のいい日の午後、ブロークンアローのアパートメントを訪れた。左腕の刺青《いれずみ》がほとんど見えているTシャツとジーンズという格好で、

J-ダブが玄関に現われた。一度も会ったことがないので、本人かどうか確信がなかった。ジェイク・ウォッシュボーンはいるかときくと、留守だといわれた。名刺を渡して、ウォッシュボーンに連絡するよう頼むほかけなかった。

その晩、もう一度行くと、夫人が玄関に出てきた。感じはよかったが、夫は仕事でよそへ行っているといった。レンタカーで帰りかけたときにJ-ダブからのメッセージが届き、空振りでは気の毒だから電話してくれといってきた。タルサ近くのホリデイインのバーで会うことになった。バーにはいってゆくと、J-ダブは嘘をついたことを謝り、《ワシントン・ポスト》の記者が突然やってきたので、どう反応すればいいかわからなかったのだといった。ビールを何杯か飲んだあとで、タルサの〈ポー・ハウス〉というバーで数日後にインタビューに応じてくれることになった。弟夫婦がいっしょで、ふたりがカウンターで待ち、私たちは隅の席で話をした。おたがいに話を録音した。

　ここでもまた、私はJ-ダブの話よりも企業風土のほうに驚愕した。J-ダブは、嫌疑を否定した。「根も葉もない。そんなことはなかった」その日にバグダッド空港近くでなにがあったにせよ、全貌が知られることはないだろうと、私もそのころには悟っていた。だが、事件が起きた背景――イラクで米軍が経験していることと非常に似通ってはいるがまったく異なる状況――のほうが驚きだった。J-ダブの怒りはもっぱらシュミットに向けられていた。シュミットは結婚生活がぼろぼろになりかけていたから、イラクで自制を失ったのだと、J-ダブはなじった。

部下だったシュミットがからんでいる酔っ払ったときの出来事を、Jダブはいくつか話した。だが、いずれもシュミットがイラクで道を踏みはずしていたという証左には思えなかった。あとで他の傭兵たちにも、シュミットとJダブは大酒飲みだという話は聞いた。しかし、ふたりともずっと現場の仕事をしていた。

最後に、イシに会うためにフィジーへ行った。フィジーの首都スバから軽飛行機でオバラウ島へ向かい、海面の上を降下して、ジャングルを切り拓いた簡易飛行場におりた。イシは空港で待っているとのことだったが、空港というのは屋根があってベンチがいくつかあるだけの場所だった。到着してもだれもいなかったので、通りかかったバンに乗せてもらった。何日もだれも来ていないと運転している男にいわれたからだ。

オバラウをめぐる半分ぐらい舗装してある道路をのろのろと走っていると、追いついてきたトラックがクラクションを鳴らした。イシが夫人をともなって運転していた。私はそっちに乗り換えて、レブカという町まで行った。昔の西部の町みたいだが、荒れ果てた商店のうしろにはそそり立つ緑の山々が、前には果てしない海がある。

イシは身長一七八センチほどで、体格がよく、浅黒く、節くれだった大きな手と明るい笑顔の持ち主だった。第二外国語の英語をなんとかしゃべれる。夕食を食べながら語ったところによると、トリプル・キャノピーの仕事は、フィジー陸軍の元の指揮官に教わったのだという。スバへ飛行機で行って、元フィジー陸軍兵士がほとんどの志願者数百人がいる体育館でならんだ。給料がいいのでしばらくはいい仕事だと思っていたが、ヒッラの事件やルート

・アイリッシュの発砲のあと、故郷のオバラウの内陸部に戻ってまたカバ栽培をやることにした。イラクで稼いだ金にくらべれば、わずかな儲《もう》けにしかならない。イシの給料はアメリカ人の同僚の一〇分の一だった。だが、あの日サバーバンに乗っていた傭兵のなかで、発砲をすぐに報告したのは、イシただひとりだった。またトリプル・キャノピーにつとめることもできるのだが興味はないという。「ああいうことには耐えられない」イシはきっぱりといった。「毎日なにかしらごまかしがある」

Jーダブ本人までもが、〝空港道路でのまごうかたのない殺人〟という告発を受けているのを認めているのに、この事件全体を通じて犯罪行為についての論議はほとんどなされていない。

トリプル・キャノピーは、契約しているKBRへ事件について報告する義務があるだけだと述べている。KBRはやはり契約相手のラグーナ建設に報告することになっており、ラグーナ建設は発注者である米軍に報告することになっている。

トリプル・キャノピーは、イラク担当マネジャーのケルヴィン・カイによる二ページの報告書をKBRに提出した。三度の発砲事件は〝たしかに起きていて〟、ボンゴ・トラックとタクシーに関係する事件は〝武力行使が必要であったかどうかに疑問が残る〟というのが結論だった。KBRは、その報告書にどう対処したかを明かすのを拒否している。

トリプル・キャノピーの幹部社員数人が、米陸軍グリーン・ゾーン保全課長マイケル・J・ハーティグ中佐に面会しているという事実もある。私が話を聞いたとき、ハーティグは、トリプル・キャノピーは会社の評判が悪くなるのを心配しているように見受けられると語った。〝道路でちょっとした違法行為があった〟と、幹部社員は曖昧《あいまい》ないいかたをしたという。社員がだれかを殺したいといったあとで、タクシーのフロントウィンドウに向けて発砲した、というような具体的な話はまったく出なかったと、ハーティグは述べている。

「私の管轄ではない」と、ハーティグはトリプル・キャノピーの幹部社員にきっぱりといった。そして、処置をイラクとアフガニスタンの統合契約部に任せた。「自分の仕事で手いっぱいなので、そんなことには関わりたくなかった」ハーティグは私に語った。「〝それが政府の契約の主眼なんでね。ごきげんよう〟という具合に」

イラクでの海外作戦を担当する米軍中央軍に問い合わせ、調査が行なわれたかどうかを確認した。こちらの話がどういうことなのか、だれにもわからないようだった。何度か電話をかけるうちに、中央軍広報官デイヴィッド・W・スモール少佐が不機嫌になった。自分の時間を無益に使おうとしているとほのめかした。

「こっちでは戦争をやっているんだ」スモールは私にそういった。

3　最後の旅路

低地の砂漠——灼《や》かれた大地と貧弱な灌木《かんぼく》——を見るとイラクを思い出す。いや、なにをつけてもイラクのことばかり思い出す。

地平線のほうでは、錆色《さびいろ》の平頂丘《メサ》がネバダの平原に影を落としている。機首を下げて低空飛行しているブラックホーク・ヘリが青空を背景に現われるのではないかと思ってしまう。

マークは眼鏡《めがね》を探していた。列車の狭い個室のゴミ入れや床や座席の奥をまさぐっている。ようやく一階の個室に置いてきたことを思い出した。父はそちらで、健康だったころの鉄道の旅で買ったアムトラックの白い毛布をかけて座っている。マークはじきに眼鏡をかけて戻ってきた。「あった、あった」というと、腰をおろして、実刑判決を免《まぬが》れるためにその週に連邦判事の前で読みあげる陳述書の原稿を書きはじめた。

弟のマークと私は、向き合って座っていた。ノートパソコンのあけた蓋《ふた》がこっちの膝《ひざ》にぶつかりそうだ。すれちがう貨物列車が窓のすぐ外を通る。落書きのある黄色とグリーンの有《ゆう》蓋車《がいしゃ》の列。やがてそれも行ってしまう。

この旅行は父の発案だった。体がほんとうに弱る前に三人で遠くに行きたいというわけだった。たいへんな旅になる――サンフランシスコからボイズまで飛行機なら二時間で行ける――しかし、父は無礼なセキュリティチェックが大嫌いで、空の旅の楽しさがそのために損なわれてしまったと考えている。車も嫌いだった。二〇年前、まだ五〇代の前半なのに、シボレー・モンテカルロを手放し、二度と運転しなかった。父にしてみれば、列車は人間らしい尊厳を守って旅をするための最後の砦《とりで》だった。そんなわけで、甥《おい》の八歳の誕生日パーティを終えると、私は自分の家に父を連れていって、旅行前日だけ泊まってもらった。骨だけになった腕をつかんで、玄関までの段を上るのを手伝った。父があえぎながらソファに横になると、私は肺ガンの父の医療用装備を車に取りにいった。傷だらけの酸素ボンベ二本、最新型の車椅子、それに薬――液状の鎮痛薬数種、床ずれの軟化剤、睡眠導入剤。ちょっと休んだあと、父は当然のように裏庭へ行って、〈クール〉を何本か吸った。私はコンピュータに向かって、判事宛の陳述書を書き終えた。私は弟マークの人柄を述べる性格証人をつとめている――弟を救いたまえ！　弟は、ウォーターゲート事件を暴いたカール・バーンスタイン記者や、元メジャーリーグ・コミッショナーのフェイ・ヴィンセントのような立場にある。

そのとき父が風呂にはいりたいといった。バスルームへたどたどしく歩いてゆき、煙草《たばこ》のにおいの染みついた服を脱いだ。体重が四八キロしかない父親の姿が、いまも脳裏に焼きついている。肋骨《ろっこつ》の上の皮膚がライスペーパーみたいにぴんと張り、四週間の放射線治療による毒々しい紫の条《すじ》が刺青《いれずみ》のように胸に刻まれている。父をバスタブにそっと入れて、香り蠟燭《ろうそく》を点《つ》け、明かりを暗くして、マリファナ煙草を渡してやった。二度深く吸うと、父は激しく咳《せ》き込み、満足して湯に浸《つ》かった。

「最高だ。最高」父はいった。

翌朝の八時にタクシーが来た。父はソリーンの車椅子を自分で動かしてエメリーヴィルの駅舎にはいり、私たちは陽気な黄色のシャトルバスで寝台列車まで運ばれた。父と私は車椅子のまま乗れるバスルーム付きの個室にはいった。マークには、陳述書を集中して書けるように、二階の個室を使ってもらった。マークはほとんど一日それを書いていた。午後に私は二階へ行って、ふたりして黙然と座っていた。

午後七時三〇分ごろに、インタホンを通じて夕食の案内があった。父はピッツバーグ・スティーラーズのスーパーボウル記念キャップをかぶり、ジーンズを留めている黒いサスペンダーの上からネルのシャツを着た。父は痩《や》せ衰えてはいたが、白髪まじりの髪はちゃんと残っているし、顔色も悪くなく、辛辣《しんらつ》なユーモアも失っていなかった。末期ガン患者にしては、ずいぶんと男前だ。私たちは食堂車のテーブルに案内された。照明は暗く、ナイフやフォークは磨き込まれて、白いテーブルクロスとあいまって、二〇〇六年ではなく一九四〇年代のように思えた。もちろん、それが狙いだった。父の望み、最後に望んだことのひとつだった。

「列車はいいね」父が満足げにいった。

マークが〈エンシュア〉を持ってきていた。チョコレート味のこの栄養ドリンク剤を私たちはケースで買い、そのおかげで父は体重を四八キロに保つことができる——それでも、健康時より二三キロも軽い。

「さて」父が目を細くしてメニューを見ながら、明るい声でいった。「着くまでに死ななければいいんだがね」

二〇〇六年は、災厄の年だった。病気。投獄。離婚。鬱《うつ》。かからなかったのは腺ペストとねぶとぐらいのものだ。その年、私はイラクを再訪することを決めた。

そこを離れたことなどなかったような気がした。二〇〇四年秋と二〇〇五年のあいだずっと、米軍とともにイラク各地へ行った。最初は冒険や目的意識を味わい、特ダネをつかむためだった。やがてもっと込み入ってきて、だれかに理由をきかれたときには、そのときに感じたことをいった。わかりやすくまとめることなど、どだい無理だった。戦闘を取材したいというのは、たしかに理由のひとつではあった。ある日、一日のパトロールを終えて、バグダッドのスラム街サドルシティの空き地でエンジンをアイドリングさせてとまっているHM《ハン》MWV《ヴィー》（高機動多目的装輪車）の後部に乗っていた。眠気をふり払うのに必死になっていると、二階建てのビルほどもある火の玉が地面から噴き出した。つづいて耳を聾《ろう》する爆発音が轟《とどろ》き、砂塵《さじん》と煙の灰色の雲が太陽をかき消した。みぞおちに激しい痛みが走った。どうなっているのかわからないまま、抗弾ベストの下を探るうちに、急に全身を硬直させたために筋肉がつっただけだとわかった。爆弾が破裂する前に、イラク軍兵士五人が、私たちの真正面のピックアップの車内でのんびりしていた。煙が晴れると、そのうち四人が死んでいた。ビー玉ぐらいの大きさのボールベアリング数百個が、イラク軍兵士の体とピックアップの車体をずたずたに引き裂いていた。運転していた兵士が、血を流して地面を這《は》っていた。私はハンヴィーをおりて、おそるおそるピックアップのほうへ歩いていった。黒い髪が豊かで口髭の薄い痩《や》せたイラク軍兵士が、ピックアップの荷台に転がっていて、脳みそが左タイヤの上のパネルに滴《したた》っていた。その兵士が二〇歳だったというのを、私はあとで知った。助手席に座っていた小太りの兵士は、その場で死んでいた。額《ひたい》にボールベアリングがふたつ食い込んでいた。

翌日、私は壁にもたれて六時間じっと座り、はじめての煙草を吸いながら、戦車置き場を眺《なが》めていた。それから荷物を持って、攻撃を受けた小隊に合流した。兵士たちは私と再会してよろこんでいた。小隊の一員とはいい切れない私だが、いまや戦争の一部であり、仲間のひとりになっていたからだ。自分でもそれを感じていた。戦いの雰囲気を漂わせ、戦いに属しているとわかっていた。はっきりとした定義も位置づけもできないが、そう考えるとすべてつじつまが合う。だから、正気の沙汰ではないし、無責任かもしれないとわかっていても、私は何度もイラクに戻った。誇りと罪悪感の両方を感じ、七歳の息子のことを思い、危険を冒すほどの価値はないとわかっていながらそうした。自分は記者仲間や兵士たちやイラク国民と、数々の書物に書かれているような深遠な形で結びついているのだという気がした。なによりも、アメリカの戦争について報道するという自分の仕事が好きだった。二〇〇五年はそれをずっとつづけていた。そして帰国した。

新年が訪れるとともに、結婚生活の破綻《はたん》がやってきた。弟マークは連邦政府と戦争状態にあった。マークは《サンフランシスコ・クロニクル》の記者で、同紙のランス・ウィリアム記者とともに、罰則付き召喚令状を受けた。バリー・ボンズやジェイソン・ジアンビなど、BALCO社のステロイド（筋肉増強剤）使用事件に関わった有名スポーツ選手の大陪審での証言をリークした情報源の名前を明かすように要求されたのである。バリー・ボンズは、ひそかにステロイドを使用して、通算本塁打王になった疑惑が持たれていた。召喚令状が出るだろうという噂は何年も前からあって、家族のジョークのようになっていた。だが、まさかそうなるとは思っていなかった。二〇〇五年春、マークとランスはホワイトハウスの報道関係者向け晩餐会《ばんさん》で、ブッシュ大統領と会い、BALCO事件報道を褒《ほ》め称《たた》えられた。「きみらは人のためになることをした」と、テキサス・レインジャーズの元オーナーの大統領がふたりにいった。

それで安心していたところ、ブッシュのその言葉とは裏腹に、司法省が一年後にマークを告訴した。マークとランスは、六日以内に情報源の身許《みもと》を明かすとともに、大陪審の審理記録と〝ほかに原本のたぐいがあれば〟提出するよう求められた。応じるわけにはいかないので、とことん再審理を要求しながら法廷で戦うほかはなかった。

マークとその妻のニコールは、当時六歳と八歳だった子供たちに、どういうことなのかをきちんと説明した。

「だいじなお話があります」ニコールは子供たちにいった。「パパは刑務所に入れられるかもしれないの」

その場にいて弟のために話をしたといいたいところだが、そうではなかった。私はべつの世界にいた。だいたいふつうに仕事をしてはいたのだが、家族生活とは切り離された状態だった。イラクから戻ると、勤務する《ワシントン・ポスト》に、アリゾナへ行ってメジャーリーグの春季キャンプを取材するよう命じられた。信じられないことに、バリー・ボンズの記事を書く仕事をおおせつかった。弟が暴いたステロイド使用疑惑にもかかわらず、ボンズはベーブ・ルースの通算本塁打記録をまもなく破ろうとしていた。

太鼓腹と例のうんざりするような愛想をひっさげて、ボンズは遅れてキャンプに参加した。ビデオカメラを持ったドキュメンタリー番組の撮影班と、個人トレーナーふたりが、ぞろぞろとあとを追いかけていた。トレーナーたちは薪《まき》かと思うほど大量のバットを運んでいた。バッティング・ケージで順番を待つとき、ボンズは他の選手のように立って待たないで、ブリッジの選手みたいに金属の折りたたみ椅子に座って休憩していた。やっと口をきいてくれたとき、一八〇〇万ドルの年俸はべつとして、野球は自分にとってはもう〝おもしろいものではない〟と告げた。

それだけ聞いたら、プールにでも行ってくつろげばよかったのかもしれない。しかし、陸軍や海兵隊の兵士がイラクでつらい作業――想像を絶する困難な仕事――をしているのを一年間見ていたあとだけに、たとえようもなく暗い気持ちになった。そこがグラウンドであるとはいえ、おなじ砂漠だということも、それを煽《あお》ったのだろう。意地の悪い気持ちになったときには、装備を身につけたボンズが摂氏四五度以上もあるラマディでパトロールを行なっているところを思い描いた。混雑しているジャイアンツのダッグアウトに立ち、ボンズのくだらないおしゃべりを聞いていると、この男ひとりを取材している記者のほうが、イラク全土にいる記者よりもずっと多いにちがいないと気づいた。

そのあとも非の打ちどころのない日がつづいた。青空、刈りたての芝生、バットの乾いた響き。ところが私は、ベッドから出るのもカーテンをあけるのも億劫《おっくう》で、なにをやる気にもならず、ましてボンズを取材する気になどならなかった。「こんなところにいてもしかたがない」と、弟に何度も話した。イラクが恋しい、というのは本音だった。落ち着けなかった。マークのことは自慢に思っていたが、他人の撮った映画の名場面を見るようなところがあり、生まれてはじめて弟に対抗意識を持った。その春、《スポーツ・イラストレイテッド》誌が、ボンズが薬物漬《づ》けになっていることを暴くマークとランスの著書 *Game Of Shadows*（『ゲーム・オブ・シャドウズ——バリー・ボンズ、バルコ社、プロスポーツを揺るがしたステロイドスキャンダル』）の抜粋を掲載した。それがステロイドとボンズの問題を一気に暴くことになった。ジャイアンツのキャンプに車で行った私は、その余波を目の当たりにした。トレーナー室から半裸で出てきたボンズがロッカー室に向かうとき、記者たちがぞろぞろとついていった（マークは三年間ボンズにつきまとっていた。こちらが自分を悩ましている記者の兄だというのをボンズが知っていたとしても、態度には出さなかった）。

「バリー、あなたがステロイドを使っていると書いている《スポーツ・イラストレイテッド》の抜粋を読みましたか？　読んだとしたら、あなたのご意見は？」

「そんなものは見ないね」べつだん気分を害したふうもなく、ボンズは答えた。「なんのために？　必要ないだろう」そういって立ち去った。

開幕の日、私はいらついていた。サンフランシスコの自宅に飛行機で行って、結婚生活に終止符を打ったところだった。ある日、妻と電話で口論しているときに、ガラスの写真立てを殴って手を切った。ジャイアンツの地元での開幕試合を取材するために出かけて、二度と帰らなかった。記事を書きあげたあと、プレス席に座り、がらんとしたスタジアムを呆然《ぼうぜん》と眺《なが》めて、さてどこに行こうかと考えた。サウサリートのワンルーム・アパートメントほどの広さのハウスボートに住むことにした。ソファ、テレビ、朝食用テーブル、ベッドがあって、室内装飾には魚網やヒトデなど、いかにも海らしいものを使っている。めったに出かけなかった。ボンズが漫然とベーブ・ルースの記録を追いかけているのを見るためにスタジアムに行くほかは、ほとんど仕事をしなかった。新記録が達成されるまで、それが何週間もつづいた。

イラクのことばかり考え、どうやって戻ろうかと思いめぐらしていた。

二段ベッドの下段が父で、私は上段で眠った。顔と天井のあいだが三〇センチくらいしかない。ユタの闇のなかを寝台車は走っていた。大好きな列車のゴトンゴトンという音が子守唄になり、父は満ちたりてぐっすり眠っていた。

その夏、私とマークは、父に医師の診断を受けることをようやく納得させた。何週間も前から父は体重が落ちていて、ロサンゼルスの友人を訪ねる鉄道の旅から戻ったときには、立つこともできなくなっていた。そのまま病院へ運ばれ、まるでサンフランシスコの保養施設みたいに金門橋を見下ろす崖の上にある復員軍人局医療センターに入院した。週の終わりに医師たちがぞろぞろと病室にはいってきた。父はベッドに横になっていた。マークと私が両側に座っていた。

禿頭《とくとう》で顎鬚《あごひげ》を生やし、優秀だが冷徹な雰囲気の腫瘍《しゅよう》学専門医が、死病であることを告げた。そのあとは沈黙が流れた。部屋から空気が吸い出されているような心地だった。

「あとどれぐらい？」父がきいた。

「四カ月ないし八カ月です」医師がきっぱりと答えた。

マークと私は、車椅子に乗った父を、駐車場近くのベンチまで連れていった。雲のない涼しい午後だった。ブルーのバスローブ姿の父は、ベンチに座って〈クール〉を吸った。ひねくれた行為だが、父の気持ちとしては当然だろう。マークが泣いたので、私は手を握った。私は父の車椅子に座って、膝に腕を載せ、信じられない思いでじっとしていた。父が何事もなかったかのように、私たちの前で煙草《たばこ》を吸っていたからだ。

私はそれまでもたいした仕事はしていなかったが、まったく仕事をしないようになった。父が退院すると、多少でも長く生きられることを願って、私とマークは毎日の作業を決めた。父は毎朝、好きなバンドであるムーディー・ブルースを聞きながら、放射線治療を一時間受ける。三人でランチを食べて出かける。映画に行くこともあった。隔週ごとに私は息子に会う。夕方に四五分かけて迎えに行き、晩御飯をこしらえて、寝かしつけ、起こして学校に送り届け、それからまた父の家へ行って、いつものことをやる。

すると、突然父が回復しはじめた。レントゲンを撮ると悪性腫瘍が小さくなっていたので、私は父の旧《ふる》い友人がいるアイダホへの旅行を計画しはじめた。マークの訴訟に邪魔されないことを願いつつ、九月に出かけることを決めた。

ある午後、父は気分がよくなったのでゴルフボールを叩きたくなった。マークといっしょに打ちっ放しに行き、父が車椅子を進め、マークは父の古い〈ウィルソン〉のジーン・サラゼン・モデルの錆《さ》びたゴルフクラブ・セットがはいっているバッグを運んだ。サラゼンがマスターズで優勝したのは一九三五年のことだが、父はそのセットを死ぬまで手放さなかった。マークがボールをひと籠《かご》買って、これから打とうかというときに、携帯電話が鳴った。社の編集長からだった。判事が裁定を下したという。

「こっちの負けですよ」マークは父にそういった。

「なんたるこった」父はいった。「ほうっておけ、どうせなにもできないんだから、打とう」

父はサラゼン・モデルの三番ウッドを出した。いまの馬鹿でかいクラブにくらべたら、綿棒に見えてしまう。海軍にいたころの父は、ソフトボールのオールスター選手だった。生涯ずっと、鉄腕投手で、ボウリングでは恐るべきフックをかける名人で、ゴルフスイングがきれいだった。ガンに冒されていても、ボールをティーに置いては矢のようにまっすぐ飛ばすので、マークは口をぽかんとあけて見とれていた。

「よし、帰ろう」父がようやくそういった。

ジェフリー・R・ホワイト判事は、マークへの刑の宣告手続きを、私たちの旅のちょうどなかごろに予定していた。《クロニクル》の弁護士が判事に、もうすぐ死ぬ父親をアイダホに連れていく最中なので審理を遅らせることはできないかと頼んだ。判事は聞き入れる様子はなかった。ショーがこのまま進行すれば、マークは出廷するしかない。

「ケツの穴野郎《ホワット・アン・アスホール》が」父は、わかりきったことをいった。

マークは、刑の宣告手続き当日に飛行機で帰宅することにした。

私の乗った列車がソルトレークシティに到着したのは、まだあたりが暗い午前六時半だった。ここで一泊し、一〇時間かけてアイダホまで車で行く。マークも私も疲れ果てていたが、父はへいちゃらで、元気いっぱいのように見えた。なにもかもすばらしい——ホテルも、レンタカーも、かりかりのベーコンも、〈エンシュア〉も。

「いい朝飯だ」父は熱を込めていった。

雪を頂いた山々のあいだを抜け、ひろびろとした緑の草原を通る車の旅だった。サンバレー近くで父のもっとも旧くからの友人であるジム・トゥーヘイの出迎えを受けた。トゥーヘイは元海兵隊パイロットで、ベトナム戦争でF‐8クルーセイダー戦闘機を操縦していた。その後、南カリフォルニアで不動産仲介業を経営して成功し、引退した。六八歳で、父より四歳若いだけだった。鬢《びん》だけが白い茶色のくせ毛がふさふさしていて、ハイキングやスキーやパワーヨガで体を鍛《きた》えているおかげで、背すじがしゃんとのびている。スバルに父を乗せると、私たちの車を従えて未舗装路を走っていった。

「これがきみたちの専用ログキャビンだ」トゥーヘイが笑みを浮かべ、芝居がかったそぶりで手をふりながらいった。

二階建てのログキャビンには、七メートルの幅のバルコニーと、石の暖炉、座り心地のいいソファ、原木を削ったコーヒーテーブルのある快適な居間があった。トゥーヘイの妻のジャンも父の旧友で、冷蔵庫に蒸し焼き鍋に入れたエンチラーダやマッシュポテトや自家製スープを用意してくれていた。父が飲む唯一の銘柄であるバドワイザーのビールも入れてある。ワインも二本あった。トゥーヘイが表の大きな貯蔵庫へ行き、自分で切ったという薪《まき》をいっぱい運んできた。それを焚《た》きつけると、あとは私たちだけにしてくれた。

そこで二日過ごした。暖炉のそばでくつろぎ、雑誌を読み、シナトラの歌を聞き、近くをぶらぶら歩いた。父はジーンズと、トゥーヘイにもらった赤い防寒スリッパで歩きまわり、ときどきバルコニーにも出た。いつも笑みを浮かべていた。私は雪を頂いた峰のふもとでランニングやハイキングをした。父ばかりではなく、私たちすべてにとって至福のときだった。父と弟にとっては、ガン闘病や服役という恐ろしい見通しからのつかの間の休息であり、私はイラクが原因の無気力からひととき遠ざかることができた。マークはキャビンのまわりの小径《こみち》を歩き、考えにふけり、白樺やフクロウを相手に申し立ての予行演習をした。

やがて、刑の宣告手続きを受けるためにマークが帰宅しなければならない日になった。

マークは午前五時に出発し、ボイズまで三時間車を運転し、空路サンフランシスコへ発《た》った。社でスーツに着替え、ランスとともに連邦地裁へ車で行った。私たちの母親エレン・ギルバートとニコールが裁判所の正面で、多数のテレビカメラや全米からやってきた数十人のレポーターとともに待っていた。レポーターたちは、〝報道の自由を求めるスポーツライター〟と書かれたTシャツを着ていた。

法廷は満員だった。マークはホワイト判事の前に立ち、寝台車で書いた陳述書を読みあげた。

裁判長、法廷で申し立てる機会をあたえてくださったことに感謝いたします。私の名はマーク・ファイナルー－ワダ、成人してからほとんどずっとジャーナリストとして働いています。この仕事に就いた大きな理由はふたつあります。まず、兄がジャーナリストで、私はいつでもついていけるときには兄のあとを追いかけていました。つぎに、いまの私の同僚たちがそうであるように、『大統領の陰謀』の映画を見て、本を読み、記者になりたいと思いました。ジャーナリズムは高潔で有意義な仕事に見えました。

ランスと私は、能力の限りを尽くしてあることを取材する仕事をあたえられたために、このような立場に置かれています。大衆の目から隠されている重要な情報を読者に伝えることを、私たちは志しました。スポーツ・ファンに対する詐欺《さぎ》行為が行なわれました。記録を達成し好成績をあげるために、運動選手たちが能力を高める違法な薬物を使用したのです。こうした記録はよくいってもひとを騙《だま》すものであり、悪くいえば夢まぼろしにすぎません。それに、こうしたスポーツ界のスターを目指す若い運動選手に、暗黙のメッセージが送られます。夢を実現するために、若者たちもこうした危険な薬物を注射したり摂取したりするおそれがあります。

裁判長、私は刑事司法体制を大いに尊重していますし、大陪審の手続きの神聖さを維持しなければならないことも理解しています。私は法を超越するものではありませんし、ここで検討されている法律問題を重く見ています。私はたとえ一分でも刑務所で過ごしたいとは思いません。しかし、この三年のあいだになした誓約を破ることはできませんし、破るつもりもありません……これらの誓約を破ったなら、ジャーナリストとして、また誠実な人間として信じているすべてを擲《なげう》つことになります。

父と私はキャビンにいて、裁定が下るのを待っていた。ランチを食べに行って戻ったときには、寒い灰色の午後になっていた。キャビンにはいったとたんに、表のバルコニーをソフトボール大の雪が叩きはじめるのが、窓から見えた。秋になったばかりだというのに、雪はどんどん降り、木にどさどさとぶつかって、やがて地面や木立や山に積もった。呆然《ぼうぜん》と立ちすくんでいた父が、ウィンドブレーカーを着て野球帽をかぶり、表に飛び出して、両腕を天に向かって差しあげ、子供みたいに大声をあげては笑った。私はそれをカメラで写した。数分後に雪はやんだ。父がなかに戻ってきて、暖炉のそばに座り、息を切らしながらほほえんでいた。私はバドワイザーを取ってきた。そして、マリファナ煙草を吸いながら待った。

電話が鳴ったときにはもう暗くなっていた。マークは要点だけをいった。

「一八カ月の刑だ」

裁判長が刑を宣告したとき、法廷には息を呑《の》む声がひろがったという。マリファナ煙草で頭がぼうっとしていたうえに、どうやら弟は刑務所に行くことになりそうだと聞いて唖然《あぜん》とし、私はなにも考えられなかった。父に電話機を渡し、ホワイト判事と〝バリー・ボンズのくそったれ〟に激怒して父が毒づくのを聞いていた。呪いの言葉が延々とつづき、やがて沈黙が訪れた。マークはその間ずっと、社が控訴《こうそ》する予定なので、当面刑務所に入れられることはないと説明して、父を安心させようとしていた。

「愛しているよ」というと、父はすっかり不機嫌になって電話機を私に返した。

翌朝、マークはサンバレーに帰ってきた。私たちの借りた大型のレンタカーで、山を登ってきた。その晩、私たちは父とともにステーキを食べに行き、あらたな現実について話をした。控訴にはどれぐらいの期間がかかるのか（不明）、宣告が覆《くつがえ》される可能性はあるのか（不明）、最高裁にいくまで争われるのかどうか（父は大いに期待している）、マークはいつどこで入所することになるのか（不明）、父の病状を理由に入所を遅らせることはできるか（不明）といったことも話し合った。

私がイラクに戻りたいという決意をしだいに強めていることが話題になった。私はどうしてもそれをふり払えなかった。どうしても戻りたいという気持ちになりつつあったが、理由をきかれても、「そうしなければならないと感じている」としか答えられなかった。

もう何カ月も仕事をしていなかった。父の気分はよくなっていた。旅で疲れるどころか、若返ったように見えた。また旅行をしようという話になった。父はこれまでずっと絶好調と憂鬱のどん底の波が大きかったが、診断を聞いてからはずっと気持ちが安定していた。ほんとうに幸せで、落ち着いていた。アイダホから帰ったある日、私は父が友人に電話しているのを聞いた。友人からも見知らぬ他人からも、信じられないくらい親切にしてもらって感謝している、と父はいっていた。

効果を強めるために間を置いてから、父はオチをいった。「いやね、このガンというやつは、これまでに私が味わったなかでも最高のやつだ」

私はいままでどおりの暮らしに戻って、朝と夜には息子の世話をして、昼間は父の世話をした。車の運転、買い物、料理、掃除、睡眠という日常のくりかえしだった。精神科医に行くこともあった。イラク戦争から帰ったあと、編集長の勧めで行くようになった。あなたの問題はイラクではない、と女性精神科医がいった。〝主夫に熱中〟していることです。

そこで、逃げ道を画策した。戦場に戻って、〝民間警備会社の請け負っている仕事〟について一〇日間取材する。それについて、私はまだなにも実情を知らなかった。

出発前日、父と水上レストランでランチをいっしょに食べた。父が泣き出した。「心配しないで、父さん。すぐに帰ってくるから」父のアパートメントに車で戻り、父のお気に入りの喫煙場所であるピクニックエリアに座って、手を握っていた。父がまた泣き出した。

「二度と会えないんじゃないかと心配しているのかな？」私はきいた。

「ちがう」父がいった。「行ってしまうのが悲しいんだ」

イラク行きを取りやめてほしいのかと、私はたずねた。

「滅相《めっそう》もない。行って仕事をしなきゃだめだ」と父はいった。

ブルーのバスローブを着て車椅子に乗り、父は私を車まで見送ってくれた。キスをして、

「愛している」といった。私はキスを返して、おなじ言葉をいった。私が車に乗り、駐車場を出るとき、父は舗道で笑みを浮かべ、手をふっていた。

4 われわれは軍を護っている

イラクまで行くほうが、私たちのアイダホへの旅よりも短かった。サンフランシスコからワシントンDCまで行き、そこからクウェートシティ行きの直行便に乗って、出迎えた民間警備会社に戦場へと運んでもらった。クレセント・セキュリティ・グループという会社で、元米陸軍特殊作戦部隊将校でライター兼写真家でもあるジェラルド・シューメイカー大佐の著作を読むまでは、聞いたこともなかった。二〇〇三年のイラク侵攻後、シューメイカーは戦場での民間会社への業務委託の増殖に興味をそそられた――警備員、トラック運転手、警察犬調教師、コック。シューメイカーの著書*A Bloody Business*(『血まみれのビジネス――戦域の民間警備会社とイラク占領』)は、傭兵向けハウツー本(第三章「軍の業務委託を受けるには」など)のようなものだ。イラクで業務を行なっている企業の四〇ページに及ぶ便覧まである。クレセント・セキュリティ・グループの項目には、つぎのように書かれている。

クレセント・セキュリティは、〝ハイブリッド警備会社〟として機能しており、顧客の必要に応じて、一〇〇パーセント欧米人による警備もしくはイラク人と欧米人の混合警備を選ぶことができる。同社には改造して装甲を強化した民間車輛があり、追跡および通信のための最新鋭テクノロジーが利用できる。国家機密に属する貨物輸送やVIP警護を顧客は安心して依頼できる。

シューメイカーは、私のところから車で一五分ほどのベイエリアに住んでいることがわかった。私にはたいへん親切にしてくれた。クレセントを紹介してくれただけではなく、ネバダ州の砂漠まで車で連れていってくれて、AK-47の撃ちかたを教えてくれた。時差ぼけの状態で、クウェートに遅い時間に到着した。砂漠は漆黒《しっこく》の闇だった。クレセントは、クウェートシティの閑静な地区にある砂岩造りの邸宅に本社を置いている。通りの向かいにはモスクがある。いってみれば、サンフェルナンド・バレーに民兵の拠点があるような感じだ。居間だったとおぼしい部屋が戦術作戦センターで、最新の脅威情報が表示されているコンピュータ、衛星電話機、モトローラの携帯無線機、護衛任務がめいっぱい記入されているホワイトボード、詳細なイラクの壁掛け地図などがある。車輛は裏手にとめてある。シボレー・アバランチとGMCユーコンが合わせて二十数台ある。傭兵たちはリノリウムの床、シングルベッド、木のデスクという学生寮みたいな個室で生活している。いかにも仮住まいの感じで、脂《あぶら》っこいテイクアウトの食べ物のにおいが漂っている。キッチンにはピザの箱やファストフードの包装が散らばっている。

翌朝、まだ暗いうちに出発した。告時係《ムアッジン》（礼拝の時刻になったことを告げる呼びかけを唱える人）の声が中庭にこだましていた。私はクレセントのスコット・シュナイダー警備部長とともにユーコンに乗った。シュナイダーは四〇代半ばで、体格がよく、茶色の髪が薄くなりかかっていて、短く刈った顎鬚《あごひげ》をたくわえている。腕にはびっしりと刺青《いれずみ》が入れてある。カーゴパンツ、白いクレセントのロゴ入りの黒いポロシャツ、おなじく会社の黒い野球帽といういでたちだった。ちょっとむさくるしいプロゴルファーといっても通用するだろう。私たちふたりきりだった。傭兵たちは、ひとりで一時間運転してイラク国境まで行く。文字どおり戦場へ通勤している。途中で、アルラムダラン・スーパーマーケットに寄った。シュナイダーは自動的に、スタミナドリンクの〈レッドブル〉のところへ行った。私はコーヒーを買った。それからまた北に向けて車を走らせた。中年男がふたり、仕事場に向かっているわけだった。私はすでに動悸《どうき》が激しくなっていた。懐《なつ》かしいアドレナリンの分泌を感じ、ハイパワーの視力を得たみたいに、急に視界がはっきりしてきた。闇がしだいに薄れて、見渡すかぎり茶色の砂漠が現われた。ハイウェイは、何百台ものトレイラートラックで混み合っていた。すべて北に向かっている。戦場の補給線である。

シュナイダーは、一一年勤務した陸軍を除隊したあと、ミシガン州テカムセの公共事業部で雑役をやっていた。イラク侵攻後、軍の補給品納入業者KBRの社員として、イラクに来た。イラクのどまんなかで燃料補給をやっているときに、ウォルフ・ワイスというクレセントの多彩な経歴の社員に会って勧誘された。ワイスはその後、《ローリングストーン》誌に

〝ヘビメタの傭兵〟として取りあげられ、不朽の名声を築いた。ロックスターを目指すために海兵隊を辞《や》めたワイスは、ロサンゼルスの刺青店で働くうちに神を見出し、やがてクレセントの仕事に就いて、イラクに傭兵第一陣のひとりとして赴いた。長く太い三つ編みの髪は背中まであり、ふんだんに刺青を彫っている。色鮮やかなオオカミの図柄が背中にあり、肩では死神がギターを弾いている。ワイス本人が傭兵気質そのものであるといえる。「発砲されて応射するときには、だれのために働いていようがおなじだ——アドレナリン、混沌《こんとん》、そしてときおりのすさまじい恐怖」ワイスは《ローリングストーン》誌に語っている。その後、二〇〇四年のある晩に、ワイスは車に乗っているときに頭を撃たれて死亡した。米軍部隊による誤射だった。シュナイダーがワイスの後任になった。

国境に着いたとき、私はシュナイダーの急な出世のことを考えていた——なにしろ、ガソリンスタンドの給油係から警備部長になったのだ。広大な米軍基地キャンプNAVISTARは、イラクとクウェートにまたがっている。フットボール場ほどの広さの未舗装の中間準備地域（兵站《へいたん》宿泊施設）に、シュナイダーが車を入れた。クレセントの他の要員がすでに到着していて、黒いポロシャツとカーゴパンツという格好であちこちに立ち、煙草を吸ったりおしゃべりをしたりしていた。この日の任務は、三時間ほど北のナシリヤ近くの航空基地へ向かうトレイラートラック六台のコンボイを護衛するというものだった。大型トラックがすでにならんでエンジンをアイドリングさせ、ディーゼルの排気をあたりに充満させていた。高い運転台にインド人やパキスタン人の運転手が乗って、煙草を吸いながら、国境の向こうのイラクに目を凝《こ》らしているのが見えた。コンボイ全体が爆発して火の玉にならないのが不思議だった。

最初に目に留まった愛想のよさそうな相手に近づいて、私は自己紹介をした。身長一九〇センチ、体重一二〇キロぐらいの黒人だった。あとはみな白人だ。その黒人は、額《ひたい》のところに〝EMT〟（救急救命士）という大きな白い字の刺繡《ししゅう》のある黒い野球帽をかぶっていた。私が近づいたとき、まわりの男のひとりがからかっていた。「きょうはやけにご機嫌だな」

「ああ、娘と話をしたんだ」その黒人がいった。「運転免許をとったところでね」

「そんなによろこぶことかな」相手がいった。「事故で死ぬかもしれないのに」

黒人は、ポール・ジョンソン-ルーベンと名乗った。ミネソタ州ミネアポリス郊外のバッファロー出身で、三九歳だという。イラクに来る直前に再婚したときに、ハイフン付きの苗字にしたのだということだった。でも、たいがいポールと呼ばれている。一六歳になるケイシーとブリーという双子の娘が、ミネソタにいる。一九八〇年代に海兵隊にいたあと、海兵隊予備役と州兵に登録していた。ミネアポリス郊外のセントルイス・パークで、イラク戦争直前まで一〇年のあいだ警察官として働いていた。イラクでは他の警備会社二社に勤務したことがあるという。

自分はクレセントの衛生担当だと、ルーベンが説明した。野球帽を見て、どこでEMTの資格を得たのかと、私はきいた。

「いや、正式な資格なんかない」ルーベンが答えた。「でも、おれが医療関係の本をいっぱい読んでいるんで、衛生担当にしてくれたんだ。試験を受けたことはないよ」

医療用品が足りないので、クレセントの衛生担当はたいへんなのだと、ルーベンは語った。

なにがないのかと、私はきいた。

「たとえば止血器だ」とルーベンが答えた。

冗談かと思ったが、真顔だった。ほかには？　と私はきいた。

「そうだね、モルヒネがない。規制されている医薬品だからね。手に入れられないわけじゃないんだが、バグダッドに長いあいだいないから、受け取りのサインができないんだ。書類に記入する必要があるんだ」

最近、攻撃されたことは？

「先月は、三〇日のあいだに二〇回攻撃された」ルーベンが答えた。「小火器、ＩＥＤ（簡易爆破装置）などで、一発はおれのコンボイのすぐ正面で爆発した。ＲＰＧ（ロケット推進擲弾《てきだん》）の攻撃もあった。そのＲＰＧがいちばん恐ろしかった。このあいだクウェートへの帰り道を走っていたとき、なにかが飛んでいるのが見えた。最初は花火かと思った。無線で、〝ＲＰＧ来襲！　ＲＰＧ来襲！〟みたいなことを叫んだ。つぎが小火器で、それから爆発が起き、それからそのＩＥＤだった」

会社の数少ないイラク人従業員の乗ったトラックがＩＥＤをくらった。

「てっきり全員が死んだものと思った。どうやって逃げ出したものか、不思議でならない。みんな顔に弾子が突き刺さっていた。そのあとで車を燃やさなければならなかった。そうするしかなかった。マッチで火をつけただけで燃えあがった」

民間警備会社について考えたとき、玉石混淆《こんこう》だということに、私はなぜか思い至らなかった。イラクで最大の警備会社ダインコーの護衛で、午後にアンバール地区を一度だけまわったことがある。それ以外は、警備会社との接触はなかった。戦闘員は南アフリカ製の装甲車マンバに乗って、時速一〇〇キロメートル近くで走っていた。マンバは地雷の被害を受けづらいように、車体下面がV字形をなしている。ダインコーの戦闘員はほとんどが元特殊部隊員で、防弾のウィンドウにある円形銃眼から銃口を突き出していた。

これはダインコーとはまったくちがう。まわりを見まわして、〝改造して装甲を強化した民間車輛〟というクレセントの説明の意味がわかった。黒とシルバーのアバランチは、映画『アニマル・ハウス』に出てくるデスモービルみたいに見える。私の観察したかぎりでは、装甲というのはドアに溶接された錆《さ》びた鉄板だけだった。それに、だれも銃を持っていないということに気づいた。それを質問すると、クレセントでは武器を国境のイラク側に置いてあるコンテナに保管しているのだという。そこでイラク人のチーム員の出迎えを受ける。出稼ぎ組《エクスパット》たちはイラク人にジョン・ベルーシとかサミー・デイヴィスといったわかりやすい滑稽《こっけい》な呼び名をつけていたが、どういう人間かということは、だれも知らないようだった。

信用できるのか？　と私はきいた。

傭兵たちがくすくす笑った。

「いや、まったく信用できない」ジョシュ・マンズというひょろりと痩《や》せた元海兵隊員がいった。

マンズがいうには、二カ月前に武器を出そうとしてコンテナをあけたところ、なにひとつ残っていなかった。擲弾発射器《グレネード・ランチャー》、対戦車兵器、M4カービン、PK機関銃、大量のAK－47、弾薬数千発がなくなっていた。

会社は一時的に業務を中止しなければならなくなり、経営者が現金五万ドルをイラク人社員のひとりに送金して、ブラックマーケットで武器を調達させた。翌日買った武器のなかには、盗まれた銃とおなじシリアルナンバーのものが何挺か混じっていた。どうやら盗品を買い戻してしまったようだった。

懸念をつのらせながらそこで話を聞いているところへ、さきほど離れていったルーベンが戻ってきた。

「やあ、スティーヴ。いいことを教えてやろう」

「なにかな、ポール？」

「おれはアル中なんだ」

いかにも陽気に平然といい放ったので、ずる賢くない親しみの持てる男だと思わずにはいられなかった。深刻な内容とは裏腹な口調だった。ルーベンをひと目見れば、意地の悪いところはこれっぽっちもないとわかる。やさしい大男の典型だ。だが、そういわれてみれば、イラクにふさわしくないと思えてきた。

「警察をわざわざ辞《や》めてこの仕事に就いたと思われたくないから教えたんだ」ルーベンがい

った。「酒酔い運転をやって、署長にいわれた。〝ポール、飲むのをやめなきゃだめだ。それに、辞職しないと、そのうち一生を台無しにするぞ〟。酔っ払ってだれかを殺すようなはめにはなりたくなかった」

いまも飲むのかと、私はたずねた。

「ああ、飲むよ」ルーベンはきっぱりといった。「でも、こっちじゃ、あまり飲んでる時間がない。完全にコントロールできてるとはいえないけど、時間をかけるのにもっとましなことがある」

これから車でイラク入りするところだったので、頭に浮かんだ当然の質問をした。「仕事の前には飲むのか？」

「いや、飲まない」ルーベンが断言した。

軍ではイラクにはいる前にかならず仕務前のパトロール・ブリーフィングを受けさせる。非公式なものだが、兵士たちがトラックの前に集合し、最新の脅威情報、ルート、攻撃を受けた場合に危地を脱する手順を、コンボイの指揮官が説明する。

「乗車！」だれかがいうのが聞こえた。

クレセント・セキュリティ・グループには、そういった手順はないようだった。

いま知っているようなことをそのとき知っていればよかったのだが、いまさら取り返しはつかない……。

クレセントは、南アフリカ育ちの三七歳のイタリア人経営者、フランコ・ピッコの独創によって生まれた。南アフリカ憲兵隊員としてアンゴラで二年を過ごしたピッコは、輸送会社に移ってクウェートへ行った。そこでDHLの仕事を引き受け、中東のあちこちに荷物を運んだ。

二〇〇三年にアメリカが戦争準備をしているころ、ピッコはビジネスチャンスを見出した。「イラクが開国したら金儲《もう》けができるというのを、だれもが知っていた」ある午後、クウェートシティのコーヒーショップで、ピッコは私に語った。クウェート人の共同経営者とともに、メルカト・デル・ゴルフォ（湾岸の市場）という会社を立ちあげた。イラク国境が通過できるようになると、ピッコはいち早く貨物を運びはじめた。

何カ月かたつと、イラクで跳梁跋扈《ちょうりょうばっこ》している反政府武装勢力や武装強盗団から輸送隊を護《まも》る必要があるとわかった。ハイウェイを警備する兵士の数が足りず、まして個々の補給品輸送隊など警備できない。そこでピッコは自分たちのための私兵を編成した。最初はウォルフ・ワイスの指揮する一チームだけだった。私が行ったころには、ピッコの警備業務は五チームに拡大していた。出稼ぎ組《エクスパット》一七人、イラク人三七人の陣容をピッコは分離独立させ、別会社にした。イラクでは、石油その他の産業よりも警備のほうが成長産業だった。クレセントは、ピッコの会社のトラックだけを警備するのではなく、保護を必要としていて金を払える顧客であれば、だれにでも警備を提供している。米政府関係者、イタリア軍、日本の自衛隊、多国籍軍のその他の部隊の依頼も受けている。金さえ出せばどこへでも行くという評判がたちまちひろまった。他の警備会社が行きたがらないイラクでもっとも危険な地域への日帰り旅行を、ピッコは〝直行急行便《ホットショット》〟と呼んでいる。

「われわれは軍を護っている。まったく信じられないね」ピッコは私にいった。「兵士を警護するわけだよ。じっに恐ろしいじゃないか」

ピッコの髪は薄茶色で、鬢《びん》が白くなっている。プレスのきいたオープンシャツを好んで着る。おっとりした上品な感じで、南アフリカのなまりがある。グレアム・グリーンの小説の仁義なき世界の登場人物を思わせる。自分の動機を隠そうとする気はさらさらない。デスクの奥にホワイトボードがあって、だれかが汚い字で書いている。〝戦争は避けられない。キャンセルできない。自分の利益になるよう引き延ばすことだけができる〟

傭兵の経済について、ピッコがざっと講義してくれた。「予定がいっぱいなので任務を断わっている」クレセントには一〇〇〇万ドル出資した。それだけの分が毎月はいってくる。比較的平穏なイラク南部へ一チームを一日派遣する料金は地域特有のリスクによって異なる。バグダッドもしくはスンニ派トライアングルに出張《でば》る場合には、四〇〇〇ドルないし五〇〇〇ドル。まずまちがいなく攻撃されるファルージャやラマディのような街での警護には一日三万五〇〇〇ドルないし一万三〇〇〇ドル。

コストを下げるために、イラク全土どの警備会社も採用しているビジネスモデルを、ピッコも駆使している。エクスパットには七〇〇〇ドルの月給を払う。チーム・リーダーは八〇〇〇ドル。警備部長のシュナイダーは一万ドル。封筒にクウェートのディナール紙幣を詰め込んで渡す。傭兵たちはクウェートシティの両替商でそれをドルに換えて、アメリカ、イギリス、南アフリカなどの銀行口座に入金する。

ピッコは、おなじ危険な仕事を六〇〇ドルでやるイラク人をチームにくわえている。それどころか、イラク人のほうがずっと危険な目に遭《あ》う。アバランチの後部に据《す》え付けたPK機関銃はイラク人が担当する。この戦争で最悪の仕事であることはまちがいない。ハイウェイを何時間も走る車に体をさらけ出した状態で乗り、砂塵《さじん》を除《よ》け、イラク人だというのがわからないようにするために目出し帽をかぶっている。いっぽうエクスパットたちはエアコンの効いた車内で、MP3プレイヤーの音楽を聞いている。

倫理面で自分が危うい立場にあることを、ピッコは承知しているようだった。「心のなかでは自分でも正当化できないが、市場が求めている」と私にいった。「この仕事をやりたいイラク人は数え切れないほどいる。一二人編成のチームを欧米人だけで組んだら、人件費が月八万四〇〇〇ドルかかる。それでは経済的に成り立たない。どのチームも損失を出す」

この基本方針――儲け主義――が、会社全体に浸透している。クレセントのオフィス・マネジャーは、ニューハンプシャー州セーレム出身のクリス・ジャクソンという二七歳の元海兵隊員だ。二〇〇一年九月七日に除隊したが、それが思いがけない幸運につながったようだ。ジャクソンの電子メールのアドレスが〝海兵隊なんかくそくらえ《ファック・ザ・コー》〟を略してさかさまに綴《つづ》ったものであることからもそれがわかる。海兵隊を辞《や》めたジャクソンは、コミュニティ・カレッジに通い、いくつかの仕事に就いた――危機調停カウンセラー、住宅ローン・ブローカーなどーー気がつくとクレジットカードの負債が二万ドルになっていた。「そのときには悪魔にでも自分を売ろうかという気持ちになっていた」とジャクソンは私に語った。「こっちへ来て汚れ仕事でもなんでもやろうと」

ジャクソンは髪が黒く、中背で、海兵隊にいたときには実戦経験がなかった。しかし、クレセントの仕事を一年やって、三度死にかけている。ある日、ファルージャの浄水場に水道管を運ぶコンボイを警備していたときに、RPGが真正面で爆発した。そのためにジャクソンは二〇〇〇ドルのボーナスをもらった。クレセントは、ジャクソンが負債を返すのを手伝った。いや、それ以上のものをあたえた。いまのジャクソンは金の亡者のようだ。「金のことしか考えられない」ジャクソンはいう。「銀行に五万ドルあると、〝来月には貯金が五万七〇〇〇ドルになり、再来月には六万四〇〇〇ドルになる〟というように考えるものなんだ。家族はおれがこっちにいるのを嫌がっている。だからこそここにいたいのかもしれない」

ジャクソンは笑った。〝死んだら金は使えないぞ〟と、みんなに忠告されるという。「死ななかったら、たんまり使えるだろう」というのが、ジャクソンのそれに対する答えだった。「こっちに来たのは、現実の生活から逃げるためなんだ」と私に打ち明けた。

友人の教師はジャクソンに、イラクで危険な仕事をしているという自分の立場に恋していると告げた。

ジャクソンは納得していない。

「おれは金に恋してるんだ。あとのものは付け足しにすぎない」

シュナイダーがユーコンを前方準備地域から出して、イラク国境を目指した。まだクウェート側にいるときに、政府の業務を請け負っている知り合いの業者が道路を横切っているのを見つけた。シュナイダーが車をとめてウィンドウをあけた。熱い空気が車内に押し寄せる。

「おい、いっしょに来ないか？　イラクへ行きたいだろう？」シュナイダーがきいた。

相手は〈ウィリーX〉の破片用保護眼鏡《バリスティック・グラス》をかけていた――クウェート側なのに。その男が笑って答えた。

「一〇〇万ドル積まれたってごめんだね」

ハイウェイの左右に砂の防壁がある国境を越えると、おんぼろのAK-47アサルトライフルを持ったイラク軍兵士がひとり、道路の中央に立っていた。ライフルは靴紐《くつひも》で肩に吊っている。シュナイダーが、兵士にしわくちゃの書類を何枚か渡した。輸送隊の積荷目録とクレセントの営業許可証だ。私は無言で助手席に座ったまま、透明人間になろうとする。イラクにはじめて行ったころからずっと、入出国の手続きは絶えず変化している。役所仕事も、料金も、賄賂《わいろ》も、やりかたが一定していない。適切なビザを持っていないと、何時間も待たされたり、入国できないことがある。だが、警備兵は数分で私たちを通した。私はなにも見せずにすんだ。

やがてイラクの景色が窓外にゆっくりとひろがった。一年近くを経て、私はついに戻ってきた。武装したツアーでイラク入りしたというような感じだった。〝左手に見えますのが、完全な破壊の跡でございます〟。国境のすぐ先に、見たこともないようなものすごい廃品置き場があった。捨てられた車や爆弾で破壊された車が何百台も、広大な土地に放置されて、強い陽光に灼《や》かれている。焼け焦げたハンヴィー、内装がなくなっているバン、捨てられた乗用車のねじくれた残骸《ざんがい》、つぶれたウィンドウ、錆《さ》びたエンジンブロック、ガラス、ゴミ。「たまげたな」私はつぶやいた。シュナイダーが、一度見にいったら、横倒しになったヘリの残骸があったという。

武装警備員《オペレーター》が社の施設に行って、武器を取ってきた。そこは非業の死を遂げたウォルフ・ワイスを偲《しの》んで〝オオカミの巣《ウルヴズ・デン》〟と呼ばれている。トレイラー二台と米軍が輸送用に使っている金属製軽量コンテナがならんでいるだけの、だだっぴろい空き地だった。シュナイダーは、グロック・セミオートマティック・ピストルと、走りながら撃つのに適している折りたたみ銃床のAK‐47を持って戻ってきた。そういう状況になるかもしれないからだ。バナナ形弾倉の予備も持っていて、シフトボックスにカップホルダーみたいにボルトで取りつけてある金属ラックに収めた。予備のライフルを床に置き、使いかたを知っているかと私にきいた。シューメイカーに教わったばかりだったし、知っていると私は答えたが、もちろんちゃんと扱える自信はない。シュナイダーは自分のライフルをラックに架けた――イラクではそれが万国共通の〝エンジン始動〟の合図になる――そして出発した。

コンボイは轟然《ごうぜん》と走っていった。イラク最南端の道路で緊密な列をこしらえ、大型トラックがくねくねと進んでゆく。みすぼらしい煉瓦《れんが》造りの家がならぶ国境の町サフワンを通過した。舗装されているのは半分ぐらいで、ゴミが散乱している。イラクではたいがい子供たちが立ちどまって手をふるのだが、サフワンでは道ばたにいる人間は少数だし、こちらを睨《にら》みつけていた。サフワンは国境付近のさまざまな強奪やゆすりの拠点になっている、とシュナイダーが説明した。警察がトレイラートラックを襲って、不運なパキスタン人運転手を捕らえ、会社が身代金を払うまで留置することがあるという。まったくの無政府状態のようだった。国境警察、武装勢力、犯罪組織、反政府勢力の見分けがつかない。相手がどういうやつらなのかわからないと、シュナイダーはいう。前の週に国境警察がクレセントのトラックを強奪しようとした。アンディ・フォードというイギリス人傭兵が、キーを渡すのを拒《こば》んだ。するとイラクの警察官はフォードの頭に銃を突きつけた。フォードは怒り心頭に発したが、トラックをおりるしかなかった。翌日、フォードは国境に戻って、たがいに憎みあっている相手と仕事をすることになった。これでは緊張が絶えない。

「どれほど厳しい仕事か、やってみないとじっさいのところがわからない。そういう仕事なんだ」シュナイダーはいう。「つねに標的になっているというのは人を消耗《しょうもう》させる。獲物の鹿になるのはつらい」

コンボイがルート・タンパの交差点に到達したときには、見通しのいい道路で車列全体が一・五キロメートルぐらいの長さに延び切っていた。四方は波打つ砂漠で、なにもない風景がどこまでもひろがっている。ミズーリ州リーズサミットの出身で元陸軍兵士のジョン・ヤングがチーム・リーダーで、モトローラの無線機を使い、懸念される脅威や注目すべき事柄を大声で伝えていた。

「ここには北行きのパトロールがいる」ヤングがいうのは米軍の輸送車輌縦隊で、クレセントのコンボイは速度を落とさざるをえなくなる。

「ブルーのオペルの乗用車。南行き。乗客二名《トゥー・パックス》」

ふたりが乗っているその車がすれちがうのを見守った。

「左車線にトラック」

間があった。

「空荷だ」

コンボイが陸橋の下をくぐるときには、イラク人の銃手が背後からの銃撃を警戒するために、機関銃の向きを変える。煉瓦《れんが》や手《て》摺《すり》弾を手摺越しに投げてくることもあるので、それにも注意する。

イラクの奥深くへ走りつづけるあいだ、そんなふうにして三時間が過ぎた。しばらくのあいだは、ある程度平らで快適なごくふつうの道路のようだった。戦争の形跡は、砂漠のあちこちに爆弾でやられた車があり、数分おきに軍のコンボイと出会うことぐらいだった。むろん傭兵もかなり目にした。さまざまな会社のありとあらゆる種類の車に乗って、ハイウェイの至るところにいた。装甲をほどこしたサバーバンやエクスペディションのようなＳＵＶもあれば、フォードＦ‐３５０ピックアップに、武装した灯台みたいな銃塔を載せたものもあった。ボートに車輪をつけたような形をしたカーキ色の装甲車も見た。シュナイダーにはすべて会社の見分けがつくようだった。「あれはセキュリフォース」と教えてくれる。あるいはアーマーグループだったり、ＴＭＧだったり、エリニスだったりする。オペレーターたちは仲間意識を示して手をふりあう。

　ローテクのアバランチやユーコンを使っているクレセントは、イタリア軍の支援を受けて走っている。だが、イタリア軍はイラクから撤退しつつある。クレセントは空荷のトレイラートラックを毎日のように護衛して、ナシリヤ近くのタリル航空基地まで行き、荷物を満載してクウェートに戻ってくる。アメリカ主導の多国籍軍のなかで、イタリア軍はもっとも兵員が多い。それでも自軍の将兵を危険にさらすのを嫌って、ひそかに民間警備会社と契約し、イラク国外に運び出す資材を護衛させている。民間警備会社が戦争に〝埋め込まれている〟（一体化している）のに、多国籍軍がそれを認めないのはおかしいと、私はシュナイダーにいった。

「まあ、おれたちは愛人みたいなものだ」シュナイダーがいった。「イラク復興におれたちを必要としているし、助けがほしいときにはいつでも連絡してくるが、おれたちのことは口にしてもいけないというわけだ。非公式で容認できず認められない存在だからね」

　まったくちがうものだとわかってはいても、戦争をひとつの仕事と見ている単純明快さには驚きを禁じえない。

軍隊と行動をともにしていると、無私で勇敢な行為をときどき目の当たりにする。ともに戦闘に参加することや、近しい人間を失ったことや、たんに何ヵ月も、あるいは何年もいっしょにいることによって、緊密な関係が生まれる。バラドにいたとき、夜明け前に転覆して凍結した運河に落ちたハンヴィーの記事を書いたことがあった。乗っていた兵士三人はたちまち溺死《できし》したが、仲間の兵士たちが低体温症にかかる危険を冒し、自分たちも死にそうになりながら、水没した車から遺体をひっぱり出した。空軍の消防士ひとりは、水に飛び込んだままあがってこなかった。米軍と協働しているイラク軍兵士たちが、自分たちで溶接した工具を使い、ようやく運河を浚渫《しゅんせつ》した。一二時間近くかかったが、やがて遺体はすべて回収された。

民間警備会社の社員にもそれなりの絆《きずな》はあるが、金という動機と、いつでも辞められるという基本的な事実によってそれが弱められている。あっさりと交替してしまう——出入りが多く、真夜中にいなくなったり、トラックをおりてそのまま国境を歩いて越えたりする——ために、忠誠や団結といった考えかたは崩れてしまう。

クレセントのオペレーターに、カリフォルニア州レディング出身の二三歳の元海兵隊員がいた。正確な名前はジョシュア・マンズ。痩せ形で、身長が一九三センチある。まずまずの野球選手で、貨物運送会社UPSの運転手だった父親のマークが、ハイスクールを出たらプロを目指してはどうかと勧めた。だが、ジョシュは海兵隊を選んで、父親にいった。「野球をやったら、爆発するやつで遊ぶことができなくなる」

ジョシュはイラクにも出征し、ベトナム以降米軍が関わったもっとも激しい戦いとおぼしい二〇〇四年のファルージャの戦闘に参加した。ある日、幌《ほろ》のない二トン半積みトラックの後部に乗っていたときに、友人の膝に落ちた爆弾が破裂して頭の一部が吹っ飛んだ。父親はジョシュが心的外傷後ストレス障害（ＰＴＳＤ）にかかって帰ってくるだろうと考えていた。ジョシュはよく眠れず、出征前よりも陰気になっていた。「人が変わったようだった」と父親はいう。それでも、翌年に海兵隊を辞めたとき、ジョシュはすぐさまそれを後悔した。「人生で犯した最大のまちがいは、軍を辞めたことだ。それはまちがいない」と、ジョシュは私にいった。

ジョシュはネバダ州リーノで叔父が勤務している警察の試験を受けたが、ぎりぎりのところで落ちて、つぎの試験まで待たなければならなくなった。その間、レディングのバイキング・プールという会社でプールを建設する仕事をしながら、海兵隊に戻ることを考えた。徴募係に会って、斥候《せっこう》隊の狙撃手か、戦闘工兵か、爆発物処理技術兵として再入隊できるかどうかをたずねた。だが、新年度まで待つようにといわれた。

とても待てないと思った。プール建設は骨の折れる単純作業で耐えがたく、再入隊と警察の試験は何カ月も先のことだった。「単調さに耐えられなかった」ジョシュはいう。「民間人の生活にはいらだつことが多かった。自分の望んでいるものが得られないからべつのことをやるしかなかった」

ジョシュは、実母を通じてクレセントの仕事に就いた。ジョシュ・マンズの実母ジャッキー・スチュワートは、ブロンドのトラック運転手だった。ジョシュが六歳のときにポートランドへ行ってしまい、それからずっと会っていなかった。ジョシュは父親マークと継母クリスタによって育てられた。だが、最近になって生活を立て直したジャッキーは、息子と連絡をとりあっていた。ある日、ジャッキーが、イラクの民間警備会社で働いている友人がいるという話をした。それがシュナイダーだった。ハイスクールのときにしばらくつきあったことがあったのだ。ジャッキーの勧めでジョシュが連絡すると、イラクに連れていくことにシュナイダーは同意した。

ジョシュはまじめで有能だった。ある日、冗談のために他のクレセントのオペレーターが、運転免許証をみんなに見せろといった。ジョシュの運転免許証の写真には、茶色の髪をちりの大きなアフロヘアにして間抜けな笑いを浮かべた若者が写っていた。だが、頭を剃《そ》りあげてイラクの大地を踏みしめているジョシュは、仕事一辺倒だった。ひどく無愛想だ。レディングでフィアンセとともに買う老朽化した家のために金を稼いでいるのだという（結婚式は翌年の春に予定している）。それと、アドレナリンを調節するために。だが、とうてい海兵隊の代わりにはならない、とジョシュはいう。たとえば、忠誠がまったくちがう。イラク戦争経験者の傭兵ふたりは頼りにできる。「ふたりのためなら、おれは弾丸《たま》除《よ》けになる」ある朝、国境を越えてイラク入りするのを待っているときに、ジョシュは私にいった。「あとの連中のためにはやらないだろう。頭に銃を突きつけられて、〝おまえかあいつのどっちが死ぬか、三〇秒以内に決めろ〟といわれたら、〝いいだろう。あいつを殺せ〟と答えるだろうね」

だが、それだけではなく、クレセントの装備の貧弱さも、ジョシュが信頼しかねる部分だった。車輛の装甲も衣料品もまともな武器もじゅうぶんではない。「必要でなければいらないだろうという考えかたに、なかなか慣れない。海兵隊では、必要なときにないよりは、必要でなくてもあったほうがいいと考える。場合によっては洗面台だって運ぶだろうね」

クレセント・セキュリティ・グループは、民間警備会社のディスカウント店だ。社員になるための最低基準がどこにも見あたらない。

ジョシュ・マンズのような経験豊富でまじめでいつも準備が整っている社員もいる。かと思えば、イラクにはまったく縁のなさそうな社員もいる。元スポーツ選手やレッカー車の運転手やアメリカ退職者協会（AARP）の本会員を雇って銃を渡し、イラクに送り込む。シュナイダーが一九九四年の家庭内暴力と、九五年のミシガン州レナウィー郡での家宅侵入と加重暴行で有罪の答弁を行なっていることを、私はあとで知った。九四年の家庭内暴力事件後に差止命令（一定の行為を禁じるもの）を取りつけた妻と別居したあとで、九五年の犯罪は行なわれた。警察の記録によれば、別居から三週間後にあたる新年の午前二時、シュナイダーは酔っ払って妻の家に行って窓から覗き、よその男とセックスをしているのを見て、玄関のガラス戸を壊して侵入した。男と乱闘になって、階段を転げ落ちた男が左前腕を骨折した。

家庭内暴力の前歴があるので、シュナイダーはアメリカ国内での火器所持を禁じられた。しかし、国防総省職員にも同様の禁止令がある。シュナイダーはクレセントの警備部長としてイラクで働き、米軍を支援している。グロックやAK‐47だけではなく、破片手榴弾や歩兵携行ミサイルまで持つことがある。

クレセントの射手になるには、電子メール一本出すだけでいい。カリフォルニア州ビサリア出身のトラック運転手で五二歳のデイヴィッド・ホーナーは、バグダッドの北にある米軍兵站基地キャンプ・アナコンダの氷貯蔵庫で〝ゾルティ〟という呼び名しか知らないオペレーターと知り合い、クレセントに連絡をとった。KBRのトラックを運転していたホーナーは、第八二空挺師団にいたことがある――といっても一九七三年の話である。ベトナム戦争は終わりに近づいていたし、戦闘には参加していない。ホーナーの軍隊経験はそれだけだった。クレセントのチームが寄り道をしてアナコンダに迎えにきた午後までは、AK‐47など持ったこともなかった。ホーナーは持ち物をアバランチに積んで、AK‐47を渡され、そのまま最初の護衛任務に出かけた。

「現場での仕事が訓練だというやりかただった」ホーナーは私に語った。「海軍のコックだったような連中もいる。なにしろなんでもありだ。ひとつだけはっきりしている。経験については、本人のいったことが鵜呑《うの》みにされる。おれが自分はランボーだといえば、それが通ってしまう。なにをいっても通る」

自分は戦争のどん底に転げ落ちていくのだと、ホーナーは察した。「なにもかもが不正行為ばかりだ」クウェートに着くと、ホーナーはイタリア軍の身分証明書を渡された。じつはクレセントが偽造したものだった。身許《みもと》を洗うことなく雇ったイラク人を含めた社員を米軍基地やグリーン・ゾーンに出入りさせるために、クレセントはこの偽造身分証明書を使っていた。「なにしろ基地によっては警備がひどく杜撰《ずさん》だった」とホーナーはいう。不審尋問を受けたら、この社員はイラク人ではなくエジプト人だと答えるように、と指示されていた。「基地では出入りの際に厳重なチェックを受けるはずだと思うだろうが、イラク人の行けないところなんかどこにもなかった。基地の見取り図を作られても気づかなかっただろう。やつらはみんな携帯電話を持っているし、一日中ずっと電話をかけているんだ」

シュナイダーはその後、身分証明書は偽造ではないと私にいったが、オペレーターたちはおおっぴらに〝偽ＩＤ〟と呼んでいる。ピッコは、それは言葉のあやだという。

ある日、ホーナーはバグダッドの北で運転を担当し、コンボイはアルアフェムという小さな町に近づいていた。そこは、直前にクレセントが道ばたの爆弾で攻撃された場所だった。ホーナーによれば、クレセントのチーム・リーダーはすかさず戦略をひねり出した。目にはいったものはすべて吹っ飛ばせ、というのだ。コンボイがアルアフェムにはいってゆくと、オペレーターたちは窓から自動火器を突き出して、弾倉が空《から》になるまで撃ちまくった。発砲していないのは、弾倉を交換するときだけだった。自分も弾倉を六本か七本使ったと、ホーナーはいう。二〇〇発前後撃ったことになる。「自分は建物に向かっては撃たなかった。屋根の上のほうに向けて撃った。人間は狙わなかった。でも、あとの連中がどうだったかは知らない」

アルアフェムを通るときには、クレセントはいつもそうするようになった、とホーナーはいう。撃ちまくり、質問はなし。「とまって損害を見届けたりはしない。銃弾を撒《ま》き散らしながら通過するだけだ。しかし、肝心なのは、だれもこっちを撃ってこないことだった。一度も攻撃されていない。帰ったときには弾薬が尽きていることも多かった」

「カウボーイまがいのことが頻繁にあった」とホーナーは語っている。ある午後に、ダダダダという銃声とともに、自分の乗っているアバランチの車体が揺れた。バックミラーを見ると、白いトラックが横滑りして溝に落ちるところだった。イラク人の銃手が、そのトラックをPK機関銃で撃ったのだ。ホーナーはUターンして、どうなっているのかを調べた。銃弾の穴だらけのトラックが溝に落ちていて、イラクの警察官ふたりが負傷していた。ひとりは溝に倒れ、もうひとりはハンドルを握っていた。

「ひとりは悲鳴をあげて、地面でのたうっていた」ホーナーはいう。「運転していた警官は肩に一発か二発受けていた」

「なんてこった、味方を撃っちまった」ホーナーは思わず口走った。

無線でクレセントのチーム・リーダーに連絡した。リーダーが説明を求めた。

「味方のイラク人だ。なんていってるのかはわからないが、おれたちがそいつらを撃ったことはまちがいない」

道路の先にイラク警察の検問所があった。「仕返しをされないとも限らない」ホーナーはいった。

「さっさと逃げ出せ」チーム・リーダーがいった。

そこで、負傷者を放置し、急いでそこを離れた。

それが辞《や》めるきっかけになった、とホーナーはいう。「あまりにもひどいことばかりで、気分がよくなかった。人の暮らしをめちゃめちゃにするためにイラクに行ったわけじゃない。現地の状況を自分たちがもっと悪くしているということに、気づいていなかった。どうもそうらしいと感じた」

ホーナーは、シュナイダーのオフィスへ行って、辞めると告げた。前の月の給料を要求すると、シュナイダーは渡すのを拒み、出ていけといった。ホーナーはナイフを抜いてシュナイダーのデスクに突き刺したが、それでも金はもらえなかった。

クレセントは、さまざまな面であまたの会社とほとんど変わらない。非情な社内の政治があって、どこにでもいるような社員――恨みを抱く者、自分を売り込む者、おべっか使い――がいる。ただ、銃ですべてを行なっているところだけがちがう。イラク人傭兵の一派が、他の一派を憎んでいる。エクスパットの一派が、他の一派を憎んでいる。エクスパットは当然ながらイラク人を信用していないし、イラク人は当然ながらエクスパットを恨んでいる。そして大部分がシュナイダーを恨んでいるようだった。

クレセントは、イリノイ州のレッカー車運転手ベンジャミン・バロウマンを雇った。真っ赤な毛を短く刈り、山羊鬚《やぎひげ》を生やしているので、〝レッド〟とみんなに呼ばれている。軍隊か警察での経験はあるのかと私がきくと、レッドは得意げにいった。「シークレット・サービスやFBIや市や州政府や警察のためにずっと働いてきた――レッカー車を使ってね」

クレセントには、〝路上整備員兼銃手〟として雇われたのだという。

シュナイダーやその他の社員は、レッドが武器や酒を盗んでいるのではないかと疑いはじめていた。レッドは激しく否定した。ある晩、任務後にレッドは〝ウルヴズ・デン〟へ行った。シュナイダーとクレセントの傭兵数名が物陰から現われて、レッドの銃を奪い、コンテナに閉じ込めた。現場にいた傭兵とレッドがそう述べている。シュナイダーは翌朝までレッドを閉じ込め、供述書を書くと約束するまで出さなかった。

レッドはその後も〝ウルヴズ・デン〟に軟禁され、AK-47を持ったイラク人ふたりに見張られていたが、逃亡を画策した。丸一日たったころに、アバランチを奪い、銃撃を受けながらゲートを突破した。

「あんな痛快なことはやったことがない」レッドは私に語った。「ゲートは閉ざされ、チェーンと長さ一五センチの太いかんぬきで固定されていた。思い出すだけでぞくぞくする。うしろで銃声が聞こえていた」クウェート国境まで四〇〇メートルを突っ走った。急停止し、クウェート軍の警備が銃を向けたので両手をあげた。

「おれはアメリカ人なのに、自分の警備会社に監禁された」

レッドは米軍に引き渡され、解放された。数日後にはクウェートシティにたどり着いて、イリノイ州の故郷に帰った。

シュナイダーがハイウェイをおりて、遠くに見えるタリル航空基地を目指した。道ばたをラクダの群れが一列になって歩いていた。グレーの寛衣《かんい》を着てサンダルを履《は》いた男が棒をふりながら先導し、ラクダたちは口をもごもご動かしている。正面ゲートに着くと、私はまたもや不安になった。パスポートを除けば、身分を証明するものは社の記者証とカリフォルニア州の運転免許証と、一年以上前にバグダッドで米軍が発行した期限切れのプレスカードしかない。だが、私もイラク人もエクスパットも、すんなりとはいれた。私の身分証明書を確認しようとするものはいなかった。クレセントの仲間と見なされたのだ。

基地内にはいると、オペレーターたちは錆《さ》びたドラム缶にライフルの銃口を向けて、一発を発射した。大きなカーンという音がして、薬室が空《から》になったことを物語った。それから、ぞろぞろとトラックに戻って、ピッコが基地内で経営しているピザ屋へ行った。

馬鹿でかいトレイラーハウスに白いプラスティックのテーブルと椅子をならべた店で、白い紙の帽子をかぶった男がカウンターで注文を受けていた。抗弾ベストを脱いで〈ファンタ〉を手にしたとき、見たことのないクレセントの社員がいるのに気づいた。

なめらかな顔にすこしニキビの痕《あと》がある若者だった。茶色のまっすぐな髪を短く刈り、いかにもアメリカ人らしい率直な顔つきで、大学フットボールのコーナーバックの体格だった。クレセントのゴルファーまがいの服を着ていても、デザイナーブランドの〈トミー・ヒルフィガー〉のモデルみたいに見える。じっとしていられない。カウンターとテーブルと冷蔵庫のあいだを、ピンボールよろしく跳ねまわっている。

「食べ物はどうですか？」と、私にきいた。

「だいじょうぶ。ありがとう。あとでなにか食べるよ」

「ピザは？　サンドイッチは？　頼めば、おいしいサンドイッチを作ってくれますよ。頼んであげましょうか？」

「いや、結構。どうもありがとう」

「気を遣わないで。なにか持ってきます。ただですよ。クレセントの経営者の店ですからね。払わなくていいんです」

「いや、払うよ。でも、ありがとう」私はいった。

ふたりで座り、どこから来たのかと私はきいた。言葉がいっぱいはいった樽をぶちまけたみたいだった。あまりにも早口だったので、メモもとれない。フロリダ大学へ行って会計学を専攻した、イラクに出征した、両親の離婚で傷ついた、バッファローに兄がいる、この会社はひどい、春には復学する――そこまでをひと息で語った。私が記者だというのを向こうは知っていたが、相手がだれでもきっとおなじように打ち明けただろう。

ピザができた。クレセントのチームの分の五、六箱を彼がぜんぶ抱えた。私はカウンターに行って一〇ドル札を置いた。

「ただなんですよ！」ドアを出ながら、彼が肩ごしに叫んだ。

私は、轍《わだち》ででこぼこの駐車場にとめたアバランチのボンネットにピザを置いて食べた。ほどなく出発の時間になった。私がむしゃむしゃ口を動かして立っていると、彼がまたやってきた。「ねえ、クウェートに戻るんですか？」

「ああ、クウェートに戻る」私は答えた。

「行きましょう」彼がいった。「乗って」

それがジョン・コーテとの出会いだった。

5　あなたがたの物語

二〇〇六年七月、フロリダ大学からイラクへやってきたときのジョン・コーテが、合法的な会社で働くのだと考えたのは、無理からぬことだった。クレセント・セキュリティ・グループは、イラクの内務省と商務省の認可を受けている。米軍とコンサルタント契約を結んでいるイラク民間警備会社協会（ＰＳＣＡＩ）の正式会員でもある。入社する前にコーテは、〝高潔――献身――成功〟というモットーを打ち出しているクレセントのウェブサイトを見た。

ところが、クレセントの合法性は疑問のある前提を根拠にしている。ありていにいうなら、イラクには機能している内務省や商務省は存在しないし、傭兵の高潔と献身と成功をたしかなものにするような業界団体もない。最初からそんなふうだった。結束のゆるい私兵がイラク戦争の周辺で編成されつつあることに米政府関係者が気づきはじめた時点では、とにかくそういう状態だった。その時点で米政府は実情に沿う法令をつぎつぎと発布し、そして手を引いた。最初の法案には、ＣＰＡ（連合国暫定当局）代表のポール・ブレマーが二〇〇四年六月二七日に署名した。ブレマーはその翌日にイラクを去った。「あなたがたが主権を得る体制が整った」と、ブレマーはイラクの新指導者たちに告げた。
このCPA指令第一七号によって、ビッグ・ボーイ・ルールは現地の法となった。傭兵やその他の民間業者は、イラクの法律によって裁かれることはない。この特権は、多国籍軍の最後の部隊がイラクから撤退するか、あるいはイラク新政府がそれを無効とするまで有効である。どちらも近い将来にはありえないと、だれもが知っている。
民間人を戦闘に使用することをあからさまに承認するという事例は、これまでのアメリカの戦争の歴史にはひとつもなかった。だが、それがペン先をひと走りさせただけで一変したのである。二〇〇五年一〇月三日、CPA指令第一七号発布の一六カ月後に、国防総省は米軍に同行する民間業者向けの政策と武力行使を含む手順の概要を示す指令を発した。イラクの傭兵は二万人以上というのが、その時点での国防総省の推定だった。翌年、殺傷力のある武器使用の承認が、〝内部規定〟としてひそかに連邦官報に発表されている。

民間警備会社の社員は……その会社の契約に含まれる任務明細に合致するかぎり、資産／人員を護《まも》る警備任務を実行するのに必要な場合は、殺傷性のある武器使用を承認される。民間警備会社の任務指定が、先制攻撃その他、政府固有の軍事機能の実行を承認するものではないようにすることは、戦闘部隊指揮官の責任である。

国防総省は、このように不明瞭《ふめいりよう》な調達ルールを駆使して、アメリカの戦争遂行の根本的転換を容認した。しかし、それに気づいている人間は数少ない。コロラド州出身の元米陸軍兵士で傭兵の説明責任をドン・キホーテさながらに追及しているブライアン・X・スコットはそのひとりで、準軍隊の使用を禁じる一八九三年の連邦法に政府が違反していると、何度も抗議している。また、アメリカ法曹協会（ABA）は、従来の武力紛争の記録では知られていなかった役目——民間警備会社——をこの内部規定は生み出したと述べ、〝民間警備会社〟は詐術的な名称だと指摘している。もっとも激しく反発しているのは、国防関連企業数社の弁護士をつとめているハーバート・L・フェンスターである。フェンスターは八七ページに及ぶ意見書で、新ルールは〝著しい変化〟であり、民間人が「戦闘で役割を果たすことを可能にし……〝先制攻撃〟を行なってはならない限界をぼかしている……国防総省が制服部隊組織を契約企業の社員で強化し、憲法と議会が承認する武力行使とほとんど同列の戦闘活動を行なわせるにあたって制定法（あるいは憲法）の根拠があるという主張は、きわめて疑わしい」と指摘している。

こうした反論は、なんの効果もなかった。ルールを引っ込めれば、現実からしりぞくことになる。軍も国務省も、ニコニコ顔で、自分たちの周辺にいっぱいいる傭兵を見て見ぬふりをした。米政府関係者に民間警備会社のことを質問すると、かならずといっていいほど、グリーン・ゾーンの奥に駐屯する米陸軍工兵隊に小さなオフィスを構えているPSCAIに問い合わせるようにといわれた。

PSCAIの代表ローレンス・T・ピーターは、元海軍情報将校である。身長一七〇センチぐらいで、警備会社は親切でイラクの役に立っているという意見以外のことをだれかがいおうものなら、すぐに怒り出す。小部屋のオフィスには士気を煽《あお》るスローガンやGIがマグカップを持っている古いポスターが貼《は》ってある。ポスターのキャプションには、〝男は黙ってうまいコーヒーを飲む〟とある。PSCAIの会員であるファルコン・グループが小規模な私兵（警備員ではなく）を集めてバグダッド郊外の倉庫を防御しているようだと、私が何《なに》気《げ》なくいったとき、ピーターはドアを叩きつけるように閉めて出ていった。どうしてそんなに怒るのか、私には見当もつかなかった。ピーターは甘い汁を吸っている。警備会社から給料をもらい（額は教えてもらえなかった）、なおかつ民間警備関係のコンサルタント契約で国防総省から一時間四〇ドルの顧問料を受け取っている。

利益相反のひどさにはあきれるほどだ。ブレマーの顧問としてピーターはCPA内規第一七号（前述の指令第一七号と混同しないこと）を作成した。三年後に私に得意げに説明したところによると、この内規は〝イラクの民間警備会社向けの規定として存続している〟という。内規第一七号は、さまざまな事柄にくわえて、武力行使のルールを定めている。一行目には大文字で、つぎのように記されている。〝これらのルールは自分を護《まも》るために必要な行動をとるという人間本来の権利をなんら制限するものではない〟PSCAIにはほかに幹部がひとり――ピーターの副官のH・C・ローレンス・〝ローリー〟・スミス――いるだけだが、絶大な影響力がある。ある日、スミスは私に、民間警備関係の軍の契約書はPSCAIが文言を書いていると自慢した。「契約の内容はどうでもいい。会社が公平に取り扱ってもらえれば」と説明した。後日、軍はPSCAIに契約書の作成を任せていることを否定した。

政府が警備会社の規制を行なおうとしないので、ピーターとPSCAIが得たりとばかりにそれを行なっている。ピーターには背景調査を行なうような資源もないし、やるつもりもない。しかし、イラクで警備ビジネスをやる場合、営業許可証や兵器取扱証、あらたな発注に関する情報は、すべてピーターが握っている。それに、合法性というものを会社に星屑《ほしくず》のようにふりかけてくれる。「連中は、金を出す相手ならだれであろうと許可証を出していた」大手補給品納入業者の警備を担当しているイギリス人のジェフ・クラークが、ある日私にそういった。

クレセント・セキュリティ・グループは、会費二万五〇〇〇ドルを払って二〇〇五年にPSCAIの会員になった。レッカー車の運転手を射手に雇い、家庭内暴力事件を起こした人間を警備部長に任命し、武器や酒を密輸するために車の床に〝秘密の物入れ〟を作りつけ、身許を確認していないイラク人に偽造IDをあたえて米軍基地に出入りさせているこの会社は、二〇〇六年夏にコーテがイラクにやってきた時点では、まだ信用のある会員だった。ウェブサイトを見ると、クレセントはPSCAIのロゴを《グッドハウスキーピング》誌の推薦シールみたいに表示している。

コーテの運転するアバランチはタリル航空基地の正面ゲートに向かったが、支線に出たところで動けなくなった。大型トレイラートラックのコンボイが行く手をふさいでいる。左手はずっと金網のフェンスだった。右手は土の路肩で、急斜面の下にはぬかるんだ広い平地がある。

「つかまって」コーテが、いたずらっぽい笑みを浮かべた。「シートベルトは締めた？」

アバランチのエンジンをふかして、路肩を突進した。泥に突っ込み、ふたりともダッシュボードに向けてつんのめる。つぎはうしろにひっぱられる。エンジンが爆音を響かせ、タイヤが空転する。コーテがシフトダウンし、アバランチを激しく揺らしながらぬかるみを突っ切った。左手は大型トラックのコンボイで、道路に立ってしゃべったり、携帯ガスコンロで食事をこしらえたりしている薄汚れた運転手たちが見えた。コンボイを抜き去ると、コーテが急ハンドルを切って、アバランチを舗装面に戻した。

コーテはげらげら笑っていた。

イラクでこれほど楽しそうにしている人間には、会ったことがなかった。まるで〝楽しんでいればなにも心配はない〟という個人のモットーでもあるようだった。コーテはよくそういっていた。害のない悪ふざけが得意だった。ドアの前にマットレスを積みあげて、部屋から出られないようにする。クウェートシティの歩道やショッピングモールなど、アバランチが走ってはいけないような場所を走る。イラク人の子供を相手にサンタクロースを演じて、小物を配り、大騒ぎのまんなかに立ち、くすくす笑う。

戦争という劇で演じている自分を観察しているような心地になると、コーテは何度かいったことがある。ある午後、コーテの車の正面でＩＥＤ（簡易爆破装置）が爆発した。〝髪の毛がオールバックになる〞くらい近かったが、負傷するほどには近くなかった。コーテは激怒して危険地帯のどまんなかでアバランチをとめ、飛びおりて車の捜索を開始した。コーテと傭兵数名だけで、スンニ派トライアングルのどまんなかで反政府分子を見つけようとしたのだ。そのとき突然、アスファルトの道路を歩いているときに、本質を悟った。これは正気の沙汰じゃない。テレビゲームが現実になり、自分がそのなかで生きているようなものだ。

急いで車に戻ったが、その心象は消えなかった。

動いていないと息ができないとでもいうように、コーテは絶えず動きまわっていた。それに、しじゅうなにかを食べていた。たいがい、ドレッシング抜きのサラダとか、クウェートシティのクロゼットに貯えてある〈リーン・クイジーン〉みたいなウサギの餌だった。ひまな時間があれば完璧な体をさらに完璧に鍛《きた》え、帰国したときにゲインズヴィルやバッファローの女の子たちに備えていた。SNS（ソーシャル・ネットワーキング・サービス）〈フェイスブック〉のプレビュー画面に、筋肉だけの引き締まった腹やAK-47を抱えているみごとな輪郭《りんかく》の腕など、セミヌードの画像を載せていた。自己愛が強いのはたしかだったが、それでもやっていけたのは、会う人間にはだれにでも親切で、とびきりの笑顔で自分の狂乱の世界に引き込み、持っているものはなんであろうと――フルーツカップでも携帯電話でも弾薬でも――惜しみなく分かちあたえたからだろう。自分の複雑な頭をよぎる考えも、すべて腹蔵なく打ち明けていた。

コーテは、大学、女性、戦争などで苦労したことを反芻《はんすう》しながら、意識にあることをそのまま言葉の奔流にする。イラクからクウェートまでコーテの車に乗っているとき、私はときどき質問しながら、延々とつづく話を聞いていた。時間だけはありあまるほどある。そういう仕事だった。あちこちへ車を走らせ、なにも爆発しないことを願う。戦争とはだいたいそんなものだ。タリル航空基地では、将兵と民間会社の社員数千人が高さ五メートルの防壁と数キロメートルの鉄条網に護られて暮らし、レストランやだだっぴろい食堂で食事をしている。給仕はボウタイをしたネパール人で、メインの料理は五種類ある。売店はウォルマートなみの広さだ。そこを出発するときに、コーテは金の話をした。最初に兵士としてイラクに来たときには気づかなかったが、いまはそれに気づいて愕然《がくぜん》としたという。金が見えて金のにおいがする。

「この国は金をこしらえてる機械だ」ルート・タンパに乗ると、コーテはいった。「金がうなってる。ほんとうに驚くよ。戦争は金を生み出し、増やす。戦争は儲《もう》け口になる。まわりを見るだけでわかる。食糧、燃料、油脂類、その他、われわれがここでどれだけ大量に消費しているかが。途方もなく莫大な金だ。ここでビジネスをしている会社はみんな儲けている。連中のやっていることが不必要だとまではいわない。でも、これほど莫大だというのに、前は気がつかなかった」

その分け前を自分が得ていることに良心の呵責《かしやく》は感じていない、とコーテはいう。いわくいいがたい憂鬱、学業に興味が持てないこと、貯金が乏しくなったこと、未熟な友人たちなど、フロリダで抱えていた問題から逃れるためにイラクに来たのだという。軍隊であろうと自分であろうと、補給物資を輸送するコンボイは、だれかが護らなければならない。護衛がいなかったら、不運な運転手たちはあっというまに敵に蹂躙《じゅうりん》される。護衛なしでイラクに向かったトラック運転手の話をときおり聞くことがあった。砂漠にそういうトラックが焼け焦げて何台となく転がっている。運転手はどうなったのだろうと思わずにはいられない。「これはだいじな仕事だし、立派な仕事なんだ」コーテは私にきっぱりといった。第八二空挺師団の兵士として前に出征したときよりも、はるかに危険だという。「戦争がここにある。おれがはじめたわけじゃない。その戦争におれは兵士としても参加した。だから、ここへ来てちょっとばかり稼いでも、なんの問題もないと思うね。国のために働いたんだから、こんどはここで自分のために金を稼ぐんだ」

それが気に入っている、とコーテはいった。自分は〝ついてる〟と思う。必要を満たしている。きりもみ状態になっている人生でひと息つくことができる。ゲインズヴィルでパーティに明け暮れているあいだに失った自信を取り戻した。「自分に欠けていた感情を探しにきたんだ。この仕事がそれをあたえてくれた。気を紛《まぎ》らしてくれる。好きな科目が見つからなかったり、いい成績がとれなかったりすると、酒酔い運転をしていたが、そういうことをやらなくてすむ。それに金もたんまりはいる。もう銀行に三万ドルあるし、復学についてはひとつ計画もある。生命を脅かされるような状況は、自分を立ち直らせる方法になるんだ」

だが、長いあいだ車を走らせて、コーテの長話を聞くうちに、どこかが大きく狂っていることがわかる。この仕事に就く前に友人のマイク・スコーラから聞いた話は、まったく誤っているとはいえないまでも、二流の民間警備会社の暗い現実を糊塗《こと》していた。スコーラはコーテに、リスクは〝中程度〟だといった。オペレーターたちは週末には湾岸でジェットスキーをやり、ボスの船でビールを飲む、と。規制が多く、仕事がいくらでもあって、二カ月の出征のあいだにたった二週間のR&R（保養休暇）しかとれない軍隊とくらべれば、ずっとのんきに過ごせるというのが、スコーラの説明だった。

現実には、リスクは中程度どころではなく、だれも認めたがらないほど大きい。それに、イラクの警備の仕事は、フルタイムだ。ジェットスキーをやっているひまなどない。戦争に切れ目がないので、仕事にも切れ目がない。「それがこの仕事でいちばんひどいところだ。考える時間がない」ハイウェイを走っているときに、コーテがいった。「毎日働きづめだ。たまには一歩離れて、じっくり観察し、自分に問いかけるべきなんだ。〝おれはなんのためにここに来たのか？　これをやっているほんとうの理由は？　ほんとうにやりがいのあることなのか？〟。でも、出かけていっては攻撃を受けるというくりかえしだ。そのうちに無感覚になる。そして、ただやるだけになる」

それが午後一〇時ごろだった。そのあと、クウェート国境を一一時に越えて、クウェートシティのクレセント本社に戻った。朝出かけてから一八時間がたっていた。へとへとだったが、父に電話して様子をききたかった。携帯電話はないし、私の衛星電話機は使えなかった。コーテが自分の携帯電話を貸してくれた。さらにつぎの日の午後、ＳＩＭカードが買えるように、ダウンタウンまで車で送ってくれた。翌朝も護衛任務の予定があったが、ありがたいことに、シュナイダーがキャンセルになったと告げた。

傭兵たちが戦場へ通勤してはクウェートシティに帰ってきて正常な生活を営んでいるという考えが、どうしても頭を離れなかった。〝正常〟というのは、おおまかな意味で使っている。傭兵は正常な活動などしない――ディナーに出かけたり、映画を見たり、クウェートシティのショッピングモールをぶらついたりはしない――でも、イラクで乗っているのとおなじデスモービルであちこちに行く。ベルト給弾式の機関銃は、はずして〝ウルヴズ・デン〟に保管してある。だが、長さ一二〇センチのアンテナ、ぼろっちい装甲、通信機器はそのまだ。屋根のある駐車場で傭兵たちが武装車輛《ガントラック》の駐車スペースを探しまわるときは、アンテナが天井をこする。ときどき作戦室から緊急連絡がはいる。

「コーテ、現在位置は？」

「サルヒーヤ・モールのフードコート」

「了解。フレンチフライを買ってきてくれ」

何人かの傭兵を食事に誘うと、店を教えてくれた。〈ポパイ〉〈ピザハット〉〈ハーディーズ〉〈チリズ〉……クウェートは世界で四番目に豊かな国で、道路は毎日舗装し直しているのかと思うくらいなめらかだが、傭兵連中が心置きなく行けるレストランはそういう店しかない。私は肩をすくめて〈ＴＧＩフライデーズ〉を選んだ。そこは外見も〈ＴＧＩフライデーズ〉に相違なかった。

私たちはテーブルについた。私、コーテ、ポール・ルーベン、ジョン・ヤング。ヤングはチーム・リーダーなので、他の者よりも月給が一〇〇〇ドル高い。クレセントで二年近く働いていて、イラク行きを数百回こなしている。けっして帰国しない連中のひとりのようだった。塩素処理されたプールの水みたいに青い目を見るとわかる。最悪のことであろうと、仕事の話をすると目が輝く。バグダッドのアルザウラ公園近くでの銃撃戦の最中に、左手でハンドルをあやつり、右手で発砲していたときに、ヤングは一発の銃弾のために、危うく命を落とすところだった。襟《えり》を銃弾に引き裂かれて、欠けた白いプレート——自分の首がそうなっていたかもしれない——が覗いている抗弾ベストをあとで見たときも、辞《や》めるという考えはまったく浮かばなかったという。

私は到着の数日後にヤングをクレセント本社の屋上に連れていって、ビデオで撮影した。その前に抗弾ベストを見せてもらい、話を聞いていたので、「どうしてまだここにいるんですか?」と質問しただけだった。

ヤングが笑った。「どうしてまだここにいるかって?」なにかに思いを馳《は》せているような夢見る表情でつづけた。「ほんとうはわからない。これがおれのやっていることだ」

ヤングは、カンザスシティに近いミズーリ州のリーズサミットの出身で、四四歳になる。頭を剃《そ》りあげ、ブロンドの口髭《くちひげ》が驚いたようなまんまるい目を引き立たせている。ヤングのチーム・リーダーとしての資質にときどき疑問を抱く者もいる。ヤングは仕事と部下が好きだ。しかし、一九八〇年代に空挺偵察部隊の一員としてパナマ侵攻に参加して以来、軍隊とはまったく縁がなかった。任務計画を立てることもめったになく、イラク入りしてから即興でやるのを好む。スコーラが後日、ヤングはGPSの使いかたを憶えようとしなかったと私に語った。「ヤングはいつもいうんだ。〝そのうちにそいつの使いかたを教えてくれ〟と」

ヤングはいつもげっそりしている――食が細いので、健康状態を心配する者もいる。ミズーリでR&Rを過ごして戻ってきたとき、前よりもひどい様子だったと、コーテは語った。休暇中はずっと地下室にこもっているという話を、のちにヤングの母親から聞いた。クウェートに戻る日、母親はヤングをカンザスシティ空港まで車で送った。手をふって別れの挨拶《あいさつ》ができるように、出発ロビーと通路のあいだはガラス張りになっている。ヤングはいつもおどけた顔で家族に手をふるか、セキュリティチェックを戻ってきてもう一度抱きしめる。だが、そのときは背中を母親に向けたままじっと座っていた。母親はとうとうそこを離れて帰った。

ふつうの暮らしをしようとしたのだと、ヤングは私に語った。二度結婚し、子供がふたりいる。ひとりはジョン・ロバートという一九歳の息子、もうひとりはジャスミンという一四歳の娘。ヤングは叔父のラリーと大工をやっていて、あるとき塗装業をはじめようとした。しかし、民間人の生活に軍隊ほどになじむことができなかった。一九九〇年代末、三七歳のときに再入営した。新兵訓練中に肩に裂傷を負い、訓練を終えることを許されなかった。また叔父の下で働き、やがてイラク戦争がはじまって、民間軍事会社で働くようになった。

「ふつうの生活がしたいんだ。ずっとそうなんだ。でも、そういう人間じゃないとわかってる」ヤングは私にいった。「うまく説明できない。一生ずっと、自分に説明しようとしてきた。いまでもふつうの勤め人の生活がしたい。ふつうに家庭を持って。でも自信がない。ほんとうに自信がない。世界一いい父親とはいえないかもしれないが、子供たちを愛している。娘が結婚するのを見たい。息子が大学を卒業するのを見たい。人生のふつうのことを味わいたい。でも、おれはふつうじゃない」

コーテがサラダを注文した。あとはみんなステーキにした。

ついさっきまでイラクにいたのに、いま〈TGIフライデーズ〉にいて、ウェイトレスにベイクトポテトはいかがですかといわれているのが、ひどく現実離れしているように思えた。わけがわからなくなる。

やがて、三人が物語をはじめた。

ヤングが、ヌマニヤにある基地へ向かう新イラク軍のトラック隊を護衛していた。ルーベンもいた。コーテは到着してから七週間ぶっつづけで働いて、休みをとっていた。ごくふつうの護衛任務で、タリルに着いたときに、乗り換えをやることにした。イラク人が一台のアバランチに乗り、出稼《エクスパット》ぎ組がもう一台に乗る。通常の手順ではないが、北への長いドライブのあいだ、おしゃべりができる。

ルーベンが運転してまっすぐ前方を見ていると、突然、衝撃をともなうヒューッという音がして――胸を空気で殴られたようだった――先を走っていたアバランチが消え失せた。一分以上ものあいだ、なにも見えなかった。黒い煙がハイウェイから噴き出して立ち上《のぼ》り、刺激臭のある霧のようにすべてを覆《おお》った。「そのうちに、なにか古いものが山になったような

——なんだかわからないが、盛り土みたいに見えるところに、めちゃめちゃになったアバランチがあるのが、目の隅に見えた」と、ヤングが語った。「最初は、いったいだれがあんなところに車を捨てたんだろうと思った。ハイウェイから一五〇メートルも離れてた。よく見ると、それが煙をあげていて、仲間のイラク人のムスタファが運転席にいたので、〝なんてこった〟というようなことをいった」

ヤングが、砂漠を駆けていった。アバランチのところまで行って凍りついた。ムスタファは運転席でぐったりして、うめき、口をぱくぱくさせていた。両腕とも手首から先がなく、大腿骨《だいたいこつ》がズボンから突き出していた。リアシートにはバシールというイラク人が乗っていた。顔がほとんどなかったが、息をしていた。三人目のハッサンは助手席にいてやはり怪我《けが》をしていたが、軽傷だったのでヤングが引き出すことができた。

「ポール！」ヤングは叫んだ。

ルーベンが救急キットを持って駆けつけ、他の傭兵たちが周辺防御を築いた。攻撃を受けたのは辺鄙《へんぴ》な場所だった。青々とした野原、硬い地面、岩、灌木《かんぼく》の茂み、人っ子ひとりいない。アバランチは吹っ飛ばされて砂漠を越え、横滑りして、元は砕石機だったとおぼしいコンクリートの土台に激突していた。運転席側のドアが壁に挟まっていた。

ルーベンが、リアシートの顔のないハシールを見た。「手のほどこしようがないとわかった」ルーベンはいう。モルヒネがあったとしても役に立たなかっただろうが、むろん持っていない。運転手のムスタファに目を向けた。生きていて、ブロークンな英語でいった。「ポール、喉《のど》が渇いた」ルーベンは水筒を口にあてがってやり、傷を調べた。大腿動脈が切断されたようだった。血がズボンを通ってシートや床に流れ落ちていた。止血器を探したが、圧迫帯のたぐいすらなかった。抗弾ベストを脱ぎ、生地を引き裂いた。

イラクで移動する米軍のハンヴィーには、交信範囲がほぼ無限に近いSINCGARS（単一チャンネル空地用無線システム）が備わっている。ダッシュボードには友軍追跡装置と呼ばれるGPSがあって、他の部隊の位置がデジタル地図に表示され、秘話インスタントメッセージのやりとりができる。

ヤングにあるのは携帯電話だけだった。それでクウェートシティのクレセント本社作戦室を呼び出そうとした。そこからバグダッドの兵站《へいたん》指揮所に連絡し、米軍にMEDEVAC（医療後送）を依頼するという流れになっている。だが、電波が届いていなかった。あちこち歩きまわって、電波が届きそうな場所を探しながらどなった。「だれか、聞こえないか？」メールを送ろうとした。そこで携帯電話がフリーズした。再起動しようとしたが、電源が切れない。そのうちに画面が真っ暗になった。電池が切れたのだ。

ヤングは、べつの携帯電話を出して、SIMカードを差し替えた。こんどはクレセント本社作戦部長のジェイソン・ボイルと電話がつながった。「ムスタファの出血がひどい」ヤングは報告した。ニュージーランド軍の熟練兵士だったボイルが、兵站指揮所に連絡したが、着陸地点を表示する発煙筒の煙の色がわからないと米軍はヘリを出さないといわれた。

ヤングは蒼白になった。「おれも兵隊だよ。ヘリが来る音が聞こえるまで、それは教えないはずだろうが。そのときにはじめて発煙筒をたくんだ。そういう手順だろうが」ボイルはヤングをどなりつけ、持っている発煙筒の色を確認しろといった。だが、ヤングには聞こえないか、あるいはわからないようだった。通話はとぎれとぎれだった。ボイルは米軍にヘリを出してくれと哀願した。「九分以内に発進できるが、確実な情報がないとだめだといわれた」ボイルは後日、私にそう説明した。「だから、ずっと待機していた。ヘリに乗り込んで出発準備が整っていた。ただ必要な情報だけがなかった」

それには裏があると、傭兵たちは見ている。「米軍兵士のためなら、地獄だろうが洪水だろうが出動していただろう。一般人の撃ち合いなんかどうでもいいんだ。要するに、軍はおれたちのために大きな危険を冒すつもりはない」

アマチュア衛生兵のルーベンは、汗と血にまみれながら、ムスタファをなんとか生かしつづけようとしていた。リアシートのバシールはもう死んでいた。ルーベンは間に合わせの包帯をムスタファの太腿《ふともも》に巻いた。だが、うまく締めつけられなかった。ぬるぬるする血で生地が滑るし、しっかりと固定する道具がなかった。つぶれた車体に閉じ込められた状態で命がこぼれ落ちてゆくあいだ、ムスタファはずっと意識があった。「勇敢なやつだった」とルーベンは語った。

ようやく、四五分後に、空から爆音が響いて、MEDEVACヘリが現われた。米陸軍の衛生兵がムスタファの太腿に止血器を取りつけた。ムスタファとハッサンがヘリに運び込まれて、グリーン・ゾーンの戦闘支援病院に搬送された。

「ムスタファは助かるだろうと思っていた」ルーベンはいう。

私たちは、ステーキを食べ終えるところだった。

「病院に到着した一五分後に死んだと聞かされた、出血多量で」


その光景が、コーテの意識に残っていた。私もおなじだった。そういうものだ。頭のなかで思い描いたことは、けっして消えない。自分が見た物語や聞いた物語のすべてが、やがてひとつのおぞましいスライドショーになる。あるときモスルで、武装勢力の戦闘員の頭をM14で吹っ飛ばした米軍狙撃手の話を聞いた。そのあとで狙撃手のチームが頭蓋骨《ずがいこつ》のかけらを拾い、〈ジップロック〉に入れて基地に持ち帰り、みんなに見せた。私は見ていないが、頭のなかでは見ている。いまも目に浮かぶ。

この果てしない戦争では、死に様も多種多様だ。

私が見た物語は――。

ある午後、モスルで表がまったく見えない状態で、米陸軍の重量二二トンのストライカー装輪装甲車に乗っていた。傾斜板がおろされて、外に出ると、そこはゾンビの世界だった。顔が血まみれになった兵士たちが道路のまんなかでよろけ、民間人が瓦礫《がれき》に埋まって死んでいた。最初は爆弾かと思った。よく見ると、べつのストライカーが、私服のデルタ・フォース戦闘員を満載した装甲兵員輸送車と衝突したのだとわかった。戒厳令中の昼間で、通行人はいなかった。それなのに正面衝突した。

私が聞いた物語は——。

ハウィージャはあまり知られていない危険地域で、兵士たちは辛辣《しんらつ》に〝ファルージャの姉妹都市〟と呼んでいる。そこで予備役兵士がハンヴィーの後部を使って、金属製のドアを打ち破ろうとしていた。運転手がエンジンをふかしてバックしたとき、小隊一等軍曹を押しつぶしてしまった。モンタナ州ルイストンの出身で、みんなにビッグ・ダディと呼ばれていたコンクリート工場の労働者だった。一等軍曹が道路に倒れて失血死するあいだ、運転手は自分のやってしまったことが理解できず、運転席で凍りついていた。心の傷は一生残るはずだ。

コーテからは、もっとひどい話を聞いた。闇のなかをタリルに帰投するところだった。そのころには、私はコーテといっしょにいることが多かった。取材のネタが豊富だったし、コーテやその友人のジョシュ・マンズといると安心できた。ふたりとも若くて優秀で、軍を離れてからあまり日にちがたっていないし、イラク出征の経験もある。タリルの南にいれば安全だと、ふたりは私に請け合った。イタリア軍がイラクからの撤退作業をずっと民間に委託していたので、クレセントは何十回も護衛任務を行なっていた。タリルとの往復はありきたりの仕事になっていた。目をつぶっていてもできると、傭兵たちはいった。

コーテはTシャツ姿で、ウィンドウをあけて運転していた。私は抗弾ベストを着けていた。空は星でいっぱいで、夜気は温かく、砂漠のにおいがしていた。コーテは例によってMP3プレイヤーをシャッフルでかけていて、ヒップホップやラップが甘くけだるく流れていた。コーテはハンドルを叩きながら首をふっていた。

例の爆弾事件後、コーテは顔がなくなったバシールの遺体を引き取りにいくよう命じられた。遺体はタリルへ運ばれていたのだが、コーテのチームがそれをバシールの家族に引き渡すことになっていた。家族が住んでいるのはバスラだが、そこはあまりにも危険なので、ルート・タンパの陸橋下で渡すように会社が手配した。

チームがタリル航空基地に到着したのは正午近くで、八月半ばのイラク南部の猛烈な暑さがすでに襲いかかっていた。傭兵たちは急いでランチを食べて、遺体を受け取りにいった。金属製の棺に氷詰めになっていた。兵士たちはすまながっていた。「なにかの包みをもらっても、ラベルがないとどっちが上かわからないことがあるよね」と、コーテはいった。「その棺をもらったときも、そんな感じだった。どっちが上でどっちが下なのか、イタリア軍の兵士たちにもわからなかった。〝申しわけないけど、これに納めた連中がどうやったのかがわからない〟と兵士たちはいった」コーテのチームが遺品を要求すると、ひとりの兵士が指輪と血まみれのディナール札数枚がはいったビニール袋を渡した。

傭兵たちは、棺をアバランチの後部にくくりつけた。そのときには気温が五〇度近くになっていた。会合地点までは車で三時間。コンボイがバスラ方面に向かう道路の立体交差に着くと、陸橋下に武装車輛《ガントラック》をとめて、傭兵たちは日陰で待った。バシールの家族は三〇分遅れてやってきた。車六台に男が二五人ほど乗っていた。ほとんどが白い寛衣《かんい》にサンダルという格好だった。

バシールの棺を見ると、男たちは大声で泣きはじめた。拳《こぶし》で胸を叩き、泣きながら甲高《かんだか》い声でバシールの名を呼んだ。陸橋の下で叫び声が反響し、二〇〇人もが哀悼《あいとう》の声をあげているように思えた。傭兵たちは不安になった。悲しみや怒りが突然自分たちに向けられるのではないかと思ったのだ。そそくさと棺をおろして、白いシボレー・カプリスの屋根にくくりつけた。「できるだけ早く引き渡したかったんだ」とコーテは語った。

そのとたんに、コーテは愕然《がくぜん》とした。棺のいっぽうの端に水抜きの栓があった。あわてていた傭兵たちは、それがフロントウィンドウの真上にくるように固定していた。暑さに三時間さらされるうちに、棺のなかの氷はほとんど融けていた。真っ赤な水がフロントウィンドウに流れ落ちた。コーテは気が遠くなりそうになりながら顔をそむけた。「〝なんてこった。こんなかわいそうなことがあるか〟と思った。バシールの兄がすさまじい声で弟の名を呼び、それが何度もこだました。バシールの兄は拳で胸を叩いていて、あとの連中も泣き叫んでいた。やがて棺にシーツをかぶせて、走り去った」

クウェートまでずっと、傭兵たちはひとこともしゃべらなかった。コーテはその光景を何度となく頭のなかで再生した。「自分がああいう立場だったらと思うようになった。棺にはいっているのが自分だったら? というように」その映像がずっと消えないことはわかっていた。車の葬列が走り去るとき、血で染まった水をワイパーが拭《ぬぐ》いつづけていた。「そんな心象が頭に残るなんていうのはまっぴらごめんなのに。家族の泣き叫ぶ声で、心が張り裂けそうになった」

クレセント本社に戻ると、コーテは自分の部屋でスコーラと向き合った。仕事をはじめて二カ月しかたっていなかった。

「自信がないよ。こういうことには自信がない」コーテはいった。「ましになると思う」

「しばらくいたらどうかな」スコーラがいった。

それで、コーテは残った。


「おい、ここを離れなきゃだめだ。大学に戻ったほうがいい」

私はコーテにそういった。アバランチに乗り、クウェートシティのあまり知られていない宝石店に向かっていた。母親の誕生日プレゼントに、蝶々《ちょうちょう》の形をした指輪をコーテが注文したのだ。母親は自分たちふたりに似て自由な蝶々が好きなのだと、コーテは説明した。コーテは母親に対して複雑な感情を持っていた。ハイスクールの低学年のときに両親が離婚したことでは、母親を責める気持ちがあった。自分も兄のクリスもひどく傷ついた。その反面、自由と広さを求める母親の気持ちはよくわかっていた。帰国したら、母親に指輪を贈るつもりだった。

宝石店に寄ったあとで、クウェート人が大金を消費する光り輝くショッピングモールへ行った。ぴっちりした白のTシャツと穴だらけのジーンズという格好のコーテは、寛衣《かんい》を着た男たちや、全身を覆《おお》った女たちのなかで、いかにも異様に見えた。英語の本も置いてある書店で、私はパーティや自滅の物語にコーテが共感をおぼえるかもしれないと思い、マキナニーの『ブライト・ライツ、ビッグ・シティ』を買った。

職業としてのジャーナリズムには、親しさと距離の微妙なバランスが必要とされる。だが、私はそのバランスを崩してしまったようで、あっというまにコーテに忠告していた。たいして考えたわけではない。クレセントの事業は好調だが、安全な会社とはけっしていえない。だれにでもわかることだ。それに、若いコーテには前途がある。

またアメリカふうの食事をして奇妙な感覚を味わいたくはなかったので、書店に行ったあとで、ショッピングモールにあるレバノン料理店にコーテをひっぱっていった。ソファに座って、ブドウの葉でラムを巻いた料理を食べた。コーテはうまそうに食べるふりをした。

「この会社はめちゃくちゃだよ」私はいった。「そう思わないときもあるのかもしれないが、きみには大きな世界がひらけているんだ。こんなところにいてはいけない」

妻子もいないし、責任を果たす相手もいないので、自分はどうなってもほんとうにかまわない、とコーテはときどき口にした。本気でそう思っていたわけではないと思う。自分のそのときの気持ちと折り合いをつけるために、ひとはそういうことを口にする。そのとき、コーテはそれをいわなかった。

自分もそれについて考えているところだ、とコーテはいった。帰る気持ちになっている。復学してちがうことを専攻するつもりだ。生理学を学ぼうかと思っている。

「大学のスポーツチームのトレーナーみたいな仕事はどうかと思っているんですよ」コーテはそういった。「戸外で働ける仕事がいい。一日ずっとデスクに向かっていることはできないと、自分でもわかっています」

本音なのかどうか、私にはわからなかったが、帰国してコーテのボイスメールを聞いた。アメリカに帰り、イラクには二度と行かないと、コーテは友人たちに宣言していた。シグマ・ファイ・イプシロンの会員たちにも電子メールを送り、復学するから、春の授業のために部屋を予約しておいてほしいと頼んでいた。さらに、友人のシヴァ・ハフェジに電話して、空港に迎えにきてくれないかと頼んでいた。

クウェートを発《た》つ前の晩、私はコーテをビデオに撮ろうと思った。クレセント本社の部屋でベッドに腰かけて壁にもたれているコーテは、オレンジ色のワニが描かれた黒のTシャツを着ていた。〝フロリダ大学献血者〟という文字がはいっている。私はありきたりの質問をした。なぜイラクに来たのか？　この仕事の魅力は？　考えていたよりもリスクが大きいのではないか？　と私はきいた。

「たしかに」コーテはためらわず答えた。

そこで、うしろの壁の影に私は目を留めた。

「きみのうしろの影を見ているんだが、まるで翅《はね》があるように見える」私はいった。

「翅なんかないよ」コーテがいう。

「いや、あるって」私は笑った。

コーテが首をめぐらして見ようとしたが、それと同時に影も動いたので、もちろん見えはしなかった。

6　おまえはこれから死ぬんだ

二〇〇六年一一月一五日の夜、コーテはぴりぴりしていた。翌日が任務だったが、眠れなかった。廊下を歩いていると、マイク・スコーラも起きていた。スコーラはR&R（保養休暇）でシカゴの家族を訪ね、帰ってきたばかりだったので、まだ時差ぼけが治っていなかった。もう午前零時に近かったが、コーテは例の調子で腹が空いていたので、スコーラといっしょにアバランチに乗って〈マクドナルド〉に行くことにした。コーテはサラダを注文した。スコーラはビッグマックを食べた。どの食事も最後の食事になるかもしれないのだから、どうでもいい、というのがスコーラのいつもの考えかただった。

本社に戻ったのは午前二時前後だった。コーテはまだ興奮していて、いたずらをやりたくてしかたがなかった。そこで、スコーラとふたりでマットレスを持ちあげ、くすくす笑っている泥棒よろしく廊下を運んでいって、ルーベンの部屋の前に積みあげた。それからスコーラの部屋に戻って、そこでコーテが、傭兵を辞《や》めると決めた理由を説明した。

大学では、コーテはつねに年長者だということを意識させられた。フラタニティの仲間たちとの結びつきも、軍隊ではぐくんだ固い絆《きずな》にはとうてい及ばなかった。アメリカの二一世紀の戦争こそが、人生の意義をもたらし、渇望している興奮をあたえてくれた。

　コーテは、その感動を追い求めてイラクに戻ってきた。むろん、金銭的なこともあった。だが、それはいま終わった。

「おれはまだ若い」コーテはスコーラにいった。「大学が懐《なつ》かしい。こんなことはもうやっていられない」

　三四歳でまだこの暮らしに夢中のスコーラは、べつの会社に移ればいいのではないかと提案した。条件や報酬がいい会社に。だが、終わったとコーテは答えた。クレセントだけの問題じゃない。もうアメリカに帰る気持ちになっている。

　翌朝、スコーラは非番だったが、マンズが六時ごろに起こした。マットレスはルーベンの部屋の前に積んだままだ。いまにも出てきてそれにぶつかるかもしれない。スコーラは、マンズとコーテをアバランチのところまで送っていった。コーテが気分が悪いといったので、任務を免除してもらったらどうかと、スコーラは勧めた。タリルまで行くだけだ、とコーテが答えた。晩飯までには戻る。今夜はみんなで〈チリズ〉に行こう、とマンズがいった。みんなの気に入っているレストランだ。そこへルーベンがやってきた。部屋から出るのにマットレスのあいだを抜けなければならなかったので、へとへとになって怒っていた。「おれのドアをふさいだのが、おまえら若い衆だというのはわかってる」といったので、一同は爆笑した。

「おい、いっしょに行こう」マンズがスコーラにいった。

「いや、もっとましなことをやる」スコーラは答えた。

そこを離れて、ベッドに戻った。

一時間後、コーテ、マンズ、ルーベンは、国境のクウェート側にある未舗装の中間準備地域にいた。ヤングとともに、クレセントの他の武装警備員《オペレーター》がいた。最近入社したばかりの二五歳のオーストリア人、バート・ヌスバウマー。元チリ陸軍兵士で三二歳のハイメ・サルガド。イギリスの教師から傭兵に転職した三五歳のアンディ・フォード。

フォードは軍隊経験がない。さまざまな職業を経験しており、幼稚園の先生から高校教師になり、セイヴ・ザ・チルドレンという人道団体に所属して、スリランカの情勢不穏な地域で輸送隊を指揮していたこともある。イラクでは他の民間警備会社に三年勤務していた。そのロイド・オーエン・インターナショナル（ＬＯＩ）が人脈を維持できずすぐに倒産したため、クレセントに移った。「クレセントは、長い目で見れば、イラクで最悪の会社ではなかった」と、フォードは私に語った。

フォードは、優秀なオペレーターだが短気だという評判だった。クレセントでチーム・リーダーになったが、のちに降格されている。シュナイダーがことに指摘するのは、クレセントが雇った元ＬＯＩのイラク人一派と既存のイラク人のあいだの緊張を、フォードが高めたことだった。「ＬＯＩにいたイラク人は支援要員、穴埋めだった。一軍じゃなく二軍だった」シュナイダーはいう。「でも、フォードは一軍のイラク人を使わず、その二軍を使った。一軍のほとんどが、それを知らされなかった。出勤したら仕事がないということがあった」

クレセントにもとからいるイラク人をめったに使わなかったことは、フォードも認めている。だが、出てくれれば仕事があると誤解させるようなことはしていないという。チーム・リーダーのとき、武器弾薬を盗んだとしてイラク人社員数人を解雇したことがあった。ひとりはクサイというイラクの重量挙げチャンピオンだった。出稼ぎ組《エクスパット》たちは、ときどきクサイを〝モンゴ〟と呼んでいた。ある日、タリル航空基地でクサイがヌスバウマーと激しい口論をした。フォードとサルガドは、巨漢のイラク人を必死でなだめなければならなかった。クサイが自分の首を斬《き》る仕種《しぐさ》をして、「死ね！」とヌスバウマーをどなりつけた。フォードはその場でクサイを馘《くび》にした。

ちゃんとした話し合いができるほどイラク人たちと長時間いっしょにいる機会が、私にはなかった。走行中、イラク人は風をまともにくらう荷台の銃座に取りついている。帰りは国境の手前でおりて、自分たちの生活に溶け込む。だが、彼らにも不平があることはたしかだった。任務によっては、荷台のPK機関銃を担当するのをあっさりと拒否することがあった。そういうとき、エクスパットはたいがい強要しない。自分がやりたくないことをイラク人にやらせることはできない、とヤングはいった。だが、それはピッコのビジネスモデルの最大の欠陥である根本的な不平等だった。イラクの占領政策をそのまま縮小したようなものだと、私は思う。イラク人にしてみれば、自分たちの国なのに二流の市民として扱われているわけだ。このやりかたが煽《あお》った恨みは、どこまでも晴れることがなく、最終的に恐ろしい結果を招くことになる。

イラク‐クウェート国境は、小さな戦場の様相を呈し、ありとあらゆる戦闘員が防御用盛り土のあたりに集結する。そこで使われる言語は――金と武力だけだ。ある午後、国境警察がキャッスルゲートという民間警備会社のトラックを強奪した。その会社は身代金の要求に応じず、手榴弾を持ったオペレーターたちが警察署に押し寄せた。トラックと運転手はすぐに返された。この話は傭兵たちに知れ渡って、イラク南部での交渉テクニックの実例とされた。

「国境を越えるたびになにかが起きるはずだ、という段階にまでなっていた」と、スコーラはいう。

空《から》のトレイラートラック三七台を護衛するクレセントの車輛縦隊《コンボイ》は、その日の午前一一時に国境を越えた。エクスパット七人が、武器を用意し、チームの残りと合流するために、〝オオカミの巣《ウルヴズ・デン》〟に寄った。だが、現われたイラク人はただひとりだった。ウィッサム・ヒシャムという名の腹の出た通訳で、なんとなくジョン・ベルーシに似ていることから、そう呼ばれていた。

傭兵たちは、携帯電話で他のイラク人と連絡をとろうとしたが、連絡できなかった。「イラク人が来ないのは、それがはじめてではなかった」フォードはいう。「それが、きょうは任務をやりたくないという意思表示だった。このまま走って、あとでイラク人チームと合流しようと、チームは決断した」

ピッコはあとで、イラク人はそこにいたと主張している。最初に私にそういったときには、警備員一一人がいたと述べた。その後、七人だったといっている。

フォードは血相を変えて反論した。「一一人でも七人でもない。ひとりしかいなかった――ジョン・ベルーシだけだ」と、私にいった。「ベルーシただひとりだった」

チリ人のサルガドは、不安になった。ヌスバウマーに向かっていった。「バート、おれたちだけで行くのは無理だ」

だが、トレイラートラックのコンボイは、すでに国境を越えはじめていた。大規模なコンボイをUターンさせるとなると、兵站《へいたん》面でたいへんな混乱が生じる。しかも、一部はすでにイラクにはいっており、一部はまだクウェート側にいた。「おろかでしかも危険だった」サルガドはいう。「ジョン・ヤングが本社作戦室と相談したかどうかは知らないが、やるしかないとヤングはいった。それで装備をそろえて出発した」チーム・リーダーのヤングは窮状をクレセント本社作戦室に報告した、とフォードはいう。「イラク人警備員がひとりもいないことについて、ジョンは長々と話をしていた」

結局、だれもおりなかった。タリル行きは、傭兵たちにとっては楽な任務だったからだ。

そんなわけで、クレセントは、長さが二キロ半もあるような長大なコンボイにオペレーター七人を配置しただけで、イラク入りさせた。その後、私は、イラクで軍関係ではないコンボイを扱う最大手のアーマーグループの現地責任者をつとめるキャメロン・シンプソンに話を聞いた。アーマーグループには、現実に即した厳格なルールがあるという。トレイラートラック一〇台以下のコンボイには二〇人以上のオペレーターをつけるというものだ。大型トラック一台あたり射手二名という勘定になる。

問題の日のクレセントの警備要員の割合——三七台に七人——を私が教えると、シンプソンは首をふった。

「正気の沙汰じゃない。それでよく安眠できるものだ」

コンボイが国境を越えるのに、ひどく時間がかかった。トレイラートラックの最後尾がまだサフワンの交差点にいるときに、先頭の路上斥候車のマンズが、警察の検問所が北行き車線をふさいでいると無線で連絡した。

ヤングとルーベンの車が二番手の先導車で、コーテとマンズのうしろを走っていた。コンボイのすぐ前にあたる。南行き車線にはいって逆走し、コンボイを先導すると、ヤングが告げた。イラク警察は揉《も》め事の原因になることが多いので、それがいつもの戦術だった。強奪か、もっとひどい事態もありうる。反政府武装勢力が警察のふりをしていることもある。反政府武装勢力のなかには、現実のイラク警察部隊もいる。あらゆることが考えられた。検問所を通過すると、ヤングはコンボイを誘導し、北行きの車線に戻した。そして、速度をあげると告げた。

コンボイの間隔がひろがりはじめた。近づいてくる車について、コーテが大声で報告する。見おぼえのあるHMMWV《ハンヴィー》（高機動多目的装輪車）二台が通り過ぎる。コールサインはペトリオット1と2。いわば米陸軍のハイウェイ・パトロールだ。コンボイの最後尾にいて一・五キロメートル以上離れていたフォードのところから、サンドベージュの装甲車輛が見えた。銃塔から銃手の首が出ている。轟然《ごうぜん》とすれちがったハンヴィーが、やがて見えなくなった。

　数分後、また検問所があると、コーテが報告した。その検問所は、ブリッジ3と呼ばれる陸橋の下に設置されていた。車輛が一台、道路をふさいでいる。今回は除《よ》けようがない。コンボイをとめるしかない。

　最後尾路上斥候車のフォードは、ピクニックエリアに乗り入れた。南からの脅威に目を配れるよう、道路中央に横向きに停車した。

　突然、ヤングの声が無線から聞こえた。ヌスバウマーを呼んでいる。「バート、ベルーシといっしょに急いでこっちへ来てくれ」

　なにが起きたのかとフォードが怪訝《けげん》に思っていると、なんの標章もない白いピックアップが、轟然と走ってきて横付けした。すぐ近くに来るまで、フォードは気づかなかった。ピックアップは、運転席側の近くで急ブレーキをかけてとまった。ダークグリーンと黒の迷彩服を着て目出し帽をかぶっている武装した男たちが、おおぜい乗っていた。国境警察の赤ベレーをかぶっている者もいた。ピックアップの屋根には三脚でPK機関銃が取りつけてあった。

　男たちが武器を持ってフォードを取り囲んだ。運転していた男が、警官だと名乗った。サイドウィンドウから手を突っ込んで、フォードのAK－47を奪い、抗弾ベストにつけてある無線マイクをちぎり取った。フォードは身じろぎもせずに座っていた。助手席側のドアがあくのを、目の隅で見た。目出し帽の男が、車内に身を乗り出し、カラシニコフで頭を狙っていた。体臭が嗅《か》げるほど近かった。引き金にかけた男の指に力がはいるのを見たような気がした。反射的にのけぞった。その瞬間、耳を聾《ろう》する銃声が響き、フォードは一瞬致命傷を負ったかと思った。

そしてアクセルを踏んだ。

アバランチが急発進し、フォードはルート・タンパを猛然と北上した。激しい連打音がうしろから聞こえる。自動火器をこちらに向けて撃っているのだ。リアウィンドウが砕け、銃弾が車内を跳ね、車体から跳ね返る音がした。五〇メートルほど前方にとまっていたサルガドが、恐怖におののきながらそれを眺め、ユーコンを発進させてフォードのあとを追った。

武装した男たちは、あわてて白いピックアップに乗り込んでいた。

現実離れした混乱のさなか、フォードは命からがらアバランチを走らせていた。コーテが、いまの発砲はなんだとフォードにきいた。書類を調べる警察の通常の検問所だから、協力する必要がある、とコーテがフォードにいった。サルガドによれば、ヤングもやってきて、落ち着けといったという。

「やつらは、おれに向かって発砲してるんだぞ。おれを殺そうとしてるんだ!」車に乗ったままで、フォードが叫んだ。

「いや、落ち着け。協力するしかないんだ」サルガドの話では、ヤングはそういったという。ほどなく、武装した男が数人、フォードに詰め寄った。ホルスターに収めたグロックを奪い、車からひきずりおろした。サルガドもおなじ目に遭った。通常の検問所だとヤングやコーテが思い込んでいたにせよ、そういう認識はもはや消え失せていた。クレセントの通訳であるベルーシことウィッサム・ヒシャムが、猛然とフォードに迫って太く短い指を突きつけ、イラク人に発砲したと非難するのを、傭兵たちは唖然《あぜん》として見守っていた。武器を奪われたのだから撃てるはずがないとフォードは反論したが、ヒシャムは聞く耳を持たなかった。拳《こぶし》をふりながら、フォードに向けてどなった。

「おまえはこれから死ぬんだ、くそったれ！　おまえは死ぬんだ！」

ヒシャムが武装した男たちにアラビア語でどなった。「やがて目出し帽の男が数人進み出て、おれを撃とうとした。ひとりはおれの拳銃で、ふたりはＡＫ－47で」と、フォードはそのときのことを語った。だが、その連中が撃つ前に、黒い革ジャケットを着た小柄な男が割ってはいり、命令を下したようだった。フォードは撃たれず、道ばたへとひったてられた。

他のオペレーター——コーテ、マンズ、ヤング、ヌスバウマー、サルガドも、両手をうしろにまわしてひざまずくよう命じられた。目出し帽の男数人が立ちはだかり、拳銃やＡＫ－47で頭を狙っていた。ルーベンだけはべつにされていた。トレイラートラックの前にしゃがんで、ヨガのポーズみたいな姿勢をとらされていた。数分ごとに目出し帽の男がひとりやってきて、背中を殴ったり、ＡＫ－47の銃口で押したりして、道路に顔を無理やり押しつけた。

「そんなふうに虐待されるような挑発行為は見ていないから、肌の色で差別されたとしか思えない」イギリスの捜査官への供述書で、フォードはのちにそう述べている。

道路脇でひざまずいていたオペレーターたちは、あまりのことに動揺しながら、あたりの様子を見た。抗弾ベスト、モトローラの無線機、弾薬や弾倉、個人の持ち物が、道路に山積みになっていた。陸橋の下に白いトヨタ・ランドクルーザーが二台とまっている。この場に似つかわしくないスーツ姿の男が四、五人、そのそばに立っている。迷彩服を着て武装している男たちにくわえて、紺の制服とPOLICEという文字のはいった抗弾ベストを身に着けている者もいた。陸橋の上にはベルト給弾式の機関銃を構えている人間がふたりいた。フォードとサルガドの見積もりでは、襲撃してきた男たちは総勢三〇人ないし四〇人だったという。

黒い革ジャケットの男が命令をがなり、目出し帽の男数人が駆け出していった。手錠を持って戻ってくると、オペレーターたちに後ろ手にはめていった。だが、七人全員の分の手錠がなかった。布製のテープも使い、しまいには車のシガレットライターのコードまで使ってルーベンを縛った。

黒い革ジャケット姿の男が、オペレーターたちの目の前で、車のキーを何本かふってみせた。どのキーがどの車のものなのかをきいているようだった。だが、どれも似ているし、手錠をかけられていて指差すことができなかった。男はついにあきらめて立ち去った。

手錠をかけられ、あるいは縛られてひざまずいていたクレセントの傭兵たちは、煙草《たばこ》を吸いながら武装集団のあいだを歩きまわっているヒシャムを、怒りに満ちたまなざしで見ていた。ヒシャムは、茶色のズボンとクレセントの黒いポロシャツの上に、黒い抗弾ベストを着込んでいた。だれにも手出しをされていない。荒々しくどなられることもない。「あの野郎、自由に歩きまわってる」サルガドがいった。

内部の犯行であることを、そのとき傭兵たちは知った。

「ベルーシのやつだ」フォードは私にいった。「やつがおれたちをはめたんだ」

その時点でもまだ、巧妙に仕組まれた大胆不敵な強奪なのか——なにしろ米軍支配下の主要幹線道路で白昼行なわれたのだ——それとももっと恐ろしい事態なのかは、だれにもわからなかった。

オペレーターたちが道ばたで自由を奪われてしまうと、ベルーシことヒシャムがジョシュ・マンズに近づいた。フォードが武装したイラク人の脚を撃ったと、ヒシャムがいった。マンズがフォードに向かって、ほんとうかとたずねた。武器をすぐに奪われたと、フォードがあらためて断言した。一発も撃っていない、と。

コンボイのうしろでフォードの先ほどの悶着《もんちゃく》を見ていた後衛車のサルガドは、フォードが必死で逃げたときに、だれかが激しい銃撃の流れ弾に当たったのかもしれないと思った。だが、真相はわからない。武装集団は当初、トラックを盗むつもりだったが、それがどういうわけかエスカレートした、というのがサルガドの抱いた印象だった。「おれたちを脅しつけるか、怖がらせようとしたんじゃないかと思う。でも、そのうちに手がつけられなくなった。なぜかはわからない。でも、そんなふうに思えた」

ヤングが、声をひそめてチームの面々に、ダッシュボードの〝非常通報ボタン〟を押したかどうかとたずねた。それを押せば、コンボイが襲われたことがバグダッドの兵站《へいたん》指揮所に伝わる仕組みになっている。押していないと、マンズが答えた。ユーコンにはない、とサルガドがいった。フォードは、押したか機能したかどうかは確認できないと答えた。

黒い革ジャケットの男がまた現われてどなり、武装した男数人がオペレーターたちのほうへ駆け寄った。腕をひっぱり、つぎつぎと車に乗せた。サルガドは、自分のユーコンの助手席に乗せられた。フォードは、おなじ車のリアシートのクーラーボックスの横に押し込まれた。ドアが手に叩きつけられたのでりめいた。迷彩服の男ふたりが、サルガドとフォードを見張った。ひとりが車の前方、ひとりが後方に立っていた。

車内でサルガドがささやいた。「アンディ、この連中に見おぼえがあるだろう？」

警察か民兵じゃないかと思う、とフォードは答えた。

「そうじゃない。もっとよく見ろ」サルガドがいった。

フォードは、ユーコンの前方に立っている男を見た。顔をそむけていたし、目出し帽をかぶったままだったが、体格がいいのがわかった。きつめの黒いTシャツの下で力瘤《こぶ》が膨《ふく》れ上がり、広い背中は細い腰にかけて逆三角形にすぼまっている。尻も引き締まっている。フォードがなおも見ていると、ユーコンのうしろから大声でだれかが呼んだ。「クサイ！　クサイ！」前方の見張りがふりむき、巨大な上半身が見えた。ウェイトで真剣に鍛えている人間の体だ。

その瞬間、自分を捕らえた相手がつい最近解雇したばかりの元重量挙げチャンピオンのクサイだということに、フォードは気づいた。サルガドものちに、一〇〇パーセントまちがいなく確信したと述べている。フォードはなおもささやき声で、解雇された元クレセント社員とおぼしい四人を教えた。フォードは気分が悪くなった。処刑されると確信した。解放されそうな気配はまったくなかった。クサイにちがいないと思われる男は、数分ごとにフォードの頭にライフルの狙いをつけ、発射の反動をまねる仕種《しぐさ》をした。

フォードとサルガドは、黙然とユーコンの座席に座っていた。恐怖があたりを支配していた。トレイラートラックが三台か四台ずつ走り去るのが見えた。その騒ぎのなかで、赤ベレーの男たちが、陸橋の下のランドクルーザーとのあいだを走って往復していた。ウィンドウにはスモークが貼《は》ってあったが、ドアをあけてなかにいる人物と相談しているのがわかった。ランドクルーザーに乗っているのが強奪の首謀者だと、フォードもサルガドもあたりをつけた。

そのとき、突然サルガドの携帯電話が鳴った。

武装した男たちは、なにもかも奪った――サルガドのパスポート、軍の身分証明書、タリル基地の売店で七歳の息子ブルーノにプレイステーションを買うために所持していた現金二〇〇〇ドル。だが、なぜか電話を見落としていた。前ポケットの奥にはいっていたその電話が、鳴りつづけていた。「聞きつけられたらその場で殺されると思った」サルガドは、後ろ手に手錠をかけられた状態で躍起《やっき》になって体をねじったりまわしたりして、音を消そうとした。十数回鳴ったあとで、ようやく電話は沈黙した。どうして音を聞きつけられずにすんだのかと私がきくと、サルガドは笑って、スペイン語まじりの英語で答えた。「ソロ・スエルテ、ミ・アミーゴ。運がよかっただけさ」

あとで着信履歴を調べると、電話はクレセントの作戦室からで、午後一時五〇分だったとわかった。

ユーコンの車内にいたフォードとサルガドのところから、トラック運転手数人が引き立てられているのが見えた。しばらくしてスーツの男が、ユーコンのキーがどれだかわからないかときにきた。わからないと判明すると、男たちはアラビア語で叫びながら足早に離れていった。走っている者もいた。サルガドは、「アムリーキ！　アムリーキ！」といっているのを耳にした。

「アメリカ人が来る」サルガドは、フォードに向かってささやいた。

騎兵隊が救いに来る。

武装集団は遁走《とんそう》した。トレイラートラック、ピックアップ、ランドクルーザーが各数台、シボレー・ルミナが一台、キーが見つかったらしいアバランチが一台――すべて北へ向かっている。車の群れが離れてゆくのを、フォードとサルガドは、最初はほっとしながら見守っていたが、やがて警戒し、つぎに起きることに思い至って最後には恐怖にとらわれた。武装した男たちを満載した白いピックアップが一台、そばにとまった。顔を隠した男たちがウィンドウからこぼれ落ちそうになりながら、銃をふりまわし、叫んでいた。フォードとサルガ

クレセント拉致事件

2006年11月16日、民間警備会社の武装警備員《オペレーター》が乗る護衛車5台に護られていたトレイラートラック37台の車輛縦隊《コンボイ》が、サフワン近辺で武装した数十人の男たちに襲われた。アメリカ人4人、オーストリア人1人から成る警備員が拉致された。

クレセントのコンボイの構成

先頭は〝路上斥候車《ポイント》〟で、アメリカ人警備員2人が乗り、前方の偵察を行なっていた。〝先導車《リード》〟には、チーム・リーダーとアメリカ人1人が乗っていた。全車輛は絶え間なく無線連絡を行なっていた。

必要とあればコンボイの側面を固める〝遊撃車〟。オーストリア人警備員とイラク人通訳が乗っていた。

大型トレイラートラック37台が一列縦隊でつづいていた。

そのうしろの〝後衛車〟と〝最後尾路上斥候車〟。警備員はそれぞれ1人が乗っていた。

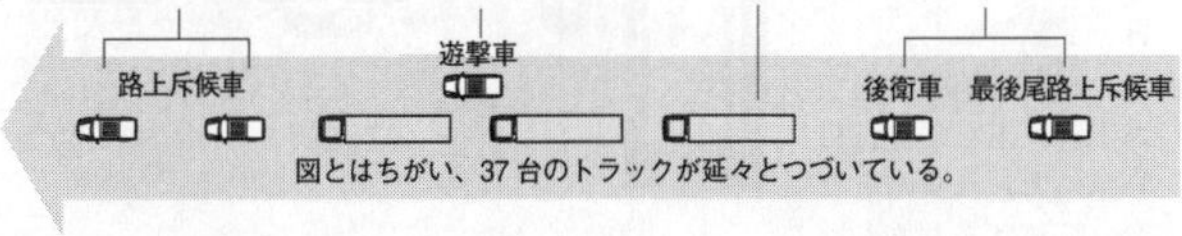

クレセントの護衛車5台

路上斥候車
ジョン・コーテ（運転手）、ジョシュ・マンズ

先導車
ポール・ルーベン（運転手）、ジョン・ヤング（チーム・リーダー）

遊撃車
バート・ヌスバウマー（運転手、オーストリア人）、ウィッサム・ヒシャム（イラク人通訳）

後衛車
ハイメ・サルガド（チリ人）

最後尾路上斥候車
アンディ・フォード（イギリス人）

通常、護衛車には1人もしくは2人のイラク人オペレーターが同乗する。だが、問題の11月16日は、いつもとはちがって、クウェート国境を越えたところでイラク人警備員と合流できず、イラク人通訳1人のみが同行した。

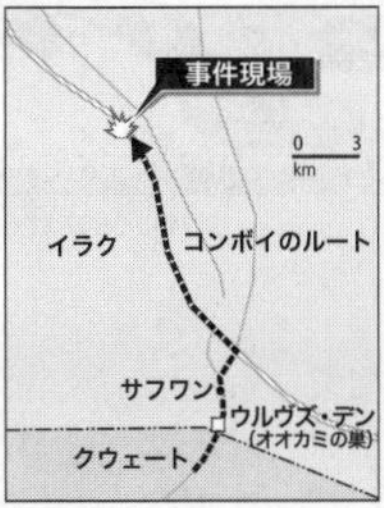

コンボイはイタリア軍の装備を積み込むためにタリル航空基地に向けて北上していた。

待ち伏せ攻撃：午後零時30分

● 武装集団 ● 捕らえられた警備員（以下の図は実寸ではない）

❶先頭を走っていたジョン・コーテが道路封鎖を見て、イラク警察だと判断、全長1500メートルに及ぶコンボイを陸橋3の手前で停止させた。

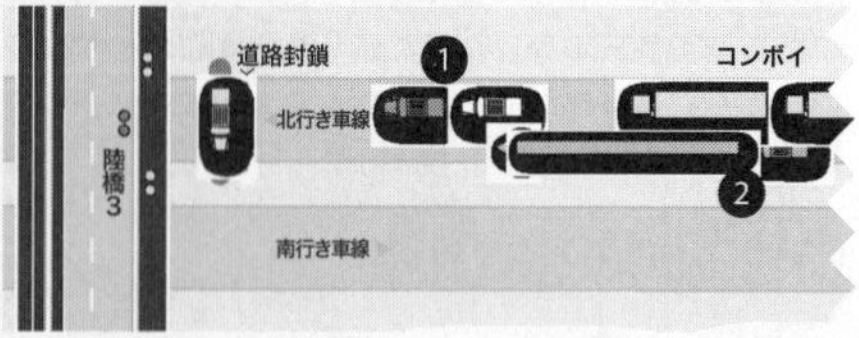

❷通訳の乗る遊撃車が先頭に出るよう命じられた。

❸道路封鎖地点から数十人の武装集団が出てきて、護衛車3台の警備員を武装解除した。イラク警察の制服を着ている者、迷彩服に目出し帽の者、私服の者など、服装はまちまちだった。ルーベンと通訳のヒシャム以外は、道ばたでひざまずかされた。男たちはコーテらに、武器と許可証を調べるだけだと告げた。

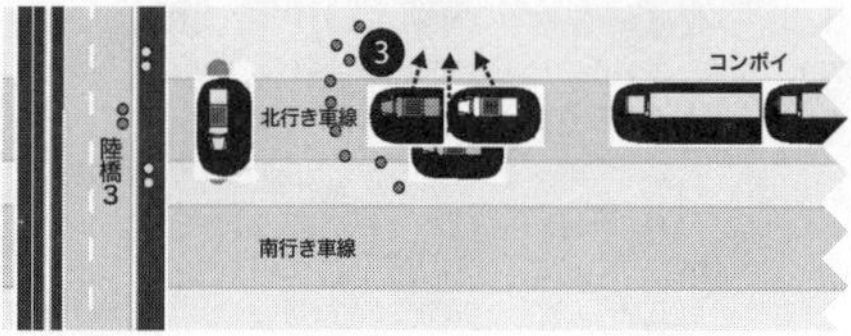

❹コンボイの最後尾にいたアンディ・フォードが、南行き車線に出て、そちらから北上する車をさえぎろうとした。

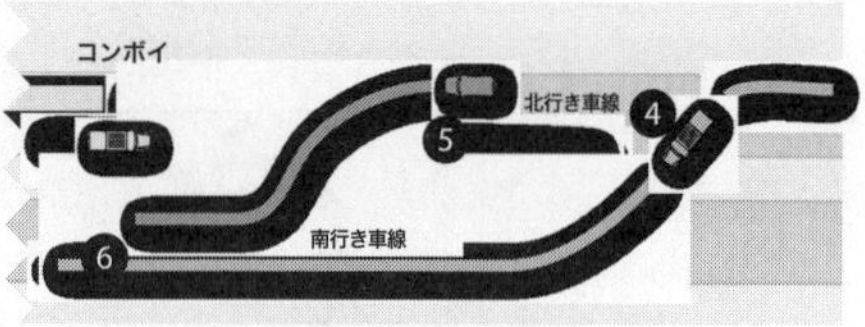

❺コンボイの前方から武装集団10人ほどが乗る白いピックアップが接近してきた。フォードは武器を取りあげられ、銃撃を受けたが、当たらなかった。

❻フォードは加速してコンボイの先頭へ向かい、サルガドの後衛車がそれにつづいた。

❼フォードとサルガドの２台が道路封鎖地点に到着、コーテが協力するようにと合図する。

❽この時点で、クレセントの警備員はすべて手錠をかけられるか、縛られていた。イラク人通訳のヒシャムだけはべつで、待ち伏せ攻撃に協力していたと見られる。

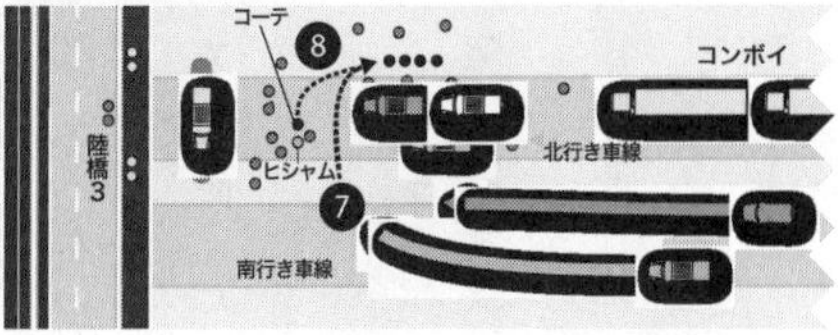

❾警備員７人の自由を奪った武装集団は、電話を受けてうろたえたようだった。あわただしく人質を車に押し込んだ。フォードとサルガドも自由を奪われていたが、乗せる場所がなかったので残された。

❿午後１時50分ごろ、人質を乗せた武装集団の車数台が走り去った。パキスタン人運転手９人も連れ去られたが、まもなく解放された。トレイラートラック19台も奪われたが、一部がのちに発見されて回収された。

⓫米軍のハンヴィー２台が南から到着した。米兵がフォードとサルガドのいましめを解いて国境に連れ戻した。残されたトレイラートラックや護衛車は、クレセントの社員があとで回収した。

情報源：幹部社員と目撃者の報告

図作成《ワシントン・ポスト》――ディタ・スミス、ジーン・ソープ、クリスティーナ・リヴェロドを見張っていたふたりが、すし詰めのピックアップに乗り込んだ。

サルガドは目を閉じた。「頭を吹っ飛ばされるのをじっと待っていた」だが、つぎに聞こえたのは、走り去るピックアップの音だった。

サルガドが目をあけると、まわりはひと気のない荒地に戻っていた。陸橋の影が落ちているルート・タンパに、残骸《ざんがい》が散らばっている。まるで竜巻が通り過ぎたあとみたいに、不気味な静けさがあたり一帯を支配していた。盗まれなかったトレイラートラックを見やった。ジグザグの列が、視界の果てまでのびている。そのそばに、どうしていいのか、どこへ行けばいいのかわからず、呆然と立ちつくしている運転手たちがいた。

フォードとサルガドは、すぐ近くにとまっていたトレイラートラックの運転手に向かって大声で叫んだ。茫然自失して運転台に座っているのが見えた。ふたりは大声で呼んでいましめをどうにかしてもらおうとした。運転手はまだ終わっていないと思いたいらしく、フロントウィンドウを見つめたまま、聞こえないふりをしていた。

フォードは、なんとかドアをあけた。自分の車へ行き、座席の下に隠しておいたナイフを探した。無線機のマイクとともにナイフはなくなっていた。衛星追跡装置も、文字どおりコンソールからひきちぎられ、機能しなくなっていた。後ろ手にテープで縛られたまま、フォードは他の車も調べて、いましめを切る道具を探した。

探しているうちに、自分とサルガドしかいないことに気づいた。他のオペレーターたちは、残された車には乗っていない。コーテ、マンズ、ルーベン、ヤング、ヌスバウマーの姿はどこにもなかった。

テープを切る方策がないまま、フォードはサルガドのところへ引き返して、それを告げた。米軍が到着する前に急いで逃げる必要があったのだが、車のキーがわからず、なおかつ最後のピックアップに乗せることができなかったため、武装集団は自分たちを置き去りにしたにちがいない。

サルガドとフォードは、背後のハイウェイを見やった。トラックの運転手たちが、ふたりか三人ずつ固まって、ぞろぞろとやってくる。運転手たちは、事故の被害者みたいにおぼつかない足取りで道路を歩いていた。

フォードとサルガドは、じっと待っているしかなかった。フォードは、のろくさい運転手たちとアイドリングしているトラックの向こうを見た。突然、近づいてくる車が二台、地平線に見えた。目を凝《こ》らすと、ルート・タンパをパトロールしている米陸軍のハンヴィー、ペトリオット1と2だとわかった。それがとまっているコンボイの横をゆっくりと近づいてくる。

ようやく騎兵隊が到着した。

フォードは、道路のどまんなかに出ていった。両手をあげて示すことができないので、背中を向けて相手がやってくるのを待った。

ハンヴィーが横にとまった。抗弾ベストとケヴラーのヘルメットをかぶった兵士たちがぞろぞろとおりてきた。人差し指はのばしてM4カービンの用心鉄に添わせている。自分たちが警備していたコンボイが襲撃に遭い、アメリカ人四人を含む民間警備員が行方不明になったことを、フォードは手短に説明した。ひとりの兵士がナイフを出して、フォードのいましめを切った。フォードはユーコンのところに戻った。手錠をかけられていたサルガドの携帯電話を出して、クレセント本社作戦室にかけた。コーテ、マンズ、ルーベン、ヤング、ヌスバウマーが連れ去られたことを、ジェイソン・ボイルに報告した。パキスタン人運転手九人と、トレイラートラック三七台のうち一九台も消えていた。チームを急遽《きゅうきょ》編成する、とボイルが答えた。

クレセントは、フォードの報告がくるまで、ほとんど事情を把握していなかった。まったくもって杜撰《ずさん》な会社で、襲撃されたコンボイをバグダッドの兵站《へいたん》および移動管制センター（LMCC）に登録していなかったことが、すぐに明らかになった。

LMCCは地上輸送を管制する組織で、コンボイが攻撃されたときには唯一の命綱となる。そこに登録するのはありきたりの退屈な手順で、五分かかる。しかし、待ち伏せ攻撃を受けたときには、それがきわめて重要になる。車内の非常通報ボタンを押すと、バグダッドのグリーン・ゾーンに設置されたエアコンの効いたトレイラーで警報が鳴り響く。衛星追跡システムにより、巨大なモニターの画面に登録番号とコンボイの位置が表示される。LMCCはただちに対応策の調整を行なうことができる。

フォードはこの非常通報ボタンを押していたが、バグダッドで警報が鳴ったとき、発生源がだれにもわからなかった。コンボイの登録が行なわれていなかったせいで、画面に謎の輝点がひとつ現われただけだった。ボイルは私に、クレセントがタリル基地行きのコンボイを登録しなかったのは、直接の取引先であるイタリア軍が非常事態に対応してくれるはずだと思ったからだと話した。「それが蓋《ふた》をあけてみれば、イタリア軍はまったく役立たずで、頼りにならないとわかった」と文句をいった。

それをそのまま解釈すれば、もっとも基本的な予防措置を講じなかったのは、イタリア軍が救援してくれるのをクレセントがあてにしていたからだということになる。ところが、イタリア軍は資源不足で自分たちの警備もままならず、兵士を危険にさらしたくないからこそ、クレセントに警備をアウトソーシングしているのだ。

フォードの報告が届いたとき、スコーラは本社にいて、コーテやマンズが帰ってくるのを待っていた。クレセントのべつのオペレーターが、スコーラの部屋のドアをノックし、作戦室に呼ばれていると告げた。「車輛の準備をしてくれ」と、ボイルに命じられた。「いますぐ国境へ行ってもらう」

まだ大事件とは思われていなかった。よくある国境付近での強奪のように見なされていた。じきにイラク警察から連絡があり、オペレーターとトラックを返してもらいたければこれこれの金を払えといってくるだろう、とスコーラは思った。ピッコとのあいだで交渉があり、手配がなされる。コーテが帰ってきて、それを笑い話にして、〈チリズ〉へみんなで行く——

——そう思っていた。

それでも、スコーラはすでにうしろめたい気持ちに襲われていた。コーテを誘ったとき、どういういいかたをしたか？　中程度のリスク？　コーテの両親に話をしなければならなくなった場合のことを考え、落ち着かなくなった。そんなことにならないよう願った。

コーテとスコーラは、ともに第八二空挺師団に所属していて、アフガニスタンのバグラム航空基地に配属されたときに知り合った。兵士の鑑《かがみ》ともいえるコーテは、前線から抜擢《ばってき》されて上級曹長付きの運転手になった。スコーラは司令部勤務の二等軍曹だった。階級がちがうにもかかわらず（当時のコーテは上等兵）、ふたりは馬が合った。

ある午後、ふたりが売店でぶらぶらしていると、サバーバンに乗ったふたりの民間人がやってきた。ふたりとも顎鬚《あごひげ》を生やし、カジュアルな服装で、オプションの部品をあれこれ付けたM4カービンを持っていた。スコーラとコーテは話しかけた。自分たちはブラックウォーターという会社に雇われていて、ひと月一万五〇〇〇ドル稼ぐ、とふたりがいった。

「あの一五分の話で、人生が変わった」と、スコーラはいう。

仕事を探すことができるウェブサイトをそのふたりに教わり、翌年に除隊したスコーラは履歴書を送った。即座に仕事が見つかった。すぐにコーテを誘い、四カ月遅れてコーテが入社したわけだった。それがいま行方不明になっている。

スコーラをはじめとするクレセントのチームが、国境を越え、〝ウルヴズ・デン〟で武器を用意し、待ち伏せ攻撃の現場に向けてルート・タンパを突っ走った。たいした距離ではなかった。到着したときには、残りのトレイラートラックがクウェートに引き返すところで、米軍が護衛していた。現場の調査は、イラク南部を担当する英軍が行なっていた。行方不明だった運転手九人はすでに無事発見されていた。危害をくわえられることもなく、ハイウェイのすこし先でそのままおろされていたのだ。だが、コーテ、ヤング、マンズ、ルーベン、ヌスバウマーの行方はわからなかった。

クレセントの傭兵たちが車をとめたとき、フォードとサルガドは道路のどまんなかに立っていた。フォードは憤然とし、サルガドは呆然として、片方の手首から銀色の手錠をぶらさげていた。ふたりはフォードが銃撃された場所を探すために、南へと歩いた。すぐにわかった。アスファルトの路面に空薬莢《からやっきょう》が散乱し、四カ所に血だまりがあって、急発進したフォードの車のタイヤの跡が長く残っていた。ふたりはあたりを探しまわり、しゃがんで真鍮《しんちゅう》の空薬莢を拾った。ほどなく二二個も集まった。

フォードが、仲間の傭兵たちに待ち伏せ攻撃の概要を説明した。偽の検問所、銃撃、ベルーシの裏切り、手錠、車のキーをめぐる混乱、イラクの治安部隊やクレセントを馘《くび》になったイラク人が混じっていたこと。信じがたいことだった。クウェート国境と数千人規模の米軍施設から十数キロメートルのところで、白昼堂々と襲撃が行なわれたのだ。

クレセントの傭兵たちが道路に立っているとき、突然、白いトヨタ・ランドクルーザーが猛スピードで通過した。おなじ警備会社のセキュリフォース・インターナショナルの車だった。それをイラクの警官とおぼしい連中を満載したピックアップが追走していた。クレセントのコンボイが襲撃を受けた数時間後に、セキュリフォースも国境付近で攻撃を受けていた。

一台はクウェートに逃れたが、もう一台は警察をふり切ろうとして北へ突っ走ったのだ。むろんこの警官たちも犯罪者だ。

親友が拉致《らち》されたその場所を見つめ、スコーラはじっと立っていた。銃声が聞こえ、目を凝らすと、ランドクルーザーのリアウィンドウに弾痕《だんこん》がいくつもできていた。

「早くずらかろうぜ」だれかがいった。

クレセントのチームは、アバランチの予備のキーを持ってきていた。エンジンをかけ、一行は南のクウェートを目指した。引き返すのは心苦しかった。車は取り戻すことができたが、乗っていた仲間はどこにもいない。オペレーターたちはたいがい軍隊経験があるので、いくら私兵であるとはいえ、仲間を見捨てて帰るのは嫌でたまらなかった。国境を越えて安全なクウェートにはいったときも、仲間がまだイラク南部の迷宮のどこかにいることを意識せずにはいられなかった。

7　おまえの血族

　クレセント本社をあとにすると、私は他の民間警備会社で話を聞くために、空路バグダッドへ行った。そこに二、三日いてから、カリフォルニアに戻る予定だった。アイダホへの旅行、ゴルフの打ち放し、ゆっくりとしたランチ、友人たちをもてなすといったことで、父はなおも末期ガンを長い休暇のようにやり過ごしていた。ある晩、電話すると、前日に好きなバーまで遠征した話をしてくれた。父のアパートメントとは一・五キロメートルくらい離れている。ビールを二杯飲んだあと、なんと父は歩いて帰ることにした。苦労しながら歩き、一時間以上かかったという。

「父さん、正気じゃないよ」私はいった。

　父のアパートメントへ行き、すっかり弱ってソファにのびているのを見つけるまで、弟のマークはそのことを知らなかった。

「出かけたかったんだ」父は私にいった。「最高だったよ」

　かすれた細い声で、しゃべるのもたいへんなのだとわかった。そのとき私は、帰ろうと決意した。そう父にいった。

「それはありがたい」父が弱々しくいった。

「それじゃ、父さん。がんばって。二、三日中に行くから」

私は部屋に戻り、ベッドで横になった。バグダッドは夜更《よふ》けで、外出禁止の時間帯になっていた。数分ごとに乾いた銃声や、道路の上を低空飛行してグリーン・ゾーンを行き来するブラックホーク・ヘリのローターの連打音が響いていた。帰りたいのはやまやまだったが、それには出国ビザを取らなければならないし、バグダッドからアンマンまで空路で行き、そこからまた一六時間のフライトになる。

翌朝、ビザをもらってから、コンボイを組み、装甲をほどこしたジープ・チェロキーで空港に向かった。むろん傭兵もいる。イラク国内の武力衝突が激化するとともに、新聞社がイラク人チームを雇い入れた。どこもそうだが、われわれの警備も戦争とともに進化した。装甲をほどこした高価な車輛を購入し、砂嚢《のう》や射手も武器も増やした。イラクではそれが人生の実相なのである。AK－47を使いこなす男が、椰子《やし》の木や屋台や猫とおなじように見慣れたものになる。傭兵は爆弾除《よ》けの壁とおなじようにこの国の景色の一部なのだ――いつ、どこにでもあるので、画家はそれを都会の背景として描く――何キロメートルものびている蛇《じゃ》腹《ばら》形鉄条網とともに。

幾重にも同心円をなしている空港警備を通過した――私が数えたところでは、チケット・カウンターまで検問所が五カ所、搭乗するまで八カ所あった。アンマンに着くと、シェラトンにチェックインし、午前六時の便に乗るために早寝した。午前三時三〇分に目を覚まし、電子メールを確認した。家に電話するようにという、弟の切迫したメッセージがあった。空港に向かっている車内で電話した。あたりはまだ暗かった。

「父さんがだいぶ弱ってる」マークがいった。

「どういうことだ？」

「しゃべれない。病状は安定している。なにかが起きたんだ。脳卒中らしい」

その朝、朝食をこしらえるために、マークは父のアパートメントへ行った。いつもなら玄関があいていて、網戸の掛け金もはずしてある。ケーブルテレビのクラシック音楽を流しているチャンネルに合わせ、父がソファに座っている。ところが、ドアが閉まっていた。マークはノックしたが、返事がないので、まだ眠っているのかと思って、そのまま帰った。三〇分後にもう一度行った。しばらく待ったが、それがひどく長く感じられた。父がドアをあけ、よろよろとあとずさって、ソファに倒れ込んだ。表情がなかった。

マークは病院の女性看護師に連絡した。看護師が来て父を見てから、「お別れをいったほうがいいかもしれないわよ」といった。

マークが父の耳もとでささやいた。だが、ベッドに寝かせると、病状は安定したように思われた。しゃべれないが、状態は安定していて、意識がある。マークは氷のかけらを食べさせたり、額をなでたりして、一日ずっと付き添っているという。

「声は聞こえるらしい」マークが私にいった。「でも、しゃべれない」

マークが、電話を父の耳にあてがった。

「父さん、愛しているよ」私はいった。「いま帰る途中なんだ」

電話からは沈黙しか返ってこなかった。

「父さん、父さんが自慢なんだ。もうじき会えるからね。元気でね」

「父さんは聞いているよ」マークがきっぱりといった。「心配しないで。だいじょうぶだから」

おまえのことも愛している、とマークにいった。電話が通じるところへ行ったら、また電話する。

飛行機に乗り、座席にがっくりと座った。フランクフルトまで四時間かかる。そこからサンフランシスコまで一二時間。電話のない機種だったので、見知らぬひとびとに囲まれ、悲しみと罪悪感に打ちひしがれて座っていた。

フランクフルトで急いで飛行機をおりたが、電話が見当たらない。シャトルトレインに乗り、出たところではセキュリティチェックの列が延々とのびていた。私の乗る便は一時間後の出発予定だった。セキュリティチェックを通るまで三〇分かかった。その先に公衆電話があった。電話番号を打ち込み、クレジットカードの番号と有効期限も入力した。呼び出し音が二度鳴り、つながったが、なにも聞こえない。「マーク！」私は受話器に向かってどなった。もう一度かけ直した——電話番号、クレジットカードの番号、有効期限——呼び出し音が鳴る。一度、二度、十数回。受話器を叩きつけた。搭乗がはじまっている。ロビーにもう一台の公衆電話があった。そこからかけると、マークが出た。

黙っているが、息遣いが聞こえた。

「いま逝《い》ってしまった」マークがいった。

私はずるずると壁を滑って座り込んだ。マークがほかになにをいったかは憶えていない。しばらくおたがいに黙って受話器を握っていた。やがてロビーにひと気がなくなった。ドアを閉めようとしている。

「もう飛行機に乗らないと」私はいった。

「どうすればいい?」マークがきいた。

帰るまで父の遺体をアパートメントに置いておいてほしい、と私はいった。

一三時間後に私が帰りついたときも、マークはまだそこに座っていた。居間に病院の簡易ベッドが置かれていた。父は仰向《あおむ》けで毛布を半分かけてあった。口をかすかにひらき、冷たくなった体が小さかった。ガンは父の命を奪うまでに体重の三分の一を奪っていた。私がいないあいだに散髪をしていて、なかなかいい感じに見えたのを憶えている。部屋は冷え冷えとして、煙草《たばこ》のにおいがしていた。壁には子供の描いた絵や、マークのバリー・ボンズとの揺るがぬ戦いの切り抜き、私がワシントンDCで買ってきたアムトラックのポスターが貼ってある。父や父の父母や兄弟、もっとも旧《ふる》い友人たちの写真もあった。段ボール箱や牛乳の木箱に入れた本が十数冊。父は元から持ち物がすくなかったが、人生を終えるときには、もっともたいせつなものを除くすべてを処分していた。

あらゆることに思いを馳《は》せ、それでいてなにも考えずに、私は一、二時間じっと座っていた。何度か立ちあがり、父の額にキスをして、冷蔵庫からバドワイザーを出すと、そばに座って飲んだ。それからマークを呼んだ。マークがそこに来て、父の髪をなでた。

「体が冷たいよ、父さん」マークがいった。

ほどなく斎場の係員がふたり来て、思いやりのある丁寧《ていねい》なやりかたで父を車輪付き担架《ストレッチャー》に載せ、白いバンに運び込んだ。マークと私はアパートメントに戻り、黙って座っていた。この世でもっとも空虚な感覚とはこのことだろうか。いままでそこにいた愛するひとが――幼いころからずっと存在していて、においを嗅《か》ぎ、声を聞いていた相手が――もはや存在しないのだ。

つぎに父に会ったときには、骨になり、紙縒《こよ》り紐《ひも》の把手《とって》がついたオリーブグリーンのショッピングバッグに入れられていた。〈メーシーズ〉や〈ノードストローム〉の袋とたいして変わりがない。ひどく重いのに驚いた。

何日かして、マークと私は父のアパートメントを空《から》にした。家具を運び出すのを含めても、数時間しかかからなかった。売れないものは私の車に積み、父が好きだった古着屋に持っていった。ランチをほとんど黙り込んで食べた。それから、私は車で家に帰った。

携帯電話の電源を入れると、社に電話するようにという緊急メッセージが届いていた。編集長がすぐに電話に出た。編集長がひとこと謝ってから、先週取材のために同行していた警備会社の社名をたずねた。

「クレセント・セキュリティ・グループです」私はいった。

「そうだと思っていた。よく聞いてくれ、クレセントがイラク南部で待ち伏せ攻撃に遭ったという記事が出た。社員五人が行方不明だそうだ」

飛行機が急に高度を落としたときみたいに、頭がくらくらした。ハンドルを握り、高速道路を走りながら電話に向けてどなった。

「なんですって？　だれが行方不明なんですか？」

名前は公表されていないと、編集長が告げた。

クウェートシティのコーテに電話しようと、急いで家に帰った。録音メッセージが流れた。最初はアラビア語で、つぎに英語で。「あなたのおかけになったかたは、現在電話に出られないか、電波の届かないところにいます」

クリス・コーテが、バッファロー北東部のペプシ・センターで、毎週出場しているホッケーの身支度をしていると、チームメイトがいった。「おい、ブロンドのいい女があんたを捜してるぜ」クリスがロッカールームを出ると、継母の長女サマンサが通路に立ち、携帯電話を握り締めて泣いていた。

「ジョンが行方不明なの」サマンサがいった。「うちに電話して」

リンク内は電波が弱いので、クリスはスケートを履《は》いたまま、建物の正面へ走っていった。継母のナンシーが電話に出た。国務省の女性職員が電話してきて、ジョンが任務に出かけて帰らなかったと、事務的に伝えたことを教えた。行方不明者とされているという。クリスは呆然とした。どうすればいいのかわからなかった。どうにもできないと気づいた。プレイして、帰ってから対処することにした。しかし、氷上でも、ゲッツヴィルにある一家の立派な煉瓦《れんが》造りの家までグリーンのニッサンに乗って帰るときも、そのことが頭を離れなかった。

クリス・コーテは、弟のジョンよりも三六一日早く生まれた。ときどき双子だと思われることがあった。やがて、いちいちちがうと否定しないようになった。

「あなたたち、とってもかわいい。双子なの？」どこかの女の子が、甘い声でいう。

「そうだよ」と、クリスかジョンがいう。

ジョンとはとっても近しいから、双子のようなものだと、クリスは思った。ちがっているところも多い。クリスのほうがちょっと小柄だし、物静かで、内省的だ。責任感が強く、用心深い。ハイスクールでは、大学に受かる確率をあげるために、わざと留年した。茶色の髪を短く刈り、柔和な青い目の美男子だが、熱気を発しているジョンとはちがって、はにかみ屋で引っ込み思案なために、それが目立たない。ティーンエイジャーのころ、クリスは母親に文句をいったことがある。「ぼくが家に連れてくる女の子は、みんなジョンを好きになるんだよ。どうして？」母親に、もっと自分を売り込み、自分を出しなさいと教えられたが、自然にはできなかった。いっぽうジョンは、クリスを責任感のある自分の片割れと見なしていた。入営すると、兄への手紙に、〝ふまじめな双子の弟、ジョナサン・コーテ二等兵より〟とサインした。〝おまえの血族〟と書くこともあった。クリスはジョンが殴り合いの喧《けん》嘩《か》に巻き込まれないように気を配り、パーティで泥酔したときは連れて帰った。クリスはジョンの世話役、親友、一生つづく運転手役だった。

ふたりは海兵隊員の息子だった。クリスは一九八二年二月一五日に沖縄で生まれ、ジョンはカリフォルニア南部のロングビーチ海軍病院で生まれた。父親のフランシスは、一等准尉まで昇級した職業軍人で、湾岸戦争には砲兵として出征した。ケベック州南東部のサヤベクという村で生まれたフランス系カナダ人で、フランソワ・ルイ・コテというのが出生時の名前だった。五歳のときに、母親が交通事故で亡くなった。父親は医師だったが、三年後にやはり事故で死んだ。道路を横断中に、酔っ払った運転手に轢《ひ》かれたのだ。孤児になったフランソワと弟三人、妹ひとりは、国境を越えたアメリカ側に住むブノワ叔父とイルダ叔母に引き取られた。

両親を亡くしたうえに、叔父が大手運送会社のコンソリデーテッド・フレイトウェイズの運転手で留守がちだったために、フランシスは超人的な万能技術者になった。とにかくなんでもできるようだった。住宅の配線や配管、料理、家具を材木からこしらえる。乗っていたホンダが追突されて、車輪のアラインメントがめちゃめちゃになったときには、ボディを半分に切って、べつの車の後部を溶接でくっつけた。海兵隊にいるあいだにコンピュータ情報システムとビジネス・マネジメントの学位を得ている。年金をもらう資格を得られる勤続二〇年を一日過ぎたところで除隊すると、IBMにプログラム・マネジャーとして就職した。

フランシスは、海兵隊とカトリック教会というすさまじい二本柱の規律で、ふたりの息子を鍛《きた》えた。クリスとジョンは、週末には瓦屋根を葺《ふ》き、トラックいっぱいの薪《まき》を切った。ときどき部屋に閉じ込められて、幼い子供には理解できないような祈りを暗記させられることもあった。フランシスは若いころは瘦《や》せていたが、歳をとるにつれて熊のようにたくましくなり、白髪《しらが》まじりの豊かな髪が人目を惹《ひ》く。慈愛に満ちた独裁者でもある。夏になると弟たちといっしょに、息子たちを〝男の旅〟に連れていった。クリスチャンの価値観で子供を育てることを提唱するロバート・ルイスの *Raising a Modern-Day Knight*（『現代の騎士を育てる』）に触発されたのだ。フランシスは、キャンプファイアのそばに座って、誠実、思いやり、性的な責任についてお説教をした。聖職者になろうと思ったこともあるフランシスのほろ酔い加減の信仰は、悪態や飲酒や高笑いを許すような寛容なものだった。だが、その信仰は根本的な信念に根ざしていた。この世に頼れるものはなにひとつない――雨風をしのいでくれる屋根も、食事も、両親がいてくれることすらあてにはできない――自分を支えてくれるのは神だけだというのが、フランシスの信念だった。

やがて、ジョンとクリスがハイスクールにいるころに、両親が離婚した。思い返せば、そうなるのがわかっていた。ふたりの母親のローリは、〈ヴィクのオート・ホーム・トリム・ショップ〉という車の内装を手がける商売をやっているバッファロー生まれの大柄な男の娘で、母親は敬虔《けいけん》なキリスト教徒だった。ローリは自由な精神の持ち主で、表情豊かで情緒的だった。フランシスが自分たちの生活に軍隊ふうの規律を押しつけるのが、ローリは腹立たしくてたまらなかった。しかし、クリスとジョンにとっては、突然の世界の崩壊だった。生活が激変し——ローリは難局を乗り切るだけで精いっぱいだったし、フランシスは仕事で出張することが多かった——結局ふたりは自活することになった。ハイスクールの低学年のころから、ノース・フォレスト・ロードに部屋を借りて、いっしょに生活した。それでふたりはいっそう親密になった。クリスは、ジョンの守護者の役割を強めた。ふたりで家族の絆に生じた危機を乗り越えた。文字どおり、信仰を失った。教会に行くことも祈ることも拒《こば》んだ。「自分たちの生活が完全に逆転した」と、クリスはいう。「だって、信仰にのめり込んでいて、馬鹿げたお祈りを暗記するよう子供たちに強要し、どのようなことになろうともこの女性と添い遂げると誓っておきながら、それを成し遂げられなかったわけだから——つまり……いったい神はどこへ行ってしまったのか、ということなんだ」シャワーを浴び、湯が流れ落ちるあいだずっと、それを何度もくりかえし考えたのだという。「自分の人生はどういうものなんだろうと」

やがて、ジョンが陸軍にはいった。ローリはフロリダ州ハリウッドに越し、ビーチの近くでいとこと暮らしはじめた。フランシスはナンシーと再婚した。ナンシーは濃いめのブロンドで、きついユーモアのセンスがあり、麻薬取締局（DEA）バッファロー支局長としてきまじめな権威を身につけていた。クリスとジョンは、ゲッツヴィルの分譲地で広い芝生やくねくねと曲がっている道路が売り物のラドクリフ住宅団地にあるナンシーの二階建ての家に越した。ナンシーの子供たち——ティーンエイジの美しい長女サマンサと、音楽の才能に恵まれた長男マックス——もいっしょだった。クリスはヤマハのディーラーに仕事を見つけて、いっしょに住むようになった。信仰はともかく、クリスもジョンもそこを〝ナンシーの家〟と呼んだが、なぜかうまくいった。家族は再建された。

温かな家のなかにはいりながら、いまクリスの心は千々《ちぢ》に乱れていた。迫り来る冬に対抗して暖房装置が必死で働き、玄関脇には靴がならんでいる。みんなテレビの前に集まって、CNNの最新ニュースを待っていた。CNNは拉致《らち》については報じていたが、人名は明らかにしていなかった。電話が鳴りつづけている。最初の結婚のとき、一九歳の継子《ままこ》を自動車事故で亡くした経験があるナンシーは、国務省から電話があるとすぐに〝緊急お祈りメッセージ〟を送った。フランシスには出張から帰ってきたら話すつもりだった。だが、フランシスは車をとめてポケットPCの緊急メッセージを読み、ジョンが拉致されたことを知った。

クリスは腰をおろしてテレビを見た。情報といえるようなものは、ほとんどなかった。事件の起きた状況も、拉致された人間が生きているかどうかもわからない。DEAの捜査官として人間のもっとも醜悪な面を見てきたナンシーは、数日後にはジョンが死んだという報せが届くにちがいないと、ひそかに思っていた。身代金の要求はなく、拉致犯からの連絡はない。クレセントは得体の知れないブラックホールだった。ジョンが民間警備会社につとめていることを、クリスは知っていたが、最初からその会社についてはなにもかもが曖昧模糊《あいまいもこ》としていた。所有者はだれなのか、会社はどこにあるのか、米政府との結びつきはどうなのか。だれに電話すればいいのかもわからなかった。

やがて、クリスははっと思い出した。実母のローリのことを。ほかから知らされる前に、伝えておく必要がある。地下室へ行き、心を鬼にするためにちょっと間を置いた。頭のなかで声が駆けめぐっていた。言葉にして、現実であることを確認しているみたいだった。〝これから母さんに電話して、弟がイラクで拉致されたことを伝えないといけない〞と。

「母さん、ちょっとどこかに座ってくれないかな」クリスはいった。

ローリがあえぎを漏らした。「なに？　なんなの？　たいへん。ジョナサンのことなのね？」

「そう。ジョンのことだ」すこし時間をかけて落ち着かせてから、悪い報せを伝えた。ローリが泣き出した。すすり泣き、しゃくりあげた。しまいにはクリスも泣いていた。

こういう電話が、何度もくりかえされた――レディング、ミネアポリス、カンザスシティ、オーストリアで。私も躍起《やっき》になって電話し、一部始終を知ろうとした。そのときはまだ、だれが拉致されたかが確認できていなかった。父のことや、一週間前におなじルート・タンパを走ったことで、動揺が激しかった。ようやくクウェートのマイク・スコーラと連絡がとれた。スコーラが情報を教えてくれた。コーテ、マンズ、ルーベン、ヤング、ヌスバウマーの五人の行方がわからない。クレセント本社には、イギリス情報部や、FBIとDEAの捜査官がおおぜい詰めかけているが、五人の消息についてはまったくわかっていない、とスコーラがいった。

待ち伏せ攻撃についてわかっていることをすべて、スコーラは私に教えてくれた。通訳のヒシャムを除くイラク人がなぜひとりも出勤してこなかったのか、警備員が足りないのになゼコンボイがイラクに向かったか、ということが重要な疑問だった。スコーラは、〝サミー・デイヴィス〟という綽名《あだな》のイラク人オペレーターとずっと連絡をとろうとしていた。だが、呼び出し音が鳴るばかりだった。

拉致事件後、英軍は供述をとるためにフォードとサルガドを基地に連れていった。フォードは教師だっただけに、派手な文章で一一ページの供述書をタイプした（「そのとき男は私に向かってわめいた。〝おまえはこれから死ぬんだ、くそったれ！　おまえは死ぬんだ！〟」）。サルガドはなんとかわかる英語で一ページを無理やり書かされた。その後、ふたりはヘリで、バスラ空港に置かれているイラク駐留英軍司令部に運ばれた。英軍は無人機を使って拉致された男たちを捜していたので、フォードとサルガドを作戦室に呼び入れて協力させた。「一度、われわれのトラックを見つけたかと思ったことがあった」サルガドはいう。「でも、カメラをズームすると、べつの会社のだった」

イラク第二の都市バスラを、多国籍軍はイラク侵攻後の安定の牙城として取りあげている。しかし、戦争開始以来もっとも大がかりなアメリカ人拉致事件が起き、それが現実ではないことがはっきりした。それはやむことのない無秩序状態のひとつの表われだった。作戦が大胆不敵であるうえに、米軍のイラク戦略の根幹を成すイラク人による治安組織の一部が関わっていたことは、衝撃的だった。「これだけの規模のハイジャックには、広範にわたる協力態勢が必要とされる」米軍広報担当ウィリアム・B・コールドウェル少将は、バグダッドで記者団に述べた。「周到に計画を練って組織化し、緻密《ちみつ》に実行されたものだ」

それからしばらくは、イラクの武力衝突すべてにつきものの混乱と闇が支配した。コールドウェル少将は記者団に、サフワン強襲の際に多国籍軍は拉致に関わったと見られる武装した男ふたりを射殺したが、拉致されたオペレーターたちは発見できなかったと告げた。バスラ州知事は、行方不明のオペレーターのうち二名を発見し、ひとりは死亡、もうひとりは重傷を負っていると述べた。バスラ警察の捜査部長はそれを否定し、五人は〝犯罪者集団〟に囚《とら》われていると述べた。拉致事件から二四時間以内に捜索によって拘束した二〇〇人にのぼる容疑者を、警察は報道陣に公開した。みじめな男たちが、目隠しをされ、バスラ警察の表の地面に座らされて、熱い太陽に灼《や》かれていた。ひとりは両足を膝のところで切断して、車椅子に乗っていた。

その晩、白いターバンで顔を隠した男が、イラン国営衛星放送〈アルアラム〉の支社にやってきた。自分は欧米のオペレーターを拉致した〝エルサレムのイスラム聖戦士中隊〟という組織の人間だと、男は名乗った。米軍がイラクから撤退し、多国籍軍の捕虜すべてを釈放するよう要求した。男の持参したビデオには、人質は映っていなかった。

この組織は、〝それまでは知られていなかった組織〟であると報じられている。

クレセントは悪評が知れ渡ってしまったので、ピッコは自分の経営するべつの会社からコンボイを派遣して、英軍基地のフォードとサルガドを呼び戻した。ふたりがクウェートシティに戻ったときには、本社はがらんとしていた。誘拐事件後、傭兵たちがつぎつぎと離反し、クレセントは抜け殻と化していた。ピッコ、シュナイダー、ピッコの腹心ポール・チャップマンが運営する本社機能、ジェイソン・ボイル、クリス・ジャクソンが支える作戦室、友人であるコーテが無事に帰ってくるまでは残留すると決めたスコーラのような射手数人が残っているだけだった。

新人がひとりいた。名前はラウル・コリア、ロードアイランド州プロヴィデンス出身の四五歳になる小説家兼傭兵だった。コリアは一九八〇年から八三年にかけて、第八二空挺師団にいた。実刑を逃れるために入営したのだ。三〇代はじめにアルコールや薬物乱用、自殺未遂、プロヴィデンス精神科病院に入院するといった時期を経て、支援団体にくわわり、コロンビア大学に年長者向けの奨学金があることをそこで知った。奨学金を支給されて国語を専攻し、その後、同大学の名高い芸術大学院に進んで、修士論文として、軍隊を舞台とする成長物語を書いた。

パナマ人の売春婦を愛していて、メスカリンでラリって飛行機から飛びおりる名無しのパラシュート兵が語り手のこの本は、二〇〇二年に出版され、好意的な書評を受けている（「作者がつぎの本を書いたなら、〝気をつけ！〟の姿勢をとろう」《USAトゥデイ》）。

だが、売れなかった。がっかりしたコリアは、二度と小説は書かないだろうと思ったが、失意の底にあるときに、現代の傭兵としてイラクへ行き、その経験を書こうと思い立った。ついこのあいだまではコロンビア大学の下級生にプルーストを教えていたのが、いまではカラシニコフを握っているという按配《あんばい》だった。

　コリアは二〇年間、銃器とは遠ざかっていた。「ところが、驚くなかれ。五回も採用された」コリアは私にそういった。傭兵たちはそれを〝巡回《サーキット》〟と呼んでいる。ひとつの契約からつぎの契約へと、会社を替える。コリアの場合は、カスター・バトルズ、SOC - SMG、イージス（二回）というふうに渡り歩いた。二〇〇六年末にインターネットを見ているうちに、クレセントを見つけた。会社のウェブサイトを見ただけでも、「メタドン中毒の下層白人の集まり」みたいに思えた。しかし、小説の信憑性《しんぴょうせい》を高めるには実戦の機会が多いほうがいいと考えたコリアは、クレセントに電子メールを送り、二時間後には採用されていた。

　バラドにある広大な兵站《へいたん》基地キャンプ・アナコンダで迎えの車を待っているとき、コリアはクレセントが大きな痛手を受けたことを知った。大規模な襲撃によって、自分がこれからやるような仕事をやっていたオペレーター五人が行方不明になった。さまざまな面で、コリアにとっては不安な報せだった。まず雇用されたこと自体がふたしかになった。もう仕事はないといわれるものと思いながら、クレセントにメールを送った。ところが逆だった。「拉致事件やその影響で、ほんとうに人手が足りないといわれた。来る気があるのならよろこんで雇うので、クウェートまで来てほしいということだった」コリアは一日考えてから、軍の便でクウェートへ向かった。クレセント本社へはタクシーで行った。

「ちょうど思考能力が鈍っていたんだろう」と、コリアはのちに認めている。

　小説家の鋭敏さと、自分が受けた精神分析の経験を駆使して、コリアはクレセントの施設を分析した。まず驚いたのは、サルガドとフォードの異様な状態だった。ふたりとも奈落の底を覗いた亡霊のように見えた。巨大な手によって現実の世界に連れ戻された、という感じだった。フォードは家族とともに〝社外〟で生活していたが、サルガドはほとんど自室にこもっていて、帰国する方法を見つけようとしていた。犯人グループは書類をすべて持ち去り、サルガドもチリ国籍のパスポートを奪われていた。そのため、クウェートから出国することができなかった。コリアが部屋の前を通ると、サルガドはポルノをダウンロードしているか、スピードメタルを大音響でかけているか、Ｓｋｙｐｅ《スカイプ》で妻と話をしていた。サルガドの妻がヒステリックに泣き叫んで、スペイン語で哀願しているのが聞こえた。「ふたりとも精神科医の診断を受けるべきだった。頭がいかれているように見えたわけじゃない。ああいうことを味わったあとだからだ」コリアはいう。「アンディの車を見たが、よく死ななかったものだと思う」

　クレセントは、当面、コンボイを護衛する仕事ができなくなった。拉致事件と、おなじ日に起きたセキュリフォースへの襲撃のあと、米軍は民間警備員の越境を禁止した。だが、ピッコはレストランを経営していて、イラク各地へ食料を運ぶのに傭兵を必要としていた。「バスラでビザをもらいたいコックも運んだ」とコリアはいう。国境を越えなくても仕事ができるように、傭兵の一部はタリル航空基地の民間警備員村のトレイラーハウスに住んでいた。軍の輸送機で入国することもあった。コリアはライフルを持ってこなかったので、シュナイダーがバスラの武器商人からＡＫ‐47を買う手配をして、ルート・タンパの陸橋下で落ち合って受け取った。

拉致事件後、クレセントは当然ながらイラク人社員をほとんど解雇した。その代わりに、タリル基地のトレイラーハウスのまわりをうろついて仕事を探していたネパール人たちを雇った。コリアの新チームには、ヘリ整備士ひとりと、門番しかやったことのない射手ふたりがいた。

スコーラがチーム・リーダーだった。チーム・リーダー補佐はだれかと、コリアはきいた。沈黙が返ってきた。

「それじゃ、あんたがなったらどうかね」だれかがようやくいった。

「おれは、〝あんた、頭が変じゃないか〟っていわれるような男だぜ」コリアはいった。

ピッコは、必死で売り上げを確保しようとしていた。ある日、スコーラに、完全武装のビジネスマンをひとり五万ドルでイラク入りさせるということを考えていると話した。スコーラとコリアの見るところ、猛獣狩りか、傭兵に混じっておなじ経験を味わうファンタジー・キャンプのたぐいのようだった。

スコーラは、ピッコを説得してやめさせた。

日々が流れていった。拉致事件から二週間ほどたった感謝祭のころに、クレセントの幹部がクウェートシティのパーティに招待された。傭兵たちは街中へ行って、そのためのスーツをあつらえた。拉致されたオペレーターの〝家族が電話してきた場合〟のために、新人のコリアは作戦室に電話番として残った。

五人の消息はまったくわからなかった。身代金要求がなされると思っていたが、それもなかった。それでいて、遺体も発見されず、イラクの評判を地に落とした処刑場面の映像が流されることもなかった。不可解きわまりなかった。イラク戦争開始から四年、イラクでの拉致は家内工業と化していた。拉致された人間は、組織のあいだで交換され、政治目的のために殺され、身代金を出させるのに利用され、あるいはそういったことすべての目的とされた。完全に消息を絶つことはめったになかった。

一ヵ月ほどたつと、英軍は事件に関わったと見られるクレセントの元社員を洗い出す計画を立てた。月給を払うといってイラク人を〝ウルヴズ・デン〟に集める。なかに入れたところで、武器クリーニングの訓練をして、AK－47が発射できないように仕向ける。そこへ英軍部隊が突入する。

コリアとスコーラは、それでは流血の惨事になると確信した。イラク警察かその他の武装勢力が敷地内に乱入し、こちらを皆殺しにしようとするだろう。〝ウルヴズ・デン〟は出入り口が一ヵ所しかない。OK牧場の決闘まがいの殺し合いになるだろう。しかも、使われるのは自動火器だ。

イラク人が五、六人やってきたが、フォードとサルガドが犯人だと識別できる人間はひとりもなかった。給料が届くのを待つあいだ、イラク人たちはサッカーボールを出して、砂地で蹴りはじめた。

コリアとスコーラは地面に伏せた。武器を構えた英軍兵士と私服のアメリカ人十数名が、どこからともなく現われた。その連中がイラク人を地面に押し倒し、後ろ手にプラスティックの手錠をかけた。イラク人たちは、何度となくいっしょに任務を行ない、彼らをパーティにも招いたことのあるスコーラを睨《にら》みつけた。兵士たちは、イラク人に耳あてと黒く塗ったゴーグルをかぶせ、その上をフードで覆《おお》った。装甲車に押し込み、走り去った。

コリアとスコーラはびくついていた。タリルまで三時間、車を走らせなければならない。拉致事件以来、クレセントはマークされている。もはや道路の戦士とはいえず、アバランチから社名のステッカーを剝《は》がし、傭兵たちは目立たないようにイラクを走りまわっていた。たいがい〝逆流〟することが多かった――傭兵たちの用語で、逆走することをそういう。冷や冷やする走りかただが、敵に忍び寄られる気遣いはない。

イラク人捕縛作戦のあと、スコーラは車首を北に向けて、ルート・タンパの南行き車線を時速一六〇キロメートルで逆走した。対向車が近づいてくると、助手席のコリアが一発か二発撃つ。「警告射撃を何発撃ったかわからない」コリアはいう。「プロヴィデンスからメインまで、州間高速道路《インターステート》95号線の反対車線を時速一六〇キロから一八〇キロで飛ばすところを思い浮かべるといい。そして、近づく車があれば撃つ。あのろくでもない会社にいたら、いつかは死ぬと本気で思った」コリアはいう。ある午後、スコーラといっしょに走っているときに、前の車が道をあけるのを待っていた。フロントシートにイラク人がふたり乗っているのが見えた。脅威には見えなかったが、その車はどかなかった。ついにコリアは警告射撃を二発撃った。とたんに、その車が急発進した。ウィンドウが砕けるのが見えた。

ふたりを殺したと、コリアは確信した。めちゃめちゃになった車の脇をスコーラの運転で通過したとき、イラク人ふたりがいたところにはガラスの破片があるばかりだった。コリアは頭を抱えた。シュナイダーの車がうしろを走っていて、残骸《ざんがい》を見ると無線で軽口を叩いた。

「おやおや、ご機嫌を損ねてるやつがいるぞ」

「頭のなかは大混乱だった」と、コーリアは回想する。「〝これがほんとうなら、とても正気には戻れない〟と思った」

「おい、だれも殺しちゃいないよ」ズコーラがいった。

だが、殺してしまったとコリアは思い込んでいた。眠れない夜がつづいたあと、シュナイダーのところへ行って、なにを見たかときいた。シュナイダーは笑った。

「あいつらを殺しちゃいない」めちゃめちゃになった車の横で男がふたり腹立たしげにどなっているのを見た、とシュナイダーはコリアにいった。

そのうちにコリアも、殺しはしなかったと納得したが、忘れることはできなかった。なによりもその発砲は、自分の行動と存在――イラクに来たそもそもの理由を危うくするものだった。中身のない暮らし、自分の芸術、他の国やそのひとびとを自分の原始的な欲望を満たすのに利用していることについて、コリアは考えた。

その思いは、その後もずっとつきまとっている。「その手の欲望を抱きながら銃を持って他人の裏庭にはいってゆくとき、道義面にはかならず悪い影響がある」

新年が近づいていたが、依然としてなにも判明しなかった。

家族もまた拷問にかけられているようなものだった。恐ろしい報せが届くことを絶えず意識し、それをふり払い、よく眠れないまま、おなじような悪夢を見て目を覚ます。拉致事件後すぐに、どこの家族も、近親者を亡くした者への儀式、徹夜の祈禱《きとう》、蠟燭《ろうそく》、花束、カードといったものに取り巻かれた。ゲインズヴィルでは、コーテの所属していたフラタニティの部室に馬鹿でかい黄色いリボンが飾られた。だが、コーテは死んだわけでもなければ消滅したわけでもない。いまなおどこかにいる。それがもっともおぞましいことだった。

私もときどき、電話の音が聞こえたような気がして、夜中に目が覚めることがあった。ベッドから飛び出し、鼓動が激しくなって、闇のなかで携帯電話を探す。見るとだれも電話してこなかったとわかるが、もう眠れない。拉致事件はすぐに忘れられ、ニュースではイラクでのあらたな残虐行為が報じられるようになった。だれもそういう記事は読まなくなったのか？　映像があれば頭に残って迫真性があるのだが、そういうものは、新聞にもテレビにも議会での果てしない証言にもなかった。一度、社の武装警備員たちがグリーン・ゾーンの外で待っているときに、自爆テロ犯がレストランを爆破したことがあった。犯人の口髭《くちひげ》を生やした首が、胴体から離れてほとんど傷もなく歩道に落ちた。それを私が知っているのは、オペレーター《オペレーター》たちが携帯電話で写して、みんなで見ていたからだ。だが、一般大衆はそれを見ていない。キルクークで〝首爆弾〟が破裂したこともあった――斬り落とした首に爆薬を仕掛けるというものだが、これもニュースにはならなかった。

眠れないとき、私は毎朝日記に書く。「イラクがこのままつづいていけるのは抽象化しているからだ。真の現実や画像や描写がない」暴力を抽象化し、血なまぐさいところをなくし、個人の問題ではないようにすると、現実から乖離《かいり》してしまうといいたいのだ。私はカリフォルニアにいて、グリーンのショッピングバッグにはいった父の遺骨がすぐうしろに置いてある。コーテやその他の拉致された男たちのことを思い、どんな恐ろしいことをされたのだろうと考えるが、それを具体的に知らされたり聞かされたりすることはない。「彼らについてなにひとつわかっていないという事実は、だれにとっても気が楽だ。なぜなら、ほんとうに消え失せてしまったわけではないから」私は日記にそう書いた。「ひょっとして、コンクリートの部屋に監禁され、目隠しをされているかもしれないが、食事をあたえられ、金と引き換えにしようともくろんでいる連中に拘束されているかもしれない。最悪の場合、電気ドリルで穴をあけられ、アブグレイブ刑務所での拷問をまねてペニスに電気をかけられ、生きたまま切れ味の悪いナイフで首を斬られて、それを撮影されるかもしれない」

自爆テロ犯のちぎれた腕を拾った米軍兵士が「だれか腕相撲をやらないか？」と叫んだのを記事に書いたときのことを思い出した。その部分は削除された。あまりにも生々しいからだろう。理由はきかなかった。足首に野球のボール大の穴があいたのを、負傷した本人の軍曹に見せないように、兵士が脚にまたがったという話を書いたこともある。それも新聞には載らなかった。抽象化された事柄と向き合っていれば、むろん現実と対峙《たいじ》する必要はないわけだ。

「われわれ報道関係者は、戦争の好ましくない部分を削除して、それを永続させているともいえる」と私は書いた。

クリスマス直後、ハンナ・アラムという若いアメリカ人記者が、悪名高い亡命イラク人アフマド・チャラビをインタビューした。チャラビは、情報操作でブッシュ政権を戦争に引きずり込んだ張本人と見られている。なにしろ不死身の人物で、その策謀が明らかになるとアメリカの後ろ楯《だて》を失ったが、武装勢力指導者のムクタダ・サドル師と同盟を組み、シーア派の政治指導者として復活した。

アラムは二五歳にして、米新聞グループとして業界二位だったナイトリッダーのバグダッド支局長になり、ナイトリッダーが二〇〇六年に業界八位のマクラッチーに買収されたあとも、その職に留まった。オクラホマ生まれで、カールした黒髪を長くのばし、幼年時代はほとんど中西部にいて、男の兄弟ふたりは海兵隊にはいっている。チャラビとのインタビューが進むにつれて、シーア派武装勢力とスンニ派反政府勢力のどちらが残虐かという話題になった。

アルカーイダ率いるスンニ派がイラクでもっとも暴虐な勢力だと、チャラビは力説した。シーア派のほうが温和だと。「シーア派が人質の外国人の首を斬ることはない」

「ええ、そうですね。クレセントの警備員たちの遺体が発見されたら、そう信じましょう」アラムはいった。シーア派の支配するイラク南部で拉致されたため、シーア派に身柄を拘束されているという見方が有力だった。

「遺体などない」チャラビがいった。「生きている」

アラムはびっくりして、どうして知っているのかとたずねた。チャラビは言葉を濁した。情報があるのなら、拉致された五人の家族や米政府に教える義務があると、アラムは迫った。

「家族の身になって考えてください」

チャラビが、ノートパソコンを引き寄せて電源を入れた。アラムは驚きのあまり口をぽかんとあけた。

動画が画面に出ていた。ヤング、コーテ、ヌスバウマーが、手を前にして手錠をかけられ、金色のカーテンの前に立っている。三人とも白い半袖の下着に、ゆるいグレーのズボン、靴下という格好だった。顔が大写しになってから、それぞれ話しはじめた。

「私はジョン・ヤング」落ち着いてカメラに向かって話しかけていた。「四四歳、ミズーリ州カンザスシティ出身。イラクで民間警備会社につとめている。私と友人をイラクから救い出し、政府にイラクからの撤兵を促《うなが》すよう、みなさんにお願いしたい」

コーテは殴られたように見えた。鼻のまわりが腫《は》れて、顔に血の斑点《はんてん》があった。のろのろとしたしゃべりかただった。

「おれはジョナサン・コーテ。フロリダ州ゲインズヴィルから来た。民間警備会社につとめている。イラクから撤兵するよう米政府に圧力をかけ、おれと友だちをここから救い出すのに力を貸してくれるよう、アメリカ国民にお願いする」

三番目はヌスバウマーで、なまりの強い英語で話しかけた。「二五歳、オーストリアのウィーン出身。おれと友だちをイラクから連れ出してほしい」

そこで画面が切り替わり、ひとりで立っているマンズが映し出された。三人とおなじゆるめの服で、手錠はかけられていないようだった。それまでは背景が金色のカーテンだったが、こちらは背景が白かった。

「おれはジョシュア・マンズ、アメリカのカリフォルニア州出身。ハディサとファルージャでは海兵隊員として作戦に参加した――」いずれもスンニ派の拠点で、米軍と反政府勢力の戦闘によって破壊された。

映像はすぐにルーベンに切り替わった。それまでの四人とはちがい、肩にオレンジのストライプがはいったブルーのトラックスーツを着ていた。ルーベンは一一月二四日に四〇歳になったところだった。

「名前はルーベン。三九歳か四〇歳。きょうが何月何日なのかわからない」と、ルーベンが切り出した。「ミネソタ州バッファロー出身。結婚していて双子の娘がいます――一六歳です――妻の連れ子もいて、男で一六歳です。アメリカから兵隊を引き揚げて私たちを解放してもらうようお願いします」

ルーベンが右に目を向け、ひきつった笑みを浮かべた。だれかにいいまちがいを直すようにいわれたらしい。笑った。

「失礼、イラクからです」

カメラがズームして、ルーベンの笑顔を極端なまでに大写ししたところで終わった。

画像の日付は二〇〇六年四月一四日となっていた。拉致犯が日付をちゃんと設定していないのか、それともわざと変えたのだろう。撮影された日時を知るすべはなかった。

チャラビは当初アラムに、この情報を公開してはいけないと告げた。動画は、アメリカとの交渉の仲介役をつとめてもらおうとして、数週間前に犯人グループが提供したものだという。だが、チャラビは関わりたくなかった。一年以上もたってから私が接触したとき、自分がどう見られるかを思い、関与を渋ったのだと、チャラビは私にいった。「拉致事件に巻き込まれるのは、どんなときでも厄介なものだ。ことに金がからんでいるとなると」アメリカ側に動機を疑われ、連座させられるのを恐れたのだという。「こういうことには近づかないほうがいいと、経験からわかっている」

そのころ米政府高官のなかには、チャラビがイランと結びついていると非難している者がいた。動画を積極的に提供すれば、アメリカとの関係はよくなったのではないか、と私は疑問を呈した。

「そうかもしれない」チャラビが答えた。

「機会はあった」と、チャラビはのちに私に打ち明けている。拉致犯グループは、明らかに連絡したがっていたし、人質の解放を交渉できた可能性もあった。だが、チャラビが関与を拒《こば》んだせいで、その機会は失われてしまった。

当局を介さなくてもいいから、動画を公表してほしいと、アラムは訴えた。「こういう状況で私の兄弟の身になにが起きたかを、オクラホマのママが知らされなかったらと思うと」

チャラビはようやく、音声を録音してメモをとってもいいと同意した。「家族には同情した」チャラビは私にそういった。「マスコミを通すのがいちばんいい方法だと考えた」

アラムは、動画を三〇回以上見た。拉致犯についてほかに情報はないかと、チャラビにたずねた。チャラビは、シーア派だといっただけだった。

アラムは記事を書いた。音声と記事を公表する前に家族に知らせるべきだと、アラムと編集長は意見が一致した。そこでデジタル録音したものを米大使館に電子メールで送った。記事を書いているとき、FBI捜査官が携帯電話にかけてきて、グリーン・ゾーン内で会って、動画の話ができないかとたずねた。アラムと編集長は、事件に巻き込まれるのではないかと恐れたが、最後には承諾した。

七月一四日、グリーン・ゾーン内のストリート・ブリッジのはずれまでFBI捜査官ふたりが迎えにきた。捜査官ひとりが運転し、ひとりがリアシートにいっしょに乗った。動画の情報源について情報を得ようと、質問がはじまった。アラムにいえることはあまりなかった。チャラビと約束していたし、その時点では、チャラビは自分が情報源であることを明かすのを望んでいなかった。

質問が尽きると、こんどはアラムが質問した。拉致を実行したと名乗り出た〝エルサレムのイスラム聖戦士中隊〟について、なにがわかっているのか？

聞いたこともなかった、と捜査官たちが答えた。スンニ派なのか、それともシーア派なのか、とき返した。

アラムは啞然《あぜん》とした。「拉致犯だといっている組織についてなにも調査していないなんて、思ってもいなかった。いくらそれまで聞いたことのない組織だからといって」アラムはいう。「とぼけて情報を引き出そうとしたのかもしれないけれど、そうは思えなかった。五分話をしただけで、グリーン・ゾーンの外に出て捜査したことなどないとわかったわ」

アラムは支社に戻って、記事を書きあげた。三〇分後に電話が鳴った。捜査官からで、リアシートに置いておいた携帯電話をまちがって持っていかなかったかときいた。そういう事実はなかったが、まるで故意に持っていったのではないかと非難するような口調だった。

「そのとき考えたの。〝あんた、馬鹿じゃないの。自分の携帯電話のありかもわからないやつに、拉致されたひとたちを捜せるわけがない〟って」

8　権限の範囲：神と同一

八日後、バグダッドのAP通信支社に一本のビデオテープが届けられた。チャラビが見せた動画よりもずっと凝《こ》った作りだった。赤と白と黒の地図の横に、飾り房付きの『聖クルアーン』が置いてあった。地図と『聖クルアーン』が左右に分かれると、〈イラクの国民イスラム抵抗運動　フルカン旅団。拉致《らち》作戦はバスラ州サフワン地域で実行された〉という文字が現われる。

独創的な芝居がかった感じでその文字が消えると、地面に胡坐《あぐら》をかき、膝のところで手を組んでいるジョン・ヤングが現われる。肩が白いグレーのスウェットシャツを着ている。画面の日付は二〇〇六年一二月二一日。時刻は一〇：二〇：二七。映像が流れるにつれて秒の表示が変わる。「ジョン・R・ヤング」と名乗り、「二〇〇六年一二月二一日」という日付を確認すると、クレセントのチーム・リーダーをつとめていたヤングは、深い溜息《ためいき》をついてからいった。「私は元気です。友人たちも元気です。丁重に扱われています」

画像はコーテに切り替わる。やはり胡坐をかいている。げっそりしているように見える。囚《とら》われの身になって三五日、もう爽《さわ》やかな顔の若者ではなく、鬚《ひげ》を剃《そ》っていないので、だらしない顎鬚《あごひげ》と髪のせいで、一〇くらい老《ふ》けて見える。ぼやけた写真のようにも見える不規則な長方形が四つ描かれているおかしな黄色いポロシャツを着ている。もじもじしたり、目をしばたたいたりしている。今回は、ヴインズヴィルではなく、バッファローの出身としている。「えー、丁重に扱われています」コーテがいった。「えー、アメリカとイギリスの刑務所から捕虜がすべて釈放されないと、おれは解放されません」不安げに息を吸ったところで、画像はヌスバウマーに切り替わった。

これでビデオおよび動画は三種類出たことになる。最初の一本は、拉致を実行したと称する〝エルサレムのイスラム聖戦士中隊〟のもので、これには人質は写っていなかった。チャラビの動画には人質は写っているが、実行犯は名乗り出ていない。そこへこの三本目が出現した。どういうことなのか？　〝イラクの国民イスラム抵抗運動　フルカン旅団〟も、やはり未知の組織だった。〝エルサレムのイスラム聖戦士中隊〟とつながりがあるのか？　この組織が人質を捕らえているのか？　このふたつは同一の組織なのか？　それとも片方の組織がもうひとつの組織に人質を売ったのか？　要求までもがちがっている。最初のビデオで〝エルサレムのイスラム聖戦士中隊〟は、米軍撤退と捕虜釈放を要求している。チャラビに届いた動画では、撤退だけを要求している。三番目のビデオでは、全捕虜の釈放が要求されている。

人質は分けられているようだ。チャラビの動画では、ヤング、コーテ、ヌスバウマーがいっしょで、マンズとルーベンはべつになっている。最新のビデオでは、ヤング、コーテ、ヌスバウマーはやはりいっしょで、時刻表示によれば九分以内の差で録画されている。だが、マンズのときは背景がちがうし、一〇時間経過している。ルーベンの録画は、マンズの二四時間後になっている。花柄の壁紙を背景に立っているように見える。髪は短く、健康状態はよさそうだ。「元気だということを家族に知ってもらいたいだけだ」とルーベンはいっている。

拉致事件後、私は行方不明の男たちについて四〇〇〇語の記事を書いた。《ワシントン・ポスト》は、いかなる情報の公表も囚われた男たちに危害を及ぼすおそれがあると考えて、記事の掲載を差し控えた。カリフォルニアの自宅にいた私は、コーテら五人の言葉や姿に取り囲まれていた。ビデオ、レコーダー、メモ、そして記憶。じきに夢にも現われるようになった。運命の弾丸を避けることができて運がよかったと、私にいう者がいた。父が最後の行ないで救ってくれた――急いで家に帰るよう仕向けたのだ、という者もいた。よくわからない。運がよかったことはたしかだ。しかし、私にとってイラクはつねに独特の現実だった。それが私たちすべてを哲学者に、運命論者にする。そうならなかったら、それがあたりまえではないなら、べつの場所を目指すほうがいい。

母親の誕生日に、バラドでパトロールに同行したことがある。夜も更《ふ》けて道路は暗く、暖かな夜気にはリンゴやナツメヤシの木の香りが漂っていた。

やがて、午前零時ごろに、道路が爆発した。前方のHMMWV《ハンヴィー》（高機動多目的装輪車）が地面から浮きあがった。拳《こぶし》大のコンクリート片がいくつもこっちへ飛んできた。ヘッドライ

ト の光芒《こうぼう》にそれが流星群のように浮かびあがり、防弾のフロントウィンドウにひびがはいり、車体が傾《かし》いで溝に落ちた。先頭のハンヴィーで、銃塔にいた銃手が悲鳴をあげていた。「顔が！　顔が！　目が見えない」私の乗っていたハンヴィーでは、銃手が果樹園に向けて機関銃を乱射し、熱い真鍮《しんちゅう》の空薬莢《からやっきょう》が車内に降ってきた。

と、不意にあたりが静まり返った。重傷を負った者はおらず、悲鳴をあげている銃手は血まみれで耳が遠くなっていたが、たいした怪我《けが》ではなかった。兵士たちはハンヴィーの車体を叩き、「よくやった、ベイビー、がんばったな」とつぶやいた。

基地に戻ると、私は母親に衛星電話をかけて、誕生日おめでとうをいった。何事もなかったかのようにふるまい、異様なことだが、母親のほうの世界ではたしかに何事もなかったのだと思った。数時間後に、またおなじパトロールに出かけた。爆弾が破裂した現場へ行くと、陽が昇っていて、道路のまんなかに直径一八〇センチの漏斗孔《クレーター》ができていた。

クレセント拉致事件後、私はよくいわれた。「もう二度と行かないんでしょうね？」どう答えればいいのか、わからなかった。行くとすでに自分でわかっていたから、言葉にしようがなかったのだ。記事を書くためだと自分にいい聞かせていたが、それは事実だった。コーテの言葉を借りれば、〝戦争の隠れた部分〟を見たように思っていた。そこには独自のルール、言葉、サブカルチャー、それ自体の秘密の戦いがある。私の見るところでは、いろいろな面で、それがイラクというものを要約している。

名目のない戦争。イデオロギーのない戦争。計画のない戦争。収入としての戦争。だが、心の奥底では、自分がまたイラクへ行くのは、傭兵たちとおなじように、なにかを探し求めているからだということを知っていた。

この私的な戦争の中心は、バグダッドのグリーン・ゾーンのサンドベージュに塗られたコンクリートの建物群に置かれている。米陸軍工兵隊湾岸地域師団の司令部施設がそこにある。工兵隊は予算五八〇億ドルのイラク復興を監督している。この歴史に残る野心的な大計画は、無駄と腐敗と貪欲の温床になっている。もっとも、容易ではないことはだれもが認めている。工兵隊は、多方面で戦争が行なわれているさなかで復興を行なおうとしているのだ。

工兵隊は、土木建設や水利や電気の専門家と作業員を中心とする軍隊組織である。武力の面では傭兵に頼っている。二〇〇四年から二〇〇七年にかけて、米軍は工兵隊の復興工事を警備させるために、イージス・ディフェンス・サービスとエリニス・イラクの二社だけでも五億四八〇〇万ドル（約五五〇億円）を支払っている。この金額は当初の予算を二億ドルも超えている。二〇〇五年末、エルヴィス・プレスリーの『ミステリー・トレイン』をバックにイージスの傭兵が民間車輛を機銃掃射している動画が、社員のものと思われるウェブサイトで流れ、イージスは悪評を浴びた。この動画のその後のバージョンには、銃撃のあいだの笑い声や冗談をいいあっている声が含まれていた。米軍は調査したが、二〇〇六年六月に、刑事告発するつもりはないと発表した。二〇〇七年、工兵隊は四億七五〇〇万ドルでイージスとの契約を更新した――イラクでの警備外注では最高額にあたる。それまでに米軍はイラク戦域の米軍基地すべての警備を民間にゆだね、軍の輸送車輛縦隊《コンボイ》の警備をアウトソーシングする試験的プログラムを開始していた。この政策によって手が空いた兵員を反政府勢力との戦いにまわせるという理屈だった。イージスは、イラクとアフガニスタンにおける軍の外注すべてを仕切っている米軍将官の警護まで行なっている。「ここで説いていることを実践しているようなものだ」ダリル・A・スコット少将は、私にそういった。グリーン・ゾーンでインタビューしたとき、ドアの外にはイージスの武装警備員《オペレーター》がひとり座っていた。「私はふたつ星の将軍だが、多国籍軍でもっとも重要な人間というわけではない。優先度の低い任務があって、それが民間警備会社の能力でじゅうぶんなら、リスクを相殺《そうさい》する適切な手順といえる」

イラク戦争開始時には、イージスはほとんど存在していないも同然だった。ティム・スパイサーという派手な冒険野郎の元英陸軍中佐が設立したのだが、スパイサーの履歴はまるでフレデリック・フォーサイスの小説の登場人物みたいだ（事実、『戦争の犬たち』の著者フォーサイスは、イージスの株主だといわれている）。パプアニューギニアやシエラレオネのような異国の地でも、スパイサーは傭兵をやった経験がある。パプアニューギニアの冒険では、スパイサーが前に率いていたサンドライン・インターナショナルが、反乱鎮圧の報酬として、貧しい島国から三六〇〇万ドルもふんだくっている。ところが、サンドラインの駐留によって暴動が起こり、あげくのはてにはクーデターに発展したと、民間軍事会社の勃興について詳説しているP・W・シンガーの *Corporate Warriors*（邦訳『戦争請負会社』山崎淳訳、日本放送出版協会）に記されている。スパイサーは武器不法所持で短期間勾留されたが、やがて告訴は取り下げられた。翌年、サンドラインは、シエラレオネの選挙で選ばれたものの転覆させられた政府を武力で〝復帰〟させるために雇われた。この任務をのちにスパイサーは、民主主義と人権のための一撃だったと自画自賛している。だが、じっさいは、復帰した政府からダイヤモンドや鉱物資源の開発権利を得ることをもくろんだ謎の出資者に雇われたのだ。スパイサーが国連の武器禁輸に違反した疑いが持たれ、この作戦はイギリスで大スキャンダルになった。イギリス人は、このスキャンダルをフォーサイスの小説まがいに〝サンドライン事件〟と呼んでいる。

「ティム・スパイサーは傭兵だ」テロとの戦いに雇われた用心棒たちについての *Licensed to Kill*（邦訳『ドキュメント　現代の傭兵たち』角敦子訳、原書房）でスパイサーのことも書いているロバート・ヤング・ペルトンは、そう断言する。「だれもググって調べなかったのかね？」

だが、スパイサーとイージスは、工兵隊の大規模な私兵のほんの一部でしかない。これらの私兵がなかったら、復興は――そしてさまざまな面で戦争そのものが――頓挫《とんざ》してしまう。工兵隊の私兵には総司令官がいる。名前はジャック・ホリー。胸が分厚くいつも葉巻をくわえている元海兵隊大佐で、イラク駐留米軍工兵隊のために兵站《へいたん》部長をつとめている。

ホリーは、海兵隊では高い評価を受けていた兵站専門家だった。民間人になってからは、ごま塩の顎鬚《あごひげ》をきちんと刈り込み、カーキの制服にピンクのチェックのシャツを着て、テニスシューズを履《は》いている。態度も指揮官然としている。無遠慮で独善的で、大がかりな後方作戦にうってつけの気宇壮大な人物である。二〇〇六年初頭、ホリーのネットワークはイラク全土で車輛三万一一〇〇台、武器四五万一〇〇〇点、弾薬四億一〇〇〇万発を動かし、コンピュータ、乳児の保育器、学校のデスク、その他のありとあらゆる物資を扱っていた。

こうした品物を警備するために、ホリーは民間警備会社を五、六社使っていた。同業者組織のイラク民間警備会社協会（PSCAI）のローレンス・T・ピーター会長を、毎日の計画会議に出席させていた。ピーターは、ホリーのオフィスの向かいにある工兵隊兵站管理部にオフィスを構えている。だが、ホリーはこれを利害の抵触とは見ていない。民間警備会社はホリーの兵站活動には不可欠だし、軍も国務省も規制に関してなんの手も打っていない。PSCAIは、「米政府が問題を認識できなかったことによる穴を埋めている」だけだと、ホリーは正当化している。

〝傭兵〟という言葉が、ホリーは気に入らない。その仕事をおとしめる言葉だと思っている。「〝傭兵〟といういいかたには我慢できない。むかつく」と私にいった。「たしかに、生活のために仕事をしている。女房になにかを買ったり、子供をどこかへ連れていったりするために働いている。現役の兵隊の給料ではできなかったことだ。おれはみんなにいうんだよ。〝民間警備会社はまともな給料を出しているが、軍隊はそうじゃないって考えたことがあるか？〟〈アマゾン〉みたいに、注文したらつぎの日には届くのがあたりまえだと思っているかもしれないが、イラクではそういかないんだ。配達にだれかが命を懸《か》けてくれるから届くんだよ。それが根本的な問題だ。イラクでは、命懸けでやらないと、なにもどこかへ動かすことはできない」

民間警備業界の発展を、ホリーは二〇〇三年から見ている。それこそ純粋な資本主義だという。「アメリカ的な美徳や母親やアメリカ国旗のために来ている人間はほとんどいない。つまり、漠然としたものの上に成り立っているわけじゃないんだ。これはまさにアメリカのビジネスモデルだ。需要と供給があり、そこには値段がつけられる」それだけの値段を払う甲斐《かい》があると、ホリーは考えている。なぜなら、民間警備会社のおかげで、兵士たちは能力にふさわしくない仕事をやらずにすむ。「死んだ警備員の数を見るとき、アメリカの大衆は、そういった連中のおかげで米軍兵士が危険な場所に行かずにすんだことを考えるべきなんだ。おれはずっと俳優のジョージ・C・スコットとおなじ考えかたをしてきた。戦場に出ないようにするのも悪いものじゃない。おたくの息子さんはクウェート発の輸送隊で米大使館に運ばれる〈フラペチーノ〉を護衛しているときに殺されたなんて、母親にいうのはごめんだ。兵士の任務は特定のことをやるものであって、あとのことはアウトソーシングしていいと思うね」

ホリーは、だれよりもよくそのリスクを承知している。並行して行なわれている戦争のただなかにいることを知っている。二〇〇五年五月八日、ホリーの輸送隊――コンボイ104 7――が、アンバールのアルアサド警察学校にズボン五〇〇本、プラスティックの呼子《ホイッスル》二〇〇〇個、AK-47一〇〇〇挺、弾薬二五万発その他を届けた。帰り道で小火器とRPG（ロケット推進擲弾《てきだん》）と道路脇に仕掛けられた爆弾二発の攻撃に遭った。戦闘後報告書が、その陰惨な模様を描き出している。

コンボイ1047の二〇名のうち一三名が死亡もしくは行方不明。銃撃、IED（簡易爆破装置）、ロケット弾などにより遺体はばらばらになり、何人の遺体であるのかを判別することは不可能であり、敵に捕らえられた者がいたかどうかもわからない。六人分の遺体は回収された。他の四人の遺体にはIEDが仕掛けられていた。攻撃を受けている際に、海兵隊部隊指揮官はM―1戦車で遺体を銃撃してIEDを処理することにした……遺体の残った部分と身許《みもと》を照合することは永久に不可能になった。

コンボイ1047は、イギリスのハート・セキュリティが警備していて、そのときは非装甲の車輛を使っていた。一カ月後にまたハートのコンボイが攻撃された。銃撃戦のさなかにハートのチーム・リーダーは携帯電話でホリーの地上輸送管制センターに連絡し、弾薬が尽きかけていると伝えた。ホリーにできることはなかった。コンボイが撃破されるあいだ、チーム・リーダーは電話を切らずにいた。ホリーはスピーカーホンで聞いていた。「敵がチームを皆殺しにしたあと、そいつらの声を一時間近く聞いていた」とホリーはいう。

それがホリーの私闘（政府の承認なく他国民と行なう戦争行為）の転換点になり、段階的に拡大した。非装甲の車輛は二度と使わないと、ホリーは決意した。もっとも取り引きの多いクウェートの運送会社パブリック倉庫（ＰＷＣ）へ行って、改善を命じた。ＰＷＣはハートからべつのイギリスの会社アーマーグループ・インターナショナル（ＡＧＩ）に切り替えた。ＡＧＩはフォードＦ－３５０ピックアップトラックを戦闘車に改造したばかりだった。解体屋に持っていって出てきたときには、新型の装甲板や、ベルト給弾式の機関銃を搭載して鋼鉄で強化した銃塔が備わっていた。他社もまねをして、さまざまな形や色の装甲車輌が勢ぞろいして、イラクの補給ルートは『マッドマックス』まがいの終末の世界のようになった。

ホリーは、自分の世界を快く見学させてくれた。

「並行していながらまったく異なるシステムを見ることになるよ。知られざる世界だ」ホリーは私にそういった。「軍内部でも認識されていないし、ほとんど知られていない」

私の見学がはじまったころには、アーマーグループはフォードＦ－３５０の一部を〝ロック〟装甲車に変更していた（巻頭写真参照）。本部が置かれている屋敷のまわりにとまっているのが見えた。四輪の巨大なアルマジロのような姿をしている〝ロック〟に、アーマーグループは六八〇〇万ドルを投資している。Ｆ－３５０のシャシーを使い、一台あたり二〇万ドルもする。銃塔になるハッチが二カ所にあり、道路脇の爆弾の衝撃を和らげるために逆Ｖ字形のボディを採用している。鋼鉄の外板は徹甲弾《てっこうだん》にも耐える。要するに、イラクでの市街戦にはうってつけの車だ。ノースキャロライナのグラナイト・タクティカル・ビークルのために〝ロック〟の設計に協力したクリス・バーマンは、肝心な特徴を私に説明した。「ベルト給弾式機関銃が二挺あれば、たいがいの連中を打ち負かすことができる」

〝ロック〟は、ホリーの戦争の新段階を象徴している。軍隊と警備会社のあいだのかすかな境界線が、消え失せようとしていた。この年のはじめ、ブッシュ大統領はバグダッド警備のために兵員二万人を〝増員〟すると宣言した。武力衝突が激しくなるにつれて、大衆の目に見えない警備会社も並行して増員を行なった。人数を増やし、〝ロック〟のような高価な装甲車を投入した。当然の戦略だった。反政府武装勢力は、正式の軍隊と民間警備会社のチームを区別しない。二〇〇五年には、民間警備会社の護衛するコンボイ一八隊あたり一隊が攻撃に遭っていた。二〇〇七年には、七隊あたり一隊に増加した。

「われわれが軍の戦闘空間にはいり込んでいることを、軍は強く意識している」アーマーグループのイラクでの責任者キャメロン・シンプソンはいう。「われわれが攻撃的な作戦を行なうことはないが、おなじ地域を共用しているのだから、じっさいはひとつのチームみたいなものだ」

アーマーグループは、イラクで軍以外のコンボイの三分の一を護衛している。イラク戦争開始このかた傭兵がいかに病巣をひろげていったかを示す格好のケーススタディである。二〇〇三年にイラクで仕事をはじめたときには、四輪駆動でボディの薄い三菱パジェロを使い、射手二〇人を配置していた。いまではイラク国内だけで社員が一二〇〇人いる。これは陸軍でいえば二個大隊に相当する。装甲車輛二四〇台、整備員三〇人を擁している。アーマーグループは、公《おおやけ》には貿易会社ということになっていて、三八カ国に合計九〇〇〇人の社員がいる。しかし、二〇〇六年の売り上げ二億七三五〇万ドル（約二七〇億円）の半分は、イラクで得ている。一日に走らせるコンボイは二五隊に及ぶ。一日あたりの料金は八〇〇〇ドルないし一万二〇〇〇ドルで、さまざまな要素により変わるが、もっとも大きな要素はリスクである。

「怪物さながらの成長産業だよ」シンプソンは、くすくす笑いながらいう。みんなとおなじ驚きを味わっているのだ。「最初に来たときには、スーツケースひとつと一〇〇〇ドルを持ってきただけだった、とよくいうんだ。ほかにはだれもいなかった。それなのにいまのこの状態だろう。信じられないよ」グリーン・ゾーン近くにあるだだっぴろい砂岩の建物群に本部が置かれている。シンプソンはそこを案内してくれた。焼け焦げて見る影もない車のそばを通った。道ばたの爆弾でついこのあいだ破壊されたのだ、とシンプソンが説明した。チームが静かに出入りしている。F-350に乗って出てゆくのが目に留まった。どの車の後部にも、アラビア語と英語で〝車間一〇〇メートル厳守〟という警告が書かれている。

クレセント以降、私は警備会社の業務のやりかたに納得できたことがなかった。だが、おなじ生死を懸けたゲームであっても、アーマーグループでは万事が控えめだった。シンプソンも含めて、オペレーターたちはこざっぱりした身なりだし、礼儀正しかった。チノパンと濃紺のポロシャツといういでたちで、銃を本に持ち替えてオクスフォード大学の構内を歩いていてもおかしくなかった。「服装とふるまいのせいで、みんなに〝学生たち《スクールボーイズ》〟と呼ばれている」とシンプソンはいう。「慎重にして、派手になりすぎないように、この環境で精いっぱい気をつけている」驚くべきことに、この会社は法を遵守《じゅんしゅ》している。イラクの法律を守ること自体が無理だと見なしている者は多い。米政府ですら、守ろうとするふりもしていない。アーマーグループは、車輛にステッカーを貼って、認可を受けた警備会社であることを示している。社員や武器のデータを、腐敗しているイラク内務省に届け出ている。たいがいの会社がやらないことをやっている理由をたずね、答えを聞いてびっくりした。「外国へ行ってその国の法律を尊重しないというのは、傲慢《ごうまん》のきわみだ」アーマーグループのコンボイ管理責任者のサミー・ジェイミソンはいう。「納得がいく場合ばかりではないが、守るようにする。自分たちが法の支配を尊重しなかったら、イラク人にそうしろといえないじゃないか」

イラクにのべ三年いて、これほど理路整然とした言葉を聞くのははじめてだった。

だが、アーマーグループのそういう社風は、イラクでもっとも危険な仕事を行なっているという基本的な現実を見えにくくしている。傭兵の仕事は三つに大別できる。固定警備（場所を護る）、個人警護もしくはPSD（人間を護る）、コンボイ護衛。なかでもコンボイ護衛は死の罠《わな》で、私の知っているもっとも男敢な傭兵のなかにも、ぜったいにやりたがらない者がいる。動きの鈍い大型トラックの列は、待ち伏せ攻撃とIEDの格好のターゲットだ。二〇〇六年、アーマーグループはコンボイを一一八四回護衛し、四五〇回攻撃されている。二・六回の任務に一回の割合である。戦争開始以来、社員を三〇人失っている。連合国二五カ国のうち、戦闘関係の死者をそれよりも多く出しているのは、アメリカ、イギリス、イタリアの三カ国にすぎない。

アーマーグループが応射することも多い。バグダッドの北で三キロメートル走るあいだに三度べつの攻撃を受けたコンボイについての話を、アーマーグループの射手から聞いた。チーム・リーダーの車の近くで爆弾が一発破裂したが、コンボイは走りつづけた。すると、大型トラックの近くでもう一発が爆発した。コンボイが死地を突破するあいだ、小火器の銃撃を受けた。アーマーグループのチームは、嵐のような自動火器の射撃で応じた。「そのまま走っていたから、だれかに当たったかどうかはまったくわからない」と、その射手が私にいった。

ある朝、私はべつの警備会社スレト・マネジメント・グループ（TMG）に同行して、バグダッドを出発した。そのころには、警備会社すべてを把握するのは不可能になっていた。傭兵の業界団体PSCAIは、ウェブサイトに現業の一七七社を記載している。だが、それは知られているごく一部の会社だった。警備会社はつねに生まれては消えている。ひとつの契約だけのために存在する会社もある。その契約がとれなかったり、仕事が終わったときには、会社そのものが消滅する可能性がある。TMGはホリーの主力運輸会社パブリック倉庫（PWC）の警備部門として誕生した。PWC（のちに社名をアジリティに変更）は、急成長する警備市場から資本を吸い上げるために、TMGを別会社にした。TMGはもっとも高性能のレベルB6装甲をほどこしたSUVや、ミニ灯台みたいな銃塔を取りつけたF-350を使用している。今回のチーム・リーダーは元フィジー軍兵士で四五歳になるジョーゼフ

・チョンで、テレビの募集広告に応募して、二〇〇三年末からずっとイラクにいる。八人の子供を養っていて、フィジー政府のスポーツ省業務部長だったころの四倍稼いでいるという。

われわれの目的地は、バグダッド郊外のアブグレイブ倉庫群だった。ジャック・ホリーがイラク各地に輸送している補給品数十億ドル相当の中継地点である。イラクの戦車工場があった場所に建設されたもので、悪名高い刑務所から一・五キロメートルほど離れている。〝アパッチ砦《とりで》〟〝アブの島〟〝ロケット・シティ〟など、いろいろな呼び名がある。最後のものは、ロケット弾や迫撃砲弾がしばしば雨のように降ってくるからだ。

〝アブの島〟は、まさに要塞そのものだった。車で近づくと、そそり立つ爆弾除けの塀から跳ね上げ橋がいまにもおりてくるのではないかと思える。蛇腹《じゃばら》形鉄条網が何キロメートルものびて、四隅には監視塔があり、ベルト給弾式のDShK重機関銃に配置されたクルド人警備兵の身を隠すための迷彩ネットがかけられている。なかは長さ二・五キロメートル、幅八〇〇メートルのぬかるみと水溜まりの敷地に、コンクリートの建物が六四棟建っている。恐怖と孤独感が、露《つゆ》みたいにそこかしこにまといついている。ちょっとした楽しみを見つけようと、アジリティの出稼ぎ組《エクスパット》たちが、小さな釣堀とゴルフ練習場をこしらえたが、外界と切り離されているので、海上油田からゴルフボールを打つような気分にちがいない。通勤があまりにも危険なので、イラク人従業員は兵舎のような宿舎に寝泊まりし、ピンポンやサッカーをやる。正面出入口の上に、だれかがステンシルの小さな黒い文字で、〝囚人〟と書いていた。

そこへ行く前に、ひとにいわれた。「警備を信用しないほうがいい」そのとおりだった。さまざまな警備の手落ちや違反行為が生じたあとで、ホリーはこの倉庫群にAチームのファルコン・グループを配置した。クルド人の主力政治組織のひとつであるクルド民主党（KDP）やその民兵組織ペシュメルガとつながりのある警備会社である。クルド人には冷酷非情で有能だという評判がある。その前年、クルド人民兵がサダム・フセインを髣髴《ほうふつ》させる拉致《らち》と送還によって、北部のキルクークの支配を強化したのを、私は目の当たりにしている。ファルコン・グループは、アブグレイブ倉庫群を警備兵五〇〇人から成る一個大隊で防備している。統一された迷彩服を着て、AK-47を持ち、必殺の射撃をする備えをしている。一年前に、ゲート前の幹線道路を通過した米軍車輛縦隊《コンボイ》を反政府武装勢力が攻撃したときの話を聞かされた。警備兵が監視塔から発砲し、反政府勢力ふたりを射殺したという――公と民間の戦争が衝突している。

クルド人部隊の指揮官に会えるかとたずねると、何度か電話でのやりとりがあって、ぬかるみを歩き、なんの変哲もない建物に案内された。薄汚い廊下を進み、狭いオフィスへはいった。フロリダ州フォート・ローダデイル出身で六一歳になるレオン・シャロンが、デスクの向こうで煙草《たばこ》を吸っていた。兵士たちとおなじカーキの軍服姿で、現地指揮官であることを示す〝ファルコン6〟という徽章《きしょう》を付けていた。オフィスは寝室も兼ねていた。窓はアメリカ国旗に覆《おお》われ、午後の陽射しをさえぎっている。葉巻の加湿器がデスクにあり、うしろの棚には『聖クルアーン』とならんでマルボロの赤のカートンがいくつも積んであった。

ごま塩頭のシャロンは、特殊作戦も含む四〇年の軍務とチェーンスモーキングのおかげで、知的な風貌がそなわっている。退役後は民間軍事会社に関わり、ハイチでスティール財団の怪しげな仕事もやって、二〇〇四年にジャン＝ベルトラン・アリスティド大統領が国外に連れ出されるときまで警護していた。これをアリスティドはクーデターのための拉致だったといい、イギリスは救出だといっている。

　シャロンの話では、ある日友人から電子メールが来て、イラクでクルド人五〇〇人を指揮する仕事に興味はないかと聞かれたという。シャロンは返信で仕事の内容と権限の範囲についてたずねた。部隊について、どのような力を行使できるのか、と。

　答えはごく短いものだった。〝権限の範囲：神と同一〟

「航空券を送れ」とシャロンは答えた。

「ここは孤立した施設だ」シャロンは私にいった。「部下五〇〇人を自由に使える。やるべきことをやる。これだけの人数だから、企業みたいなやりかたでは運営できない。ほとんど軍隊のように運営する。部下が持っているのはジャガイモじゃない。ＡＫ‐47なんだ。それでどう見ても軍隊だというのなら、やむをえないだろう。こそ泥が相手じゃないんだ。やつらは壁に向けて突撃してきたり、コンボイを爆弾で攻撃したりする。流れ弾がどんどん飛び込んでくる――間接的にかなりとばっちりを受けるわけだ。世界の他の地域とは、警備しなければならない環境がまったくちがう」

　シャロンは、いいまわしにはこだわらないようだ。ファルコン・グループは〝民間軍事下請け会社〟だという。ファルコン・グループは、たいがいの警備会社よりもずっと軍隊に近い。私はいつもの質問をした――あなたは傭兵ですか？　シャロンは肩をすくめただけだった。

「だれでも生活のために働く。当然、報酬ももらう」シャロンはいう。「仕事をして金をもらうのが傭兵なら、みんなある程度は傭兵であるわけだ。

われわれほとんどが軍隊経験者だ。たとえば、修道院を出ても、聖職者らしいところは残っているだろう……社会の底辺の人間の話をしているわけじゃないんだ。すぐれた軍歴を持つ人間が、似たような仕事をしているだけだ。私が配管工だったら、マイアミで金持ちの嫌なやつのために配管の仕事をしていたはずだ。私は配管工じゃない。だからこれをやっている」

自分の車で敷地内を案内しようと、シャロンがいってくれた。監視塔に向けて車を走らせた。てっぺんの機関銃のそばに上って、塀の向こうを見渡した。シャロンが直面している問題は一目瞭然だった。四方はすべて敵地で、いつ襲撃されるかわからない。反政府勢力のどまんなかに置かれ、倉庫には数百万ドルもの戦略物資が収められている。トラックが毎日出入りし、そのときには攻撃に対して脆弱《ぜいじゃく》になる。毎月の戦死者は四人ないし六人、負傷者は六人ないし八人だと、シャロンがいった。敵の攻撃は絶え間ないので、主倉庫内に野戦病院が設置されている。

あなたの写真を撮ってもいいか、とシャロンにたずねた。シャロンは拒んだ。

「遊びじゃない。ここでは家に帰る途中で殺される。ここで働いているために、来る途中でも命を狙われる。われわれがここから運び出す物資のせいで、コンボイの護衛が殺される。待ち伏せ攻撃に遭って運転手が殺される。警備会社の人間も巻き込まれて殺される。それでも仕事はいつもどおりつづけないといけない」

だれかがやらなければならない、とシャロンはいう。軍隊がやらなかったら、だれがやればいい？「民間警備会社の様相は、イラクとともに変貌《へんぼう》する」シャロンはいう。「変わったらもう元には戻らない」

シャロンはまもなく六二歳になる。いつ帰国するつもりかとたずねた。シャロンはにやりと笑っただけだった。

「ここを最後に出るひと、ドアの下に鍵を置いていってくれ」と、シャロンはいった。

「ブラックウォーターには頭にきてるとだけいっておこう」ホリーがいった。ある夜、私たちはグリーン・ゾーンにあるホリーのオフィスで向き合っていた。私はそこでホリーの話を聞いたり、ホリーやその他の兵站担当《ログ・ドッグ》か海賊版の映画を中庭の壁に映写するのにつきあったりしていた。ホリーは、お気に入りのビーチチェアに座って、コーヒーをちびちび飲み、葉巻の煙が暖かな闇に立ち上っていた。ホリーは戦争開始からずっとイラクにいる。失敗つづきのアメリカ主導の組織――ORHA（イラク復興人道支援室）、CPA（連合国暫定当局）、IRMO（イラク復興管理室）、PCO（プロジェクト・コントラクティング・オフィス）

──がつぎつぎと入れ替わるあいだも生き延びてきた。ホリーの力強い自説は、血と経験と労苦によって鍛《きた》えられている。どれほどの人間がホリーの意見に耳を傾けているのだろうと思った。もっとよく意見を聞けば、厄介な問題を避けられるし、死傷者も減ると私は思う。

アメリカの傭兵使用（むろんホリーは傭兵という言葉は使わない）の致命的欠陥を、ホリーは私に説明してくれた。それは最初からやっつけ仕事だったことと深く結びついている。イラクの治安が悪化し、なおかつ増派が行なわれないのが明らかになったとき、武装した護衛を求める必死の動き──生き延びるための真剣な動き──が一気に高まった。政府のさまざまな部局、民間企業、人道組織、マスコミ、そして軍隊までもが、用心棒を雇おうとした。まさに途方もない経済成長だった。最初のころの需要はとてつもなく大きく、〝第一階層のオペレーター〟──特殊部隊勤務経験のあるエリート傭兵──の報酬は、一日二〇〇〇ドルまで跳ね上がった。やがて、政治学者デボラ・アヴァントのいう〝市場の力〟が、ある種の均衡に落ち着いた。銃を取って戦争のただなかに乗り出そうとするひとびとの供給は無尽蔵だとわかり、価格は一日五〇〇ドルないし七〇〇ドルに下がった。しかし、装甲車輛はそれほど多くはなかった。傭兵のようには供給を増やせないし、輸送も簡単にはいかない。戦争のせいで不足し、装甲板の価格も急騰《きゅうとう》した。「嘆《なげ》かわしいことだが」ホリーはいう。「一台二〇万ドルないし三〇万ドルする車輛よりも、人命を失うほうが容認できる」

だが、ほんとうに厄介なのは、傭兵たちすべての動きを掌握《しょうあく》し、厳しく管理することだった。軍隊には縦割りの指揮構造が厳格に存在している。理屈のうえでは、最低の二等兵から最高司令官まで、一本のちゃんとした指揮系統がある。すべてが統一軍事裁判法という高度に発達した法制度に則《のっと》っている。いっぽうアメリカの私兵では、契約がすべてをしのぐ。契約した相手が王様だ。イラクでは数千件、いや、ことによると数万件の民間警備契約が結ばれている。正確な数はだれにもわからない。ましてや軍が知る由《よし》もない。下請け契約や内密の処理が幾重にも重なって、実態はまったくわからない。その結果、「ビッグ・ボーイ・ルール」すなわち法の空白が生まれた。混沌《こんとん》といってもいい。二〇〇七年、米軍はイラクで相当数の兵士を訴追した。そのうち六四人が殺人に関わっている。だが、民間警備員に対しては、一件の告訴もない。法律が原因でもある。CPA指令第一七条は、傭兵をイラクの法制度から免除している。刑事で傭兵を訴追するには、民間下請け業者を取り締まれるかどうかがまだ不明瞭な法律――軍事域外管轄権法（MEJA）を適用するか、軍法で裁くしかない。どちらも実務や司法の試練を経ていない。だが、問題はそれだけではない。たとえ法があったとしても、だれが執行するのか？

ホリーがほんとうに腹を立てている相手はブラックウォーターだ。同社とその社員と米国務省をおなじように強く軽蔑している。

イラク戦争のおかげで、ブラックウォーターは傭兵企業の代名詞《クリネックス》となった。そのほかにも数百社があるのだが、一般市民にはそれらのブランドはなじみがない。法執行機関の訓練施設として一九九七年、ノースキャロライナの辺鄙《へんぴ》な土地で設立されたブラックウォーターは、テロとの世界戦争を利用して世界最大の民間軍事調達者になった。イラクでは一〇〇〇人以上を雇っていて、九ヵ国で活動し、米海軍SEAL（海空陸特殊作戦チーム）、海兵隊、法執行機関に所属していた人間二万人のデータベースを維持している。監視用気球、全長五五メートルの船一隻、飛行機とヘリ数機を保有し、〝現代の市街戦環境における最悪の脅威に対抗するための世界唯一の装甲人員輸送車〟という謳《うた》い文句のグリズリー装甲人員輸送車を開発している。

イラク戦争にオリンピックみたいに公式スポンサーがつくとするなら、まちがいなくブラックウォーターが選ばれるだろう。二〇〇七年末までに、ブラックウォーターはイラク戦争により一〇億ドルを得ていた。ダインコー、トリプル・キャノピーとならぶ三大巨頭体制のなかでも最大である。この三社は、傭兵たちが〝MOAC〟――全受注の母――と呼ぶ米国務省の外交官警備プログラム、三五億ドルの予算を有する在外勤務者保護サービス（WPPS）を受注している。ブラックウォーターはまず占領政府の総督ともいうべきL・ポール・ブレマーの警護を担当し、ひきつづきその後イラクに派遣された米大使や外交官すべての警護を行なった。

ブラックウォーターが有名になったのは、二〇〇四年三月三一日の事件がきっかけだった。厨房《ちゆうぼう》用品の輸送を警備していた武装警備員《オペレーター》四人が、ファルージャを通過中に待ち伏せ攻撃を受けた。暴徒が警備員を射殺し、死体に火をつけ、手足を断り、焼け焦げた死体をユーフラテス川の橋に長時間吊るした。一週間後、海兵隊がファルージャを攻撃し、それがイラク戦争の重要な転機となった。

ホリーは、ブラックウォーターの成功や犠牲を妬《ねた》んでいるわけではない。腹を立てているのは、なにをやっても罪に問われないことだ。国務省はブラックウォーターのいいなりになっている。たとえば、ファルージャの事件後、それまでブラックウォーターがそこで活動していたことすら知らなかった米軍は、数百万ドルをかけて、戦場の武装した民間人を監視する作戦センターを設置した。グリーン・ゾーンの奥深くにあるこの機構は、ROC（復興運用本部）と呼ばれている。ROCは、ホリーがコンボイに装備させているのとおなじ応答機《トランスポンダー》を使用している会社の車輛を追跡している。ところが、ROC設置の原因となったブラックウォーターは、協力を拒否した。国務省も強制しなかった。米軍はいまもって、ブラックウォーターの車輛がいつどこにいるかを把握することができない。

「ブラックウォーターは傲慢《ごうまん》すぎる」オフィスで話をしているときに、ホリーはそういった。「それに秘密主義だ。国務省の意向を受けてそうしているんだ。同じ職階に属する国防総省関係者と協力すると大使がいえば、ブラックウォーターは従うはずだ。だが、それはありえない。ひとりよがりなんだろうな。〝われわれは自分たちのやっていることを他人には知らせない。われわれは国務省だ。われわれはブラックウォーターだ〟というわけだろう。だから、〝きょうこんな事件がありましたよ〟とみんなに教えることはない。なにひとついわない」

その後、ファルージャの残虐行為──記憶に灼《や》きついたむごたらしい光景──は、ブラックウォーターのありようをそのまま表わしているのではないかという意見も出た。クレセントのような小さな会社が、枠を離れて活動し、イラクの地方で暴れまわっているのとは話がちがう。クレセントには監督機関もなかった。だが、ブラックウォーターは国務省の外部組織として、米大使館の地域安全保障部に直属している。ブラックウォーターも資金を出している傭兵の業界団体PSCAIですら、ブラックウォーターは手出しできない存在だと認めている。PSCAIの次席代表H・C・ローレンス・スミスはいう。「連中はブラックウォーターの社員でありながら、国務省の代理人に任命されているようなものだ」ブラックウォーターの評判は、イラクじゅうにひろまっている。グリーン・ゾーン内で、ブラックウォーターは道路ではないところを勝手に走り、相手の国籍に関係なく付近にいる者にライフルの銃口を向ける。「やつらはグリーン・ゾーンで万人に忌み嫌われている」二〇〇四年にイラクに行った警備コンサルタントのマイク・アリーギはいう。「これはけっして大げさではない。〝万人に忌み嫌われている〟というのは、やさしい表現のほうだ」ブラックウォーターの創立者エリック・プリンスは元SEAL隊員で、たいへん信心深いといわれている。だが、そのオペレーターたちは、喧嘩《けんか》っ早く、女をよく買うことで知られている。私の知人の女性は、紹介されてすぐに、ひとりの男がもうひとりの男をマスターベーションしてやるのを含めた二対一のセックスをしないかと持ちかけられたと、嫌悪もあらわに語った。

グリーン・ゾーンの外では、ブラックウォーターはイラク国民を恐怖で支配している。CPA顧問だったアメリカ人のアン・エクスライン・スターは、はじめてイラク各地を訪れたときには、軍の護衛がいっしょだった。兵士たちは紅茶を飲んではイラク人とカードをやり、仲良くしようとした。だが、治安が悪化すると、ブラックウォーターやダインコーの警護を受けるようになった。こうした警備員は攻撃的に行動し、相手を突き飛ばすようなことをした。「〝われわれの任務は、いかなる犠牲を払ってでも要人を護ることだ〟といわれたわ。それがイラク人を怒らせることだとすれば、まことに残念だわ」自分がイラクに来た理由、イラクでのアメリカの任務は、それとまったく逆ではないかとスターは思った。

二〇〇六年二月七日、ブラックウォーターのコンボイが猛スピードで北部の町キルクークを抜けているとき、二車線の道路でタクシーに追いついた。キルクーク地方議会議長と目撃者数人が、その後起きたことについて述べている。六五歳のタクシー運転手は、うろたえてしまって道を譲ることができなかったか、ブラックウォーターに脅威と見なされるような急な動きをした。傭兵たちが発砲した。運転手のニダム・カディル・ムハンマドと、ハリド・マフムード・ナディルという二六歳の乗客にくわえ、道ばたに立っていた三九歳の学校教師シハブ・アフマドが死んだ。

キルクークはイラクでは最大の親米勢力であるクルド人が支配している。だが、地元住民は激怒した。数千人のデモが米領事館に押し寄せた。犠牲者のいとこの話では、群衆は領事館を焼き討ちしようとしたが、クルド人政党の幹部に説得されて思いとどまったという。タクシー運転手の息子フルシード・ムハンマドはいう。「いまでは、だれかがアメリカ人を狙って殺すたびに快哉《かいさい》を叫ぶ」イラクのクルド人政治家のなかでもっとも大きな影響力を持つリズガー・アリは、その銃撃によってキルクーク地域でアメリカ人は〝憎悪と排斥《はいせき》の的になった〟と述べている。アリは「アメリカとイギリスの領事館に公式書簡を送り、両国の領事に会って殺人犯を突き止めるよう依頼した。なにもなされず、はっきりした回答もなかった。ただ〝下手人《げしゅにん》はブラックウォーターの人間です〟というばかりだった」

ブラックウォーターにその事件のことを問い合わせたが、返事は来なかった。国務省もおなじだった。何カ月ものあいだ電子メールを送り、電話をかけて、ブラックウォーターその他の警備会社をどのように規制しているのかと基本的な質問をした。ようやく戻ってきた返事は、匿名《とくめい》の広報担当からの電子メールで、具体的なのはつぎのように述べられた部分だけだった。「発注担当官も含む国務省職員が、イラクとワシントンDCで受注者である民間警備会社と定期的に面談し、法の遵守の問題に関して米連邦政府の各省庁やイラク政府と調整している」

外交関係を促進するための機関である国務省が、激怒した治安関係の高官がいうように「任務そのものの様態が目的と相反する」のに無頓着《むとんちゃく》であることに、多くの人間があきれかえっている。ブラックウォーターの警備成功率が高いことも、むろん一因だろう。ブラックウォーターに警護された国務省職員には、ひとりも犠牲が出ていない。だが、ブラックウォーターの警備の基本方針が法外であることは別としても、その警備によって甚大《じんだい》な影響が生じている。この悪影響はとどまるところを知らない。ある午後、私はイラク内務省で治安関係者と話をした。ブラックウォーターに話題が及ぶと、相手は身をふるわせて怒り出した。「あいつらはアメリカ人が憎悪される原因をこしらえている。ブラックウォーターだなどというのは、イラク国民の知らないことだから、ただアメリカ人だと見られている。ブラックウォーターはイラク人にまったく敬意を示さない。われわれはイラク人を動物だと思っている。いや、動物のほうがずっとだいじにされるだろう。われわれはやつらが街でなにをやっているかを見てきた。銃を撃ちながら水筒をまわし、悪態を叫ぶ。子供や年寄りの女性を怯《おび》えさせ、自分の車を運転しているなんの罪もない市民を殺すことを、テロリズムと呼ばずしてなんと呼ぶ？」

それが二〇〇七年春のことだった。その後もこの影響は、いよいよ甚大かつ深刻になっていった。

三番目のビデオのあと、人質になったクレセントのオペレーターについての情報はぷっつりととだえた。

人質の家族はじっと待っていたが、正式な身代金要求はなかった。〝エルサレムのイスラム聖戦士中隊〟や〝イラクの国民イスラム抵抗運動　フルカン旅団〟からのビデオや声明発表もなかった。

私は、ジャック・ホリーの使っている運輸会社アジリティと、同社の警備部門ＴＭＧに同行して、イラク南部の港ウムカスルへ行くことにした。主な目的は、ホリーの輸送作戦の第一段階の警備状況を知るためだった。復興のための資材は、そこから運ばれる。だが、拉致《らち》事件が起きた付近にも行くことになる。バグダッドからはなんの情報もはいってこないし、国境に近づけばもっと消息がわかるかもしれないと思った。

五時間の旅は何事もなく、怒りの銃弾は一発も発射されなかった。途中でアジリティのプロジェクトマネジャーのマイク・ウェバーと話をした。抗弾ベストを着けてSUVのリアシートに乗り、私闘について話し合った。ウェバーは軍隊にいて大佐で退役しているが、やはり驚愕していた。TMGはまもなく三〇万ドルないし五〇万ドルの価格の〝レベルB7〟装甲車を導入するのだという。際限はないようだ。米軍が撤退すれば私兵はますます成長するだろうと、ウェバーは予想している。「任務終了といっておいて、あとはすべて民間警備会社に任せるというわけだ」

ウムカスル港に近づくにつれて、行方不明の男たちの道のりを逆にたどっているのだと気づいた。異様な感じで、気持ちが暗くなった。砂漠は茫漠《ぼうばく》として、人を寄せつけない。ラクダの群れが道路を横切るのを待つために、停車しなければならないことがあった。ようやく港に着いた。頭をアイロンで押さえつけられているような感じの暑さだった。明るいピンクのポロシャツにチノパンという格好の三〇代らしい笑顔の女性の出迎えを受けた。燃えるような赤毛が、ワルサーP99セミオートマティック・ピストルを収めた擦《す》り切れたショルダー・ホルスターにかかっている。握手をしてから、その女性は私に水のペットボトルを渡した。

「拳銃を持った女優モリー・リングウォルドってわけ」と、明るくいった。

その女性――トレイシー・セントデニスが、アジリティのためにそこを切り盛りしている。正確な地位は現地マネジャーだ。結婚していて、ニューヨーク州オールバニーに近いレサムで消防士をしていた。予備役でイラクに出征し、コンボイを指揮していたが、物足りなくなった。いってみれば、コーテよりもずっと熱心にイラクに戻ろうとした。二〇〇六年、トレイシーは心臓発作を起こしたが、二カ月後には戻ってきた。「ここにいられるのは幸運よ」と私にいった。「その点、私はわがままなの。自分の仕事が好きじゃないといけないの」トレイシーは、〝イラクでの私の暮らし〟というブログを、《オールバニー・タイムズ・ユニオン》のために書いている。明るい笑顔と赤毛と熱心な態度だけ見れば、カリブ海の楽園の島の通信員かと思うほどだ。「質問にお答えします。そう、私は頭がおかしいの（いかれてる、変わってる、分別がない——なんとでも形容してください）」心臓発作で死にかけた直後なのに戻ると決めたあと、読者にそう答えている。

ウムカスル港は、トレイシーの性格とおなじで、正気とは思えない状態だった。私が行く一週間前、対立しているシーア派武装勢力同士がドバイのフェリーの船上で交戦した。いまもその船が銃弾の穴だらけになって入渠《にゅうきょ》している。格好の軍事目標である港をめぐって、武装勢力が絶えず戦っている。桟橋《さんばし》や海に迫撃砲弾が落ちるのはめずらしいことではない。アジリティは建築資材を要塞化した区域に保管している。移動便所、発電機、ボート、トレイラー、学校のデスク、照明器具など、あらゆるものが、広大な舗装されていない地面に置いてある。爆弾除けの塀と鋭い鉄条網と監視塔がそれを取り囲み、むろんフィジー人とイラク人の傭兵が一〇〇人以上いる。

警備責任者は、ジェフ・クラークという口の悪いイギリス人だった。英軍に一六年勤務して退役し、民間警備会社にはいった。イラクの民間警備業界は寄せ集めだと、クラークは私にいった。「軍はわれわれを嫌っているが、必要悪として我慢している。われわれがいなかったら、地上兵力を二万五〇〇〇ないし五万人増やさなければならないとわかっているからだ」それはそれとして、私兵はあまりにも質に差がありすぎる、とクラークはいう。「しっかりしたプロフェッショナルもいれば、小便を入れたコップの警備もやらせたくないような人間がいる」

クレセントをクラークはひどく馬鹿にしていた。国境付近へ行ったことがあるので知っていた。「馬鹿なやつらの集まりだ。みんなひどい。社員のせいばかりじゃない。会社の作戦要領（業務処理手順）がなっていないからだ」例の拉致事件は、イラクでは起きて当然の事件のひとつだった、ときっぱりいった。

人質についてなにか聞いたことはないか、と私はたずねた。最近はなにも聞いていないが、全員死んだと思う、とクラークはいった。

「死体がひとつ出てきたという噂があった。皮を剝《は》がれていたそうだ」

9　人質問題

午前三時三〇分、フランシスとナンシー・コーテのそばで電話が鳴った。ナンシーのほうが近かったので、びっくりして目を覚まし、不安に襲われた。

クレセントの経営者ピッコからの電話だった。フランシスが起きあがっていたので、ナンシーは電話機を渡した。クウェートからの電話だった。フランシスの腹にこたえた。だが、ピッコは朗報を伝えた。ピッコの南アフリカなまりの声が、フランシスのだ。人質が生きているのを見たという情報源がいる。というより、〝朗報が来るはずだ〟といったのだ。だが、悪夢はもうじき終わるという気がする。これ以上詳しいことはいえない。「きっとうちに帰れると思っていた」とフランシスはいった。ピッコはこの期待できる話を、他の家族にも伝えた。

フランシスとナンシーは、つぎの連絡を待った。仕事をしていても寝ていても気が気ではなかった。何日もたち、何週間もたち、何カ月もたった。だが、ピッコからは二度と連絡がなかった。そのうちにフランシスもナンシーも、あの電話は現実だったのだろうかと思いはじめた。謎めいたはかない電話で、夢のようにも思えた。クウェートのピッコに電話をかけてみようかとフランシスは思ったが、あらたな報せがあれば伝えてくるはずだと思った。ひさしぶりに訪れた明るい気持ちは、霧のように消えてしまった。

事件にはビジネスの面もあるのだが、それは見落とされがちだった。傭兵たちが行方不明になると、給料の支払いも停止された。まるで無許可で休暇をとったか、診断書なしで病休を何カ月もとったとでもいうように。ピッコはあっさりと切り捨てた。人質が解放されるまで三カ月分の給料を棚上げにすると、ピッコは家族に告げた。大学生のコーテには痛くも痒《かゆ》くもないが、ルーベンはティーンエイジの娘たち（ブリーは、父親が拉致《らち》監禁されているあいだに妊娠していた）を養っていた。「三カ月ですって？　ひどいわ」ルーベンの妻ケリーは、それを聞いていった。ヤングもティーンエイジの娘の養育費を払い、カンザスシティ近くのコミュニティ・カレッジに通っている一九歳の息子に仕送りしていた。ジョシュ・マンズは、婚約者とともにレディングのぼろ家に住むつもりで、拉致されたときは預託中だった。預託はじきに解消された。

ケリーは一月に、未払い給与の件で告訴するとピッコを脅した。ただ、どこで訴訟を起こすかが不明だった。クウェートに本社を置いているクレセントは、会社はバージン諸島で登記し、イタリア政府からの受注によりイラクで営業している。ピッコはようやく各家族に半月分の給料である三五〇〇ドルを支払うことに同意した。死亡が確認されれば、保険金受取人が三〇万ドルをもらうことになると告げた。クレセントは責任を回避できる仕組みになっていた。ピッコはのちに私に、拉致事件後、家庭内暴力の前科があることがわかったので、シュナイダーを解雇したと話した。シュナイダーに会うと、訓練も装備も貧弱だった行方不明のオペレーターたちを非難した。「おれたちは連中に迎合していた。甘やかしていたんだ。基本的にオペレーターのしくじりだ。だれだってひとのことを悪くいいたくはないが、状況が明らかになると、連中がミスをいくつも重ねていたことがわかる」

家族に残されたのは噂といらだたしいような手がかりだけだった。襲撃の四カ月後の三月、英軍がバスラのある家を急襲し、四人の人質の名前とその連絡先の情報が書かれたものを発見した。その人質のうち三人が、コーフ、ヤング、ヌスバウマーだった。筆跡鑑定によって、それが本人の書いた情報であることが確認された。犯人グループはどうやら家族とじかに接触するつもりだったようだ。リストにはもうひとつ、予想外の名前があった。テキサス州ローリングスプリングズ出身のロナルド・J・ウィズロウ。ウィズロウは三九歳のコンピュータ専門家で、クレセントのコンボイが攻撃された七週間後に、バスラ付近の偽の検問所でおなじように消息を絶っていた。その後、なんの情報もなかったのだが、バスラのある家でウィズロウの抗弾ベストとイラク警察の制服らしきものを、英軍が発見した。正体不明の拉致犯グループは、アメリカ人五人を含む六人を拘束しているものと思われた。

ほかになにがあるのか？

断片的な情報が組み合わさって、入り組んだ推論ができあがる。最初の映像がイランのテレビで流されたのは異例のことだから、人質はイランで拘束されていると推理する者もあった。イラクの警察署、バスラの羊牧場、サフワンの隠れ家で見かけたという情報もあった。クウェートにいたという情報まであった。クレセントはバスラ周辺の情報提供者に金を払っていて、しばしば情報がはいってきた。「情報はたいがい月末にはいる」と、クレセントの元社員がいった。「金が払われるころに」

ある日、FBI捜査官がフランシスとナンシーの家にコーテの靴を探しにきた。多国籍軍部隊が拘束した男が、〝コーテ〟と名前が記された米軍仕様のコンバットブーツを履《は》いていたのだという。比較してDNA鑑定をしたいと捜査官は告げた。だが、その後連絡はなかった。

人質の家族は、無力で、絶望し、気持ちの整理がつかない状態を強《し》いられていた。国務省は米国市民部と危機管理部から一名を担当につけ、家族に情報を伝えるようにしていた。担当者の名はジェニー・J・フー。当初、ワシントンDCのオフィスから週に一回、各家族に電話をかけていた。七カ月後にはフランシスが月曜日の電話会議を設定して、フーが一度の電話で全家族に情報を伝えられるようにした。

だが、伝える情報はほとんどなかった。フーは、人質に関する情報を求めるビラを米政府が配布しない理由を説明したり（〝危険すぎる〟から）、詳しくはいえないがFBIが手がかりを追っていることを話したり（〝あいにくいい結果が出なかった〟）、慰めをいったり（〝さぞかしつらいでしょうね〟）した。明るく思いやりのある女性だったので、毎週かならず連絡した。だが、人質の家族は、フーが下っ端の役人にすぎず、なだめるのが主な役目だというのをすぐに見抜いて、怒りをつのらせた。バグダッドのグリーン・ゾーンで捜査活動を行なっているのは、国務省ではなくFBIで、それも事態をややこしくしていた。イラク戦争開始以来、最大のアメリカ人拉致事件たというのに、捜査活動は拉致現場から五五〇キロメートルも離れたところで行なわれている。人質が監禁されている可能性の高い地域には、近づこうともしない。捜査官たちはイラクに九〇日間滞在し、その後は事件を手放すことになっていた。CIA、英軍、米軍、オーストリア政府も調査を行なっていたが、フーですら認めている。「どれも地域的なものです」協力すべきなのに……あまりそういうことはやりません」

「ジェニー、政府が私たちに息子たちがまだ生きているかどうかということもいえないのはなぜなの?」ヤングの母親シャロン・デブラバンダーが、ある朝たずねた。

それが全員の意見であることは、フーにもわかっていた。

「シャロン、その質問の答えはわかっていないんです」フーは答えた。「ひとつだけいえることがあります。下院議員の息子さんだったら、答えをつかんでいたでしょう」と、フーは私にいった。

それは最悪のテロリズムだった。イラクでは自分がどういう目に遭うかという話になることがある。〝卑猥《ひわい》でむごたらしい倒錯行為と死〟が意識に染みついている、とライターのクリス・ヘッジズはいう。そして議論になる。どれが最悪か? 首を斬られるのと、爆弾で吹っ飛ばされるのと、腕や脚を失うのと。だが、私の考えでは、これが想像できるうちではもっとも恐ろしい運命だ。消され、消滅する。家族や友人は、存在しなくなった人間の空白を埋めようとする。死んだのか生きているのかわからない。永遠にそのことばかり考えるようになる。

愛する者についての情報を持っているという人間に、家族はなんとかすがりつこうとする。

ミネアポリスでは、マーク・コシールスキイという銃砲店主が、〝米政府すなわちFBIの怠慢《たいまん》〟に対応して自分で調査を開始すると告げた。コシールスキイはルーベンの旧友だった。ルーベンがイラクに持っていったオプション付きのM4カービンは、コシールスキイが用意した。何年も前から、ダウンタウンにある〈コシールスキイ銃砲弾薬店〉を閉店させようとする動きをかわしながら、コシールスキイは連邦政府への軽蔑《たくら》をつのらせていた。

コシールスキイは、人質の家族の頭に陰謀理論や大げさな企みを吹き込んだ。ある午後、カリフォルニアの私に電話してきて、クウェートへ行くつもりだと告げた。そこからバスラへ行って、情報を集め、人質解放の交渉をする。そのために一五万ドルを用立てた、とコシールスキイはいった。行かないかと、私を誘った。私は笑って丁重に断わり、イラクでもっとも危険な地域をアメリカ人がふたりだけでうろつくのはあまりいい考えではないとたしなめた。だが、コシールスキイは、ほどなく計画をFBIに知らせた。ミネアポリス統合テロリズム特捜隊の隊長に行かないようにと注意されると、コシールスキイは罵詈雑言《ばりぞうごん》で応じた。だが、ほどなくクウェートへ行った。

最初の三日間は、「まったくの無駄だった。だれもアメリカン・エキスプレスのトラベラーズチェックを受け取ろうとしないからだ」家族宛の六ページの報告書に、コシールスキイは書いている。両替の方法がわかると、彼は〝私の連絡相手〟に会いに行った。ジェイムズ、リッキー、エイブルといった名前のみが明らかにされている。イラク警察は〝盗賊団一味〟で、〝アリババ〟という犯罪組織が拉致の黒幕だという驚くべき事実を、彼らは教えた。〝アリババ〟がイラクでは一般に〝悪党〟を表わす言葉として使われていることを、彼は知らないようだ。クウェートシティの空港の出発ロビーで手当たりしだいに話を聞き、それで旅を終えている。乗客に近づいて、彼はこういう。「アメリカから五人の人質の情報を探しにきたんだ。これが顔写真だ」イラクには一度も行っていない。

帰国したコシールスキイはFBIに、自分が集めた重要情報を教えるつもりはないと告げた。文字を書くほうもあまり上手ではないと見えて、つぎのように書いている。〝情報伝たつであんたらがなにやってきたか見た。なんもやってねえ！〟

二〇〇七年の過酷な夏、家族は米政府に反抗して公開することを決めた。

国務省とFBIは、公《おおやけ》に話をすれば人質の命を危険にさらすおそれがあると注意していた。また、米政府批判は拉致犯グループの狙いであり、勝利を手渡すことになる、と。だが、失うものはなにもないというのが、人質の家族の考えかただった。捜査に目に見える進展はないし、新しいビデオもない。身代金要求もない。〝生きている証拠〟はなく、死体が出ればけりがつくのだが、それもない。大衆の圧力で米政府が事件をもっと積極的に調査することを願い、人質の家族はそれぞれバッファロー、カンザスシティ、レディング、ミネアポリスで記者会見をひらき、インタビューに応じた。

バグダッド駐留の米軍の急増によって、イラク戦争は新段階にはいっていた。もちろん作戦には傭兵たちが不可欠だったが、殺されたり負傷したり行方不明になったときには、その曖昧《あいまい》な立場が浮き彫りになった。それを処理するシステムがなかった。態勢が整っていなかった。そのため、ねじれのようなものが生じた。

傭兵たちは自分たちのルールで戦い、自分たちのルールで死んでいった。だが、米軍と国務省は一貫して臆面もなく傭兵たちを無視していた。生きていても死んでいても、彼らを勘定に入れなければ、血みどろの五年目に突入している戦争を私兵なしでは遂行できないほどアメリカの力が落ちていることを認めなくてすむとでもいうのだろうか。

この格差にはただただ啞然《あぜん》とする。なぜなら、米軍兵士の犠牲はいまなお恍惚《こうこつ》たる感動を煽《あお》り、司令官たちは山をも動かそうとするからだ。クレセントのコンボイが襲撃に遭ってから六カ月後の五月一二日、米陸軍の巡察隊《パトロール》が、バグダッドの南の農村ユシフィヤ近くの暗い道で攻撃を受けた。その際に米軍兵士三人が拉致された。ほかに兵士四人とイラク人通訳ひとりが殺された。

陸軍は兵員四〇〇〇人とイラク人二〇〇〇人を動員して、ユーフラテス川沿いの椰子《やし》林や高い叢《くさむら》を捜索させた。この捜索中に、米軍兵士三人が死亡した。一一日目に拉致された兵士のうちひとりの遺体が、川岸で発見された。二三日目に、アルカーイダの支援を受けている反政府勢力が、あとのふたりを殺したことを告げるビデオを公表した。それでもなお、米陸軍はあきらめなかった。一〇〇〇人以上の親指の指紋を採取し、網膜のスキャンを行なった。ターゲットになるのを怖れて、情報の謝礼に現金を受け取るのを地元住民が渋るときには、兵士たちは札を水で濡らしてくしゃくしゃに丸め、使い古しに見せかけた。拉致された兵士について大隊長は、「かならず見つける。私が殺されるか、本国に帰されるまでやめない」と語っている。

イラクでの行方不明者は、こうしてふたつの集団に分けられる。いっぽうは政府から給料をもらっている現役兵士である。もういっぽうはほとんどが退役兵士で、民間警備会社を通じて間接的に政府の金をもらっている。*A Bloody Business* の著者ジェラルド・シューメイカーは、陸軍特殊作戦部隊に二〇年勤務した退役大佐だが、現役兵士と傭兵を米政府がこれほど差別していることに愕然《がくぜん》とした。人質の家族が話をしはじめたとき、シューメイカーは《オーランド・センティネル》で、政府はクレセントの人質を〝ないものと見なしている〟と批判している。

「警備会社社員が囚われたとき、米軍兵士が捕虜になった場合よりもずっと救出の努力が乏しいのは、たいへん残念なことだ」と、シューメイカーは述べた。

この記事の見出しは、〝イラクで囚われたフロリダ大学生救出の望み薄れる〟というものだった。「私の息子を探す活動はもはや〝優先事項〟ではないようだ」というフランシス・コーテの言葉も引用されている。

その直後、シューメイカーのもとに、バグダッドの米大使館で人質事件を担当する人質問題対策室の首席顧問G・アリグザンダー・クラウザー博士から電子メールが届いた。クラウザーは、シューメイカーの批判に〝落胆した〟と書いていた。「あなたの批判を読めば、バグダッドの米大使館で人質問題と取り組んでいる人間と話をしたこともなければ、ましてバスラで生命の危険にさらされたFBI捜査官とも話をしたことがないことが一目瞭然です。私はこの人質事件について、他のあらゆる事件とおなじように懸命に取り組んでいます。週七日、休みなしで全員が取り組んでいます。アメリカ人、イラク人、その他の国の人質がいます。警備会社社員もいれば軍人もいます。大使館ではすべての人質にわけへだてなく注意を払っているのです」

シューメイカーは返信をしたためた。「クレセントの社員のいどころを突き止めるための活動が、行方不明の米兵を探す先ごろの捜索活動（地域をしらみつぶしに調べる大規模な捜索）と比較できるようなものであるとでもいうのですか？」

夏になったが、《ワシントン・ポスト》は私が前年一一月に書いた長い記事をまだ棚上げにしていた。そのころには、人質の実名を載せない新聞は、《ワシントン・ポスト》など数紙のみになっていた。私は編集長と二カ月に一度は話し合って、記事を載せるべきかどうかを検討した。基本はつねにおなじだった——人質になったオペレーターたちの語ったことや、拉致《らち》の一週間前に私が撮影したビデオ映像や、クレセントの貪欲主義を事実上暴くことになる四〇〇〇語の記事に、拉致犯グループはどう反応するか？　そして遺体が現われたら、自分たちはどう感じるか、どう対応するか？　私はバグダッドに向けて出発する予定だったので、そこで記事について政府の治安担当と話し合うことが決まった。

グリーン・ゾーンは依然として傭兵の活動の中心だった。イギリスのグローバル・リスクスのグルカ族傭兵が詰めている検問所があった。AK‐47を持っているトリプル・キャノピーのペルー人傭兵が、エアコンの効いた哨所《しょうしょ》にいて、来客はそこの金属探知機を通って大使館にはいる。出迎えの広報担当までしが、ダインコーの社員だった。汗みずくになってしわくちゃの服で大使館にはいってゆくと、いつも暗い気持ちになる。相手は一日エアコンの効いている室内で働いていて、汗ひとつかいていない。広報担当が、マディソン・スクエア・ガーデンほどもあろうかという凝《こ》った装飾のダイニングルームに案内してくれた。そこで私は、グルメ・コーヒーの屋台でアイス・モカチーノを買った。そして、大理石の廊下を何本も経て、かつてサダム・フセインの宮殿であった建物の奥へと進んで、ようやく目的の場所に達した。

だだっぴろい宮殿のまんなかにある部屋が、合板の壁で仕切られていた。入れ子人形《マトリョーシカ》を思わせる何重もの造りになっていた。いっぽうの壁に四〇人ほどの写真が貼ってある——行方不明のイラク人だと説明があった。私が話を聞いた米政府関係者は、自分の名前を明かしてはいけないし、談話の引用も許可できないと述べた。厳しい面持《おもも》ちで、生命が危険にさらされていると告げた。政府はクレセントの人質を発見するためにあらゆる手を尽くしていると、私を納得させようとした。だが、そういいながら、人質の名前をまちがえたり、まったく憶えていなかったりした。掲載する予定の記事の内容と、クレセントに対する批判をおおまかに説明したが、クレセントについての基本的な知識もないようだった。帰るときにいっしょに歩きながら、その政府関係者は、自分がイラクを離れたら驚くべき経験の話を本にすることを考えてくれないかとほのめかした。

あるいは、口にした以上のことを彼は知っていたのかもしれない。たしかに、戦争中に拉致事件の捜査を行なうほど厄介な仕事はないだろう。しかし、クレセントの人質はぜったいに発見されないだろうという気がしていた。司法省が捜査官をイラク駐在の九〇日ごとに入れ替える理由も、犯罪が行なわれたバスラ州で捜査が行なわれない理由も、私には納得がいかない。ある政府関係者は、治安が悪いためにバスラへ行くのは志願制になっていて、行きたがる人間はほとんどいないと打ち明けた。

だが、政府の意図は明確だった。民間警備員は、たとえアメリカ人であろうと、米兵や米政府職員とおなじ資源の恩恵をこうむることはない。

その晩、私はバッファローのフランシスに電話をかけた。家族は自分たちの手で問題を処理しようとしている、とフランシスがいった。人質の家族はイラク南部でビラを配るよう、国務省やFBIに何カ月ものあいだ頼んでいた。ビラの問題は、家族にとっては米政府の無関心を示すものだった。フランシスはついに弟のアンドレに依頼して、人質の写真入りのビラを数千枚刷った（アラビア語はニューヨーク州西部イスラム広報評議会議長が書いた）。フランシスはアメリカの運輸会社を説得して、アンマンまで無料でビラを輸送してもらった。そこから輸送機に載せてバスラ上空で撒《ま》く算段をしているところだと、フランシスはいった。

人質の家族は、募金で集めた二万ドルを使って、民間調査会社にも調査を依頼していた。

FBIが一年近くやっていない、〝生きている証拠〟を探し、生死にかかわらず人質を回収するという仕事を、この会社は引き受けた。

政府の調査が進まないことにいちばん腹を立てていたのは、ナンシー・コーテだった。DEA（麻薬取締局）の取締官を長年つとめているナンシーが、一九八〇年に勤務をはじめたときには、まだ五〇人目の女性捜査官だった。数十件の重要な麻薬事件を担当し、ニューヨーク市の大物ルロイ・〝ニッキー〟・バーンズの捜査にも関係している。そして、故郷の町バッファローで、支局長の地位まで上りつめた。

拉致事件への対応が緊急性を欠いていたことに、継母の立場としてナンシーは当初から激しい怒りをおぼえていた。法執行機関関係者のコネを使って、関心をつなぎとめ、拉致されたクレセントの警備員のひとりがDEA捜査官の息子であることを強調した。

夏が終わる前に、政府はひそかに戦術を変更した。ナンシーにせっつかれたDEAが、捜査官ひとりに事件を担当させることを決定した。厳密にはFBIの管轄だし、DEAが拉致事件を扱うことはめったにないので、異例の措置だった。ひとりがひとつの事件のみを扱う、という条件だった。DEA捜査官であることは、コーテ家のみが知っていた。他の人質の家族には教えられなかった。

麻薬戦争に二七年携わってきた熟練の捜査官で、司法省の指示によるイラク駐在は二度目だった。九〇日で交替するルールにも、グリーン・ゾーンを拠点に事件を捜査することに拘《こう》泥《でい》しているFBIの方針にも制約されないことが決まっていた。二〇〇七年夏にバグダッドに到着した今度のDEA捜査官は、そこに長居しなかった。ただちに現場に向かい、イラク南部に潜伏して、手がかりや情報を探した。

当地にいることが多かったので、やがて〝バスラのジョー〟と呼ばれるようになった。

拉致から一周年の一一月一六日、ジョン・ヤングの家族の開催する募金パーティに出席するために、私はミズーリ州パークスヴィルへいった。その日は、父の命日一一月一〇日に近い。ふたつの出来事は私にとっては永久に切っても切れない関係にある。だから、どちらの行事にも参加すべきだと思った。いろいろなことがあったので、たった一年前のことだというのが信じられなかった。バリー・ボンズの大陪審での証言をリークした人物を連邦政府が自力で見つけ出し、弟のマークはきわどいところで実刑を受けるのを免《まぬが》れた。検察はマークの証言を求める罰則付き召還礼状を撤回し、ボンズを偽証罪で告訴することになった。

カンザスシティ行きの便が遅れ、トム・ワトソン・ハイウェイにある海外従軍軍人協会（VFW）分屯地7356の舗装されていない駐車場に着いたときには、パーティははじまっていた。まとまりのない建てかたの白い建物に狭い木のバルコニーがあって、パーキングメーターに似た灰色のプラスティックの屑《くず》入れに、客たちが吸殻を捨てている。なかにはいると、天井の低い細長い部屋に、一〇〇人ほどが散らばっていた。ひとりの男が、子犬や電動空気ポンプや芝刈り機のオークションをやって、〝いまだにイラクで行方不明のわれらが英雄ジョン・ヤング〟のために募金を集めていた。

私はビールを注文して、バーテンダーにヤングの母親シャロン・デブラバンダーを教えてもらった。何度か話はしたことがあるが、会うのははじめてだった。シャロンは花柄プリントのワンピースを着て、部屋の中央に立ち、半分ぐらいになった〈ベーシック〉（煙草）の箱を握り締めていた。私は近づいていって自己紹介し、息子とおなじ透き通ったブルーの目に悲しみがあふれているのを見てはっとした。握手をして、オークションが終わったら話をすることになった。シャロンは私をミネアポリスから飛行機でやってきたコシールスキイに引き合わせた。

個人的な捜査を開始した銃砲店主のコシールスキイは、オハイオ州出身でクレセントのオペレーターだったことのあるシャノン・マッカラウといっしょにバルコニーで煙草《たばこ》を吸っていた。コシールスキイは五四歳で、予想していたよりも背が高く、身長が一九〇センチもあった。大きな丸顔で、茶色の髪が薄くなっている。古いジーンズに色褪《いろあ》せたシャツ、パーカーという格好だった。マッカラウはがっしりしていて、ワイヤレスのヘッドホンをかけていた。その夜ずっと、ヘッドホンをはずすことはなかった。冬の冷気が押し寄せていたので、コシールスキイが煙草を吸い終えると、私たちはなかにはいって、木のベンチの席で話をした。

人質はまだ発見されていなかったが、事件によってクレセントの秘密が暴かれ、イラクでの無法行為がすっかり明るみに出た。理由は定かではないが、米軍がようやく注意を払うようになり、拉致事件と厳しい吟味《ぎんみ》によってクレセントはがらがらと崩壊し、炎上していた。

マイク・スコーラをはじめとする幹部や数名の傭兵は、タリル航空基地に押し込められ、軍の捜査官がコンテナを開封して武器の記録を洗っていた。アメリカ国内では、国防総省犯罪捜査部（CIS）が、クレセントの武器密輸と軍の身分証明書偽造容疑を捜査しているという噂が流れていた。

腰をおろすやいなや、コシールスキイが私に、クレセントの運用責任者だったネイト・シーブルックについての情報をCISに渡したという話をはじめた。三八歳のシーブルックは、肌の色の薄い黒人で、第八二空挺師団にいたことがある。ミネアポリスではルーベンやその双子の兄パトリックと幼なじみだった。イラクでルーベンの最初の仕事を見つけてやり、やがてクレセントに雇い入れた。シーブルックとパトリック・ルーベンは、いまも親しい友人だという。だが、クウェートにいるあいだに、シーブルックは敵をたくさんこしらえていた。〝レッド〟と呼ばれていた整備士ベンジャミン・バロウマンが、私にいったことがある。

「やっこさんが国境の北へ行ったら、消されるというのが、おれの意見だね。それも敵に殺《や》られるんじゃない。仲間のだれかに殺られる。おれだって殺らないとはいい切れない」

コシールスキイとシーブルックは、かつては友人同士だった。だが、コシールスキイもいまではシーブルックの敵にまわっている。シーブルックが自分の店に来たときにイラクでのさまざまな〝冒険〟の話を打ち明けたことを、コシールスキイはCISの捜査官に教えた。コシールスキイの話では、そういった冒険のなかには、米軍の身分証明書を入手するために偽情報を流したというものがあった。それを使ってシーブルックは武器を手に入れたと疑われていた。シーブルックのアパートメントの捜索令状を請求する際に提出された宣誓供述書には、〝以前シーブルックのもとで働いていた人間が、シーブルックがクウェートにいたころに本人のコンピュータから入手したとされる記録を、コシールスキイに渡した〟と書かれている。

シーブルックは容疑を否認した。私はコシールスキイの動機が疑わしいと考えている。銃砲店主がみずから志願して拉致事件の調査に乗り出し、そしていまは、嫌悪していると公言している連邦捜査機関に以前の友人を密告している。ミネアポリスの警官のパトリック・ルーベンは、コシールスキイと同席することを拒んでいる。行方不明の弟ポールを救出するると称して、コシールスキイがみずからの活動を針小棒大にいい触らしていると思っていたからだ。私と向き合って座っているとき、コシールスキイは、ポール・ルーベンをはじめとする全員を見つけ出すことのみが目標だと告げた。「おれはしろうとだ。友だちを連れ戻したいだけだ。あんたに取り入って最近の進み具合を話したりする気はないね。やってのけたいんだ。おれの邪魔をしたら、あんたを踏みつぶしてやる」

近頃は連邦政府に協力しているにもかかわらず、コシールスキイはFBIに紙屑を盗まれていると確信していた。だからシュレッダーを買ったのだという。携帯電話にしょっちゅう怪しげな番号からかかってくるが、折り返し電話するとだれも出ない。

「おれもおなじだ」マッカラウがいった。

被害妄想ではない、とコシールスキイはいう。「黒いヘリが頭上を飛んでいるとか、CI

Aがビームを頭に照射しているというような話は信じないが。でも……もしもし？」

うんざりしたので、私はバルコニーに出ていった。ヤングの母親シャロンが、寒いなかで煙草を吸っていた。事件の話をすると、まだ希望は捨てていないと、シャロンがいった。政府がついこのあいだ家族に〝みんなまだ生きています〟といったのだという。

しわがれた声の年配の女性が近づいてきて、拉致された息子さんから便りはあるの？　とたずねた。シャロンはおろかな質問にも動じず、あいにく便りはありませんと答えた。

「あちらでは首を斬るっていうじゃありませんか」年配の女性が、真顔でいった。「そうなんでしょう。首をちょん斬るのよね」

「もうそういうことはしないと思いますよ。それでは大義にとって害があると、ビン・ラディンが命じたんじゃなかったかしら」とシャロンはいった。「そういうことを私がずっと考えていないとでも思うの？　どういう扱いを受けているか、ちゃんと食べさせてもらっているかということを」

ヤングの一九歳になる息子ジョン・ロバートを、シャロンが紹介してくれた。痩《や》せていて、父親とおなじブロンドで、背はもうすこし高く、一七五センチある。こういう深刻な状況でも、なせばなるという楽天的な性根をみなぎらせていた。大学に通いながら、フルタイムで芝生の整備の仕事をしているのだという。数分おきに美人の恋人アシュレーがそっとバルコニーに出てきて、ジョンにキスをした。

ジョン・ロバートがまだよちよち歩きの幼児だったころに、ヤングは離婚した。何年かのあいだ、男手でジョンを育てていたが、小学二年生になったときに祖父母のところへ行かせた。それがシャロンと二度目の夫でデータ・アナリストのデニス・デブラバンダーだった。結局、ヤングはなかなか生活を立て直すことができず、シャロンとデニスがずっとジョン・ロバートの面倒を見ることになった。

ジョン・ロバートは、当時もいまも父親の選んだ道をまったく恨んでいないようだった。ヤングを〝英雄〟〝ぼくの親友〟と呼んでいた。

「最後にここに来たとき、いろんなことをすべて話して、ぼくはいったんです。〝こういうことをやっていたら、あっちで死ぬことになるよ〟。帰ってくるよう説得しようとしたんです。するとこういう答えが返ってきました。〝怖れながら人生を生きたらだめだ。人生を精いっぱい生きないと〟」

「退屈していたんだと思いますね」ジョン・ロバートはいった。

午前零時近く、凍えるような寒さだった。本格的な冬になろうとしていた。

「そう、退屈していたんだろう。戦いが望みだったんだ」

ジョン・ロバートは、しばし黙っていた。

「それで、望みがかなえられましたね」と、静かにいった。

VFWホールでは、残っていた客のためにバンドがREOスピードワゴンの曲『嵐の中へ』を演奏していた。ドアがあいて、ヤングの友人のゴードン・ラヴが出てきた。酔っ払って、バンドに合わせて歌った。近づいてきて、私の手を握った。ヤングの話をはじめた。喧嘩したり、いっしょに酔っ払ったり、カンザスシティの近くの森で鴨《かも》を撃ったりした、と。そして、こちらを向き、酔いが醒《さ》めたようになった。私の顔とくっつきそうになるくらい、顔を近づけた。ヤングがイラクに戻る前日にヤングの車に乗ったのが、最後の思い出だという。

「あいつにいったんだ」ラヴがいった。「どうしてわかっていたのかわからないが、いったんだ。ドライブウェイにとめた車のなかで、おれはいった。〝悪い予感がするんだ。行くな。行っちゃだめだ〟と」

私がメモから視線をあげると、ラヴは泣いていた。

拉致の裏にある〝全貌〟を教えるからクウェートに来ないかと、ピッコが私に持ちかけた。つい乗り気になりそうな提案だったが、私にはためらいがあった。社員に銃を突きつけてコンテナに閉じ込めたり、警官を撃って、血を流しているのを道ばたに置き去りにしたり、銃を乱射しながらイラクの小さな町を通過するような会社だから、なにをされるのかわからない。こうしたことはすべて事実なのだ。ほかにも聞いたことがある――暴力沙汰、処刑のまね、殺人を犯したという話まである――だが、それは事実なのかでたらめなのか、それともその両者の中間なのか、はっきりわかっていない。「スティーヴ、なにをやるにせよ、ひと目のないところでは連中と会わないほうがいい」クレセントの元オペレーターが、そう注意した。私は笑いとばして、ドラマじゃあるまいしといったのだが、それが頭に残っていた。

フランシスとナンシーに、クウェートへ行くと話すと、ピッコに手紙を渡してほしいと頼まれた。つぎのような文面だった。

ピッコ様

数カ月前に私たちはあなたの電話で夜中に目を覚ましました。ジョナサンとあとの四人の人質を取り戻すまで〝あと一歩〟というお話でしたね。解放されるか奪還できると確信していると、あなたはおっしゃいました。私たちは希望は抱くまいとしましたが、そういう電話があってからは、それは難しいことでした。あなたは私たちに、情報源が人質が生きているのを見たとおっしゃいました。でも、それ以来、あなたからはなんの報せもありません！

私たちは辛抱強く報せを待っていますが、暗い気持ちになるようなニュースばかりです。

私たちには人質の解放を実現する力はなにもなく、あなたからの報せを待つしかないのです。人質解放のために、あなたがなにをしていて、どんな手を打ったかを報せてくるのを待っているのです。

これからどうなさるおつもりですか？

従業員のことだけではなく、おおぜいいる家族や友人のことも考えてください。みんな、あなたが従業員を無事アメリカに帰すのに尽力すると信頼しているのです。

ご連絡をお待ちします。

フランシスとナンシー・コーテ

私は預けた荷物が紛失した状態でクウェートシティに着いた。ルートを変更し、アムステルダム経由で、七時間遅れて到着した。クウェートシティ・マリオットにチェックインしたときには、午後一〇時ぐらいになっていた。ピッコに電話して、翌日にタクシーを拾っていくと告げた。迎えの車をよこすと、ピッコが答えた。

翌朝、リーマというはっとするような美人の若いインド人女性が、白いサバーバンでホテルの正面に乗りつけた。クウェートのいつもの気候だった——太陽の上に立っているみたいだ——しかもサバーバンはエアコンが壊れていた。クレセントの本社はダウンタウンの近くなので、たいした問題ではないと思った。だが、街を出てゆくのに気がついた。

「どこへ行くんだ?」私はきいた。

リーマの話では、クレセントはクウェートシティから南に四五分ほどのところにあるアブハッサイニヤーの新しい屋敷に移転したのだという。まもなく車はファハヒール高速道路に乗り、砂漠のなかをくねくねと進んでいった。私は汗だくで不安に取り憑《つ》かれていた。ウィンドウを閉めれば、車内はオーブンのようになる。あけるとドライヤーを顔に近づけたみたいになる。それを交互にくりかえしているうちに、ようやく砂岩の家が高速道路の近くに建ちならんでいるところに着いた。

土埃《つちぼこり》にまみれたシボレー・アバランチが二十数台びっしりとまっている舗装していない駐車場に、サバーバンがとまった。クリセントの全車輌が待機状態にある。一台は弾痕《だんこん》だらけだった。待ち伏せ攻撃を受けたときにアンディ・フォードが運転していた車だとわかった。屋敷にはいるとひんやりした空気に生き返った心地を味わい、地下に案内された。ジーンズに白い半袖シャツという格好のピッコが、右腕のポール・チャップマンといっしょにデスクに向かっていた。だれかがコークを持ってきてくれたので、私はごくごく飲んだ。そして、封筒に入れてあるコーテ夫妻からの手紙を渡した。ピッコは封も切らずにそれを脇に置いた。

驚いたことに、ピッコは数カ月前にコーテ夫妻にいったのとおなじ与太話をはじめた。その電話が、デスクに置いてある悲しみの手紙をもたらしたのである。

「人質が生きているのはわかっている」ピッコは私にいった。「この四カ月のあいだに、あちこちで行方を突き止めた。元気で生きているのはわかっている――鬚《ひげ》はのびているが、生きているし、元気だ。そもそもわれわれには内部の情報源がいる。かなり金がかかっているが、それはかまわない。イラク政府上層部の人間にも手をまわしている。あと一歩のところまで迫っているということしかいえない。舵を切る方向さえまちがっていなければ、いずれ取り戻すことができる」

ピッコには脱帽せざるをえない。なまりのある言葉で自信たっぷりにまくしたてられると、催眠術にかかったようになる。まさにイラク戦争が生み出した人物だ。この戦争では、どこで言葉が語られようとも――そこが国連安全保障理事会であろうと、ホワイトハウスのオーバル・オフィスであろうと、フセインの共和国宮殿であろうと、クウェートの砂漠の屋敷の地下だろうと——現実と一致している言葉はめったにない。イラク戦争を遂行しているひとびとは、とにかくいっぱい言葉をならべれば、大量破壊兵器が発見され、バグダッドの明かりが点《とも》り、ジョン・コーテが得意のジャンバラヤをこしらえるといいながらドアからはいってくると信じているのだろうか。

「私がいちばん心配なのは家族のことだ」ピッコはきっぱりといった。

私はだんだん腹が立ってきた。だったらなぜ、防御不能なコンボイにそういう家族の息子や夫を七人つけただけで出発させたのか？　と私はきいた。イラク人警備員なしで、どうして北へ行かせたのか？　会社に不満を抱き、おそらく多国籍軍も恨んでいるはずのイラク人に、クレセントはどうして偽の米軍の身分証明書をあたえるようなことをするのか？　米軍が雇用を禁じている家庭内暴力の前科がある人間を、警備責任者として雇ったのはなぜか？夜中に家族に電話して希望を持たせておきながら、ずっと気を揉《も》ませているのはどういうことなのか？

ピッコは、意味ありげな目つきをして、明るいといってもいいような態度で質問をそらした。途中でチャップマンが立ちあがり、私のうしろにまわった。こっそりと首《こうべ》をめぐらしたが、姿が見えなかった。その一瞬、真剣に悩んだ。ピッコとはひと目のある場所で会うほうがいいという注意を思い出した。クレセントのことを自分が知りすぎていることが気になった。私はクウェートの砂漠のどまんなかにいて、だれも私のいどころを知らない。と、チャップマンがすぐ横に現われたので、私はどぎまぎした。

人質を取り戻す時間はまだある、とピッコがいった。「私はぜったいにあきらめない。六カ月かかろうが二年かかろうが。あいにく、取り戻すのはみんなが考えているほど簡単じゃない。かなりの力が必要だ」

ところがその力をそがれていると、ピッコはいう。米軍はもうクレセントが自由に動くのを許さない。クレセントは差別されて攻撃の的になっている。タリル基地の司令官たちと衝突しているのは、違法な武器を所有しているといういわれのない非難のせいだ。

「拉致事件のせいでつぶされようとしているんだ」とピッコはいった。

そのとき、じつにおかしなことが起きた。ピッコがコンピュータに見入っているときに、クレセントの社員が私にそっと一枚のCDを渡した。あっというまの予想外の出来事だったので、一瞬、どうすればいいのかわからなかった。ピッコのほうを見ると、依然としてコンピュータの画面を見つめている。私は足元のコンピュータ・バッグにCDをそっと入れた。

インタビューが終わると、ピッコが運転手に私をホテルまで送るよう命じた。部屋にはいるとすぐに、私はCDをコンピュータに差し込んだ。ファイルをひらくと、米軍の書類をスキャナで取り込んだものが数十枚あった。クレセント・セキュリティ・グループに対する軍の調査を記した書類が、ふんだんにあった。タリル基地のクレセントの宿舎を仮捜査し、破片手榴弾、シリアルナンバーを削り取ったブッシュマスター社のライフル、LAW（軽対装甲火器）四挺など、さまざまな違法兵器を発見したことを示す書類もあった。密輸品のなかには、缶ビール一四三本も含まれていた——禁酒の米軍基地では違法になる——筋肉増強剤ダイアナボルのサンプルも数十個あった。米軍はクレセントの倉庫も調べ、さらに禁止されている兵器を発見した。五〇口径機関銃四挺、LAW九挺、弾薬数千発。小さな民間警備会社が、M‐113装甲兵員輸送車まで数輌保有していることにも、米軍は不審を抱いていた。

クレセントは、武器は合法的なものであり、自分たちは〝政治的報復〟のターゲットにされているのだと反論した。だが、書類にはピッコが〝私の会社の違法行為には全面的責任を負う〟と述べている書簡も含まれていた。

そういうしだいで、クレセントはタリル基地から締め出されたばかりではなく、イラク全土の米軍基地への出入りを禁じられた。米軍の規制を〝あからさまに無視したためである〟ことを書類が物語っている。

そのとき気づいた。クレセントは死んだ。

米軍基地で活動できないとなると、多国籍軍の仕事は受注できない。ピッコにはべつのビジネスがある。携帯便器をレバノンに輸送する仕事をやろうとしていると聞かされていた。だが、イラクでは一巻の終わりだ。世間にほとんど知られていないものの、さまざまな事件を起こしながら、ピッコはアメリカの戦争に貢献していたが、終幕とあいなった。

10　特殊警備にはブラックウォーター

クレセント・セキュリティ・グループに対する〝出入り禁止〟は、ピッコが思っているような政治的報復ではなかった。新任のイラク駐留多国籍軍司令官ペトレイアス陸軍中将による米軍の戦略の一環で、私兵をある程度まで統制するという狙いがあった。ペトレイアスは、米軍の増派と陸軍野外教範三‐二四に示されている反政府勢力鎮圧ドクトリンを実行するために、二〇〇七年初頭、多国籍軍司令官に就任した。この教範の作成には、ペトレイアスも参加している。〝軍事関連の業務を下請けとして行なう企業の民間警備員〟の役割には、一項を割《さ》いているだけだ。だが、二八二ページに及ぶ書類の随所に民間警備員の行動を示唆《しさ》する事柄が記され、最終目標である人心掌握には、軍民間の〝活動の統一〟と〝道義的な責務〟が不可欠であると強調されている。

司令官に就任してから数カ月のあいだに、ペトレイアスは〝フラゴ〟と呼ばれる個別命令（作戦命令を分割し、個々の指揮官に関係任務のみを命じるもの）をつぎつぎと発して、傭兵を抑制しようとした。まず、イラク内務省の免許を受けていない警備会社に対する武器使用許可をすべて停止した。開業免許を得るための出願を行なっていた会社はほとんどなかったので、たちまち武器を押収されるはめになった。米陸軍統合地域支援軍がグリーン・ゾーンに散開して手入れを行ない、無許可の武器を数百挺押収した。免許だけの問題ではなかった。傭兵は戦闘用途に限られる〝攻撃兵器〟を所持することを禁じられていたが、民間警備会社は五〇口径機関銃、破片手榴弾、ロケット弾発射器、ときにはTOW（発射筒発射・光学追尾・有線誘導対戦車ミサイル）まで備蓄しているのがふつうだった。これらも押収された。

民間警備会社は、イラク駐留多国籍軍のトップからの直接命令に従わず、抵抗するという挙に出た。その領袖《りょうしゅう》は業界団体イラク民間警備会社協会（PSCAI）代表のローレンス・T・ピーターだった。ペトレイアスは行き過ぎだと、ピーターは声高に反論した。イラク内務省は弱体で腐敗しているため、免許発行や武器登録の手続きができない、といった。「あらゆる会社から電話がかかってくる。軍の発注を受けている会社からも、その下級部隊からも、軍のトップはどうしてこういうことをやっているのかと問い合わせが来る」武器捜索に携わったある指揮官が、私に語った。「さまざまなレベルから苦情が来た。私の直属の指揮官や、指揮系統のもっと上のほうからも」ある米陸軍中佐宛の手紙でピーターは、自分と警備会社が新イラク政府の体力を左右するのだとほのめかしている。

内務省は……完全に信頼できるパートナーになれるような業務の水準をいまだに実現していない……この新武器カード・プロセスの一環として、武器カード所有者すべてのバイオメトリック・データを内務省は要求している。出稼ぎ組《エクスパット》に関してはこれは実行されない。こうしたデータを内務省に渡すことは断じてまちがいであり、会員を危険にさらすというのが協会の立場だ。だから、穏便にいっても問題がある。

ピーターはすかさず、自分の異色な二重の役割に言及している。ＰＳＣＡＩ代表であるとともに、「私は国防総省の〝特殊カテゴリー雇用者〟という政府関係者でもある」イラク内務省についてのピーターの苦情には、もっとものところもある。しかし、それがイラクなのだ。ペトレイアスは、すぐさまべつの厳しい個別命令を発した。この命令は、つぎのような文からはじまっている。

イラクは独立国であり、主権を維持する大きな要素は武器の統制と、国内の事業の監督である。民間警備会社はことにこの対象とされる。こうした会社の業務のやりかたにイラク国民は深刻な懸念を表明するようになっており、イラク政府関係者の多くも、こうした民間警備会社が法を遵守《じゅんしゅ》して業務を行なうよう望んでいることを示唆している。

ペトレイアスは、傭兵たちがうちのなかを片付けるのに、二〇〇七年末までの猶予をあたえた。この個別命令によって、はじめて合法的な警備会社の定義がなされた。「内務省と商務省に正式に届け出ている民間企業で、警備業務を提供することによって商業的利得と財政的利益を得るもの」。この要件は国防総省の発注契約の基本的文言となり、イラク政府の免許と適切な武器許可のない会社は契約を結べないことになった。イラク戦争開始以来、警備業界に課せられたもっとも厳しい規制の枠組みだった。

だが、そういう規制はどれもブラックウォーターには適用されなかった。ブラックウォーターのAH-6リトルバード・ヘリは、バグダッド上空を飛びまわり、ドア銃手はイラク人に銃口を向け、さまざまな攻撃兵器を満載していた。ブラックウォーターは、すでに軍隊そのものだった。だが、国務省と蜜月の仲であるため、ペトレイアスが課した規制から護《まも》られていた。ジャック・ホリーの警告が的中した。悪魔が立ち会った契約。契約した者が絶大な力で支配する。さまざまな面で、皮肉なことだった。戦争戦略で四年のあいだ失敗を重ねてきたブッシュ大統領は、力だけではなく繊細さが必要であるイラクの複雑な状況を理解しているように思える司令官を任命した。ところが、ペトレイアスは、自分の達成しようとしている仕事を独力でも転覆させることができる民間企業を支配することができない。「米軍はブラックウォーターを監督することも協力させることもできていない」とホリーが嘆いたことがある。ブラックウォーターの行動は、アメリカの任務に逆行しているというのだ。「あんな攻撃的な態度では、ふたつの社会の相違を和らげることなどとうていできない」

作業の一貫化などどこにもない。ブラックウォーターは国務省の承認を得て、二〇〇五年からイラクの法律を度外視して活動している。その間、ブラックウォーターの名は知れ渡るいっぽうだった。いくつかは語り種《ぐさ》になっている。しばらくすると、SUVから傭兵が発砲すれば、すべてブラックウォーターのせいにされた。だが、大部分は米大使館の保管庫に書類として残されるだけで、事件は着々と増えていった。

二〇〇五年六月、ブラックウォーターのチームがヒッラでイラク人の胸を撃った。被害者の兄の説明では、〝六人の子供がいるなんの罪もない父親で、道ばたに立っていただけ〟だという。国務省の電子メールによれば、ブラックウォーター社員は〝発砲について報告するのを怠《おこた》り、隠蔽《いんぺい》し、その後ヒッラから異動になった〟という。

二〇〇五年一〇月、ブラックウォーターのコンボイがモスルを通過中に、対向して走ってくる車を発見した。警告を発したあと、ブラックウォーターの射手が射撃を開始した。中央分離帯にいた無関係の人間が、頭に流れ弾を受けた。ブラックウォーターはのちに〝殺した可能性大〟と報告しているが、コンボイはそのまま走り去った。

二〇〇五年一一月、バグダッドの石油省に向かっていたブラックウォーターのコンボイが、一八台の車それぞれと衝突事故を起こした（行きに六台、帰りに一二台）。ブラックウォーターのチーム・リーダーが〝明らかな理由もなく、こうした注意義務を怠る行為をいくらやってもかまわないと運転手に指示していたことを認めた〟と、ある傭兵が報告している。キルクークで抗議デモを引き起こした民間人三人の死と、赤いオペルが炎上し、ブラックウォーターのコンボイがそのまま走り去ったヒッラでのもうひとつの事件など、無差別な破壊行為が二〇〇六年も連続した。そしてクリスマスイブの晩、アンドルー・J・ムーネンというブラックウォーターの傭兵が、グリーン・ゾーン内でのパーティで泥酔した。

　午前零時近くになり、シアトル出身で元米陸軍パラシュート部隊兵士のムーネンは、リトル・ヴェニスと呼ばれている地域にあるイラク首相官邸の近くのゲートをぶらぶらと通り抜けた。イラク副大統領アデル・アブドゥル・マフディの警備員で三二歳のラヒーム・ハリフが、ムーネンを誰何《すいか》した。ムーネンはハリフを三度撃ったとされている。そして逃げた。

　アルコールのにおいをぷんぷんさせ、泡を食って走っていたムーネンは、下院の監督および政府改革委員会がのちに入手した国務省の書類によれば、トリプル・キャノピーが警備していた検問所に行き着いた。ムーネンは警備員に、イラク人と撃ち合いになり、追われて発砲されたといった。実弾のはいったグロック・セミオートマティック・ピストルをぎこちなくまさぐっていたので、警備員が一時的に取りあげた。酒は飲んでいないと、ムーネンは否認した。トリプル・キャノピーの警備員は、ムーネンに拳銃を返して送り出した。まもなく武装したイラク人の一団が、ムーネンを探しにきた。

　翌朝、グリーン・ゾーンの憲兵である統合地域支援軍が、トレイラーハウスにいたムーネンを逮捕した。拳銃を取りあげ、酒気検知器で調べた。泥酔していて訊問できないと判断された。ようやくしらふに戻ったムーネンは、イラク人警備員が発砲したので自衛のために応射したと、米陸軍の捜査官に述べた。

　その日の後刻、イラク駐在米大使ザルメイ・ハリルザドは、激怒したマフディ副大統領からの電話を受けた。酔っ払ったアメリカ人がグリーン・ゾーン内で徘徊《はいかい》し、警備員を射殺したと、マフディがハリルザドに告げた。ハリルザドが急いでマフディの公邸へ行くと、ハリフの家族が集まって嘆き悲しんでいた。マフディはハリルザドに、容疑者をイラクの官憲に引き渡すよう要求した。

だが、翌朝、ブラックウォーターと米大使館は、ムーネンを国外に出した。

この出国は、国務省地域警備担当官とイラクでブラックウォーターを監督している米政府関係者の承認のもとで行なわれた。ブラックウォーターのコンボイがムーネンをバグダッド国際空港へ運んだ。ブラックウォーターは国務省お抱えの会社なので、検問所を強引に突破した。ムーネンは空路アンマンへ行き、そこから帰国したものと思われる。

ムーネンを逃がしたあと、国務省関係者は銃撃のことをあわてて揉《も》み消した。犯罪捜査は行なわれなかった。米政府高官が謝罪と賠償を按配《あんばい》した。

〝ブラックウォーターにひきつづき手配して、適切な賠償が行なわれるようにしてもらえるだろうか?〟と、代理大使が国務省地域警備担当官ランドール・ベネットに電子メールで伝えている。〝この一件が悪化するのを避けるには、すみやかに補償を約束して謝罪するのがよいと思う――事故だと主張したいかもしれないが――イラク側が処置を講じて、ブラックウォーターのイラク国内での業務を禁じるというようなことをいい出すのを、未然に防いだほうがいい〟

代理大使は最初、被害者家族への賠償を二五万ドルと提案し、その後、一〇万ドルに減らしている。国務省のある警備担当の高官が、そんな〝途方もない金額〟に反対したのだ。イラク人がわざと傭兵に殺されるようになるのではないかと、その警備担当は心配している。

〝家族の未来を金銭的に保証するために、ひとびとがわれわれに殺されようとする事件が起きるかもしれない〟というのだ。

これまでわれわれは、動かなくなった車に二五〇〇ドルを支払い、車にくわえて脚を怪我した男に五〇〇〇ドル払ったこともある。現時点で詳しいことまでは検討したくないが、一万五〇〇〇ないし二万五〇〇〇ドル前後が適切ではないかと思われる。ブラックウォーター本社経営陣とそちらが協力し、国務省の法務官とも相談して、前例と法律面での今後の流れを頭に置きながら、適切な額を決めてもらいたいとベネットは考えている。ブラックウォーターはすでに賠償に添えて悔やみを述べる手紙を作成している。

結局、国務省はこの範囲でもっとも低い金額に決定した。ブラックウォーターは死んだ警備員の家族に一万五〇〇〇ドルを支払った。ムーネンは、それとほぼ同額にあたる罰金一万四六九七ドルをブラックウォーターに払っている。

罰金は違約金という形で徴収されている。これが悲劇的な事件でなかったとしたら、ムーネンの損失の内訳は、公開コメディ・バラエティ番組『サタデーナイト・ライブ』の寸劇の素材になったかもしれない。

航空運賃払い戻し　一六三〇ドル

任期満了ボーナス　七〇六七ドル
独立記念日ボーナス　三〇〇〇ドル
クリスマス・ボーナス　三〇〇〇ドル

ムーネンは、クリスマスイブにひとを撃った容疑により、クリスマスのボーナスをもらいそこねた。

イラクのテレビ局は、マフディの警備員を射殺したのはブラックウォーターの傭兵ではなく米兵だというように、まちがって報道していた。ブラックウォーターはそれを一条《ひとすじ》の希望の光と受けとめた。

〝これをご覧ください〟ブラックウォーターの社員が、上司に報告している。〝射手の身許《みもと》がちがっていることで、われわれは非難をかわせるでしょう〟

二カ月後、ムーネンはクウェートの国防総省の発注先である戦闘支援アソシエーツの仕事を得た。米軍基地の警備を請け負っている会社で、その後、ムーネンの問題のある仕事ぶりのことは知らなかったと述べている。

グリーン・ゾーン内でのその銃撃事件とおなじ月に、マシュー（マット）・デインという元米陸軍将校のテロ対策専門家が、内務省上級政策顧問としてバグダッドに着任した。デインは私立の米軍事大学で情報研究プログラム・ディレクターをつとめ、米政府の仕事を受注している軍需産業ＳＹコールマンと民間軍事会社ＭＰＲＩの顧問でもある。

三八歳のディンは、妻と五人の子供とともにシアトル近辺に住んでいる。ほっそりしていて、赤毛を短く刈り込み、明るい目つきでひとなつっこい風采《ふうさい》。世知に長《た》けたロン・ハワード（俳優・映画監督）がイラクのどまんなかにおりてきたという感じだ。ＭＰＲＩは、米軍の顧問団とともにディンをイラク内務省の七階に陣取らせた。顧問をつとめるには究極の困難な場所だった。新編成のイラク治安部隊の中枢である内務省は、まるで要塞だった。通りから数々のオフィスの入り口まで、ずっと検問所がある。長官も含めて全員が武装している。二〇〇四年から断続的に米軍と戦っているマフディ軍も含めたシーア派武装勢力のために省内までもが分裂状態になっている。「施設内にはいるときは重武装の戦闘態勢をとる。手榴弾を胸につけている兵士までいる。まるで戦争に出かけるみたいに」ディンはいう。「でも、友人としてはいっていく。〝やあ、元気？〟とだれにでも挨拶《あいさつ》をする。しかし、武器はいつも近くに置いている」

ディンは、銀髪の荒々しいクルド人フセイン・カマル少将の指揮する情報本部に助言する。ふたりはすぐに親密な関係を築いた。爆発的に成長する民間軍事産業の規制も、情報本部が担当している。ディンは、ＣＰＡ指令第一七号も含めた既存の法律すべてに目を通した。第一七号では第四条三節に目を留めた。〝契約条項あるいはそれにともなう下請け契約条項に基づき行なわれる行動に関しては、民間警備員にはイラクの法的手続きは適用されない〟

「あなたにはなんの権限もありませんよ」ディンはカマルにあからさまに告げた。

だが、ゆるすぎる法律ばかりが、成果の出ない原因ではなかった。情報本部はよくいっても生まれたばかりの政府機関で、一〇億ドルの産業を規制する力はなかった。民間警備担当の部門は、ちっぽけな部屋でしかない。免許を受けた会社は、汚いホワイトボードに記されている。保安上の理由からアフメド大佐とのみ呼ばれている痩《や》せた熱心な若者が責任者をつとめている。部屋の隅の曇った窓の下にベッドが一台あって、内務省の建物を出るのが危険と思われるときには、アフメド大佐がそこで眠る。それもめずらしいことではなかった。

そこでの業務は腸《はらわた》が煮えくり返るようなことばかりで、怒りはほとんどがブラックウォーターに向けられている。他の多くの会社とおなじように法律を無視して無謀な業務を行なっているせいばかりではない。ブラックウォーターが相手を馬鹿にして公然と反抗し、なにをやっても罰せられないのを楽しんでいるからだった。「イラク人がブラックウォーターを激しく憎むのは、手を触れられないからだ。法律を超越しているからだ」ブラックウォーターのリトルバード・ヘリが、内務省の屋根の上を飛ぶことがあった。「まるで〝おれたちはどこでも好きなところを飛べるんだ〟といっているみたいに」とディンはいう。

カマルは、ブラックウォーターがイラク市民を射殺した未解決の事件が四件ある（ムーネンの事件は含まない）と私に語った。具体的な話を聞かせてもらえないかときくと、カマルは肩をすくめた。「殺人だ。どういう見方をしようが、殺人だ」だが、捜査の権限も資源もないのだという。「法律的な救済措置がとられないかぎり、これらの事件は未解決のままになる。正当化する理由が向こうにはあるのだろうが、法律を適用すべきだ。第一七号が、彼らに完全な免責をあたえてしまった」

ムーネンが副大統領の警備員を射殺したとされる事件のわずか六週間後にあたる二〇〇七年二月七日にも、ひとつの事件が起きている。ブラックウォーターの警備員二〇人が乗るコンボイが、アメリカの外交官を護衛し、グリーン・ゾーンから四〇〇メートルのところにあるイラク司法省に向かっていた。

アメリカの外交官がイラク政府高官と会議をひらいているあいだ、ブラックウォーターの狙撃手が司法省の屋根にのぼっていた。通りの向かいの官庁は、新生イラクのきわだったシンボルともいえるイラク・メディア・ネットワーク（IMN）だった。アメリカ政府の援助を受けて設立されたIMNは、新聞とラジオ局にくわえ、旗艦であるテレビ局アル・イラキーヤを運営している。IMNは、かつてサダム・フセインのプロパガンダをばら撒《ま》いていた国営放送に代わる政府機関だった。

司法省に面したIMNの裏門には、監視塔が二カ所あり、一カ所がイラク国旗を翻《ひるがえ》していた。塔の向こう側にあたる敷地の奥に、使われていない建物があって、三階のバルコニーに警備員二人が配置されていた。一一階建ての司法省とのあいだがキング・ファイサル広場で、そのバルコニーから見下ろすことができる。広場のまんなかには、昔のイラク王の馬に乗った像があった。

その朝、二三歳のナブラス・モハメド・ハディは、バルコニーの隅の椅子に座っていた。ダークグリーンの迷彩服を着て、AK-47を持っていた。六メートル左では、べつの警備員がベルト給弾式機関銃を担当している。どちらも一五〇メートルほど離れた司法省の屋根にいるブラックウォーターの狙撃手から見えていた。

政府の仕事を辞《や》めないと殺すと反政府勢力に脅されたため、ハディは最近IMNに移ったばかりだった。「長男なので、家族を支えていた」ハディの友人で警備員仲間のモハメド・アデル・アリはいう。「〝辞めたら家族が食べていけない〟といっていた」ハディは月に一度、ひそかに家に帰って小切手を渡す。二三一ドルというのは、ブラックウォーターの警備員が一日に稼ぐ金額の半分以下だ。

正午過ぎ、双方のビルのあいだのロータリーで騒ぎが起きた。「そこに車をとめようとした者がいたために、問題が起きた」ゲートにいたIMNのべつの警備員アデル・サーディはいう。「こちらの警備員がそれを許可しなかった。自動車爆弾のおそれもあるからだ。だが、その連中は車を強引にとめようとした」ハディがライフルを持って立ちあがった。「見るとナブラスが移動しろと叫んでいた」サーディはいう。「ライフルを持っていた。そのとき、体から煙が出て倒れるのが見えた」

「ナブラスが撃たれた！　ナブラスが撃たれた！」銃声を聞いたアリが叫んだ。アリとサーディが、警備員数人といっしょに階段を駆けあがった。三階に行くと、彼らも銃撃された。三発以上がうしろの壁に当たった。高さ九〇センチの壁に護られているハディのほうへ、警備員たちは這《は》っていった。錆《さ》びた椅子と隅に積もった無数の吸殻のそばで、ハディは頭から血を流していた。

三一歳のアズハル・アブドゥッラー・アルマリキが、壁の上から首を出し、ハディを動かそうとした。また銃声が響き、アルマリキがハディのそばに倒れた。「みんな叫んでいた。〝アズハル、どうした？　どうしたんだ？〟」警備班長のフセイン・アブドゥル・ハッサンはいう。「動かそうとしたら、首から血が噴き出しているのが見えた」警備員たちはそそくさと撤退した。やがてサリヒーヤ地区を担当するイラク陸軍中隊が到着した。兵士たちがバルコニーに行ったときには、ハディは死んでいた。アルマリキは近くの病院に搬送され、午後二時に首の銃創のために死亡した。

ＩＭＮビルの内部は大混乱に陥っていた。ジャーナリストたちは、デスクの下に隠れたり、必死で逃げたりしていた。どこから発砲されたのか、だれにもわからなかった。サリヒーヤ地区のどこかの屋上か敷地内から反政府武装勢力が発砲したものと思われていた。

イラク陸軍中隊長アフメド・タミル・アブード大尉は、司法省から逆上気味の電話を受けた。アメリカの警備チームが、屋根から撃っていると報告された。アブードは副官ひとりとともにハンヴィーで現場に急行した。ブラックウォーターのチームはロータリーに集合して、ほとんどが引き揚げの準備をしていた。顎鬚《あごひげ》を生やし、抗弾ベストを着て、耳に小さな通信機を付けていた。

小柄でがっしりした体格のアブードは、たどたどしくはあるが英語がしゃべれる。ブレザーにチノパンという服装の欧米人を、お偉方の外交官と見て、近づこうとした。ブラックウォーターのオペレーターがひとり前に立ちはだかり、通そうとしなかった。

「この部隊の指揮官と話がしたい」アブードは要求した。

傭兵たちは、アブードをからかった。

「やつが指揮官だ」ひとりが仲間を指差す。

「いや、あいつだよ」もうひとりがいう。

「私がなにをいおうが、気にもかけなかった」アブードは私に語った。

傭兵たちは外交官らしき人物といっしょにSUVに乗り込み、ロータリーに発煙弾を投げて、グリーンとオレンジの雲のなかをグリーン・ゾーンに向けて突っ走っていった。

数分後に、IMNの警備員たちが集合すると、もうひとり姿が見えない警備員がいた。四〇歳で糖尿病を患《わずら》っているサバーハ・サルマンは、武器保管係だった。サルマンは〝アブ・サジャド（腰の曲がった父さん）〟とも呼ばれていた。子供を一七人養っている。八人は実子で、あとの九人はイラン・イラク戦争で戦死した兄の子供だった。

バルコニーに戻った警備員たちは、アブ・サジャドが脇腹を撃たれて死んでいるのを発見した。銃を回収するためにバルコニーへ出て撃たれたようだった。

「彼は銃を持たずに行った」IMNの警備員のひとり、サイル・サラームはいう。「やつらがどうして撃ったりしたのか、理由がわからない」

その晩、アル・イラキーヤがむごたらしい事件の詳細を報道し、二三〇〇万人のイラク人がそれを見た。ブラックウォーターが挑発を受けてもいないのにIMNの職員三人を冷酷に殺害した、と報じられた。

それから数週間、ＩＭＮは内部調査を重ねて結論を出した。「二月七日、司法省ビルの屋根にいたブラックウォーターのオペレーターが、挑発もなかったのに故意に発砲して、敷地内で勤務中の私たちの警備チーム三人を撃って死に至らしめた」

サリヒーヤ警察の捜査官は、ブラックウォーターの綴りをまちがえているが、つぎのように報告している。

「司法省の警備員から事情を聴取し、情報を集めたところ、特殊な警備車輛に乗って司法省を訪れた武装した男たちが事件を引き起こし、ＩＭＮの警備員を殺したことが明らかになった。この男たちは特殊警備のためにブラックルワティという会社に雇われている。

警察の報告書は、銃撃を〝テロ行為〟と断定している。

私は襲撃に対応した八人から話を聞き、ＩＭＮの敷地内にいた五人と、事件のことをよく知っている十数人からも話を聞いた。殺された警備員たちがブラックウォーターに向けて発砲したといった者は、ひとりもいなかった。

国務省は、ブラックウォーターのチーム以外の目撃者からは、まったく事情を聞いていない。ＩＭＮはアメリカ政府とは長いあいだ密接な関係にあり、グリーン・ゾーンから四〇〇メートルしか離れていないにもかかわらず、米大使館関係者もブラックウォーターの幹部も、調査のためにＩＭＮを訪れるということは一度もやっていない。

　それなのに米大使館地域警備室は、ブラックウォーターの行動は〝武器使用の基準となる容認された規則の範囲内である〟と結論づけた、とある治安担当者が私に語った。米政府関係者は、ひとりも公《おおやけ》の発言をしていない。ブラックウォーターの広報担当アン・Ｅ・タイレルは私に、チームは〝正確な小火器の銃撃〟を受け、〝狙いすまして〟応射したと述べた。それだけで情報を提供することは拒んだ。「あくまで挑発を受けたための出来事です」タイレルはいい張った。

　ＩＭＮは殺された警備員の家族に、葬儀費用の援助として一〇〇万ディナール（八一二ドル）を支給した。ＩＭＮの法律顧問ファイサル・ラフディは私に、ＩＭＮは被害者の家族に賠償金を払うようブラックウォーターを告訴しようとしたと語った。

　イラクの裁判官は、ＣＰＡ指令第一七号を根拠に告訴を却下した。

「アメリカはイラクでこれ以上敵を増やしたいのか」ラフディはいう。「アメリカ人に殺されて親類や友だちを亡くし、下手人のアメリカ人がなにも罰を受けずに護られているという状態では、アメリカのあらたな敵が増えるばかりだ」

　ＩＭＮでの銃撃から三カ月を経た五月、カリフォルニアの私のもとに、イラク内務省に勤務していた米軍事顧問からの電子メールが届いた。ブラックウォーターはその後二件の銃撃に関与したと、その人物が報告した。いっしょに働いているイラク人が激怒しているので、そのことを伝えたかったということだった。

私はバグダッドのマット・デインに連絡した。それよりもひどい状態だと、デインが語った。二度目の銃撃のあと、アメリカ人に対する報復を怖れた米軍の命令で内務省から引き揚げたのだという。ブラックウォーターのせいで内務省は〝火薬庫〟になっている、とデインはいった。腹立たしげにつけくわえた。「ここの米軍は、カウボーイどものために危険にさらされている」

最初の事件では、ブラックウォーターのチームはバグダッドのダウンタウンで襲撃された。ブラックウォーター、反政府武装勢力、米軍、イラク軍がくわわる熾烈《しれつ》な銃撃戦が行なわれた。アマーナートと呼ばれる市庁舎の近くで、アパッチ攻撃ヘリ数機が爆発した。何人もの死者が出た。内務省職員たちが銃声と爆発を聞いて屋根に出ると、街の中心部が炎上しているのがまざまざと見えた。攻撃されたのはブラックウォーターだったが、イラク側は最悪のシナリオをすぐに頭に浮かべて、歴史のある首都をブラックウォーターがまたもや汚したと非難した。

翌日、ブラックウォーターのチームが内務省前を通ったとき、これといった特徴のない乗用車が近くのガソリンスタンドから出てきた。ブラックウォーターの射手が発砲し、運転手を殺した。挑発もなかったのに撃ったと、目撃者数人が語っている。運転手が車から道路に転げ落ち、ブラックウォーターの射手が後頭部を二発撃って処刑したという噂もあった。噂を裏付ける証拠はないが、そのころには事実も作り事もすべて大きなかがり火のように燃えあがっていた。

　この銃撃の直後、ブラックウォーターのチームがグリーン・ゾーンに帰ろうとしたところを、内務省の特殊部隊の数十人が取り囲んだ。兵士たちがトラックから飛び出して、包囲したブラックウォーターの傭兵たちにAK‐47を向け、傭兵たちもおなじようにした。ある米軍関係者は、バグダッドのどまんなかで「膠着《こうちゃく》状態に陥った」と述べている。「だれもが銃の狙いをつけ、だれかが撃つのを待っていた」

　だれかが引き金を引いたなら、影響は――大量虐殺の余波は――想像を絶するものであっただろう。だが、そのとき米軍のコンボイが現場にたまたまやってきた。米陸軍大佐がハンヴィーをおりて、武器を収めるよう説得した。ほどなく国務省関係者が到着し、ブラックウォーターを警護してグリーン・ゾーンに戻った。傭兵たちは名前を明かすことも、イラク人への発砲の詳細を教えることも拒《こば》んだ。翌日、私が米大使館に問い合わせたときには、仮報告書がすでにブラックウォーターの対応は適切だったと結論づけていた。〝何度も減速するよう合図したが、運転手が従わなかったので、乗用車のフロントグリルに向けて発砲した。それでもなお走りつづけたので、フロントウィンドウに撃ち込んだ〟

　発砲事件の定番になっている弁明だ。警告の合図、武力行使の段階的拡大《エスカレート》、狙いすましての射撃。注意散漫だった女性、他のことに気を取られていた年寄り、うろちょろしていた子供――だれであろうと、火線に捕らえられた人間について、そういうふうに説明される。ローレンス・T・ピーターが作成した武力行使の規則に、傭兵たちは毎度毎度きちんと従っているというわけだ。私が質問した国務省関係者は、むろん名前を出すことを拒んだが、ブラックウォーターの殺人が正当だったことを大使館はどうしてたった一日で判断することができたのかときくと、ぶっきらぼうに答えた。

「詳しいことをいうつもりはない」

どうして？　と私はきいた。

「必要がないと私が思うからだ」とその男が答えた。

イラク内務省で毎日の業務を行なっていたアメリカ人にしてみれば、ブラックウォーターのせいで生活が一変した。「あの日以来、イラク人の私たちを見る目が変わった。〝こいつはおれを殺したいと思っているのだろうか？〟と、絶えず思わずにはいられない」デインはいう。「大きな転換点となる出来事が七階で起きて、私たちは深い淵にはまっているという感覚が、まざまざと感じられた。ひとりで武器を持たずにオフィスを出る者はいなかった。これでは何事も成し遂げられないと思った。そこに出入りしていても、だれも私たちの話を聞こうとしない」

ブラックウォーターが目の前でイラク人を殺したのに、なにもできないことに、カマル少将とアフメド大佐は激昂《げきこう》した。「内務省の敷地内で起きたことだった。それが一触即発の事態を招いた」

情報本部長カマル少将は、国家情報委員会（ＮＩＣ）の会議に毎週出席している。会議の議長はイラクの国家安全保障問題担当顧問ムワッファク・アルルバイエで、米政府とイラク政府の高官、駐留米軍情報部長デイヴィッド・B・ラカメント准将が出席する。会議のメモによれば、内務省前の銃撃事件から一週間とたっていない二〇〇七年六月六日、カマル少将はブラックウォーターに対する取り締まりの強化を求めたという。米軍関係者は、ブラックウォーターは国務省の権限で活動しているので、自分たちには統制できないと答えた。ラカメントに接触しようとすると、〝秘密区分と守秘上の理由から〟ブラックウォーター問題が会議その他で話し合われたかどうかについてはコメントできないと、広報官が私に告げた。

増派から数カ月が過ぎていた。ペトレイアスは、効果的な活動ができるように、米軍部隊をバグダッド周辺に配置した。米軍は現金その他の資産を使い、元スンニ派反政府勢力を取り込んでいった。武力衝突がはじめて実質的に減少しているように見受けられた。ペトレイアスの戦術どおりに計画が進められていた。武力衝突をある程度鎮《しず》めて、政治的解決がなされる余地をこしらえるのが、最終目標だった。反政府勢力やそれ以外の武装勢力ばかりが敵ではない。多国籍軍と足並みをそろえない味方も問題だった。「そういった者たちの行動が逆効果をもたらし、イラク国民が苦しみ、反政府勢力がそういった不平不満に付け入る」と、ペトレイアスは米陸軍野外教範三‐二四に書いている。

だが、ブラックウォーターが、なにもしでかすかわからない鬼札《ワイルド・カード》として残っている。マット・デインの不満もつのるいっぽうだった。バグダッドでもっとも危険な勤務地である内務省に毎日出勤して、自分とは無関係な会社によって仕事がめちゃめちゃにされるのを目の当たりにする。心のなかにも葛藤があった。ブラックウォーターの非情な有能さには敬意を抱いていた。地獄が来ようが洪水になろうが、顧客の安全は確保する。内務省や武装勢力と取り引きをしないというブラックウォーターの態度も理解できる。自分たちが活動している国が矛盾だらけで錯綜《さくそう》していることはわかっている。ただ、ディンはブラックウォーターが怖れていないことを怖れていた。

「一歩前進したつもりが、八歩後退している」と、ディンは嘆く。

ディンとカマルは、米大使館と米軍の指揮系統に覚書を送り、ブラックウォーターが埒《らち》を越えていることにアメリカの注意を喚起しようとした。「重大な問題で、たいへんな結果を招きかねないと考えた」ディンはいう。しかし、ディンもカマルも回答は得られなかった。

「やっと気がつくまで、どれだけこういう事件が起きればいいというんだ」ディンはいう。

カマルがＮＩＣで訴えてから三カ月後の九月一六日、医学部学生のアフメド・ハセム・アルルバイエが、母親マハシンを乗せて、一家の白いオペルの乗用車を運転していた。バグダッド西部で家族の用事をやっているところだった。少し前までは、病理学者の父親ジャワドを、勤務している病院の近くでおろしたり、妹のミリアムのために大学の願書をもらいにいったりしていた。車はかつてはカフェや小売店が多く栄えていたが、戦争でめちゃめちゃになったマンスールを通過していた。

正午過ぎだった。一・五キロメートルほど離れたところで、ブラックウォーターのＣＯＭ（主担当者）チーム４が、アメリカとイラクの合同インフラ整備プロジェクト〝繁栄《イズディハール》〟

の計画会議に向かっているＵＳＡＩＤ（米国際開発庁）のケリー・ペルズマンを警護していた。会議はグリーン・ゾーンから三キロメートル離れた安全な施設で行なわれることになっていた。ペルズマンがまだ車内にいるとき、建物の入り口から一〇〇メートルほど離れたところで自動車爆弾が爆発した。ペルズマンは負傷しなかったが、大規模な攻撃を怖れたブラックウォーターは応援を呼んだ。戦術支援チーム22が、グリーン・ゾーンから派遣された。二チームでペルズマンを後送する間に、第三の戦術支援チーム23が、支援のために派遣された。

装甲車輛四台に射手約二〇人が乗ったブラックウォーターの第三のコンボイが、ニスール広場と呼ばれるマンスールのロータリーに到着した。コンボイが接近すると、イラクの警察官が車の流れをとめようと必死になった。危険な場合が多かった。傭兵たちは逆走することが多く、対向車も避け切れない場合がある。母親を助手席に乗せて白いオペルを運転していたアフメドがロータリーに近づいたとき、ブラックウォーターのコンボイが到着した。まだニスール広場にはいってもいなかったのに、ブラックウォーターの射手がいきなりベルト給弾式の機関銃で発砲した。アフメドを狙いすました射撃だった。

「フロントウィンドウを抜けた銃弾が頭を撃ち砕いた」その日、ロータリーにいた交通警官サルハン・シアブはいう。

もうひとりの警官アリ・ハラフ・サルマンが、オペルに駆け寄った。運転席側のウィンドウに近づくと、母親のマハシンが狂乱して息子を抱き、血まみれになっていた。

「私の子、私の子！　だれか助けて！　助けて！」マハシンが叫んだ。

マハシンは四六歳で、アレルギー専門医だった。イラクでは医師が大挙して外国に逃れていたが、マハシンは医者の一族だった。義弟は透析の専門医だった。アフメドは医科大学の三年生で、外科医になるはずだった。だが、もう医学も彼を救うことはできない。

オペルは広場に向けて進みつづけていた。撃たれたあともアフメドの足がアクセルを踏んでいたせいだった。交通警官サルマンは左手をあげて、ブラックウォーターの射手たちに発砲をやめるよう合図した。シアブもおなじようにした。「手で合図して、車は勝手に動いているだけだし、とめようとしていると伝えようとした。母親をおろそうとしたんだが、物陰に隠れざるをえなかった」

ブラックウォーターの傭兵たちは、ふたたび一斉射撃を行なった。RPG（ロケット推進擲弾《てきだん》）まで発射したと報告されている。「母親の頭の一部が目の前に吹っ飛んできた」シアブはいう。オペルは炎に包まれた。

ニスール広場は弾幕に包まれていた。ブラックウォーターのチームは四方八方を撃ちまくった。リトルバード・ヘリからも広場めがけて発砲していたと、三人以上の目撃者が述べている。逃げるときに撃たれたイラクの一般市民もいた。二台の車がリアウィンドウを撃ち抜かれたが、フロントウィンドウは無傷だった。「四台から発砲していた」一九歳の整備員アフメド・アリ・ジャッシムはいう。二五歳の交通警官フッサム・アブドゥル・ラフマンは、「みんな逃げまどっていたが、どこへ逃げればいいというんだ。車から出たとたんに撃たれていた」と証言している。

自動車部品会社を経営している三七歳のモハンメド・ハフィズは、アフメドとマハシンのオペルのうしろを走っていた。「六人乗っていた。私、息子、妹、甥《おい》三人。子供四人はリアシートに乗っていた」

車に三〇発が撃ち込まれたと、ハフィズはいう。一発がティーンエイジの息子アリに当たった。「銃撃がはじまったとき、伏せろとみんなにいった。子供たちが怖がって悲鳴をあげるのが聞こえた。銃撃がやみ、頭をあげると、甥が叫んでいた。〝アリが死んだ。アリが死んだ〟。抱きかかえると、頭にひどい怪我を負っていたが、心臓はまだ動いていた。助かるかもしれないと思って、急いで病院へ行った。危篤《きとく》状態で生きられる見込みは薄いと医師にいわれた。一時間後にアリは死んだ」

この虐殺の三週間後、ハフィズは涙ながらに自分の心痛をAP通信に語っている。アリが死んだのを知らない近所の子供がいまもいっしょに遊ぼうとしてやってくるのだという。

ブラックウォーターの警備員ひとりが、仲間に銃を向けて「撃つのをやめろ！」「だめだ！　やめろ！」と叫んだと、調査に関わったアメリカ人が後日私に語った。だが、銃撃はなおもつづいた。コンボイがロータリーを出たあとも撃っていたと、目撃者たちは述べている。

合計一七人のイラク市民が殺された。多くは貧困層やミドルクラスだった。彼らの所持品がヤルムーク病院に山積みになっていた。安物の時計、傷だらけの靴、わずかな所持金、野菜を入れた紙袋。マハシンの夫ジャワドは、歯のブリッジで身許《みもと》を識別した。息子は靴の切れ端で識別した。焼け焦げた遺体が、黒いポリ袋に入れられていた。「妻は秀でた女性、優秀な医師だった」ジャワドはいう。「息子はやさしい協調的な人間だった。医師になるところだった。ラマダンで断食中にふたりは死んだ。なんの罪もない人間として死んだ。神の恵みがありますように」

その午後、米大使館は事件について説明する〝現地報告書〟をまとめた。報告書には、〝取扱要注意・秘区分なし〟のスタンプが捺《お》され、国務省と外交官警備局の紋章のある便箋《びんせん》にプリントされていた。ブラックウォーターは銃撃を受けており、過失はないと、報告書はきっぱり述べている。〝八名ないし一〇名が付近の複数の位置から発砲し、一部は民間人を装い、あとはイラク警察の制服を着ていた。チームは防御的な応射を行ない……〟

現地報告書を作成したのが、地域警備室当直員と称するダレン・ハナーであることがわかっている。大使館地域警備室副室長のリカルド・コロンがこれを承認している。

ところが、このダレン・ハナーはブラックウォーター社員なのである。このように、銃撃事件の仮調査はブラックウォーターによって行なわれ、それが国務省の報告書とされている。死傷者についての言及はいっさいなく、〝COM要員には負傷者なし〟とだけ述べられている。

この事件は揉《も》み消されそうになったが、犠牲者の数が多く、イラク政府内部でも怒りが噴出したため、そうはならなかった。

銃撃の数分後、米陸軍第一騎兵師団の兵士たちが、ニスール広場に到着した。イラク治安部隊がロータリーにひしめき、幹部の将軍たちもいた。イラク警察が被害者を病院へ運んでいた。アフメドとマハシンの遺体は、焼け焦げたまま、オペルの車内に残されていた。

ブラックウォーターは、イラクの民間人と警官の制服を着た人間に攻撃されたと主張していたが、武装勢力や警察が使うAK－47の空薬莢《からやっきょう》を米軍兵士たちはひとつも見つけられなかった。だが、通りにはアメリカ製の銃器の真鍮《しんちゅう》の空薬莢が大量に散乱していた。M4カービンの五・五六ミリ弾や、M240B機関銃の空薬莢、M203擲弾発射器《グレネード・ランチャー》の空薬莢、使用済みの特殊閃光音響弾。アフメドとマハシンの乗っていた車には、四〇以上の弾痕《だんこん》があった。

第一騎兵師団は、ニスール広場の現場検証、目撃者の証言、イラク警察からの事情聴取をもとに、報告書をまとめた。《ワシントン・ポスト》バグダッド支局長スダルサン・ラガヴァンは、米軍上層部向けに事件の進行を描いた現場の見取り図を見ることを許可された。米軍の報告書はきわめて明快で、有罪を証明するものだった。〝敵の活動はまったくなく〟、銃撃は〝挑発を受けていない〟犯罪行為である、と断定している。

「攻撃されたことを示すものは、なにひとつ見られなかった」情報を収集した兵士たちの大隊長マイク・ターサ中佐は、ラガヴァンにそう語った。

イラク政府の反応は激しかった。

「イラク市民が冷酷非道に殺されることは看過できない」ヌーリ・マリキ首相はいった。

内務省広報官は、イラク政府はブラックウォーターの営業許可を取り消したと発表した。

ブラックウォーターはイラク国内からただちに退去させ、虐殺の犯人を政府は告発するつもりである、と述べた。

驚愕の見出しになった。〝米警備会社　発砲事件のためにイラク政府により活動禁止〟と、《ニューヨーク・タイムズ》の第一面に載った。

〝イラク政府　警備会社を活動禁止に。ブラックウォーター　バグダッドの発砲事件で失態〟と、《ワシントン・ポスト》の第一面に載った。

しばらくは、そうなるものと信じられていた。

ワシントンDCで聴聞会が行なわれた。下院の監督および政府改革委員会は、ジャック・ホリーの名言を根拠とした。

「米軍はブラックウォーターを監督することも協力させることもできていない」
米陸軍工兵隊　兵站部長　ジャック・ホリー

「きょうここでブラックウォーターに責任をとらせてやる！」ヘンリー・A・ワックスマン委員長が、聴聞会の冒頭につぶやいた。

ブラックウォーター創立者で三八歳のエリック・プリンスが右手をあげて、真実のみを述べると誓った。ブロンドの髪を軍隊ふうに短く刈ったばかりで、質問のあいだボールペンでコツコツ音をたてていた。ブラックウォーターの警備員が無辜《むこ》の市民を殺したことを認めるかと質問されると、プリンスは答えた。「いいえ、それは承服できません……跳弾《ちょうだん》もあれば、交通事故もある。そう。これは戦争なのです」だいぶ懲《こ》りたと見えて、記念に〝ミスター・プリンス〟と書かれた名札をポケットに入れ、ドアに向かった。

捜査のためにFBIがバグダッド入りしたが、どの法律を適用すればいいのか、だれにもわからなかった。民間警備会社について検討するイラクとアメリカの合同委員会が発足し、国務省と米軍がより効果的に協力できる合意を検討しはじめた。

だが、イラク政府が活動禁止を宣言してから三日とたたないうちに、塗装を塗り替えたブラックウォーターの車輛が、グリーン・ゾーンから繰り出しはじめた。

ブラックウォーターの営業許可を取り消そうにも、もともとそんなものはなかったというのが、現実だった。それに、CPA指令第一七号があるので、イラク国内でブラックウォーターを裁くことはできない。

ブラックウォーターを活動できないようにできるのは、雇用者の米国務省だけだ。

だが、ブラックウォーターがいなかったら、国務省そのものがイラク国内でなにもできなくなる。

11　死をも乗り越える信仰

一五分間に一七人が殺された。「それだけ殺すには、よっぽど必死でやらなきゃならない。がむしゃらにやらないとできない」ある友人が、そういうメールをくれた。彼は激しい嫌悪に襲われていた。その友人は元海兵隊員で、戦争を支援し、金を儲《もう》けるために、二〇〇四年にイラクに来た。「命を懸《か》けていたのは承知していたけど、人生のその時期は人間が高潔で、団結心があったというように思い出したい。金が決め手だったのは否定しないけど、それ以外にそういう要素がなかったらやらなかった」

いまでは全員が、報酬をもらっている殺し屋だ。ブラックウォーターがそういう流れを作った。「ほんとうに腹立たしい」と、他の会社に雇われていた友人は書いている。「やつらがでたらめをやりほうだいで、なんの罪にも問われないのが口惜《くや》しいんだ」ブラックウォーターのイラクでの活動を禁止にする、バグダッドでその射手を裁判にかけるといったさまざまな確約は実現しなかったものの、〝ニスール広場〟という言葉は、イラク戦争の用語集にくわえられ、アブグレイブとおなじ邪悪な意味合いを持つようになった。ニスール広場の虐殺は、イラク戦争に埋め込まれたほとんど見えない戦争の暴虐と罰せられずにすむ蛮行の象徴となった。

　おおぜいがそのことで頭を悩ませていたが、もはや問題はとてつもなく大きくなっていた。銃撃事件の二週間後、ワックスマン委員長の事務局が内部文書を発表した。それによると、ブラックウォーターは二〇〇五年以降、一九五件以上の〝武力行使の段階的拡大〟に関わっている。〝一週間に発砲事件を一・四件以上起こしたことになる〟と述べられている。プリンスは証言の際に、それを全体の数字と比較しようとした。「二〇〇五年以降、わが社はイラクで一万六〇〇〇回にも及ぶ任務を行なってきました。武器を使用したのは、そのうちの一九五件です」全任務の一パーセントにすぎないと、《ミリタリー・タイムズ》の記事で強調している。「ですから、警備員がすぐに引き金を引きたがっていて、やたらと撃ちまくっているというのは、まったくまちがっています」

　ワックスマンもプリンスもいい忘れているか、あるいは認識できていないのは、統計をいくら縷々《るる》述べても関係ないという点だ。統計そのものが無意味だからだ。現実にどれだけ発砲事件が起きているかは、だれにもわかっていない。国務省と米軍は、厳密には、発砲したときには報告することを警備会社に義務付けているが、会社が報告するかどうかはまたべつの話だ。じっさいに報告されているのは発砲事件の一五パーセントだろうと、二社の警備責任者が述べている。ある元ブラックウォーターの武装警備員《オペレーター》は私に、チームは週に四度か五度発砲していると告げた。プリンスが全社の数字として挙げたものの四倍近い。さらに重大なのは、発砲によって死傷したイラク人の数がわからないことだ。「われわれは殺すために撃つんだ。それに、いちいち脈をたしかめたりはしない」と、べつの元ブラックウォーター・オペレーターはいう。

データを集めた米政府関係者ですら、そんなものは茶番だと認めている。「自分が民間企業にいて、こういうプロセス分析をやっていたら、〝この数字は、どの会社がもっとも多く事件を起こしていて、どういう事件を起こしているかという点に関しては、信用できない〟というだろう」

陸軍工兵隊の監視システムを監督しているケント・ライトナー陸軍予備役少佐は、それはただの事実の申し立てであり、正直に認めてはいないという。国防総省と契約している三〇社以上の大半は、いかなる発砲事件も報告していない。ライトナーの前任者ティモシー・クラップ大佐も、おなじ結論を下している。「契約書は報告を義務付けているが、報告するかどうかはその会社しだいだ」

民間警備会社はすべて石のようなものだ。ひっくり返してみたら、なにが出てくるかわかりはしない。

ニスール広場の銃撃事件からわずか三週間後のある午後、ユニティ・リソーシズ・グループというあまり知られていないオーストラリアの会社が、バグダッドの六車線の大通り、カラダ通りを走っている白いオールズモビルに二十数発を撃ち込んだ。乗っていたのはイラク人女性ふたりで、いずれもキリスト教徒で、仕事場から家に帰る途中だった。「脳みそがあたりに散らばば「頭が見つからなかった」銃撃のあとで、警官が記者に語った。

っていた」

ドバイにいるユニティの幹部は、女性ふたりを殺したことに遺憾《いかん》の意を表したが、すぐに傭兵の決まり文句を唱えた。「警告を段階的に拡大したにもかかわらず停止しなかった」

ユニティは、RTIインターナショナルというノースキャロライナの大手調査会社の社員を警護する契約を結んでいた。RTIはイラクに民主主義をひろめるためにUSAID（米国際開発庁）の総額四億八〇〇〇万ドルの契約を請け負っている。USAIDは国務省の機関だが、政府の広報に問い合わせると、RTIにたらいまわしにされた。「USAIDは契約企業の警備についてはなんら指示を出していません」といわれた。

ここ二年間、ユニティはRTI職員を警護中に、記録されているだけでも三八件の発砲事件を起こしていることがわかった。いずれの場合も調査はユニティが行なっているから、結果はおのずと見えている。三八件はすべて正当であるとされた。一件はふたりの女性が殺される半月前に、まったくおなじ場所——おなじカラダ通りの二五〇メートル行ったところ——で起きていた。目撃者によれば、ユニティの射手は午前七時に幼稚園の真正面で白いバンを自動火器で掃射したという。運転手は左腕が皮膚一枚でつながった状態で、車をおりた。ユニティは、この事件についての回答を拒《こば》んだ。RTIに接触すると、広報担当は最初は事件のことすら否定した。その後、目撃者がいることを示すと、じつは内部記録に発砲のことが記されているのを発見したといわれた。その記録を見て、ユニティは死傷者についての部分をすべて削除していることがわかった、と広報担当は認めた。

カラダ通りは、マンハッタンのアッパー・ブロードウェイのような場所だ。広い大通りには、レストラン、家電店、社交クラブ、アイスクリーム屋、ビデオ屋、モスクが建ちならんでいる。私はその近所を歩いて取材し、そこがSUVに乗った男たちの射撃場と化していることを教えられた。「あの連中は、近づくものがあればなんでも撃つ」五〇歳の家具店店員シッリ・アブドゥル・ラティフはいう。オペレーターがトヨタの乗用車の運転手を殺した最近の事件について、七人が話をした。猛スピードで走り去ったので、会社はわからないが、ユニティの銃撃事件現場だったカラダ通りの直線二五〇メートルで起きたという。

ユニティ・リソーシズ・グループは、だれが統制しているのか？

答えはまったくわからなかった。

国務省でもUSAIDでもない。イラク政府でもオーストラリア政府でもない。米軍の統制下にあるのかと、ケント・ライトナーにたずねたところ、つぎのような返事があった。「問題はそこ［ユニティ］が、国防総省の契約している企業ではないことだ。だから、事件を報告するかどうかは……」

最後までいわなかった。

「わからない。それに関して、こっちはどっちつかずの立場だ」と、ようやくいった。

私にしてみれば、根本はつねにおなじだ。ふたりの女性が殺されたわずか九日後に、イギリスのエリニスという会社の傭兵がキルクーク近くでオレンジと白のタクシーを銃撃し、運転手と乗客ふたりが負傷した。

最初は、そのころにはお決まりになっていたように、ブラックウォーターが非難された。だが、エリニスがやったことを認め、例によって即座に、タクシーが警告の合図を無視したと告げた。

だが、撃たれた人間には、そんな弁解は関係ない。

「民間警備会社のこういう行動に、アメリカ政府は責任があります」タクシーのリアシートに乗っていて肩を撃たれた二四歳の女性はいう。射手たちのことを〝凶暴な怪物で犯罪者で殺人鬼〟だといった。

責められるのはアメリカ政府だ、と彼女はいう。「そういうひとたちを支援しているのだから」

二〇〇七年一〇月、バスラのジョーと呼ばれるようになっていたDEA（麻薬取締局）捜査官が、クレセントの人質を探すためにイラク南部で最大の都市を空路で訪れた。

事件も人質のことも、もう遠い記憶になっていた。新年直後に出現した最後のビデオのあとは、ずっと沈黙がつづいていた。理由は米政府も人質の家族も察しがついていた。第二の映像のあと、アフマド・チャラビはアメリカ側との仲介役を拒《こば》み、それで連絡手段がいっさいなくなってしまった。ＦＢＩは相変わらず遠いバグダッドにいて捜査を行なっている。しかもいまなお捜査官を九〇日で交替させているので、捜査に弾みがつかない。バグダッドでの捜査は、ワシントン支局の監督の下で行なわれている。

バスラのジョーは四〇代半ばで、身長は一七八センチ、引き締まった体つきに角ばった顎、苦みばしったいい男だった。すこし後退しているチャコールグレーの髪は、ジェルを使って左から右へ梳《と》かしつけている。公務員としてもかなりきちんとしていた。首が苦しいのではないかと思うくらいネクタイをしっかりと締め、替え上着のジャケットを脱ぐことはめったになかった。だが、専門は潜入捜査だった。何カ月も姿を消して、麻薬密売の暗黒街に溶け込む。ジョーの妻もDEA捜査官だった。カリフォルニア南部に住んでいて、子供はいない。いろいろな面で、この捜査にうってつけの人材だった。クレセントの人質の生死をたしかめるまでバスラにいても、なんの支障もない。

ジョーは、拉致《らち》事件を担当したことはなかったので、人質探しにコカイン六キロを探すのとおなじ手を使った。売ったり、値段の交渉をしたり、手に入れられる場所の話をする人間が、かならずいるはずだと思った。

「ゲームに参加するには、現場近くにいないとだめだ」といい、ジョーは南部を目指した。FBIはその単純な理論に、一一カ月ものあいだ気づいていなかった。英軍部隊に包囲され、米軍特殊部隊チームに護《まも》られているバスラ空港を、ジョーは根拠地にした。それから何カ月ものあいだ、間断なく捜査をつづけ、イラク政府、英軍、FBIなど、情報を持っていそうな相手との人脈を築いた。

情報が集まりはじめた。だが、イラクはなにしろ風説の温床で、だれを信じ、なにを信じればいいのかが見極めにくい。連絡相手も幾重にも重なっている。ひとりがべつの人間を知っていて、その人間がまたべつの人間を知っているという按配《あんばい》だった。ある午後、ひとりの連絡相手が、クレセントの人質のいどころを突き止めたと知らせてきた。そういう話は何度も聞いている。ジョーはその連絡相手に、証拠が必要だと告げた。着ていたもの、写真、身分証明書など、確認できるものがなければならない。証拠を手に入れてまた接触すると、連絡相手がいった。何週間も過ぎた。二月初旬、ジョーはＦＢＩその他の米政府関係者に進捗《しんちょく》状況を報告するためにバグダッドへ行った。そこにいるあいだに、携帯電話にかかってきた。要求した証拠を届けるために、ひとりの男がバスラ空港に向かっていると、連絡相手が告げた。

二〇〇八年二月一一日――ジョン・コーテの二五歳の誕生日だった。ジョーはバスラに電話して、連絡相手が行くことを特殊部隊に伝えた。

空港ゲートにやってきた男は、小さなポリ袋を持っていた。厳重に要塞化された施設内に案内され、特殊部隊のチーム・リーダーにポリ袋が渡された。薄いポリエチレンの手袋をはめたチーム・リーダーは、ポリ袋をあけたとたんに、さむけに襲われた。

ポリ袋には、切断された指が五本はいっていた。行方不明のクレセントの人質のものだと、男がいった。指は一本ずつべつの〈ジップロック〉に収められていた。泥がついて、かなり腐敗していた。原形を留めておらず、指というよりは指先だった。

チーム・リーダーは、ジョーに連絡した。

「すぐに来てくれ」チーム・リーダーがいった。「これはほんものだと思う」

おぞましい進捗ではあったが、この事件で最大の手がかりだった。指を分析し、行方不明の男たちのものであることを確認しなければならない。国務省がバスラにヘリを急行させ、不気味な証拠品を回収した。ジョーはそのヘリを、グリーン・ゾーンのヘリ発着場LZ（降着地点）ワシントンで出迎えた。証拠品を台無しにしないように、手袋をはめて、ポリ袋をあけずに受け取った。アメリカ行きの便に乗せるために状態を安定させるようにという指示をつけて、指はグリーン・ゾーンの戦闘支援病院に送られた。クァンテコの法科学研究所で分析されることになっていた。

腐敗しているため、指紋がわかるのは五本の指のうち三本だけだった。クァンテコのアナリストが、ジョン・コーテ、ポール・ルーベン、ロナルド・ウィズロウの指であることを確認した。ウィズロウは、前年三月に英軍が押収した人質リストに載っていたアメリカ人だった。DNA鑑定によって、あとの指二本は、ジョシュ・マンズとオーストリア人バート・ヌスバウマーのものだとわかった。クレセントのチーム・リーダーでやはり行方不明のジョン・ヤングの指はなかった。

FBIは、この報せをどうやって家族に伝えようかと苦慮した。捜査官の立場からすれば、腐敗した指は人質が殺されたことを九割がた示している確実な証拠だった。実質的に死の証拠となる。しかし、情報提供者の話は曖昧《あいまい》だったし、まだ遺体が出ていない。指が遺体から切り落とされたものなのか、それとも生きているあいだに切られたのかは判断できないというのが、法科学研究所の意見だった。家族には米政府当局がヤングを除く人質五人の指紋と

DNA証拠を手に入れたことだけを伝える、というのがFBIの出した結論だった。

情報を教えるのを控えたのは、〝すでにたいへんな苦しみを味わったひとびとへの思いやり〟ゆえだった、とFBI関係者はいう。しかし、この決定が裏目に出た。家族は当初、どう考えればいいのかと迷った。どういう証拠でなにを意味するのだろうかと、あれこれ憶測した。FBIは煙草《たばこ》やグラスのようなものを見つけて、そこに指紋が残っていたのではないかと考えたものが多かった。三週間後、切断された指のことが、オーストリアの報道雑誌にリークされた。それが通信社やインターネット経由で世界中にひろまり、人質の家族の元にも情報が届いた。

ポール・ルーベンの双子の兄パトリックは、半狂乱でカリフォルニアの私のところへ電話してきた。一七歳の甥《おい》から電話があって、父親が死んだのはほんとうかときかれたという。なにか知らないかと、私にたずねた。「政府からはあまり情報がはいってこない」と、パトリックが不平を口にした。ワシントン州リッジフィールドでは、マンズの母親ジャッキー・スチュワートが、FBIの地方局の担当者に電話をかけた。「それが事実だということを確認する報告はありません」FBIの担当者は答えた。報道に疑問を投げかけ、ジャッキーにこういった。「そんなひどいものだとは思えませんね」

その日の夕方に、FBIはようやくリシントンDCから確認の電話をかけてきた。「切断されたのが前人質が生きているかどうかについては、なんら方向性を示さなかった。だが、前だったのかあとだったのかを、科学的に正確に判断する方法は、現時点ではない。FBIには断定できなかったのだと思う」捜査に通じている情報源はそういった。「生きているときに切断された可能性もあれば、死後に切り取られた可能性もある」

「気が変になりそう」ヤングの母親シャロン・デブラバンダーはいった。「だって、うちの息子の指はなかったんですもの。いったいどういうこと？

非人道的だわ。いい報せだと思いたいけれど、なんともいえない。母親にはこういうことがわかるものだし、いい感じがしないの。切り落とされた指が五本あって、うちの息子の指がそこになかったのを、どうしていい報せだと思えるのよ。FBIが家族に真実を話さなかったのが理解できない。遺体を見つけても伏せるにちがいないと思うじゃない。知らないということが、私たちには死ぬほどつらい。そのことで毎日命を縮めているのよ。むごすぎる」

フランシス・コーテとナンシーは、おぞましい発見物を生きている証拠だと考えた。ナンシーはいうまでもなくDEAバッファロー支局長で、そもそもそういう地位にあるからこそ、バスラのジョーに捜査を行なわせることができたのだ。でも、藁《わら》にもすがる思いなのは、他の家族と変わりなかった。「遺体になったのなら、指をぜんぶ切り落とせばいいじゃないの。生きているあいだに切断されたと思う」

フランシスは、この報せをクリスに伝えた。ジョンが生きている証拠だと思う、といった。だが、クリスはそうは思わなかった。父親のような揺るぎない信仰や徹底した楽天主義は持ち合わせなかった。何カ月も前からクリスは、弟もその親友たちも死んだのだと、いよいよ確信するようになっていた。これはそれを裏付けただけだ――想像を絶する意地悪な証拠ではあったが、自分の思っていたとおりだった。フランシスとクリスが、これほど遠ざかるのは、はじめてのことだった。ひとつ屋根の下にいながら、べつの国に住んでいるみたいだった。フランシスとナンシーと、フランシスの神。クリスは孤独を味わっていた。危機に際して頼れる唯一の相手の行方がわからない。それがいま、手足を切られてしまったらしい。神はいったいどこにいるのか？

その晩、寝る前にフランシスはクリスを抱きしめて慰めようとした。クリスはそれをふりほどき、ひとり地下の闇に姿を消した。

一日後、カンザスシティ北部の家の外に一台の車がとまっているのに、シャロン・デブラバンダーは気づいた。

復活祭《イースター・サンデー》の午後八時だった。近所に住む友人を家まで送っていこうとしていた。バックでドライブウェイから出るときに、道はたの暗がりに車がとまっているのが目に留まり、なかに乗っている人間ふたりのシルエットが見えた。身なりのいい男と女が車をおりて、家に近づいてきた。

地元のFBIの連絡担当だと、シャロンにはわかった。静かな休日の夜に、いったいなんの用があって来たのか、最初は見当もつかなかった。車をとめて、じっと眺め、考えた。そのとき不意に気づいた。

「まあ、ナンシー。どうして来たのかわかった」シャロンは、大声で友人にそういった。捜査官たちに、家にはいって待っていてほしいと頼んだ。しばらくして戻ると、ふたりの捜査官は居間にいて、シャロンの夫のデニスと小声でしゃべっていた。

シャロンが腰をおろすと、女性捜査官が報せを告げた。「まことにお気の毒ですが、遺体がイラクで発見され、息子さんのジョン・R・ヤングだと確認されました」

一六カ月ものあいだに、さんざん泣きつくしていた。シャロンは涙を流さず、質問攻めにした。どういうふうに死んだのか、いつ、どこで死んだのかと質問した。

捜査官ふたりには、答えはわからなかった。

シャロンは腹が立ってきた。拉致《らち》から、ビデオの出現、息子以外の人質の切断された指の発見という謎に包まれた不気味な出来事に至るまで、ずっと苦しみを味わってきた。そのあいだ、闇のなかを手探りしている心地だった。なにもわからないことだらけなのが耐えがたかった。いまも、息子が死んだというのに、どういうことがあったのかはわからない。

「質問しているんじゃないの。答えをどうしても聞きたいのよ。答えをいってよ！」シャロンは捜査官たちにいった。「あなたたちの上司がなにをいおうが関係ない。どうしても知りたいの。私は母親なのよ。九カ月も宿していたのよ。あなたたちとはちがうの」

ＦＢＩ捜査官たちは、思いやり深かった。問い合わせると約束した。だが、ほとんどなにもわかっていないというのを打ち明けるわけにはいかなかった。カンザスシティ北部とイラクのバスラは、遠く離れている。死の組み立てラインは延々とのびていて、シャロンの家の居間にいる身なりのいい米政府の代理人は、そのラインの端にいるにすぎなかった。元陸軍兵士でふたりの子供の父親で、妹のジョエラが〝兵士の心を持つさすらいびと〟と評した四五歳の息子がみまかったことを、母親に伝えるのが、ふたりの任務だった。

組み立てラインのもういっぽうの端には殺人グループがいる。彼らについてわかっていること、なにをやったかは、数日前にバスラ航空基地前に捨てられていた黒いポリ袋に収められているものが示している。袋の重さは二七キロほどで、ジョン・ヤングの遺体の一部であることが、その後の法医学調査でわかった。ピューマ、帽子をかぶって笑っている骸骨《がいこつ》、羽のついたナイフなどの刺青《いれずみ》は、ほぼそのまま残っていた。だが、鮮やかなブルーの目や唇はなくなっていた。胸と肋骨《ろっこつ》は押しつぶされ、内出血していた。喉《のど》を深々と切られ、頭部は脊《せき》髄《ずい》だけでつながっていた。

何カ月も前に死んだことはたしかだったが、正確には断定できなかった。何者かが米軍基地の前に届ける前に、土と砂の墓から掘り起こされていたことがわかった。

ヤングの遺体とともに、テキサス州ローリングスプリングズ出身のコンピュータ専門家ロナルド・ウィズロウの遺体もバスラ航空基地前に捨てられていた。ウィズロウはクレセントの人質とともに囚われていて、やはりポリ袋に遺体が入れられていた。米軍はふたりの遺体を銀色の棺に収めて、輸送機で本国へ運んだ。

それがクレセントの人質の家族にとってつらい決着の幕開きだった。それからというもの、電話に出るだけでも命の縮む思いを味わった。

つぎはだれなのか？

カンザスシティのシャロンが息子についての報せを受けていたころ、ミネアポリス郊外のケリー・ジョンソン゠ルーベンの家の電話が鳴った。ケリーは電話に出るのが怖かった。夫のポールではなく、ヤングとウィズロウの遺体が識別されたことを捜査官が告げると、ケリーはうしろめたい思いをしながらも安堵《あんど》の息を漏らした。だが、安心したのもつかの間、「捜査官の口からつぎの言葉が出ると、吐き気がした。ほかにも三人の遺体が見つかっていて、あとひとりの遺体も回収する努力をしている、といわれたの」

それから三日というもの、ケリーは食べることも眠ることもできなかった。そして、三月二六日水曜日の午後八時ごろに、捜査官の車が家の前にとまった。

「ご主人のポール・ルーベンとジョシュア・マンズの遺体であることが確認されました」捜査官がケリーにいった。

ケリーは床に倒れて吐いた。ひどく具合が悪くなって、友人が病院へ車で連れていかなければならなかった。緊張病の症状を起こし、緊急救命室で二時間点滴を受けた。

まだ終わってはいなかった。ヤングとウィズロウにつづいて、ルーベンとマンズが死亡を宣告された。もうひとつの遺体がコーテかヌスバウマーのものであることはまちがいない。だが、まだ身許識別がなされていなかった。

どちらかの遺体であることがわかったとして、遺体がもうひとつ、イラクのどこかに残されているはずだった。

ぞっとするような偶然の一致だが、数カ月前に人質の家族は、三月末にミネアポリスに集合することを決めていた。

人質の家族が全員顔をそろえて、共通の悲劇について語り合うのが目的だった。だが、ミネアポリス空港近くのコンフォート・インにチェックインすると、会合はまったくちがう様相を呈し、合同の通夜のような感じになっていた。

私はルーベンとマンズの遺体が識別された翌日にあたる木曜日に飛行機で行った。手荷物受取所で、ワシントン州リッジフィールドからやってきたマンズの母親のジャッキー・スチュワートといっしょになった。ジーンズに白いバルキーセーターといういでたちで、縮れたブロンドの髪が肩にかかっていた。落ち着いた様子だった。荷物を取ると、私たちはスポーツバーへ行って、ビールを二杯ばかり飲んだ。心の平安が得られたと、ジャッキーがいった。

「ジョシュがなにも感じなかったのはわかっているの。死ぬときには魂が肉体を離れるから、痛みは感じないのよ」

その夜、人質の家族は、コンフォート・インにつながっているアウトバック・ステーキハウスに集まった。通りの先には広大なモール・オブ・アメリカがある。ジャッキーと私は混み合ったレストランにはいってゆくと、ジョシュの父親マーク・マンズと出くわした。マーク・マンズは息子とおなじように一九三センチという長身だが、もっと肥えていて、茶色の髪はまっすぐだった。ジャッキーとのあいだに緊張が走るのがわかった。ふたりは結婚しなかったし、何年も疎遠になっていた。ジョシュがクレセントの警備員になったのはジャッキーのせいだと、マーク・マンズが何度か非難したことがある。

ジャッキーのほうを見ずに、マークが吐き捨てるようにいった。「この女がジョシュを悪魔に売り渡したんだ」

気まずい沈黙が流れた。ジャッキーは目を潤《うる》ませてその場に立っていたが、マークのほうは見ず、なにもいわなかった。

ウェイトレスが私たちをテーブルに案内し、そのうちに家族がどんどん到着した。シャロンとデニスはカンザスシティから車でやってきた。コーテの母のローリは、フォートローダデイルから飛行機で来た。バート・ヌスバウマーの母のマリアと弟のフランツは、オーストリアのグムンデンからはるばるやってきた。マーク・マンズは、ジョシュを育てた妻クリスタをともなっていた。ポール・ルーベンの家族は、妻のケリー、母親のジョーニー、妹のスージーが来ていた。

ルーベンの双子の兄パトリックは、出席を拒《こば》んでいた。銃砲店主のコシールスキイが事件について家族に新しい情報を説明することになっていたからだ。二月末、コシールスキイはプレスリリースを出し、この会合を〝イラクにおける拉致《らち》についての国際サミット〟と称していた。フランシスとナンシー・コーテも、コシールスキイは度を過ごしていると考えて、やはり欠席していた。

レストランの他の客には、騒々しい家族の集まりに見えたことだろう。笑い声や大声のおしゃべり、テーブルに飲み物がこぼれる。数分ごとにもっと椅子が入り用になる。私の隣に座っていたローリが、驚きを口にした。「ほんとうに不思議ねえ。まったくちがうところに住んでいて、おたがいのことをぜんぜん知らなかったいろいろな人たちが、家族として集まるなんて。それもこんな悲しいことで」

どう感じればいいのかわからない、とローリはいった。その週のあいだに三度、ＦＢＩの担当者が来て、恐怖におののいたが、死んだと確認されたのはよその子供だった。テーブルを見渡して、ローリは泣き出した。「みんな健気《けなげ》ね。みんな決着がついたのよ。でも、ジョナサンはどこ？」

突然、一同が静かになり、全員が私のうしろに目を向けているのに気づいた。ふりむくと、姿格好がよく似た美しい女性ふたりがコートを脱いでいた。女性といっても、まだ少女のようだったが、ふたりは瓜ふたつだった。背が高く、痩《や》せていて、薄茶色の肌、焦茶色の髪をぎゅっとポニーテイルにまとめている。ひとりはピンクと白の毛布にくるまれてもぞもぞ動いている乳児をベビーカーに乗せていた。

ルーベンの一七歳になる双子の娘、ブリーとケイシーだった。生後五カ月の女児の名前はカリアで、母親はブリーだ。ルーベンが囚われているあいだに生まれた。私は自己紹介し、行方不明になる前にきみたちの父親をインタビューしたと教えた。おどけた顔をしてみせると、カリアはくすくす笑った。

「このおじちゃんが好き？」ブリーが、カリアにやさしい声でいった。「好きなの？　おじいちゃんが拉致される前に会ったんですって」

ブリーとケイシーはふたりでかけ合いをするようにしゃべり、ふたりでひとつの話をまとめるという按配《あんばい》だった。どちらがどちらなのか憶えようとしたが、ひとりが移動するともうわからなくなった。ふたりともおもしろくて、変わっていて、かわいらしかった。父親によく似ている。そばにいると心が痛んだ。二週間後には卒業記念ダンスパーティで、ドレスを用意しないといけない、とふたりがいった。

最後に父親と話をしたとき、イラク人ふたりを殺した爆弾のことで父親は呆然としていた、とブリーとケイシーがいった。

「パパ、すごーく怖がってた。爆弾が破裂したときにその車に乗ってて、いろんなものが体に飛び散ってたんだって。〝おまえたち、おれが殺《や》られても不思議はなかったんだ。こんなところから早く逃げ出したい〟っていうようなことをいってた」

赤ん坊が泣き出し、抱きあげたので、ブリーが話していたのだとわかった。

するとケイシーがいった。「そしたらね、〝ここはものすごく危ないんだ。こいつが最後の任務になるかもしれない〟だって」

「だから頼んだのよ」ブリーがいう。「〝お願い、パパ。なにもかも投げ捨てていま帰ってきてよ〟そうしたら、〝できない、最後に一回だけ任務をやらないと〟っていったの」

「その最後の任務が命取りになったのよ」ケイシーが結んだ。

ひとはよく質問する。それだけの価値があるのか？　やりがいのある仕事なのか、取りあげる価値のある記事なのか、給料に見合うのか？　答えは質問そのものに含まれているから、どう答えてもおなじことだ。

拉致される一週間前のルーベンとのやりとりを、私はしばしば思い出す。クウェートシティのクレセント本社で私の泊まった部屋に座っていた。娘たちに話したのとおなじ爆弾のことを、ルーベンは話していた。ただ、任務はあと一回だけではなく、それから何回もあったし、ルーベンはずっといると告げた。私は理由をたずねた。

「好きなんだよ」ルーベンはいった。「おれは海兵隊にもいたし、州兵にもいた。こういう仕事が性に合っているんだ。それに、生活費にも困らないようになってきたし」

言葉を切り、にやりと笑った。

「二〇〇八年には新型のダッジ・チャレンジャーが導入されるそうだよ。そいつにも乗りたい」

茶化しているのはわかっていた。結局、リスクと報酬を天秤《てんびん》にかけているのではないのだ。世界一美しい娘たちと新車のどっちがだいじかという話ではないのだ。

人質の家族の晩餐会《ばんさんかい》の翌朝、コシールルスキイがコンフォート・インのブリズベーン・ルームで彼のいう国際サミットとやらをひらいた。非番のブルーミントンの警察官が、ベージュのポロシャツの下に抗弾ベストを着て〈テイザー・ガン〉を持ち、ドアを警備した。隣の部屋では子供のバースデイ・パーティをやっていた。悲しみに暮れている家族がぞろぞろとはいっていって、それから三時間、コシールルスキイが〝情報〟と呼んでいる風説や根拠のない憶測のごったまぜを聞かされた。国際サミットが終わると、私はパトリック・ルーベンの家にバーベキューを食べに行った。ブリーとケイシーも、ポール・ルーベンの最初の妻でふたりの母親のキャシーとともに来た。パトリックとその妻のジェニファーの家に泊まっているジャッキー・スチュワートもいっしょだった。

パトリックはミネアポリス警察の警官で、ミネアポリスの東のウィスコンシン州ニューリッチモンドから車で一時間かけて通っている。ドアからはいってくるのを見ると、驚きに打たれた。双子の娘たちとおなじように、双子の兄弟のポール・ルーベンと瓜ふたつだからだ。身長一九三センチ、体重一二七キロ、茶目っ気のある温かな笑顔。ポールよりも髪の毛はすくないが、笑い声も話し声も似ている（一オクターブ低いかもしれない）。大男にしては驚くほど敏捷《びんしょう》なのも、ゆがんだユーモアのセンスもおなじだ。ポール・ルーベンが誘拐されたあと、キャシーはパトリックのそばにいると幽霊を見ているような気がすることがあった。パトリックはそれをからかった。「おれが憎いんだろう?」

パトリックが、私を地下に案内した。おもちゃや子供のビデオがいっぱい置いてあり、四歳の長男マックか、五歳の長女マリリンが、数分置きに駆け込んできた。

「あいつは楽しみたかっただけなんだ」パトリックがポールのことをそういった。それに、「騒ぎを起こすのが好きなんだ。自分の人生のことなんかに縛られたくなかったんだ。それに、ちょっと嘘つきのところもある。世間に顔向けできないようなこともやっていると感じていたみたいだよ」

〝ほんとうに幼いころ、六歳か七歳だったと思うが〟母親の酒をいっしょに盗み飲みしたことがあった、とパトリックは語った。ルーベンは一生酒をやめられなかった。でも、みんなに好かれていて、力になってもらった。だが、〝最後のチャンスの約束〟に署名したあとにまた飲酒運転で捕まり、九年半つとめたセントルイスパーク警察をやめなければならなくなった。人間とスリルのあることが好きなルーベンにとって、警官は申し分のない仕事だった。「そこからは坂道を転げ落ちるようだった」と、パトリックはいう。「それから酒の量が増えた。二〇〇五年にいっしょにヴァン・ヘイレンのライブに行ったんだが、ポールは車のなかでちゃんぽんに飲んでいた」そのころには、破産宣告をして、キャシーと離婚し、友人がときどきくれる簡単な大工仕事でしのいでいた。

イラクで民間警備会社の仕事をするというのは、刺激的なまたとない機会で、結局それでルーベンは救われた。インターネットで応募した。飲酒癖など、だれも気にしないようだった。ルーベンは三社を渡り歩いた。DEHグローバル、セキュリフォース、そして最後がクレセント。そして、救い主となった仕事に殺された。

私はパトリックのあとから二階へ行った。食事のあと、しばらく歓談していた。パトリック、キャシー、娘たちが、ポール・ルーベンについていろいろな話をした。キャシーはインディアナ州出身の明るい気取らない白人女性で、ミネアポリスの土木会社で秘書をしている。ルーベンが海兵隊員だったころに、ハワイで出会った。ルーベンは通りをずっとついてきたという。「背が高くて、あんな満面の笑みははじめて見た。ポールはそういうひとだった。

会ったとたんににこにこ笑って、善意があふれんばかりで」キャシーは、ルーベンを家から追い出したことが二度あって、二度目で結局別れたが、彼への好意をなくしたことはなかったというのが見てとれた。ルーベンが警察の夜間勤務で体を動かすのもままにならないくらい疲れ切って、家に帰ってくることがあった。「床で眠っていたので、つい足をくすぐりたくなったの。そういうときにくすぐると、彼はぜんぜん抵抗できなくて。ふたりで大笑いしたものよ」

ブリーとケイシーは父親が帰ってきたときに見せようと、いろいろなものを取ってある、といった。新聞の切り抜き、カリアの写真、ルーベンがいないあいだに起きた出来事の記録。

「ずっとパパが帰ってくる日のことを考えていたの」ブリーがいった。

「私もおなじ。二度とパパから目を離さないつもりだった」ケイシーがいった。

「望みを持っていたのに」ブリーがいった。「これからどうしよう」

帰る時間になった。ブリーとケイシーは、あすは学校がある。私はホテルに帰って、コンピュータの電源を入れた。ＦＢＩがプレスリリースを出していた。バート・ヌスバウマーの遺体が確認された。

残るはひとりだけ。

午前三時三〇分ごろ、クリス・コーテはニッサンでバッファロー・オーデュボン・ハイウェイを爆走していた。前方の信号が黄色から赤に変わろうとしていた。間に合わないとわかっていたが、そのまま突っ切った。

クリスは、ヤマハのディーラーで週八〇時間働いていた。それがふつうだった。そのおかげで、体を動かし、呼吸をして、なにも感じないでいられた。毎朝地下から出てきて、仕事に向かった。夜は遅く帰ってきて、家族、ことに父親に会うのを避けた。

その晩、友人に食事に誘われた。だれかがビールをおごってくれた。いつもならクリスは最初に抜ける。でも、もうどうでもよくなっていた。クリスの人生の床は抜け落ちてしまったのだ。何杯もビールを飲み、それからウィスキーを飲んだ。友だちについていってべつのバーへ行き、エナジードリンクの〈レッドブル〉で割ったウォッカを何杯か飲んだ。何杯飲んだか憶えていない。それから車に乗った。

ふたつ目の信号が赤になったが、クリスはそれも突っ切った。

パトカーがうしろに現われて、停車を命じた。警官が、飲んでいたのかときいた。クリスは事細かにその晩のことを話した。バーを二軒、ビール、ウィスキー、〈レッドブル〉&ウォッカ。まるで罰せられるのを望んでいるみたいだった。警官が酒気検知器で調べた。制限の倍の数値が出た。

バッファローにはナイアガラの滝があって、フットボールのチームもある。でも、小さな街であることに変わりはない。

べつの警官が近づいてきた。

「たしか、あんたはイラクに兄弟がいるんじゃなかったかな？」

「ええ」クリスは答えた。

DEAバッファロー支局長の継母のことを、その警官が口にした。

「ナンシーはこういうことをどう思うだろうね？」

「困ると思います」クリスは答えた。

警官たちはニッサンを駐車場に入れて、クリスを家まで送った。ナンシーを起こして車のキーを渡すようにと命じた。クリスはいわれたとおりにした。

翌朝、父親ではなくナンシーが、ニッサンをとめてある駐車場へ送っていった。

「いいこと、クリス。どういえばいいのかわからないけれど、あなたもジョンも、私の息子たちと変わりないのよ」ナンシーがいった。「あなたをとても愛している。それをわかってほしいの。あなたのことが心配よ。きのうのようなことがあったら心配なの」

「心配してくれていると思った」クリスはいった。

その日はずっと、面目ない思いでいっぱいだった。

フランシスは、どうにかして息子と話がしたかった。五人の遺体が発見されたいま、信仰と楽観をよりどころにして希望を抱いていたフランシスですら、心の底ではジョンは帰らないだろうと悟っていた。それなのに、もうひとりの息子までもが感情的な危機に陥っている。ある晩、地下から叫び声が響くのを家族は聞いた。クリスがこの世に向けて怒りをぶつけていた。

フランシスは、酒に酔った運転手に父親を殺されている。ジョンは飲酒運転で逮捕されたあと、イラクへ逃れた。そしていま、責任感の強いクリスが、打ちひしがれ、自暴自棄になったように信号無視をした。なんとかして手を差しのべなければならない。だが、どうすればいいのかわからなかった。末息子のジョンは行方不明で、十中八九死んでいる。もうひとりの息子クリスは疎遠になっている。いっぽうクリスも孤独を味わっていた。父親の信仰は結局、母親との離婚につながってしまったし、自分の信念も崩れかけている。父親とは悲しみを分かち合ってはいても、しゃべる言葉がちがう。ふたりのあいだには閉ざされた扉があるようだった。

二〇〇八年三月下旬、イラク首相マーリ・マリキが、バスラを支配している武装勢力と犯罪組織を根絶やしにするための軍事攻勢を開始した。狭い市街地でイラク軍兵士数千人が、マフディ軍の戦士と銃撃戦を展開した。米軍のF-18支援戦闘機が武装勢力を機銃掃射し、街の至るところが空爆を受け、夜間に炎上した。人口三〇〇万人の蒸し暑い港町バスラは、包囲攻撃にさらされていた。電気も水道も寸断され、市民は家のなかで縮こまっていた。戦闘はイラクの他の地域のマフディ軍拠点にまで拡大し、バグダッドのだだっぴろいスラム街サドルシティも巻き込まれた。

その渦中のどこかにジョン・コーテがいるはずだった。

戦闘がバスラを呑《の》み込むと、米政府かいう〝六つ目の遺体探し〟は中断した。

四月四日、ミズーリ州リーズサミットで、ジョン・ヤングの葬儀が執り行なわれた。牧師は、〝ふつうのアメリカ人だが英雄〟と述べた。ヤングのクレセントの元同僚ベンジャミン・〝レッド〟・バロウマン、シャノン・マッカラウ、ゲアリ・ビョーリン、ケヴィン・ベイカーが、棺に付き添う役目を果たした。ラングズフォード葬儀場で写真を撮るためにポーズをとったとき、彼らの固めた拳《こぶし》にはラテン語で〝永遠の戦士〟を意味するプロエリアトル・アエテルヌスという言葉と傭兵のシンボルである翼のついた剣が刻まれた特注の指輪があった。ヤングは軍隊式の葬儀によって見送られた。棺からアメリカ国旗が取られて、儀杖兵がたたみ、シャロンの膝に置いた。

四月一二日、カリフォルニア州レディングに近いアンダーソンで行なわれたジョシュ・マンズの葬儀には、一〇〇〇人が詰めかけた。マンズは多数の国旗が打ちふられるなか、捧げ銃に葬送ラッパという軍の儀礼によって北カリフォルニア退役軍人墓地に葬られた。

マンズの葬儀のあとで、私はフランシス・コーテと話をした。気がつくと、過去形でジョンのことを話していると、フランシスが打ち明けた。そういったあとでいい直した。「〝六人のうち五人が遺体で発見されたんだから、ジョンが無事に帰れる見込みは薄い〟といえるのはわかっている。でも、まだそんなふうに考えたくない。自分がそんなふうに考えるのを許すわけにはいかないんだ」

戻ってきた遺体の状態について、フランシスは他の家族からさまざまな話を聞いていた。拷問を受けたらしいということがわかっていた。冷蔵庫のところへ行ってあけたものの、なにを取りにきたのか忘れている、ということがあった。

バスラは戦火に包まれ、ジョン・コーテの捜索もそれに呑み込まれていた。それでもフランシスはくじけなかった。どうして耐えられるのかと、私はきいた。

「毎朝、毎晩、神と折り合いをつけるようにするだけだ。神の望まれるような暮らしをして、神と触れ合い、この世でどう生きてほしいと望んでいるかに耳を傾ける」フランシスは私にそういった。「ありのままのものが人生なんだ。人質を囚えていた連中のために祈ることもある。神に心を向けて、自分たちがやったことがまちがっていると悟り、悔悟するように。それが私たちの信仰だ」

復讐したいと思うことはないのか、とたずねた。

「そう思ったこともある。怒りに駆られて狙撃銃を手にして、バスラで夜も昼も何度となくやつらを狙い撃ちにする。やつらとおなじ戦術を使う。だが、それでどうなる？　なにもいいものは生まれない。それはよくないんだ」

四月一四日、リチャード・バトラーというイギリス人カメラマンを救出するために、イラク軍部隊がバスラ中心部の家を急襲した。バトラーは二カ月前に『60ミニッツ』の取材中に誘拐された。イラク軍が敵を撃破し、両手を縛られてフードをかぶせられたバトラーを発見した。ほとんどずっと、その状態だったという。

数日後に、イラク軍はバスラを制圧した。

四月一九日土曜日、FBI捜査官ふたりがコーテ家を訪れ、六つ目の遺体が発見されたことを告げた。識別のためにドーヴァー空軍基地に送られたという。

四月二四日木曜日、クリスは早めに出勤した。重要な日になるのがわかっていたので、準備をしておきたかった。上司に何日か休みたいといった。ランチのあとで、受付の女性が目を泣き腫《は》らしてクリスを女性洗面所にひっぱっていった。父親が電話してきて、FBIが家に来ることを伝えてきたのだという。

クリスがレッドクリフ・エステート近くまで行ったとき、四台の車が連なって走っているのが目に留まった。それについていくと、やがて四台が速度を落として、家のほうに曲がり込んだ。「そのとき、それがFBIの車で、うちに来たのは弟が死んだことを知らせるためだと悟った」

よく晴れた春の日だった。バッファローは雪融けの季節だった。クリスはポーチへ歩いていった。玄関はあいていたが、網戸の掛け金がかかっていた。キッチンから教会音楽が流れてくる。動揺して涙を流しているナンシーには、掛け金をはずすことができなかった。ナンシーがフランシスを呼びに行った。クリスはポーチで待った。女性ふたり、男性ふたりのFBI捜査官がそばに来た。

「お気の毒です」ひとりがいった。

心を打ち砕く報せを聞いたときにどう答えるかを、クリスは何度も頭のなかで考えて暗記していた。だが、こうなるとは思っていなかった。家にはいることができないでポーチに立ち、悔やみのささやきが宙に漂っている。〝なんのことだ？〟といいたくなった。

家にはいった一行は、キッチンの外のデッキに出て、パラソルの下のパティオ用テーブルについた。クリス、フランシス、ナンシー、ダークスーツ姿の捜査官四人。長い赤毛の女性捜査官が、フランシスの顔を見つめて、検屍が終わり六つ目の遺体が、〝ご子息ジョナサン・コーテ〟であることが確認されたと告げた。

言葉やこの世のさまざまな事柄を超越した沈黙があたりを支配した。やがて、死に関わることであっても私たちの暮らしを動かしている事務的な事柄が話し合われ、そのあとでまた沈黙が流れて、ようやくクリスとナンシーが捜査官たちを見送った。フランシスはデッキのテーブルの前に座ったままだった。

捜査官たちが帰ると、ナンシーがクリスに向かっていった。

「なにかしてあげられることがあるといいんだけど」

「ナンシー、してもらえることなんかないよ」クリスは答えた。

父親と息子たち——彼らは私たちであり、私たちは彼らでもある。その晩、コーテ家には友人や親戚が詰めかけ、カウンターには料理がならべられた。クリスは父親とふたりきりになるために居間へ行った。フランシスは午後からずっと飲んでいて、ソファにがっくりともたれていた。クリスはその前のオットマンに腰かけ、拳《こぶし》に顎を乗せて、何カ月も避けていた父親の顔をじっと見つめた。いまでは父親の気持ちがすっかりわかっていた。

力を失ったフランシスが、泣き叫びはじめた。

神に向かって叫び、すすり泣いた。「どうして私の息子を奪ったのですか？」

心痛が父親の体を貫いているのが、クリスにはわかった。立ちあがり、父親の体をくるむように抱いた。

「だいじょうぶ」クリスはいった。「だいじょうぶ」

「だいじょうぶじゃない」フランシスが激しく答えた。

「いや、だいじょうぶだよ」クリスはそっといった。

「クリストファー、私を見捨てないでくれ。おまえに見捨てられたら――」

クリスはさえぎった。

「ぜったいにパパを見捨てはしない」

ナンシーがやってきた。クリスは地下の自分の部屋へ行った。ジョンの旧《ふる》くからの友人、ミカエラ・ラムズデンとD・J・ジマンスキイがいっしょになった。地下で三人は四方山話《よもやまばなし》をした。バッファローでソーシャルワーカーをしているミカエラは、まっすぐな黒い髪の持ち主で、すらりとしている。秋に結婚することになっていて、ジョンが戻ってきて結婚式に出てくれるといいと思っていた。何年か前に、ジョンが唐突に愛していると打ち明けたことがあった。いつもの伝で衝動的な告白だったが、つきあっていたらなにもかもちがっていたかもしれないといって、ミカエラが泣き出した。D・Jは身長一八八センチ、体重一一三キロで、頭を青く剃《そ》りあげ、あちこちに刺青《いれずみ》がある。ジョンはよく練習用のボールを腹に当てて持ち、カニシウス大学のラインマンだったD・Jに、フットボールのスタンスでぶつかってこいといった。冬になると、D・J、クリス、ジョンが、クリスのニッサンで橇《そり》を曳き、かわるがわるレッドクリフ・エステートを走りまわった。

ミカエラとD・Jが帰り、クリスがひとりになったときには、午前零時になっていた。ジョンの服――セーター、スキージャケット、陸軍の軍服――がまだクロゼットに残っていて、ジョンのにおいがしていた。クリスは好きな映画『リバー・ランズ・スルー・イット』のビデオをかけた。フライフィッシングと殺された弟が題材になっているノーマン・マクリーンの二〇世紀の古典と激賞された小説『マクリーンの川』が原案になっている。クリスはもう五、六回見ている。いろいろな面で、マクリーン家の物語はクリス自身の物語でもあった。映画を見ていると、画面には無鉄砲な弟の姿がある。野原で兄のあとをつきまとい、女の子を夢中にさせ、慈愛深くいかめしい父親の叱責をはねつけ、みずからの死を招く。

映画では、息子が殺されてだいぶたってから、長老派教会の牧師である父親が、会衆に向かっていう。「きょうここにいる者は、だれもが人生に一度は、愛する者が困っているのを見て、おなじことを自分に問いかけるでしょう。神さま、私たちは力を貸したいのですが、そうだとしても、なにが必要なのでしょうか？　なぜなら、もっとも近しい者を助けられることは、めったにないというのが事実だからです。自分たちのどの部分をあたえればよいのか、どの部分が望まれていないかが、わからない場合のほうが多いのです。ですから、私たちはそのことを肝に銘じて、だれが自分を受け入れようとしていないかを承知すべきです。それでも、私はそうした者たちを愛することができるのです――完全に理解できなくても、完全に愛することができるのです」

それが真実であることを、クリスは知った。私たちが愛する者たちが、私たちを受け入れようとしない。煙草《たばこ》を吸いすぎるし、車を運転する前に酒を飲む。私たちの世界から脱け出して、さまざまな面で死がビジネスの代償であるような場所へ行ってしまう。そして、帰ってこないこともある。

エピローグ　知恵の書

US航空《エアー》一八六〇便が、バッファロー・ナイアガラ国際空港四番ゲート前にするすると地上滑走してゆくとき、機長がインターコムで放送した。「乗客のみなさん、ご傾聴ください。今夜、私たちはイラクで亡くなったアメリカ人の遺体を運んでいます。遺体をおろし、付き添いがおりるあいだ、席に座ったままお待ちください」

キャビンは水を打ったように静かになった。最前列に乗っていたふたりが持ち物をまとめるあいだ、だれも身動きしなかった。ふたりはドーヴァー空軍基地からジョン・コーテの遺体に付き添ってきた空軍一等軍曹と、バスラのジョーと呼ばれるDEA捜査官だった。

案内されてふたりが機外に出ると、一等軍曹が貨物室に上っていった。銀色の棺にアメリカ国旗をかけ、足のほうからコンベアに載せた。

小雨が降っていて、気温は摂氏五度ぐらいだった。エリー湖から肌を刺す風が吹き、戦死した兵士の家族を支援するニューヨークのバイカー組織ペトリオット・ガード・ライダーズが捧げ持つ旗五、六旒《りゅう》が激しくはためいていた。パトカーの閃光灯とバッファローのテレビ局の照明が、巨大な機体のまわりに光と影を落としていた。照明のついているキャビンで座席に座り、驚くべき光景を見守っている乗客が、地上から見えた。オレンジのベストに毛糸帽の手荷物運搬作業員が、脇のほうで待っていた。

私は、フランシス、ナンシー、クリス、ローリとともに、凍《い》てつく風に叩かれながら、右翼の下に立っていた。ダークスーツ、プレスのきいた白いシャツ、厚手のコートという非の打ちどころのない服装のバスラのジョーが、駐機場を歩いてきて、フランシスとナンシーを抱きしめ、ナンシーが礼をいった。棺がおろされていった。

ニューヨーク州兵航空隊第一〇七戦闘軍の男性兵士五人、女性兵士ひとりが、コンベアの下で棺を受け取った。くだんの一等軍曹が先導し、飛行機から二〇メートルほど離れたところにとまっていた霊柩車《れいきゅうしゃ》に向けて行進した。ローリとナンシーがすすり泣いているのが聞こえた。フランシスは息子の棺に敬礼した。霊柩車の扉が閉まり、私たちがそこを離れるとき、フランシスが腕をのばして私の手をぎゅっと握った。私も平静を失いかけていた。イラクで知り合ったひとびと、死んでいったひとびとのことを考えていた。イラク人もいればアメリカ人もいる。兵士、記者、傭兵。いったいなぜなのだろうと考えた。

ペトリオット・ガードのハーレー・ダビッドソン一四台が爆音を響かせて、空港からイースト・アムハーストのデングラー&ロバーツ葬儀場に向けて、長い葬列を先導した。葬儀場は白い柱に煉瓦《れんが》造りの二階建てだった。小さなアメリカ国旗が数十旒で、駐車場のそばの芝生に立てられていた。霊柩車からおろされた棺が、芝生に置かれる。五七歳のベトナム退役軍人でペトリオット・ガード・ライダーズの一員のエドワード・コルノウスキイが、モーターサイクル・ジャケット姿で平静の祈りを唱えた。

神よ、変えることのできないものを受け入れる
平静な心をあたえたまえ
変えることのできるものを変える勇気と
それらを見分ける知恵をあたえたまえ

それからこういった。「ジョナサン、アメリカ合衆国に身を尽くしてくれたことに感謝する。アメリカの大地に帰ってきてくれたことを歓迎する」

地面から持ちあげられた棺が、葬儀場に運ばれた。すべての窓から明かりがこぼれていた。ジョン・コーテの家族や友人たちは、いつまでも暗い駐車場にいて、抱き合うなどしていた。きちんとした身なりの葬儀場の社員が、ペパーミントキャンディを配っていた。

やがて車がしだいに出ていった。私はクリスの車に乗っていた。車を出す前にやることがあると、クリスがいった。葬儀場に走っていって、すぐに戻ってきた。責任者にききたいことがあったのだという。弟の遺体をいつ見られるようになるかを知りたかったのだ。

コーテの一族が、バッファローに集まりはじめた。おじやおば、おおぜいのいとこたち。

フロリダ、カリフォルニア、ミシガン、ニュージャージー、フランス語を話すモントリオールの親類。ゲッツヴィルの煉瓦《れんが》造りの家は、絶えずひとであふれ、キッチンのカウンターにはどの日も、コールドカット、ラザニア、バッファローウィング、チップス、ディップ、さまざまなデザートが山盛りになっていた。フランシスはまた巌《いわお》に戻っていた。「いまは抑えているよ」落ち着いていることについてだれかが意見をいうと、フランシスはいった。「漏れなく招いて葬儀に出てもらうことに専念していた。ある午後、フランシスは、重さが二〇〇キロ以上あるバスタブを裏庭に移動するための革紐《かわひも》をこしらえた。

べつの午後に行くと、ガレージを給油所に改造している作業員がいた。年が明けたころに、フランシスは天然ガスで走るグリーンのホンダ・シビックに買い換えていた。トランクに収められているタンクを満タンにしても、一ドルしかかからない。息子の葬式があるという週に、フランシスは自分でホンダに燃料補給できるよう、ガレージに天然ガスのポンプを取りつけさせていた。

「フランシス、いったいなんのためにこんなことをやっているんだ？」そのポンプを見て、弟のひとりのサージがきいた。サージはフランシスよりも背が高く、顎鬚《あごひげ》を生やしていて、皮肉っぽい。デトロイト郊外に住み、ＦＡＡ（連邦航空局）の検査官をしている。

「環境のため？　燃料代を浮かすため？」サージがきいた。

「イラクのせいだ」フランシスが答えた。

どういう意味かと、私はたずねた。

フランシスが、中指を突き立てた。

「きさまの石油も、きさまの戦争もくそくらえ」にっこり笑っていった。「くそくらえ、イラク」

しばらくして、家のなかに戻った。ナンシーがキッチンにいて、どんなことがあってもクリスに遺体を見せたくないと葬儀場の責任者にいわれたという話をしていた。ナンシーによれば、〝だれがなんといおうと、棺はあけません〟といわれたという。

フランシスはほっとしていた。クリスのことが自慢だった。クリスの力は見えない泉から湧き出ているようだった。ジョンの遺体が識別されたあと、コーテ家は地元のホテルで記者会見をひらいた。クリスを見て、何人かのレポーターは泣いた。最後にこう質問された。

「弟さんに最後の質問ができるとしたら、なんといいますか？」

クリスは息を呑んだ。「おまえにこういうことをしたやつのことを許せるか？　とききます」声がかすれていた。「弟に許せるなら、ぼくにも許せると思う」

だが、フランシスは神聖さを汚された遺体をクリスに見せたくなかった。一生心に傷が残るにちがいないと思った。家族にはいつものジョンの姿で記憶に留めてもらいたかった。クリスは、現実として受けとめるために、弟の姿を見る必要があると思っていた。

「大人なんだから、どうこう指図できないわ」クリスのもっとも親しいいとこのモード・コーテが、フランシスにいった。

モードはモントリオールの入国管理局につとめる若い弁護士で、眼鏡をかけ、やさしい性格だった。ジョンが死んだときいたときには、すぐにバッファローに駆けつけ、何日も泊まって慰めたり、家事を手伝ったりした。

「クリスが自分で決めることよ」モードはいった。

「棺のなかにいるのは私の息子だ」フランシスはきっぱりといった。「クリストファーの息子じゃない」

フランシス、ローリ、クリス、いとこたちが、ジョン・コーテの遺骸が安置されている葬儀場の一室に集まった。片隅にジョンのスノーボード、ホッケー用ジャージー二着、スノーボード用ブーツ、ホッケーのスティックが置いてあった。軍隊と学校の賞状や免状を置いたイーゼルもあった。陸軍の正装用軍服が、奥の壁にかかっている。どの部屋でも、ジョンや家族の何百枚もの写真がモニターを流れ、クリスの選んだ音楽がかかっていた。

ジョンの遺骸は、天井が低くグリーンのカーペットが敷かれた長方形の部屋の奥に置かれた黒っぽい木の棺に納められていた。その向こうに、白いTシャツの上にグレーのセーターを着て、けだるい笑みを浮かべているジョンの大きな写真があった。棺の上には知恵の書第三章の冒頭部分をひらいた聖書が置いてあった。〝正しい人の霊魂は神のみ手にあり、どんな苦しみもそれには触れえない……〟

二日間の通夜のあいだに一〇〇〇人以上が訪れ、出迎えの列はドアを出て裏の駐車場までのびていた。ニュースで報じられたことに興味を持ったり、感情的な記者会見を見たりした、なんの縁もないひとびとが大多数だった。バッファロー警察署長、FBI捜査官、ナンシーの同僚のDEA捜査官もやってきた。ジョンと第八二空挺師団でいっしょだった十数人も参列した。軍服姿の者もいたし、除隊して民間人になっている者もいた。

ペトリオット・ガード・ライダーズが、表で徹夜の番をつとめ、アメリカ国旗を持って建物のまわりを巡回した。そのなかに、第二五歩兵師団の上等兵だった息子のトラヴィスをなくしたマイク・クレイグと妻のサンディもいた。

通夜が終わっても出迎えの列はかなり長かったので、フランシスとナンシーは列をたどって、漏れなく挨拶《あいさつ》するように気を配った。ようやくひとが減りはじめたころに、私はジョンの親しい友人のひとり、ジェニー・ゴールディンに出会った。明るい小柄な女性で、小学校の教師をしているジェニーは、ジョンのいろいろな面を知っていた。スノーブーツを履《は》いて〝ぼくのエゴをさすって〟と書かれたTシャツを着たジョンやクリスと三人でバーにはいっていったときの話は、楽しい思い出のひとつだった。

ジョンは、自分をじっと見ている女の子がいるのに気づき、即座に気があるのだと思い込んだ。

ジェニーは急に笑い出した。

「ジョン、あの子があなたをじろじろ見てるのは、変なムーンブーツを履いて、〝ぼくのエゴをさすって〟っていうTシャツを着てるからなのよ」

陸軍を辞《や》めたあとで、ジョンが落ち込んでいるのを、ジェニーは目の当たりにしている。

カウンセラーに診《み》てもらおうとして、ジェニーはジョンをバッファローのダウンタウンにある復員軍人局病院へひっぱっていった。でも、ジョンは床を見つめるばかりで、ほとんどしゃべらず、二度と行かなかった。そのあとで、ジョンはジェニーが両親と住んでいる家の裏庭に立ち、会計士になるためにフロリダ大学に行くと告げた。それを聞いたジェニーと家族全員が爆笑した。

会計士ジョン。どう考えても釣り合わない。

これからどうするつもりかと、私はたずねた。「よくわからない」ジェニーが沈痛に答えた。「長い時間をいっしょに過ごした相手なのに、いまはどんな犠牲を払ってでもそういう一瞬を取り戻したい。ひどい理由でもいいから、なにか理由がないといけない。理由があるはずよ。そうでないとまったく無意味じゃないの」

レンタカーのフォード・フュージョンにクリスを乗せて、私はあちこちへ行った。帰る前に、弟とふたりだけになる時間がほしいとクリスがいった。四五分ほどショッピングモールでぶらぶらしていると、もう家に帰れるというクリスのメッセージが携帯電話に届いた。

戻ると、葬儀場にはほとんど人影がなかった。出迎えた男が、クリスがだいじょうぶなように面倒を見てほしいといった。葬儀場のひとたちは心配していた。部屋を覗くと、クリスが弟の棺に覆《おお》いかぶさるようにして、激しく泣いていたという。

はいってゆくと、クリスはジョンの棺と写真の前でひざまずいていた。ふりむいたとき、目が真っ赤だった。私は家まで送っていった。

その途中でクリスが、ジョンの遺骸を見るのはあきらめたと打ち明けた。あとで、見なくてよかったともいった。検屍報告書がドーヴァーとバッファロー総合病院の両方から届いたときに、ジョンの体がどれほど損なわれていたかがわかったからだ。

右の親指と小指の一部がなくなっていた。そこに〝切断のために使われた工具の痕がはっきりと残っていた〟と、軍の報告書に書かれていた。干からびた小指の先端は、ガーゼに包まれ、プラスティック容器に入れてあった。遺骸には頭部もなく、その後も見つからなかった。バッファローの監察医はフランシスに、どういう方法だったかはわからないが、頭部は切断されたようだと告げた。

死んだときのジョンは、〝患者衣に似たズボン〟、袖《そで》なしのコットンの下着、黒っぽい襟《えり》のコットンの半袖シャツを着ていた。遺骸は泥にまみれ、重さは三三・五キロだった。死亡日時は〝腐敗が進行しているため特定不可能〟だった。

「おお神さま、私たちがこれを耐え抜くのを助けてください。神さまとジョナサンを褒《ほ》め称《たた》える言葉を口にする力をフランシスにあたえてください」

ナンシーは、フランシスの手を握り締めた。天然ガスを燃料に使うホンダに乗って、葬列が動き出すのを待っていた。

空はスレートのようなグレーだった。その朝は暖かく、いまにも雨が降り出しそうだった。フランシスは葬列についていった――ペトリオット・ガード・ライダーズ、バッファロー警

2008年5月2日、ジョン・コーテの葬儀がいとなまれたニューヨーク州ウィリアムズヴィルの聖処女降誕教会に、800人が詰めかけた。コーテがかつて所属していた小隊の兵士十数人、フロリダ大学のフラタニティの仲間数人、アメリカ各地の友人や親戚が列席したが、クレセント・セキュリティ・グループからはひとりも来なかった。（コーテ家提供）

察のパトカー、ニューヨーク州兵——トランジット・ロードに出ると、車の列は郊外の煉瓦《れんが》造りの住宅やバッファロー北東の沼地を抜け、ゆるゆると進んでいった。

聖処女降誕教会は、その道路を五キロメートルほど行ったウィリアムズヴィルにある。その正面にハリスヒル消防署の六号消防車がとまっていて、巨大なアメリカ国旗を梯子《はしご》からメインストリートの上に垂らしていた。ペトリオット・ガード・ライダーズも、旗を持って歩道ぎわにならんだ。

教会には八〇〇人ほどが詰めかけていた。バルコニーにはテレビ局のクルーが陣取っていた。クリスが先導する棺の付き添い役が、国旗をかけた棺を囲んで通路を進み、そのあとを家族がついていった。その一行が最前列から二列目までを占めた。ローリは黒いスーツ姿で、ジョンがやきもきしながらクウェートシティで注文した蝶々《ちょうちょう》の指輪を左の人差し指にはめていた。

オルガンの演奏がとまった。棺から国旗が取られて、白い埋葬布がかけられた。

「事件が起きた二〇〇六年一一月一六日と、それからの歳月は、この世の罪と邪悪の現実を物語っています」コーテ家の主任司祭ランディ・ロゼッレが、会葬者たちに告げた。

神の子もまた、ジョンのように人質にとられたのです、とロゼッレはつづけた。「私たちの愛する主イエスは、唾《つば》を吐きかけられ、嘲《あざけ》られ、石で打たれました。そして強い太陽に灼《や》かれ、衣服を剝《は》ぎ取られ、茨《いばら》の冠をかぶせられ、十字架にかけられて殺されました。いまのあなたがたの痛みや苦しみがどれほどのものであるか、私には知る由《よし》もありませんが、天にましますわれらが父は、それをご存じのはずです」

フランシスが立ちあがり、ジョンの棺に左手を押しつけると、重い足取りで演壇にあがった。英語とフランス語で、会葬者たちに礼を述べた。それから三〇分間、一九八三年二月一一日午前七時五二分に南カリフォルニアのロングビーチ海軍病院で生を受け、イラクのどこかで不明の日時に命を終えたひとりのアメリカ人の人生を詳しく物語った。

フランシスは、自分は愛国者だと思っていたが、政治にはあまり興味がなかった。だいたい政治家を信用していなかったのだが、いまはいっそう懐疑的になっていた。だが、追悼頌《ついとうしょう》徳《とく》演説のさなか、声がよく響く教会で、息子がそこで殺されたなじみのない異様な世界についてわざわざ話をした。そういう世界が生まれた状況についても語った。民間警備員は、現代の戦争の現実となっていて、〝私が参加した湾岸戦争〟の兵員の一〇倍にも及んでいる、と会葬者に説明した。

「彼らは撃ち、撃たれ、そして死ぬこともある」と、フランシスは述べた。「兵力不足で過重労働の正規軍部隊の負担を減らすために、前線の奥でアメリカ合衆国は助っ人を雇っているのです。これは志願兵士が一〇〇パーセントという軍隊を保有する代償です。以前は軍や行政機関が処理していた仕事を、金を払って民間人にやらせているのです。それによって軍隊は実戦に専念できるわけです。しかし、民間警備員を使うことによって、戦争の真のコストは隠されます。彼らの死は公式の死者数には含まれません。彼らの任務――と利益――を、口の堅い民間警備会社の幹部は議会の目から隠しています。その間、会社の資産や現金は莫大に膨《ふく》れ上がります。

　ジョンは殺されたとき、米軍のどの部隊にいたわけでもありませんが、それでもこの戦争でふたたび国のために尽くしていたのです」と、フランシスはいった。

　そこでクリスが立ちあがり、演壇に向かった。すれちがいざま、クリスが手をのばして、父親の体をつかみ、抱擁した。

　クリスの追悼演説は短かったが、会衆はみんな涙を流した。

「ジョナサンは、ぼくにとっては芸術家でした。自分のリズムを持っている美しい人間でした」クリスはいった。「弟の人生は弟の芸術作品であり、弟は会うひとすべてとそれを分かち合うことを望んだのです」

『リバー・ランズ・スルー・イット』から引用し、私たちの能力をたしかめるのは、〝完全に理解できなくても完全に愛すること〟だといった。
「ぼくはジョナサンを完全に愛していました」クリスはいった。「ジョナサンへのそういう愛を、ここにいるみなさんがたと分かち合えるものと思っています」

バッファロー郊外にある墓地までの道すじにおおぜいのひとびとが立ち、長い葬列が通るのを見送った。白いセーターを着て胸に手を当てた女性が庭に立っているのを目にした。幼い子供たちが敬礼した。若者たちがポーチにたむろして、なんだろうというように眺めていた。

イラクで殺された米軍兵士の葬列だと思った者もいるだろう。そのとおりだといえなくもない。ジョナサン・コーテは米陸軍兵士として参戦しているし、イラクで殺された。だが、じっさいはもっと込み入っている。

コーテの遺骸が身許識別された二〇〇八年四月二四日の時点で、公式な米軍兵士の死者数は四〇四七人だった。その数字は変更されなかった。戦争開始から五年たっていたが、数百人もしくは数千人が死んでいるにもかかわらず、いまだに傭兵は死のうが生きようが数にはいらない。傭兵を管理する法律も定かではない。ワシントンDCで大陪審がニスール広場の殺人を調査している最中の五月、国務省はブラックウォーターをイラクから追放するどころか、契約を一年延長した。いっぽう、国務省の麾下《きか》でブラックウォーターが残虐行為をくりかえしていることを何カ月も前から警告していたジャック・ホリーは、イラクでは歓迎されざる人物になっていた。その夏、米軍の捜査によって、民間警備会社の所有物も含めて問題のある兵器が発見された。その一部がホリーの管理するグリーン・ゾーン内の武器庫にあった。五年近くイラクに滞在していたホリーは、米陸軍工兵隊の湾岸地域兵站《へいたん》部長の職を辞した。本書が印刷されていたころ、ホリーの辞任を取り巻く状況は、彼が兵站のために必要としていた警備産業とおなじように、あらゆる面で胡乱《うろん》なところがあった。だが、結局のところ、ホリーと民間警備会社の同盟は、当初から米政府が必死で固めようとしていた各国の同盟関係とおなじように、薄っぺらなものであったようだ。

ペトレイアスの指揮下、イラク全土で武力衝突はしだいに鳴りを潜め、油田を海外企業に開放することをイラク政府が検討するに至った。民間警備会社はそれを朗報と受けとめた。石油会社が警備員を雇うから、儲《もう》けの多いあらたな市場ができると、あてこんだのだ。「ますますよくなるいっぽうです」イラク民間警備会社協会（ＰＳＣＡＩ）のローリー・スミス次席代表は私にいった。

戦争をやらせるために金でひとを雇うと、そこにはさまざまな矛盾が生じる。ジョン・コーテが拉致《らち》されたことを悲しんだり同情したりする向きは多かったが、イラクへ行った動機に目を向けるなら、つねにそれに反発する要素が底流を流れていた。まだ行方不明のときに、《バッファロー・ニューズ》は身代金を集めるために家族がひらいたパーティのことを小さく取りあげた。その記事は、同紙のウェブサイトにさまざまな投稿を呼び寄せることになった。支援の声もあれば、残酷なくらい批判的なものもあった。

ひとりはこう書いている。酔っ払いで文無しの学生が、大金を稼ごうとして、ろくでもない会社に雇われ、イラクへ行った。現役の兵士だったとき、この男は米軍によって課せられる制約が気に入らなかったので、傭兵になればもっと楽しめるかもしれないと思った……どう糊塗《こと》したところで、この男は自分の貪欲の代償を払ったのであり、その家族は彼を救い出すためにテロリズムを支援しようとしている。

ジョンの友人は反駁《はんばく》した。おい、みんな、こんな優越感をちらつかせた批判にはくわわっちゃいけない。ちょっと危険な決断を下したかもしれない若者をもっと思いやろうじゃないか。向こうに行ってから、彼は最後のほうでは自分の身が心配になって、帰る準備をしていたんだ。捕らえられたときには、二週間後に辞《や》めるつもりだったんだ。いいやつだし、いなくなってほんとうにおれたちは淋《さび》しい。

ほかにも同情的な意見があった。きみはまだ若いし、いまの時代がどれだけ生きづらいかはわかっている。軍務を終えたときさみは、それでもまだ国に尽くせる途《みち》はあると考えたのだろう。そしてイラクへ行き、〝大義〟を助けるために他の国の〝軍隊〟の輸送コンボイを警備し、そして捕虜になった。会社はまったくなにもいわない、政府もなにもいわない、だれも消息を聞いていない。

この矛盾を私は解きほぐすことができたわけではない。会ったとたんにジョン・コーテのことが好きになったし、家族も大好きになった。だが、コーテが手を染めたのは物騒な稼業だった。これ以上忌まわしい仕事はないかもしれない。イラクでの失態の表われともいえるその産業を、米政府は養ってきた。それが責任を転嫁し、死傷者数をごまかし、原罪の汚点を隠す手段となった。民間警備会社——どう呼ぼうがおなじだ——は、時代にぴったりと合わさった。イラクはベトナムとはちがうからだ。イラク戦争は以前もいまも私たちの意識にほとんどのぼらない戦争なのだ。はるかに離れたところで行なわれ、そこではひとびとが飢え、津波で街が呑み込まれても、暮らしは連綿とつづいてゆく。そこへ自分が行くとなると、むろん話はちがうのだが。イラクが崩壊し、容易には元に戻らないとわかると、民間警備会社はそのことを遠い場所に押し隠すのに役立った。何万人もの影の兵士たちも、その役割も身許《みもと》も、戦争そのものとおなじように曖昧模糊《あいまいもこ》としている。徴兵する必要もなければ、員数を数える必要もなく、議会に諮《はか》る必要もない。そこにいることすら知らないふりもできる。

もちろん、清算しなければならないときが来る。それは避けられない。ブッシュ政権は、国のためにだれが殺し、だれが殺されるかを決める責任を、フランコ・ピッコやエリック・プリンスのような輩《やから》に任せてしまった。傭兵はもはや兵士ではないからだ。これまでも多くの傭兵がそうだった。傭兵は兵士とはちがって、損耗《そんもう》がどれだけ多くても撤退はありえないし、負傷後に任務に復帰することもありえない。一五カ月の出征期間や三度の海外出征を義務付けられてもいない。いつでも好きなときに辞められるし、そうする場合が多い。ひとつの戦争であちこちの会社を渡り歩いたり、べつの国へ銃を持って出かけていったりする。つねに金が儲《もう》かるし、結局はそれが目的なのだ。平和や勝利やよりよいイラクなど関係ない。

金がすべてを変えてしまった。

「兵士として国に派遣されたときには、ひとの命を奪っても罪に問われない。結局は自分を許せる」9・11後に入営し、ジョン・コーテとともに第八二空挺師団にいたパトリック・マコーマックはいう。「でも、家を買いたいというような理由から、商売としてやるときには、自分の存在に関わる問題を抱えることになる」

葬列の車が、チークトワガにあるリッジローン墓地に続々とはいっていった。曇り空の下、広い青々とした芝生に数百人が立っていた。ジョンの棺は、第二次世界大戦の古い榴弾砲《りゅうだんほう》の横に置かれた。儀杖兵《ぎじょうへい》が三発撃つあいだ、家族はテントに座っていた。葬送ラッパの物悲しい音が風に漂い、一機のヘリが上空を通過した。アメリカ国旗が棺から取られてたたまれ、ローリに渡された。フランシスにもべつのたたんだ国旗が渡された。

「この国旗は国が感謝のしるしに差しあげるものです」白い手袋をはめた曹長が告げた。

ジョンは、クレセント・セキュリティ・グループの任務を行なって命を捧げたのだが、会社の人間はひとりも出席しなかった。

何百人もの会葬者が棺のそばを通って別れを告げた。なかには腰をかがめてキスをする者もあった。〝愛している、ジョン〟とささやく者もいた。木の棺の端から端まで指でなぞったり、両手を押しつけたりする者、バラや紅白のカーネーションを献花するあいだ礼をする者もいた。

会葬者がほとんど去ると、十数人の若者が下手の空き地から近づいてきた。大半が静かに泣いていて、棺のそばを通るときには花だけではなく、自分たちの過去の記念品を残していった。ポケットやジャケットの襟《えり》からCIB（戦闘歩兵章）——歩兵戦闘技能資格を取得した兵士にあたえられる徽章《きしょう》——や、空挺降下員章をはずした。ひとりは長さ三〇センチの鉄棒二本を背中に挿入しているために、ぎくしゃくした足取りで歩いていた。陸軍の正装であるグリーンのA級軍装を身に着け、海外遠征徽章、レインジャー部隊章、戦闘徽章、善行徽章、CIBほか数々の表彰のしるしを帯びていた。

ニコラス・フォード二等軍曹が最後にジョン・コーテに会った場所は、クウェートだった。二一歳のフォードは、第八二空挺師団の兵士としてイラク入りに備えていた。コーテはクレセントから休暇を一日もらって、自分がいた部隊を訪問した。アバクロンビー&フィッチのブルージーンズにサンダル、袖《そで》なしのTシャツという格好だった。兵舎で馬鹿話をして一日いっしょに過ごし、コーテは仕事に戻った。フォードはサマラへ行き、ある午後、下の道路が爆発して、乗っていたハンヴィーが五メートル飛びあがって横転した。意識を取り戻したのは一カ月後で、脊椎《せきつい》、顎の骨、左右の腰骨が砕け、左肺が破裂し、左腿に人間の手ほどの大きさの第三度火傷を負っていた。同乗していた空挺部隊員三人は死んだ。

フォードは、ウォルター・リード陸軍医療センターに何カ月も入院していた。カテーテルをつながれ、歩行訓練をした。ある朝、目をあけるのが嫌になった。つぎの一分を切り抜けるのに、人質になって半年たっていたコーテのことを考えた。「きっと糞《くそ》つぼみたいなところにいて、毎日痛めつけられているんだろうな。独りぼっちで。でもおれには妻や家族がいる、と思った。それでなんとかやっていくことができた。ジョンがどれほどつらいかを想像することで」

フォードは、負傷者に陸軍が授与する名誉戦傷勲章をジャケットの襟からはずした。おなじ戦争で戦って死んだのにもはや勲章をもらう資格がない戦友といっしょにその勲章がこの世を去るように、棺にそっと載せた。

第八二空挺師団第五〇五パラシュート歩兵連隊第二大隊A中隊第二小隊の兵士たちは、肩を組みながらそこを離れた。風と悲しみのために、たがいに寄り添うようにしていた。

ひたすら黙然と去ってゆくとき、ひとりがやっと口をひらいた。「ビールでも飲もう」そしてみんなで声をそろえて笑った。

謝　辞

人質にされたクレセント社の警備員の家族のみなさんに、まず真っ先に計り知れない謝意を示したいと思う。以下にあげるひとびとの勇気と思いやり、愛するひとの身になにが起きたかについて揺るぎなく真実を追求したこと、私を信頼してくれたことに、心から感謝する。フランシスとナンシー・コーテ、クリストファー・コーテ、ローリ・シルヴェリ、パトリックとジェニファー・ルーベン、キャシー・ルーベン、ケイシーとブリー・ルーベン、ケリ・ジョンソン－ルーベン、シャロンとデニス・デブラバンダー、ジョン・ロバートとジャスミン・ヤング、マークとクリスタ・マンズ、ジャッキー・スチュワート、マリアとフランツ・ヌスバウマー。

私を家族として受け入れてくれるいっぽうで、ジョンの生と死をくじけることなく書くように励ましてくれた、コーテ家とシルヴェリ家には、永遠に尽きない恩を受けた。

私の編集人であり、師であり、一五年来の友人である、《ワシントン・ポスト》のマネジング・エディター、フィル・ベネットは、イラクにおける私戦について書くという案を、私に最初に示してくれた。本書とそれ以前の記事は、そういう刺激をあたえられたことで生まれた。この困難な時期にあっても、同僚の協同作業、人道、確たる事実を追求する比類なき粘り強さという組み合わせをなんとか維持しているのは、《ワシントン・ポスト》のみである。《ポスト》のイラク戦争記事が、そういう特質をはっきりと示している。《ポスト》の幹部社員、ドン・グラハム会長（元第一騎兵師団兵士）と、私がイラクで取材していた当時の発行人ボー・ジョーンズは、バグダッドを訪れたジャーナリスト数十人を激励し、支援し、最高の記事を書きあげるよう駆り立てた。編集主幹レン・ダウニーにはことに感謝している。ダウニーは、《ポスト》に四四年勤務し、私たちの時代のもっとも強力なジャーナリズムの金字塔となって引退した。編集人で友人のデイヴィッド・ホフマンにも感謝する。彼が仕事に注ぎ込む知性と情熱は、すべての仕事に色濃く表われている。

ワシントンDCとバグダッドで支援し、激励してくれた友人たちにも恩義がある。私たちがアメリカのジャーナリストのだれよりもイラクを深く理解するのに手を貸してくれた、アンソニー・シャーディドにはことに感謝している。トム・リックスは、私がバグダッドに到着した瞬間から、非凡な知恵と軍隊経験を分けあたえてくれ、庇護《ひご》してくれた。カール・ヴィックは、理想的な同僚、通信員、友人である。イラク人同僚の支援、補助、勇気がなかったら、私たちはだれも仕事ができなかったはずだ。この戦争の取材に彼らが貢献したことは、無数の記事からうかがい知ることができる。オマル・フェケイキ、バッサム・サブティ、ナセール・ヌーリ、サアド・アル－イッジ、ナセール・メフダウィ、《ポスト》のすばらしいバグダッド支局のみなさんには、ことに感謝している。ディア・アフメド、マルワン・アルーアニ、ハリド・アルサッファル、オマル・アサアド、ドロヴァン・ブルワリ、ナセール・ファディル、ファラーフ・ハッサン、ムアヤド・ジャッバル、モナ・ジャワド、ウィジュダン・ジャワド、モハメド・マフディ、リファアト・モハメド、モハメド・ムニム、ジャワド・ムンシド、ファウジヤ・ナジ、サイフ・ナセール、ガズワン・ノエル、モハメド・サレムに感謝する。

二〇〇七年一〇月一四日、《ポスト》の同僚の通信員サリフ・サイフ・アルディン（三二歳）が、バグダッドで取材中に射殺され、イラクで情報がいかに高くつくかが痛感された。この戦争におけるイラク人ジャーナリストの犠牲は、すさまじく大きい。二〇〇三年三月の侵攻以来、イラク人ジャーナリスト一一〇人が殺された。私たちはサリフの死を心から悼《いた》む。きみがいなくて淋しい《ムシュターク・ラカ》、サリフ。

ジュリー・テイトの〝リサーチ〟能力は、調査報道、原稿整理、ブレーンストーミング、考証、全般的な思索に及び、やさしさと知性となごやかな皮肉とともに提供される。ジュリーの働きは、本書のほとんどの行にこめられている。

バグダッド、ワシントンDC、その他の地域でともに仕事をした《ポスト》の同僚たちにも感謝している（悲しいことに、何人かは物故した）。ジョン・ウォード・アンダーソン、キャメロン・バー、ラジヴ・チャンドラセカラン、リズ・クラーク、ジョン・ファイナー、ジェイムズ・グリマルディ、ビル・ハミルトン、ティファニー・ハーネス、スコット・ハイアム、トム・ジャックマン、メアリ・ジョーダン、エレン・ニックマイヤー、モリー・ムーア、アンディ・モシャー、エミット・ペイリー、ジョシュ・パートロウ、スダルサン・ラガヴァン、キース・リッチバーグ、マイケル・ロビンソン‐チャベス、デイヴ・シャイニン、メアリ・ベス・シェリダン、キース・シンジンガー、ディタ・スミス、ジャッキー・スピナー、ジョー・スティーヴンズ、ダグ・ストラック、ケヴィン・サリヴァン、リズ・ヴィサー、リズ・ウォード、スコット・ウィルソン、クリス・ホワイト、ジョシュ・ホワイト。メキシコのチルパンシンゴからイラクのタッルアファルに至る旅の道連れ、コリン・マクマーンとリック・ジャーヴィスにも感謝する。

マーク・ファイナル‐ワダ、カール・ヴィック、マイク・アリーギ、ジュリー・テイトなど、原稿に目を通し、よりよくするための提案をしてくれたひとびともいた。バグダッドの戦域で歓待して料理をしてくれたアリーギには、ことに感謝している。イラク、アフガニスタン、アメリカを行き来していたにもかかわらず、アリーギは時間を見つけて読み、提案してくれた。モーリーン・ファンは、中国から本書全体を〝聞き〟、各章に賢明な助言をあたえて、私を（おおむね）正気に保ってくれた。モーリーンに神の感謝がありますように。

私のエージェント、ロバート・シェパードは、さまざまな面で、このプロジェクトのことを私よりもずっと早く理解していた。ロバートの編集、指導、率直な助言は、あらゆる局面で貴重だった。ダ・カーポ社の担当編集者ボブ・ピジョンは、ほんとうにプロフェッショナルで、その助言はすべての章をよりよくした。

友人のブラッド・マンギン、アシュレー・セントトーマス、ケイト・カゼニアク・バーク、アレックス・カムリン、クリスティン・マーラ、ジョン・ラジェウィッツ、フレッド・フランシスにも感謝したい。

第八二空挺師団第五〇五パラシュート連隊第二大隊A中隊第二小隊の兵士のみなさんに感謝している。ジョン・コーテについて憶えていることと、困難なイラク出征について私を信頼して話をしてくれた。フロリダ州ゲインズヴィルのシグマ・ファイ・イプシロンのみなさん、ことにジョーイ・ダル・サントとマット・スローンに感謝する。

民間警備会社の世界をマスコミ主流が発見するはるか前から、一部のライター、ジャーナリスト、研究者が、政治のあらゆる範囲からこの問題と取り組んでいた。そういったひとびとは決まって寛大で、協力的だった。ピーター・W・シンガー、デボラ・D・アヴァント、ジェレミー・スカヒル、プリタップ・チャタジー、R・J・ヒルハウス、ロバート・ヤング・ペルトンに感謝する。

A Bloody Business の著者ジェラルド・シューメイカー大佐（退役）は、このプロジェクトを開始したときに私がはじめて会った人物だった。ライター・写真家・戦士のジェリーは、私をクレセント社に紹介し、私戦の内幕を教え、驚くべき写真を大量に提供し、ネヴァダの砂漠で私に武器訓練までほどこしてくれた。ジェリーは仲間であり友人である。

友人のボニー・コーエン、グレグ・ファーンバーカー、ジョン・ゲインズ、バド・ゲラシー、シンシア・ゴーニー、ショーン・ホーガン、ケヴィン・〝ムース〟・ハン、ブルース・ジェンキンズ、クローディア・カルブ、ジャッキー・マクマラン、リー・モントヴィル、スコット・プライス、レイ・ラット、グレン・シュワーツ、ドン・スクワー、イアン・トムセンに感謝する。

ブロンクスの数学者シェフのキャル・デアルメイダ、才能ある若いライターのケイティ・デアルメイダにも感謝する。

子育ては村をあげて、という理論も、本書に適用されている。カリフォルニア州エルサリート市ポインセットのすばらしい仲間がいなかったら、本書を完成させることはできなかっただろう。とりわけニーリー家族信託のマイク、デリサ、アンドルー、ウェストン、ギアに感謝する。リック・コップ、パトリス・ポール-コップ、ケニア・コップに感謝する。

ジョン・コーテとクレセント・セキュリティの物語は、私の父ボブ・ファイナルの死と、もつれてほどけないほど絡《から》み合っている。父の声がいまも聞こえるし、そのユーモアと慈愛はつねに私たちとともにある。私の驚異的な母エレン・ギルバートは、息子ひとりが刑務所に送られる瀬戸際になり、もうひとりはイラクに赴くという状況に置かれたが、無条件の支援を私たちにあたえてくれた。私のすばらしい義妹ニコル・ファイナル-ワダは、いつも笑いと聡明で理解のある耳を向けてくれた。ありがとう、甥《おい》のマックス、姪《めい》のエラ。ふたりは、すばらしい読者で荒々しいレスラーだ。それに、私のかわいい息子、ポインセット・パークの稲妻ランナー、ウサイン・ボルトのウィルも忘れてはならない。

私はなぜかこの世でいちばん偉大な弟に恵まれた。マーク・ファイナル-ワダは、真実を暴く男、私の親友、私のすべてだ。

訳者あとがき

戦争は経済という面から見れば大きなビジネスチャンスである。武器・食糧・日用品その他の物資が大量消費され、需要と供給のサイクルが成り立つ。また、イラク戦争では、「モノの経済」にくわえて「サービスの経済」という新分野が急成長した。

ニッチ市場という言葉があるが、イラクでは軍や国際社会の要望に民間警備会社（民間軍事会社）のサービスが適合《ニッチ》し、巨大産業が生まれた。これにはさまざまな理由がある。民間委託すれば軍事費が表向きは減る。危険な任務を「外注」に出せば、兵士の損耗（死傷者数）も減る。どちらも国民や議会に追及されやすい「戦争のコスト」だが、軍は民間警備会社を使うことでそれをかわせる。また、工兵隊などの手に負えないインフラ整備などの復興作業は、どのみち民間委託されているわけだから、警備も民間委託すればきめ細かくやれるはずだ、という理論も成り立つ。

いずれにせよ、民間警備会社はすでにイラクで大きな存在となった。だが、それにともなって大きな問題が生じた。このサービス産業のレギュレーター（監督官庁）が存在せず、規制する法律やルールがなかったのだ。本書に説明されているように、ＣＰＡ（連合国暫定当局）のポール・ブレマー代表が二〇〇四年六月二七日に署名したＣＰＡ指令第一七号によって、傭兵やその他の民間業者は当面、イラクの法律によって裁かれないことになった。そういう状況のもとで「強者《ビッグ・ボーイ》のルール」が敷かれた。民間警備会社は、「おれたちのことはおれたちが決める。だれにも支配されない」という暗黙のルールのもとで行動するようになった。

アメリカ系のブラックウォーター社（二〇〇九年二月にＸｅ社に社名変更）はことに悪名高い。第十章で取りあげられたバグダッドでの銃乱射事件では、二〇〇八年一二月に米司法省が同社の社員五人を起訴している。

民間警備会社の蛮行はイラク国民の怨嗟《えんさ》を引き起こし、治安改善に必要な人心掌握を妨げている。第六章のクレセント拉致《らち》事件のような武装警備員《オペレーター》への襲撃・拉致の原因にもなった。アメリカ政府が最初から厳格な対応や自己規制を怠《おこた》っていたために、民間警備会社の野放図な「ビッグ・ボーイ・ルール」がイラクで蔓延《まんえん》した。最近になって米軍はこれを抑え込むためにかなり努力しているが、進捗《しんちょく》ははかばかしくないようだ。

この新種の傭兵たちについてのノンフィクションは多々あるが、本書は他の追随を許さない。著者スティーヴ・ファイナルは、さまざまな民間警備会社のオペレーターを直接取材し、護衛任務にも同行している。クレセント事件によって消息を絶ったオペレーターたちとも親しかった。事件後は、本人も認めているようにジャーナリストの枠を多少逸脱して関係者とつきあい、それゆえに節度のある筆づかいでそうした人々を描いている。

二〇〇八年春、スティーヴ・ファイナルはピュリッツァー賞（国際報道部門）を受賞した。陳腐な表現を許してもらえば、生身の人間の行動を描いているところが評価されたのだろう。熟読、再読に値する優れた読み物だと断言できる。

情報源について

本書執筆のきっかけは《ワシントン・ポスト》でイラクの〝私兵〟を取材するプロジェクトだった。材料の大部分は、2006年秋から2007年秋にかけての4度のイラク現地取材と、アメリカ、ヨーロッパ、中南米、アジアの民間警備会社に関わっているひとびととの電話や電子メールでのやりとりやインタビューによって集めた。以前に行なった米軍兵士の取材も参考にした。2004年から2007年までのあいだに、私は合計すると11回イラクを訪れている。

民間警備《プライベート・セキュリティ》という産業は、秘密保全《セキュリティ》という言葉のごとく、大部分が閉ざされた世界になっている。社員が公《おおやけ》の場で発言することを厳しく禁じる契約もある。違約すれば解雇にくわえ、巨額の罰金も払わされることもある。本書に登場するひとびとの多くは実名になっている。だが、ごく一部ではあるが、本人の安全もしくは雇用者の状況を考慮して匿名にせざるをえなかったものもある。イラクで民間警備会社がどのように規制されているか、銃撃事件がどのように調査されているかということについては、米政府関係者とりわけ国務省職員が匿名を条件に話をしてくれた。米政府の政策とか安全保障上の懸念といったことを、彼らはかならず口にした。

イラクに到着してからはずっと、《ワシントン・ポスト》の有能な同僚たちにたいへんお世話になった。ジョナサン・ファイナー、ジョシュア・パートロウ、2007年にバグダッド支局長をつとめていたスダルサン・ラガヴァンの取材はとりわけ参考になった。ナシール・ヌーリ、サード・アリッジ、ハレド・アッサッファールの調査、翻訳、非凡な取材もおおいに役立った。

クレセント拉致事件とその後の経過についての記事や映像は、ジョン・コーテの家族が運営しているウェブサイト www.freecote.com に豊富にある。

以下に述べるものを除けば、本書の情報はインタビューと公開の情報源に拠る。

プロローグ　国境にて

30ページ　米軍は死傷者を30種類以上の原因によって分類しているが、傭兵は死者には含まれない：イラクの自由作戦の死傷者は、《ワシントン・ポスト》のデータベースで分類されている。
32　それがたちまち1000億ドル産業になった：ブルッキングズ研究所シニアフェローで *Corporate Warriors : The Rise of the Privatized Military Industry*（Cornell University Press, 2003）の著者 P. W. Singer は、民間警備会社が100カ国以上で数百社が活動する1000億ドル産業になったと推定している。この数字は多方面で挙げられている。一例が Joseph Neff "A Business Gets a Start" News & Observer, July 29, 2004。邦訳は『戦争請負会社』（日本放送出版協会）。

1　社会勉強《ソーシャル・スタディ》株式会社

43　フロリダ大学は全米で3番目に大きい大学：the Integrated Post secondary Education Data System に拠る。
http://www.ir.ufl.edu/nat_rankings/students/enrlmt_old. pdf を参照。
59　急なことだったがだいじょうぶだ：ジョン・コーテ宛のスコーラの電子メール。2006年7月10日。
60　その日の午後に、コーテは大学の教務課に退学届を出した：2006年7月10日に提出され、2日後にフロリダ大学学生部長が署名している。

2　きょうはだれかを殺したい

65　この会社はイラク戦争がはじまるとともに……設立された：トリプル・キャノピーの沿革については Daniel Bergner, "The Other Army"《ニューヨーク・タイムズ・マガジン》, August 14, 2005 を参照。
65　CEOのリー・ヴァン・アースデイルは元デルタ戦闘中隊長で：トリプル・キャノピーのウェブサイト www.triplecanopy.com を参照。
65　2006年、トリプル・キャノピーは、実入りのいい国務省の在外勤務者保護サービス（WPPS）を含めて、政府から2億5000万ドル以上の発注を受けている：米政府の歳出を監視している超党派ウェブサイト FedSpending.

orgのデータベースによる2007年半ばの数字。

66　傭兵はそういう規制をいっさい受けていない：厳密には警備会社の警備員は2000年制定の軍事域外管轄権法（MEJA）の対象になる。これは国防総省が外国で雇う民間人を裁くために司法省が制定したものだが、イラクではまったく適用されていない。

70　国防総省は2万5000人と推定している：戦争開始から5年半が過ぎた2008年8月に至っても、イラクで活動している民間警備会社の武装警備員の総数については、議会予算局の報告もまちまちである。2005年の国防総省の推定は2万5000人であるとしている。イラク民間警備会社協会（PSCAI）が2008年2月に3万人と推定したことも、報告書に述べられている。議会予算局報告書“Contractors' Support of U.S. Operations in Iraq”, p.14-15, August 2008参照。

70　会計検査院の推定はその倍近い4万8000人である：会計検査院報告書“Rebuilding Iraq：Actions Still Needed to Improve the Use of Private Security Providers”, June 2006. PSCAIも公にイラクの民間警備会社社員の数は4万8000人だと述べた。その後、なんの説明もなく、会計検査院向けの報告書で3万人に減らしている。

71　最初は小規模で：ブッシュ政権と米軍のイラク戦争準備と取り組みが失敗したことについては、無数の詳細な説明がなされている。Rajiv Chandrasekaran, *Imperial Life in the Emerald City*（Knopf, 2006), Larry Diamond, *Squandered Victory*（Times Books, 2005), Michael R. Gordon and Bernard E. Trainor, *Cobra II*（Pantheon, 2006), George Packer, *The Assassins' Gate*（Farrar, Straus and Giroux, 2005), Thomas E. Ricks, *Fiasco*（Penguin Press, 2006), ボブ・ウッドワード『ブッシュのホワイトハウス（上・下)』（日本経済新聞出版社)。

71　ジョン・マケインが代表をつとめる共和党国際研究所：この研究所の人間は世界各地でブラックウォーターに警護されている。いっぽう民主党国際研究所は警護をユニティ・リソーシズ・グループに依頼している。

71　この傭兵市場は大盛況で、〝イラク・バブル〟とまで呼ばれている：Alec Klein, “For Security in Iraq, a Turn to British Know-How”,《ワシントン・ポスト》2007年8月24日。

73　2008年には……19万人がイラクにいたと推定される：議会予算局報告書 "Contractors, Support of U.S. Operations in Iraq", August 2008.
73　とにかく傭兵の存在を示すような統計はどこにもない：民間警備員の死傷者数の一部は国防基地条例に従い労働省が保存している。
74　米陸軍工兵隊は、6社以上——数千人の武装傭兵——と契約し：2007年には、イージス・ディフェンス・サービス、アーマーグループ・インターナショナル、エリニス・イラク、ファルコン・グループ、スレト・マネジメント・グループなどと契約していた。
75　われわれに向けて発砲したのか、それとも空に向けて威嚇射撃で撃ったのかはわからない：Robert Bateman, "Blackwater and Me：A Love Story It Ain't",《シカゴ・トリビューン》2007年10月12日。
75　私はこの大学院の1年生なのですが：2005年12月5日のジョンズ・ホプキンス大学ポール・H・ニッツ高等国際問題研究大学院（SAIS）でのラムズフェルドの発言とやりとりの筆記録は、以下のウェブサイトにある。
http://www.defenselink.mil/transcripts/2005/tr20051205-secdef4421.html を参照。
76　2カ月後、全米軍の最高司令官であるジョージ・W・ブッシュ大統領が：同校でのテロと世界戦争についてのブッシュ大統領の発言とやりとりの映像は以下のウェブサイトにある。
http://www.sais-jhu.edu/mediastream/videoOndemand/gwbush04102006.html を参照。
80　その後、4人が三様の供述書を提出した：インタビュー、戦闘後報告書、会社の書類、法廷の記録などから詳細を取り出して、4人の供述の相違点と共通点を対比させたつもりである。じっさいの出来事がどうであったかという結論は読者にゆだねる。
81　だが、無差別射撃を行なったのがJ-ダブとシュミットのどちらだったかはわからない：銃撃の3日後にあたる2006年7月11日にトリプル・キャノピーのプロジェクト・マネジャー、マーク・アリグザンダーが書いた事件報告書は、イシが当初の証言を撤回し、トラックを撃ったのはウォッシュボーンではなくシュミットだったと述べたとしている。供述書、インタビュー、宣誓証言では、イシはシュミットが撃ったと証言している。

84　その晩、傭兵たちは……お別れ会をひらいた：Shane Schmidt, incident report to Triple Canopy, July 10, 2006.

85　お別れパーティにはちょっと顔を出した：同上。

85　事件の２日後にシュミットとシェパードが報告したときには：同上。

86　マーク・アリグザンダーは、７ページの報告書を提出：Mark Alexander, incident report to Triple Canopy, July 11, 2006.

86　アリグザンダーは……ウォッシュボーンを解雇し……進言した：同上。

87　シュミットとシェパードは……訴訟を起こした：2006年７月31日、フェアファックス郡巡回裁判所に提訴。2007年８月１日、裁判官は不当解雇ではないという裁定を下しつつ、トリプル・キャノピーの好ましくない業務、標準報告手順の欠如、調査手続きの不備、従業員の扱いに不公平な格差をつけていることを批判した。本書執筆中、控訴審がつづけられている。Tom Jackman, "Security Contractor Cleared in Two Firings",《ワシントン・ポスト》2007年８月２日。

90　トリプル・キャノピーは、イラク担当マネジャーのケルヴィン・カイによる２ページの報告書を：Incident report from Kelvin Kai, Triple Canopy's Iraq country manager, dated July 12, 2006。

90　３度の発砲事件は〝たしかに起きていて〞：同上。

4　われわれは軍を護っている

110　*A Bloody Business*：Colonel Gerald Schumacher (retired), *A Bloody Business:America's War Zone Contractors and Occupation of Iraq* (Zenith Press, 2006).

110　クレセント・セキュリティ・グループの項目：Schumacher, *A Bloody Business*, p.275.

112　ワイスは……不朽の名声を築いた：Tish Durkin, "Heavy Metal Mercenary", Rolling Stone, September 9, 2004.

113　その後、2004年のある晩に：Schumacher, *A Bloody Business*, p.180-185.

131　シュナイダーが……有罪の答弁を行なっている：シュナイダーの容疑と事件についての供述は、ミシガン州レナウィー郡保安官事務所に保管され

ている報告書 Case No.1994-0012888 and Case No.1995-00000373 に書かれている。

131　家庭内暴力の前歴があるので……火器所持を禁じられた：合衆国法律集第 18 編合衆国法 922 条：家庭内暴力の刑罪で有罪判決を受けた者が、火器もしくは弾薬を州外あるいは海外から輸送させたり持ち込んだりすることは違法であり、すでに州外もしくは海外から輸送もしくは輸入された火器もしくは弾薬を受け取ることも違法である。

5　あなたがたの物語

140　イラク民間警備会社協会（PSCAI）の正式会員でもある：2007 年 7 月《ワシントン・ポスト》が同社の無法ぶりを報じるまで、PSCAI のウェブサイトに正式会員として記されていた。

140　クレセントのウェブサイトを見た：その後、アクセス不能になっている。

140　最初の法案：CPA（連合国暫定当局）指令第 17 号（改定）、Status of the Coalition Provisional Authority, MNF-Iraq, Certain Missions and Personnel in Iraq, June 27, 2004.

140　「あなたがたが主権を得る体制が整った」: Rajiv Chandrasekaran, "U.S. Hands Authority to Iraq Two Days Early; Fear of Attacks Hastens Move; Interim Leaders Assume Power",《ワシントン・ポスト》2004 年 6 月 29 日。

141　傭兵やその他の民間業者は、イラクの法律によって裁かれることはない：CPA 指令第 17 号（前述）。

141　これまでのアメリカの戦争の歴史にはひとつもなかった：国防連邦調達規則補遺 252.225-7040, paragraph (b), 民間企業の社員が武力を行使したり、敵軍にじっさいの危害をあたえるおそれのあるその他の行為に従事することを禁じる。

141　2005 年 10 月 3 日：米軍に同行することを許可された民間企業の社員に関する国防総省指示、No. 3020.41, October 3, 2005.

141　民間警備会社の社員は……：米軍に同行することを許可された民間企

業の社員に関する国防連邦調達規定補遺（DFARS Case 2005-D013）。Federal Register, Vol.71, No.116, p.34826, June 16, 2006. この条項が、2008年3月31日に最終的な規定となる。Federal Register, Vol.73, No.62, p.16764, March 31, 2008. この最終的な規定は、民間警備会社の社員は傭兵ではないが、殺傷力の行使にあたっては民間警備会社の幅広い権限を反映する特殊な資格をあたえられるとしている。

142　ブライアン・X・スコットはそのひとり：スコットは反ピンカートン法を引き合いに出し、イラク最大の民間警備会社に対する表彰を独力で（一時的に）棚上げさせたことがある。Alec Klein and Steve Fainaru, "Judge Halts Award of Iraq Contract",《ワシントン・ポスト》2007年6月2日。

142　また、アメリカ法曹協会（ABA）は：ABA国家事業民間委託部のMichael A. Hordellが、2006年9月18日に17ページの異議申し立てを提出。内容は以下の通り：暫定ルールによる変更が、国防総省が民間警備会社に敵地の軍事施設の警備を委託する法的資格を強めた可能性がある。それにもかかわらず、この変更は民間警備会社社員すべてに対するLOAC（武力紛争法規）による保護をきわめて曖昧なものにし、民間警備会社幹部、武装警備員、軍の将兵がLOAC違反を犯さないようにする取り組みを怠っている。

142　もっとも激しく反発しているのは：2006年8月9日に提出されたフェンスターの手厳しい意見書は、武装警備員は防御的な役割のみを果たすはずだという国防総省のまちがった前提に疑問を呈している。交戦が行なわれている地域に配置されたことのある戦闘地域担当の武装警備員の大多数の経験によって、そのような前提がまったくありえないことが実証されている。彼ら自身とその所有物を護るには（政府所有物も含めて）、〝攻撃的〟としかいいようのない戦闘作戦（文字どおりの〝先制攻撃〟を含むもの、あるいは含まないもの）が明らかに必要である。

143　ブレマーの顧問として：ピーターは、武装警備員がイラクの法律で裁かれないようにしたCPA指令第17号の草案には関わっていないという。

143　1行目には大文字で：CPA内規17号、民間警備会社登録要件、付記A：武力行使。June 26, 2004.

6　おまえはこれから死ぬんだ

2006年11月16日の出来事――待ち伏せ攻撃とその後の拉致――に関するすべての情報は、生存したクレセントの武装警備員2名、アンディ・フォードとハイメ・サルガドから得た。フォードとサルガドは、英軍の捜査官に供述書を提出した。その後、入念なインタビューに応じてくれ、電子メールでの質問にも答えてくれた。フォードとサルガドのインタビューはべつに行なった。ふたりの事件の記憶はおおむね一致しているが、いくつか重要な点で異なっている。フォードは、ジョン・コーテが当初はイラク警察の通常の検問所によって車輛縦隊が検査されていると思っていた、と述べている。サルガドは、コーテとチーム・リーダーのジョン・ヤングは、状況をつかみかねていたと述べている。

7　おまえの血族

202　これだけの規模のハイジャックには：Edward Wong, "Allies Wage Raid in Iraq, Seeking Abducted Guards",《ニューヨーク・タイムズ》2006年11月18日。
203　バスラ州知事は：Thomas Wagner, "Gang Suspected in Iraqi Kidnappings", AP通信、2006年11月18日。
203　バスラ警察の捜査部長は：同上。
203　警察は報道陣に公開した："Coalition in Iraq Search for Hostages", AP通信、2006年11月20日。
203　その晩、白いターバンで顔を隠した男が：Hannah Allam, "After Three Weeks, No Word on Abducted Contractors", McClatchy Newspapers, December 7, 2006.
214　動画が画面に出ていた：この動画は公表されなかった。この部分の情報源は、Hannah Allam, "Abducted Contractors Appear in Videotape", McClatchy Newspapers, December 27, 2006.

8　権限の範囲：神と同一

219　8日後……ビデオテープが届けられた：Christopher Torchia, "New video shows 5 contractors who were kidnapped in southern Iraq", AP通信、2007年1月4日。この映像はいまも www.freecote.com で見られる。

221　拉致事件後、私は……記事を書いた：二部に分けて掲載。《ワシントン・ポスト》2007年7月29～30日。

223　2004年から2007年にかけて……5億4800万ドルを支払っている。Steve Fainaru, "U.S. Pays Millions in Cost Overruns for Security in Iraq", 《ワシントン・ポスト》2007年8月12日。

223　イージスは悪評を浴びた：Jonathan Finer, "Contractors Killed in Videotaped Attacks; Army Fails to Find 'Probable Cause' in Machine-Gunning of Cars in Iraq",《ワシントン・ポスト》2006年6月11日。

223　それまでに米軍は……警備を民間にゆだね：Steve Fainaru, "Iraq Contractors Face Growing Parallel War",《ワシントン・ポスト》2007年6月16日。

224　派手な冒険野郎の元英陸軍中佐が設立：ティム・スパイサーとサンドライン事件についての詳細は、ロバート・ヤング・ペルトン『ドキュメント現代の傭兵たち』（原書房）、ピーター・ウォーレン・シンガー『戦争請負会社』（日本放送出版協会）、Lieutenant Colonel Tim Spicer, *An Unorthodox Soldier*（Mainstream Publishing, 2000）を参照のこと。

225「ティム・スパイサーは傭兵だ」：Steve Fainaru and Alec Klein, "In Iraq, a Private Realm of Intelligence Gathering",《ワシントン・ポスト》2007年7月1日。

226　2006年初頭、ホリーのネットワークは：米陸軍工兵隊湾岸地域師団の統計。

228　コンボイ1047の20名のうち：攻撃の詳細は米陸軍工兵隊湾岸地域師団の内部記録に記されている。事件後のことについては8章に述べた。なお、ハート・セキュリティ社は2008年5月、G4Splcに買収された。

230　2005年には……コンボイ18隊あたり1隊が攻撃に遭っていた：米陸軍工兵隊湾岸地域師団の統計。

230　アーマーグループは、公には貿易会社：同社広報資料、www.armorgroup.com より。同社は2008年5月、G4Splcに買収された。

231　2006年の売り上げ2億7350万ドルの半分は：同社広報資料、www.armorgroup.comより。

232　2006年、アーマーグループは：同社の情報源が提供した数値。

232　戦争開始以来、社員を30人失っている：同社の情報源が提供した数値。武装警備員の死傷者数の公式な情報源は、労働省の統計のみである。同省は国防基地条例に従い、労働者の補償に応じている。

233　傭兵の業界団体PSCAI：ブラックウォーターの銃撃事件によって民間警備会社の世評が急激に悪化したあと、PSCAIは会員の会社のみを記載するようになった。

239　やがて……〝市場の力〟が：Deborah D. Avant, *The Market for Force*（Cambridge University Press, 2005）。

240　2007年、米軍はイラクで相当数の兵士を訴追した：イラクの自由作戦開始以降、謀殺罪や故殺罪で告発された軍人に関する《ワシントン・ポスト》のデータベース。

240　イラクでは1000人以上を雇っていて：エリック・プリンスの証言、下院監督および政府改革委員会の聴聞会（2007年10月2日）。

241　監視用気球：www.ustraining.com/new/index.asp

241　イラク戦争にオリンピックみたいに公式スポンサーが：ブラックウォーターの急成長に関するきわめて批判的な詳しい説明は、Jeremy Scahill, *Blackwater*（Nation Books, 2007）を参照。

241　ブラックウォーターはイラク戦争により10億ドルを得ていた：下院監督および政府改革委員会の聴聞会（2007年10月2日）により明らかになった金額。

241　武装警備員《オペレーター》4人が……待ち伏せ攻撃を受けた：Scahillの*Blackwater*にこの攻撃の詳しい描写がある。

242　ブラックウォーターは、協力を拒否：Steve Fainaru, "Where Military Rules Don't Apply",《ワシントン・ポスト》2007年9月20日。ブラックウォーターは、攻撃的武器の使用禁止や銃撃事件の報告義務といった軍のさまざまな規定から除外されている。

9　人質問題

254　〝卑猥でむごたらしい倒錯行為と死〟：Chris Hedges, *War Is a Force That Gives Us Meaning*（PublicAffairs, 2002）.

255　最初の3日間は、「まったくの無駄だった」：コシールスキイの報告。

257　米陸軍の巡察隊《パトロール》が……攻撃を受けた：Joshua Partlow, "Insurgent Video Claims Captured U.S. Soldiers Are Dead",《ワシントン・ポスト》2007年6月5日。

257　陸軍は兵員4000人：同上。

258　私が殺されるか、本国に帰されるまでやめない：同上。

258　人質の家族が話をしはじめたとき：Wes Smith, "Hope for UF Student Captured in Iraq Fades", Orlando Sentinel, July 8, 2007.

258　その直後：人質問題対策室の首席顧問G・アリグザンダー・クラウザー博士とシューメイカーの電子メールのやりとり。

262　DEA（麻薬取締局）の取締官：Dan Herbeck, "Another Passage for Stepmother of Coté; Nightmare Followed by DEA Retirement", The Buffalo News, July 8, 2008.

266　捜索令状を請求する際に提出された宣誓供述書：ミネソタ州地区地方裁判所に提出され、刑事部特別捜査官ケヴィン・ジャートソンが署名。

10　特殊警備にはブラックウォーター

276　一項を割いているだけ：U.S. Army Lieutenant General David H. Petraeus and U.S. Marine Corps Lieutenant General James F. Amos, *Counterinsurgency FM 3-24*, Department of the Army, 2006.

276　まず……警備会社に対する武器使用許可をすべて停止：Modification 6 to Multi-National Force Iraq Frago 05-134："Clarification of Iraq Weapons Policy and Extension of Expiration Date for Temporary Weapons Cards", March 9, 2007.

277　ある米陸軍中佐宛の手紙：ピーターからジョン・バーク中佐に宛てた2007年2月21日の手紙。

278　ペトレイアスは、すぐさまべつの厳しい個別命令を発した：Modification

7 to Multi-National Forces Iraq Frago 05-134：“Clarification of Iraq Weapons Policy and Extension of Expiration Date for Temporary Weapons Cards Pending New Card Issue”, April 27, 2007.

280　2005年6月、ブラックウォーターのチームがヒッラでイラク人の胸を撃った：下院監督および政府改革委員会内部報告書 Additional Information about Blackwater USA, 2007年10月1日。ブラックウォーターを調査していた同委員会は、同社と同業14社との電子メールも含め、同社の内部事件報告書437通と書類数千ページを調査整理したと発表した。

280　2005年10月、ブラックウォーターのコンボイが：下院監督および政府改革委員会内部報告書、2007年10月1日。

280　2005年11月：同上。

280　ヒッラでのもうひとつの事件：同上。

280　アンドルー・J・ムーネンというブラックウォーターの傭兵：下院監督および政府改革委員会報告書、2007年10月1日。John M. Broder, “Ex-paratrooper Is Suspect in Drunken Killing of Iraqi”,《ニューヨーク・タイムズ》2007年10月4日。

281　警備員で32歳のラヒーム・ハリフが、ムーネンを誰何《すいか》した：下院監督および政府改革委員会内部報告書、2007年10月1日。

281　アルコールのにおいをぷんぷんさせ、泡を食って走っていた：同下院委員会の内部報告書に書かれているトリプル・キャノピーの警備員の証言。

281　グリーン・ゾーンの憲兵である統合地域支援軍：同下院委員会の内部報告書。

281　その日の後刻、イラク駐在米大使ザルメイ・ハリルザドは：Karen De Young, “State Department Struggles to Oversee Private Army”,《ワシントン・ポスト》2007年10月21日。

282　ブラックウォーターと米大使館は、ムーネンを国外に出した：下院委員会の内部報告書によれば、ブラックウォーターは〝飲酒時に武器を所持してはならないという規定に違反したとしてムーネンを解雇、イラク国外に出す手配をした。国務省はこの手配について報告を受け、旅程を知らされていた〟という。

282　ムーネンを逃がしたあと、国務省関係者は銃撃のことをあわてて揉み

消した：この対応の電子メール記録を下院委員会が入手している。

282　ひきつづき手配して：イラク駐在米代理大使から地域警備担当官に宛てた 2006 年 12 月 25 日の電子メール。

282　代理大使は最初、被害者家族への賠償を 25 万ドルと提案：米大使館電子メール、2006 年 12 月 26 日。

283　事件が起きるかもしれない：外交官警備局の電子メール、2006 年 12 月 26 日。

283　2500 ドルを支払い：同上。

283　ムーネンは、それとほぼ同額にあたる罰金 1 万 4697 ドルを：ブラックウォーターから外交官警備局に宛てた電子メール、2007 年 1 月 8 日。

284　イラクのテレビ局は：ブラックウォーター社内電子メール、2006 年 12 月 27 日。

284　〝これをご覧ください〟：同上。

284　2 カ月後、ムーネンは……仕事を得た：Richard Lardner, "Congressman Says Fired Blackwater Guard Found Work with Defense Contractor", AP 通信、2007 年 10 月 6 日。

285　第 17 号では第 4 条 3 節に目を留めた：CPA 指令第 17 号のこと。

296　そういった者たちの行動が逆効果をもたらし：U.S. Army Lieutenant General David H. Petraeus and U.S. Marine Corps Lieutenant General James F. Amos, *Counterinsurgency FM 3-24*, Department of the Army, 2006.

297　1.5 キロメートルほど離れたところで：米大使館現地報告書、2007 年 9 月 16 日。

298　ペルズマンがまだ車内にいるとき：Steven R. Hurst and Qassim Abdul-Zahra, "Pieces Emerge in Blackwater Shooting", AP 通信、2007 年 10 月 8 日。

298　戦術支援チーム 22 が、グリーン・ゾーンから派遣された：米大使館現地報告書。

298　装甲車輛 4 台に射手約 20 人が乗ったブラックウォーターの第 3 のコンボイ：Steven R. Hurst and Qassim Abdul-Zahra, "Pieces Emerge in Blackwater Shooting", AP 通信、2007 年 10 月 8 日。

298　フロントウィンドウを抜けた銃弾が：Sudarsan Raghavan and Josh

White, "Blackwater Guards Fired at Fleeing Cars, Soldiers Say; First U.S. Troops on Scene Found No Evidence of Shooting by Iraqis; Incident Called 'Criminal'",《ワシントン・ポスト》2007年10月12日。
298　もうひとりの警官：Steven R. Hurst and Qassim Abdul-Zahra, "Pieces Emerge in Blackwater Shooting", AP通信、2007年10月8日。
299　私の子、私の子！：同上。
299　マハシンは46歳で、アレルギー専門医：同上。
299　オペルは広場に向けて進みつづけていた：Joshua Partlow, "Embassy Restricts Diplomats' Iraq Travel; U.S. Order Follows Shooting by Guards",《ワシントン・ポスト》2007年9月19日。
299　交通警官サルマンは左手をあげて：Steven R. Hurst and Qassim Abdul-Zahra, "Pieces Emerge in Blackwater Shooting", AP通信、2007年10月8日。
299　ブラックウォーターの傭兵たちは、ふたたび一斉射撃を行なった：同上。
299　リトルバード・ヘリからも広場めがけて発砲していた：同上。
299　逃げるときに撃たれたイラクの一般市民もいた：Joshua Partlow, "Embassy Restricts Diplomats' Iraq Travel; U.S. Order Follows Shooting by Guards",《ワシントン・ポスト》2007年9月19日。
299　「4台から発砲していた」：Sudarsan Raghavan, "Tracing the Paths of 5 Who Died in a Storm of Gunfire",《ワシントン・ポスト》2007年10月4日。
300　車に30発が撃ち込まれたと、ハフィズはいう：Steven R. Hurst and Qassim Abdul-Zahra, "Pieces Emerge in Blackwater Shooting", AP通信、2007年10月8日。
300　だが、銃撃はなおもつづいた：Sudarsan Raghavan and Josh White, "Blackwater Guards Fired at Fleeing Cars, Soldiers Say; First U.S. Troops on Scene Found No Evidence of Shooting by Iraqis; Incident Called, 'Criminal'",《ワシントン・ポスト》2007年10月12日。
300　合計17人のイラク市民が殺された：James Glanz and Alissa J. Rubin, "From Errand to Fatal Shot to Hail of Fire to 17 Deaths",《ニューヨーク・タイムズ》2007年10月3日。

300　多くは貧困層やミドルクラスだった：Sudarsan Raghavan, “Tracing the Paths of 5 Who Died in a Storm of Gunfire”,《ワシントン・ポスト》2007年10月4日。

301　「妻は秀でた女性、優秀な医師だった」：Steven R. Hurst and Qassim Abdul-Zahra, “Pieces Emerge in Blackwater Shooting”, AP通信、2007年10月8日。

301　米大使館は……〝現地報告書〟をまとめた：Steve Fainaru, “Blackwater Faced Bedlam, Embassy Finds; ‘First Blush’ Report Raises New Questions on Shooting”,《ワシントン・ポスト》2007年9月28日。

301　このダレン・ハナーはブラックウォーター社員：CNN.com：“Blackwater Contractor Wrote Government Incident Report”, October 2, 2007.

301　死傷者についての言及はいっさいなく：米大使館現地報告書。

302　米陸軍第一騎兵師団の兵士たち：Sudarsan Raghavan and Josh White, “Blackwater Guards Fired at Fleeing Cars, Soldiers Say; First U.S. Troops on Scene Found No Evidence of Shooting by Iraqis; Incident Called ‘Criminal’”,《ワシントン・ポスト》2007年10月12日。

302　AK-47の空薬莢を米軍兵士たちはひとつも見つけられなかった：同上。

302　第一騎兵師団は……報告書をまとめた：同上。

302　ブラックウォーターの営業許可を取り消した：Sabrina Tavernese, “U.S. Contractor Banned by Iraq over Shootings”,《ニューヨーク・タイムズ》2007年9月18日。

303　「きょうここでブラックウォーターに責任をとらせてやる！」：Dana Milbank, “The Man from Blackwater, Shooting from the Lip”,《ワシントン・ポスト》2007年10月3日。

304　だいぶ懲りたと見えて：同上。

11　死をも乗り越える信仰

306　銃撃事件の2週間後：下院監督および政府改革委員会内部報告書、2007年10月1日。

306　プリンスは証言の際に：下院監督および政府改革委員会の聴聞会、2007年10月2日。
306　全任務の1パーセントにすぎない："We Can Take Those Lumps; Blackwater CEO responds to firm's controversial reputation, place in military operations", Military Times, July 21, 2008.
306　じっさいに報告されているのは発砲事件の15パーセント：Steve Fainaru, "Guards in Iraq Cite Frequent Shootings",《ワシントン・ポスト》2007年10月3日。
307　そんなものは茶番だと：同上。
307「頭が見つからなかった」：Joshua Partlow and Sudarsan Raghavan, "Guards Kill Two Women in Iraq",《ワシントン・ポスト》2007年10月10日。
308　ユニティは……警護する契約を：Steve Fainaru, "Iraqis Detail Shooting by Guard Firm",《ワシントン・ポスト》2007年11月26日。
330　2008年3月下旬、イラク首相ヌーリ・マリキが：Erica Goode, "U.S. Airstrikes Aid Iraqi Army in Basra Siege",《ニューヨーク・タイムズ》2008年3月29日。

参考資料

Avant, Deborah D. The Market for Force: *The Consequences of Privatizing Security*. New York：Cambridge University Press, 2005.

Hedges, Chris. *War Is a Force That Gives Us Meaning*. New York：Public Affairs, 2002.

Miller, T. Christian. *Blood Money: Wasted Billions, Lost Lives, and Corporate Greed in Iraq*. New York：Little, Brown and Company, 2006.

Pelton, Robert Young. *Licensed to Kill: Hired Guns in the War on Terror*. New York：Crown, 2006.

Petraeus, U.S. Army Lieutenant General David H., and U.S. Marine Corps Lieutenant General James F. Amos, *Counterinsurgency FM 3-24*. Washington, DC：Department of the Army, 2006.

Scahill, Jeremy. Blackwater. *The Rise of the World's Most Powerful Mercenary*

Army. New York：NationBooks, 2007.

Schumacher, Colonel Gerald. *A Bloody Business*：*America's War Zone Contractors and the Occupation of Iraq*. St. Paul, MN：Zenith Press, 2006.

Singer, P.W. *Corporate Warriors*：*The Rise of the Privatized Military Industry*. Ithaca, New York：Cornell University Press, 2003.

本書は、2009年9月に講談社より単行本として
刊行された作品を文庫化したものです。

訳者略歴　1951年生，早稲田大学商学部卒，英米文学翻訳家　訳書『暗殺者グレイマン』グリーニー，『ブラックホーク・ダウン』ボウデン，『ねじれた文字、ねじれた路』フランクリン（以上早川書房刊）他多数

HM=Hayakawa Mystery
SF=Science Fiction
JA=Japanese Author
NV=Novel
NF=Nonfiction
FT=Fantasy

戦場《せんじよう》の掟《おきて》

〈NF446〉

二〇一五年九月 二十 日　印刷
二〇一五年九月二十五日　発行
（定価はカバーに表示してあります）

著者　スティーヴ・ファイナル
訳者　伏《ふし》見《み》威《い》蕃《わん》
発行者　早川浩
発行所　株式会社　早川書房
郵便番号　一〇一 - 〇〇四六
東京都千代田区神田多町二ノ二
電話　〇三 - 三二五二 - 三一一一（大代表）
振替　〇〇一六〇 - 三 - 四七七九九
http://www.hayakawa-online.co.jp

乱丁・落丁本は小社制作部宛お送り下さい。
送料小社負担にてお取りかえいたします。

印刷・三松堂株式会社　製本・株式会社フォーネット社
JASRAC 出1510730-501　Printed and bound in Japan
ISBN978-4-15-050446-5 C0131

本書は活字が大きく読みやすい〈トールサイズ〉です。